Schatten über Luzern

Übersetzt mit Unterstützung von:

FONDATION
OERTLI
STIFTUNG

Spender-Liste

Gold	
Esther Bachmann	Kriens
Willi Breiter	Luzern
Helmut Bürgmann	St. Erhard
Florentino Carneiro	Schaffhausen
Rita Haas	Ebikon
Gürsel Sasmaz	Luzern
Mario Schirmer	Wallisellen
Christian Studer	Luzern
Johny Wüest	Zürich
Silber	
Ingo Compart	Ebikon
Beat Müller	Greppen
Cécile Troublé	Rothenburg
Bronze	
Barbara Bächler	Luzern
Dörte Carstens	Thalwil
John Dossenbach	Gutenswil
Jonas Walker	Luzern

Mein besonderer Dank gilt den Vorstandsmitgliedern der Oertli-Stiftung, die mich seit Jahren bei meinen verschiedenen Projekten unterstützen.

Ein sehr herzliches Dankeschön an die Spender, die es mir ermöglicht haben, mit Hilfe der Oertli-Stiftung, diese deutsche Version von *Ombres sur l'autre Ville Lumière* auf den Markt zu bringen.

Tausend Dank an Franziska, die sich bereit erklärt hat, meinen Roman zu übersetzen, an Klaus für seine ausgezeichnete Arbeit als Korrektor und an Esther für ihre wertvolle Arbeit.

Danke an Antoinette, Nadja und Robert für ihre Ratschläge, an Vreni für das Cover und an Jonas für seine Fotos.

Und schließlich danke ich all jenen, die ich nicht genannt habe und von denen ich verschiedene Informationen erhalten habe.

Frühere Veröffentlichungen:

Ah! Si Isokelekel était resté sur son île…
Éditions Gunten, 2016

Ombres sur l'autre Ville Lumière
Éditions Gunten, 2021

Kontakt: serge.robert@pm.me
Facebook: Sur les traces de Didier d'Orville

Serge ROBERT

Schatten über Luzern

Kriminalroman

aus dem Französischen übersetzt
von Franziska Weyer

Herausgegeben von Serge Robert
22. Oktober 2022

Umschlagfoto: © Serge Robert
Umschlaggestaltung: Verena Küttel www.atelier-k.ch
Autorenfoto: © Jonas Walker www.jonaswalker.com
Korrektorat: Klaus Wenzel www.lektorat-wenzel.com

Die Originalausgabe erschien 2021 unter dem Titel »Ombres sur l'autre Ville Lumière« bei Les Éditions Gunten, Dole.

Printed in France bei Dupliprint
ISBN 978-3-033-09383-6

1. – Die Boîte de Nuit

»Wie kannst du nur solche Aufträge annehmen? Du scheint es ja zu genießen, dich ausbeuten zu lassen!«

Didier d'Orville grinste verstohlen.

»Ich habe dir doch schon erklärt, dass es mir nichts ausmacht, Sachen anzunehmen, die kein anderer machen will. So habe ich immerhin die Möglichkeit, als Fotograf zu arbeiten, und das ist schließlich mein Beruf.«

In den letzten Wochen war es immer häufiger zu Diskussionen dieser Art zwischen Didier und seiner Lebensgefährtin Sonya gekommen. Sonya war in Norddeutschland in Kiel aufgewachsen. Didier war überzeugt, dass ihre unterschiedlichen Standpunkte vor allem kulturell bedingt waren, denn er selbst stammte aus Frankreich.

»Ja, natürlich ist es dein Beruf, aber du solltest etwas mehr Ehrgeiz an den Tag legen. Was versprichst du dir denn von diesem Auftrag für das Historische Museum von Luzern?«, seufzte Sonya Weber.

Didier dachte an den Bus, mit dem er am Vortag zum Fuß des Pilatus auf Tausend Meter hinaufgefahren war. Nach der Überquerung der für die Skilangläufer reservierten Loipen hatte er sich mit Schneeschuhen an den steilen Aufstieg gemacht. Eine ziemliche Herausforderung für seine Beine, aber in der Einsamkeit des verschneiten Waldes hatte er sich dann ganz in seinem Element gefühlt. Schließlich hatte er den Auftrag für das Museum auch angenommen, weil ihm sportliche Aktivitäten gefehlt hatten.

Obwohl Didier den Berg erst drei Monate zuvor bestiegen hatte, verlief er sich und fand den unter einer dicken Schicht Pulverschnee versteckten Weg erst zwei Stunden später. Am frühen Nachmittag hatte er endlich den ehemaligen Pilatussee erreicht, schnell seine Fotos gemacht und danach hastig den Abstieg in Angriff genommen, um den letzten Bus nicht zu verpassen. Andernfalls hätte er auf eine gute Seele hoffen müssen, die ihn vielleicht irgendwann per Anhalter mitgenommen hätte. Diese Erinnerung bestärkte ihn in der Überzeugung, seiner Lebensgefährtin die Richtigkeit seiner beruflichen Entscheidungen vermitteln zu müssen.

»Das Museum plant eine Sonderausstellung über den Pilatus und wird auch die Sagen präsentieren, die sich um diesen Berg ranken. Ich habe mit dem Museumskonservator besprochen und ihn gefragt, was er dafür benötigt. Er möchte Fotos von dem, was vom See noch übrig ist, in dem angeblich die Leiche von Pontius Pilatus versenkt wurde. Ich habe vor, das Moorgebiet zu den verschiedenen Jahreszeiten zu besuchen und die Fotos zu einer audiovisuellen Collage zusammenzufügen.«

»Mal wieder diese Legende«, meinte Sonya belustigt.

»Kennst du sie?«

»Natürlich! Vor sehr langer Zeit, als die Menschheit noch von Drachen heimgesucht wurde, hat man die Leiche des Gottesmörders in einem kleinen See hoch oben mitten in den schönen Schweizer Alpen versenkt. Die Honoratioren des Altertums erhofften sich dadurch, eine Serie von Naturkatastrophen zu beenden, die überall dort ausgebrochen waren, wo man ihn begraben hatte … Du siehst, ein echtes Ammenmärchen. Statt an solche Hirngespinste zu glauben, solltest du dich lieber in ein lateinisches Wörterbuch vertiefen.«

»Was hat das denn damit zu tun?«

»Ganz einfach, darin würdest du entdecken, was das Wort pilleātus bedeutet: der eine Mütze trägt. Wer seit über drei Monaten in dieser Gegend lebt, kennt diese Wolke, die häufig den Gipfel verdeckt. Da braucht es wohl nicht sonderlich viel Fantasie, um die Herkunft des Namens zu verstehen. Es gibt sogar ein entsprechendes Sprichwort, das auf diese Namensherkunft hindeutet: »Hat der Pilatus einen Hut, ist das Wetter fein und gut. « Diese Sage von Pontius Pilatus ist genauso lächerlich wie die von Wilhelm Tell.«

Didier schob Sonyas Bemerkungen auf deren Müdigkeit und den Stress angesichts ihrer bevorstehenden Reise nach Deutschland. Er dachte, dass es für ihre Partnerschaft gewiss heilsam sei, dass sie zwei Wochen Urlaub bei ihrer Familie machen würde, bevor sie erneut nachbohrte:

»Nichtsdestotrotz sollte sich dein Ehrgeiz doch nicht nur auf diesen einen Auftrag beschränken.«

»Ich habe noch einen zweiten Auftrag. Heute Abend werde ich die Einweihung der Boîte de Nuit fotografieren und die ganze nächste Woche werde ich weiter für das Museum arbeiten.«

»Das klingt ja super!«

»Sei nicht so hart mit mir. Ich lebe erst seit acht Monaten in Luzern und brauche einfach noch mehr Zeit, um es hier zu etwas zu bringen. Ich verstehe die deutsche Sprache noch nicht und auch wenn Frankreich und die Schweiz eine gemeinsame Grenze haben, wäre der Kulturschock vermutlich nicht so groß gewesen, wenn ich in den Maghreb gezogen wäre. Für dich ist es ja wesentlich einfacher, denn du bist wenigstens der Sprache hier mächtig.«

Didier verkniff sich ein Lachen, als sie widersprach:

»Ich habe dir schon einmal erklärt, dass ich Deutsch spreche, also richtiges Deutsch, während man hier irgendeinen obskuren Dialekt schwatzt ohne jede grammatikalische Struktur und …«

Das Gelächter des Franzosen unterbrach Sonyas Redeschwall.

»Du fällst aber auch immer auf mich rein!«

Sonyas Gesicht sprach Bände. Sie schien zu zögern, stimmte dann in Didiers Lachen mit ein und stupste ihn mit der Faust gegen die Brust.

»Also gut, du hast gewonnen … zumindest für heute. Wenn ich in zwei Wochen zurückkomme, reden wir nochmal darüber, und ich werde versuchen, meine beruflichen Beziehungen spielen zu lassen, um für dich als Fotograf einen echten Auftrag an Land zu ziehen.«

Sonya konnte nachvollziehen, was für einen Hindernislauf man in der Schweiz absolvieren musste, um ohne eidgenössisches Diplom einen Job zu finden. Nichtstaatliche Ausbildungen wurden hier nicht anerkannt und alles drehte sich nur um dieses heilige Dokument. Sie war sich durchaus bewusst, welche Anstrengungen Didier seit seiner Ankunft in Luzern bereits unternommen hatte.

»Weißt du eigentlich, dass du wütend noch viel hübscher bist?«, fragte Didier.

Er näherte sich ihr und umschlang sie. Nach einem langen Kuss auf den Nacken, entspannte sich Sonyas Körper. Sie erwiderte ungestüm die Umarmung, um ihn dann ganz langsam mit beiden Händen zurückzuschieben, sodass sich ihre Lippen noch für einige Sekunden berührten.

»Dafür haben wir jetzt keine Zeit«, murmelte Sonya. »Mein Zug fährt in einer halben Stunde. Machst du mir noch einen Kaffee, während ich meinen Koffer fertig packe?«

Sonya kehrte nach Kiel zurück, um dort den sechzigsten Geburtstag ihrer Mutter zu feiern. Sie war enttäuscht, dass

Didier es vorgezogen hatte, diesen Fotojob rund um den Pilatus anzunehmen, statt sie zu begleiten. Außerdem hatte Didier ihr zu verstehen gegeben, dass er erst dann ihrer Familie vorgestellt werden wollte, wenn er besser Deutsch sprach. All das beschäftigte sie. Nachdem Sonya noch mühsam ihren Waschbeutel in den Koffer gequetscht hatte, ging sie zu ihrem Freund in die Küche. Didier machte den Kaffee und drehte ihr dabei den Rücken zu, sodass sie ihn in aller Ruhe beobachten konnte. Er war kaum größer als sie, besaß aber aufgrund der Schwimmwettkämpfe in seiner Jugend breite Schultern, was sie sehr liebte. Sie näherte sich ihm geräuschlos und fuhr ihm mit der Hand durch sein braunes Haar. Er zuckte zusammen und drehte sich verschmitzt lächelnd um. Trotz seiner körperlichen und mentalen Stärke war sich Sonya bewusst, dass sie ihn schonen musste, denn es war noch nicht mal ein Jahr her, dass er aus dem Gefängnis von Utopia[1] geflohen war. Auch wenn er sich kämpferisch gab, würde es noch eine ganze Weile dauern, bis er sich vollständig davon erholt hatte.

»Und, mein Schatz, was wirst du heute machen?«

»Ich werde mir die Fotoausstellung ansehen, die du mir empfohlen hast.«

»Sabine Weiss im Bellpark?«

»Ja.«

»Du wirst sehen, sie ist super. Eine Schweizerin, die sich nach dem Krieg in Paris niedergelassen hat. Sie gehörte der humanistischen Schule an und drei ihrer Fotografien wurden in den 1950er Jahren für die berühmte Ausstellung *The Family of Man* ausgewählt. Angesichts der Zeitumstände ist es vermu-

---

[1] eine Anspielung auf den ersten Roman des Autors: Ah! Si Isokelekel était resté sur son île…

tlich ein guter Moment, sie erneut zu zeigen. Steht noch etwas anderes auf dem Programm?«

Auch wenn sie Kunst studiert hatte, war Didier immer wieder beeindruckt, welches Wissen seine Freundin in Bezug auf Fotografie als Kunstform besaß.

»Um in Form zu bleiben, werde ich vom Sonnenberg zu Fuß nach Hause gehen. Da der Schnee geschmolzen ist, wird das bestimmt ein angenehmer Spaziergang.«

Sie unterhielten sich noch ein paar Minuten, bevor Sonya aufsprang und rief:

»Das klingt gut, aber ich muss jetzt wirklich los.«

Als Didier nach Luzern gezogen war, hatte das junge Paar eine kleine Wohnung in der Neustadtstraße gefunden. Didier hatte kein festes Einkommen. Sonya lebte von dem, was sie sich während ihrer letzten Anstellung zurückgelegt hatte, aber auch von dem Wiederverkauf einiger Fotoplatten des Fotografen Eugène Atget, die sie auf dem Pariser Flohmarkt Saint-Ouen entdeckt hatte. Die günstige Wohnung in unmittelbarer Nähe des Bahnhofs gestattete es ihnen, mit ihrem bescheidenen Budget auszukommen.

Keine zehn Minuten später waren sie im Bahnhof. Sonya kaufte sich in der Bäckerei noch einen Kaffee und ein Croissant. Didier begleitete sie bis zum Zug nach Basel, wo sie Anschluss nach Kiel – ihrer Heimatstadt nördlich von Hamburg – haben würde. Er umarmte sie und achtete dabei darauf, die kochend heiße Flüssigkeit nicht zu verschütten.

Das Paar verabschiedete sich mit einem langen Kuss, bevor Sonya in den Wagon einstieg.

»Ich schicke dir eine SMS, sobald ich bei meinen Eltern angekommen bin.«

Didier antwortete ihr, indem er ihr zuwinkte. Dann wartete er, bis der Zug den Bahnhof verlassen hatte und kehrte nach Hause zurück.

Didier d'Orville hatte sich bereits eine Stunde, bevor der Nachtclub seine Pforten für die Einweihungsfeier öffnete, in der Boîte de Nuit eingefunden. Das ganze Team war mit letzten Vorbereitungen beschäftigt. Der Besitzer der Disco, Sébastien Maisonneuve, kam gerade mit einer Klappleiter aus der Abstellkammer und stellte sie mitten auf der Tanzfläche auf. Vorsichtig stieg er bis zu der überdimensionalen Discokugel empor und schloss den Stecker des Kabels an, das an der Metallstange herunterhing.

»Céline, könntest du mal prüfen, ob der Motor jetzt läuft?«, brüllte er, um sich am anderen Ende des Saals Gehör zu verschaffen.

Die Bardame stellte ein Tablett mit Kerzen ab, mit denen sie gerade die Fensterbänke dekorierte, ging zum Lichtpult und schob sich dabei an dem Discjockey vorbei, der mit Kopfhörern auf den Ohren die Musik für den Abend vorbereitete.

Arnold, besser bekannt unter dem Namen DJ Le Pariser, arbeitete hinter den Plattentellern und war ein absoluter Star in der französischsprachigen Szene Luzerns. Didier schätzte seinen Musikstil. Dank Arnold versprach der Abend richtig gut zu werden.

»Welcher Knopf ist das?«

»Probier den in der Mitte oder die beiden auf der rechten Seite, was weiß ich.«

Céline drückte nacheinander die Tasten, doch die Kugel wollte sich nicht drehen.

»Was ist? Worauf wartest du?«, fragte Sébastien ungeduldig von der Leiter herab.

»Ich habe alle Knöpfe in der Mitte gedrückt, aber keiner«

»J'me sens libéré d'ma haine, me sens libéré d'mes peines, libéré de cette envie de destruction d'moi-même ...«

Aus den bis eben noch stummen Lautsprechern erklang plötzlich die Stimme des Rappers Stress, ohne dass der DJ mitbekam, was er da gerade für einen Höllensound produzierte.

Céline klopfte ihm auf die Schulter. Er nahm seine Kopfhörer ab.

»Tut mir leid«, sagte er mit einem breiten Grinsen.

Nachdem er bemerkt hatte, dass er wohl den falschen Regler auf dem Mischpult bedient hatte, schaltete er die Boxen aus und isolierte sich wieder unter seinen Kopfhörern.

»Sébastien, welchen Knopf soll ich noch probieren?«

»Alle! Dann sehen wir, welcher der richtige ist.«

Nacheinander gingen die Lichter in der Bar, die Wandleuchten, die Beleuchtung des zweiten Saals und die Treppenlampen zu den Toiletten an. Schließlich setzte die mit ›Ventilator‹ beschriftete Taste die Spiegelkugel in Bewegung.

»Und jetzt schalte nur das Licht in der Bar ein, dann können wir die Spots, die die Tanzfläche beleuchten, noch richtig einstellen.«

Didier überließ sie ihren Vorbereitungen und zog sich in eine Ecke des Raums zurück. Er machte ein paar Aufnahmen, um zu prüfen, ob sein Kameraequipment richtig funktionierte. Dann kontrollierte er, ob er nichts vergessen hatte und sämtliche Akkus geladen waren. Schließlich machte er ein paar Porträtaufnahmen von den Mitgliedern des Teams bei der Arbeit, als eine grüne Lampe, die mit der Türklingel verbunden war, aufblinkte und ihnen signalisierte, dass die ersten Gäste bereits draußen vor der Tür warteten. Sébastien schob den Hauptregler hoch, um das eher langweilige stimmungsvolle Licht in eine bunte Discobeleuchtung zu verwandeln, während Arnold die erste Reggae-Scheibe auf den Plattenteller legte: *Plus rien ne m'étonne* von Tiken Jah Fakoly. Das bringt nichts, sofort die Tanzfläche zu erhellen, dachte der DJ, bevor er seine Meinung änderte, da bereits die ersten Besucher scheinbar unwiderstehliche Lust zu tanzen verspürten. Am Ende des ersten Songs, wiegten sich fünf Leute auf der Tanzfläche in den Hüften. DJ Le Pariser ließ einen rasanten afrikanischen Rhythmus folgen.

Als der Abend schon weit fortgeschritten war und Didier bereits über zweihundert Fotos geschossen hatte, gönnte er sich eine kleine Pause an der Bar, wo er auf Chris, einen Engländer, stieß, den er regelmäßig in Nachtclubs traf.

»Hey, my friend. Wie geht es?«, begrüßte ihn der Engländer.

»Ganz gut! Wie du siehst, tanze ich heute nicht, sondern ich arbeite.«

»Naja, wie man es nimmt. Es gibt wohl schlimmere Jobs.«

»Dem möchte ich nicht widersprechen, aber ich hänge zumindest nicht an der Bar ab«, erwiderte Didier grinsend.

»Wozu kann ich dich einladen?«

»Da ich in Gesellschaft eines Franzosen bin, trinke ich gerne ein Glas Wein.«

Didier nickte der Bardame zu.

»Céline, was für einen Rotwein kannst du uns denn empfehlen?«

»Ich habe einen exzellenten geschmuggelten Corbières«, flüsterte sie, ohne dass Didier wusste, ob das ein Scherz sein sollte.

»Schenkst du uns bitte zwei Gläser ein?«

Als Céline die Getränke vor sie hinstellte, spielte sie die Weinkennerin und fügte hinzu:

»Ein Tropfen, der dich bestimmt nicht enttäuscht.«

Als sich die beiden Männer gerade zuprosteten, trat eine äußerst attraktive langhaarige Brünette an die Bar und gab Céline zur Begrüßung ein Küsschen auf die Wange. Sie schenkte Didier ein neugieriges Lächeln, ohne Chris auch nur eines Blickes zu würdigen. Der Engländer erinnerte sich daran, sie schon einmal gesehen zu haben, wusste aber nicht mehr wo. Der Alkohol hatte bereits sein Erinnerungsvermögen vernebelt. Er trank noch einen Schluck und wie durch ein Wunder fiel ihm der Name wieder ein: Catherine. Er hatte sie vor einem Monat während eines Tanzabends in einem Luzerner Hotel gesehen. Chris hatte auf der Tanzfläche so richtig abgerockt. Er hatte damals keine Leute treffen, sondern einfach eine stressige Woche hinter sich lassen wollen. Catherine war vermutlich in der gleichen Stimmung gewesen. Sie hatte sich mit dem Rücken zur Menge rhythmisch bewegt, auch wenn sie dabei nicht so ein Tempo wie der Engländer vorgelegt hatte. In seiner Blase hatte Chris sie nicht sofort bemerkt. Der Club wollte gerade schließen, als eine gemeinsame Freundin sie einander vorgestellt hatte. Während der darauffolgenden Woche hatte Chris die ganze Zeit bedauert, nicht wenigstens ein paar Worte mit Catherine gewechselt zu haben.

Während er sich die Szene wieder ins Gedächtnis rief, entfernte sich die Frau mit zwei Gläsern Prosecco in der Hand von der Bar und setzte sich zu einer Freundin, die es sich auf einem Sofa bequem gemacht hatte.

»Ich habe sie schon mal getroffen«, gestand Chris. »Schau mal. Sie sind ohne Begleitung hier, das bedeutet, dass der rote Teppich für uns ausgerollt ist. Komm mit, wir reißen sie auf. Nur vereint ist man erfolgreich!«

»Glaubst du allen Ernstes, dass sie auf dich warten, nur weil sie alleine hier sind?«

»Und ob sie auf uns warten! Los, hör auf zu philosophieren. Du kommst mit!«

Didier hatte die Betonung am Satzende nicht richtig verstanden. Handelte es sich um eine Bestätigung oder um eine Frage?

»Du weißt schon, dass ich mit Sonya zusammen bin. Sie ist heute Abend nicht mit hier, weil sie zu einer Familienfeier gefahren ist, aber das bedeutet nicht, dass ich ungebunden bin.«

»Okay, du nervst. Ich gehe alleine rüber.«

»Jetzt sei nicht gleich eingeschnappt, ich begleite dich aus männlicher Solidarität. Allerdings werde ich heute Abend fürs Fotografieren bezahlt, danach mache ich mich also gleich wieder an die Arbeit.«

Sie stellten ihre Gläser auf der Theke ab und näherten sich den beiden Frauen, die zu ihnen aufblickten.

»Hallo, Catherine. Dürfen wir uns zu euch setzen?«, fragte Chris.

Catherine schaute ihn mit großen Augen an.

»Erinnerst du dich nicht an mich?«

Didier kicherte verstohlen. Catherines Freundin zögerte einen Moment und erwiderte dann:

»Ja klar, das ist wirklich sehr originell. Du hast Catherines Namen aufgeschnappt, als sie sich mit Céline an der Bar unterhalten hat. Und jetzt wirst du uns gleich erzählen, dass du ihr schon mal im Traum begegnet bist.«

Didier konnte sich nicht mehr zurückhalten und lachte lauthals los, während Chris sich nicht aus der Fassung bringen ließ.

»Nein, absolut nicht. Vor einem Monat hat uns Marianne

bei der letzten Ü30-Party im Hotel Schweizerhof einander vorgestellt.«

Catherine zögerte einen kurzen Moment. Mit einer Handbewegung unterbrach sie ihre Freundin, die zweifellos gerade erneut eine giftige Bemerkung machen wollte.

»Ja, jetzt erinnere ich mich. Wir haben beide wie die Irren getanzt, jeder ganz für sich. Wie war noch gleich dein Name?«

»Chris und das hier ist mein Freund Didier.«

»Meine Freundin Benedikta«, erwiderte Catherine, die Didier nicht aus den Augen ließ. »Da wir uns ja jetzt einander vorgestellt haben, setzt euch doch zu uns.«

Benedikta wirkte verärgert, rückte aber ein wenig zur Seite, um Platz für die beiden Männer zu machen.

Als der DJ die Négresses Vertes ausklingen und *Tomber la chemise* von Zebda folgen ließ, beschloss Didier seine Pause zu verlängern. Er schlug Catherine vor zu tanzen. Ein wenig später, kurz bevor Didier seine Arbeit wieder aufnahm, kamen auch Chris und Benedikta zu ihnen auf die Tanzfläche.

Als der Engländer sie aufforderte zu Kassav einen Zouk zu tanzen, vergaß Benedikta schnell dessen anfängliche Unbeholfenheit. Chris wirbelte um seine Partnerin herum und drückte seinen heißen Körper gegen den ihren. Sie wogten auf einer sinnlichen Welle und verschmolzen miteinander. Der kubanische Salsa, dem sie sich beide atemlos hingaben, bescherte Didier fantastische Bilder von Körpern in Bewegung. Während er arbeitete, schaute er immer wieder zur Bar hinüber, an der sich Catherine mit der Bardame unterhielt. Punkt Mitternacht erklärte Benedikta, dass sie nach Hause gehen wolle.

»Aber dafür ist es doch noch viel zu früh. Der Abend hat doch gerade erst angefangen. Willst du nicht noch ein bisschen bleiben?«, fragte Chris.

Obwohl er den Ring an der linken Hand seiner Tanzpartnerin schon beim ersten Tanz bemerkt hatte, versuchte Chris sein Glück:

»Hast du eine Telefonnummer?«

»Ja, natürlich, aber ich ziehe es vor, dass wir uns zufällig bei einer nächsten Tanzparty der Boîte de Nuit treffen.

Sie küsste Chris auf die Stirn und rief ihm im Weggehen zu:

»Bis bald, spätestens in einem Monat.«

Niedergeschlagen bestellte sich der Engländer einen Gin Tonic und gesellte sich zu Catherine.

»Kennst du Benedikta gut?«

»Ja, sie ist eine enge Freundin.«

»Ich würde sie gerne so schnell wie möglich wiedersehen. Weißt du, wo sie abhängt?«

»Wir treffen uns regelmäßig im Magdi. Die Bar organisiert jeden zweiten Montag im Monat zusammen mit einem französischen Verein einen Kinoabend. Da du ja den französischen Film liebst, solltest du unbedingt mal vorbeischauen«, erklärte sie als Wink mit dem Zaunpfahl.

»Geht sie da jedes Mal hin?«

»Das hängt von ihrem Beziehungsstatus mit Patrick ab. Momentan ist dieser quasi auf dem Nullpunkt. Das nutzen wir aus, um uns öfter zu sehen. Aber sag mal, mein lieber Chris, hat sie dir etwa den Kopf verdreht?«

Er errötete leicht.

»Mmh, ja schon, aber … ich habe das noch nicht ganz verstanden. Wie ist das mit ihrem … Beziehungsstatus genau?«

»Wie viel zahlst du?«

»Für interessante Informationen lade ich dich auf einen Drink ein.«

»Einverstanden! Aber mach dir keine Hoffnungen. Du bist nicht mein Typ.«

»Keine Sorge.«

Chris schwieg und wartete auf weitere Erklärungen.

»Mit Benedikta ist es ganz schön kompliziert. Sie hat eine On-Off-Beziehung mit diesem Patrick, den ich eben schon erwähnt habe. Momentan herrscht gerade Sendepause, aber vermutlich kommen sie – wie jedes Mal – wieder zusammen. Für dich bedeutet das, jetzt oder nie.«

»Hast du ihre Telefonnummer?«

»Ja.«

»Super. Kannst du sie mir geben?«

»Nein«, erwiderte sie lächelnd. »Wenn Benedikta sie dir nicht selbst gegeben hat, werde ich das ganz bestimmt auch nicht machen.«

»Und wenn ich dich zum Essen einlade?«

»Auch dann nicht. Aber ich kann dir gerne einen Tipp geben: Der nächste Film im Magdi ist Godards *Außer Atem* und sie wird kommen.«

»Du bist ein Engel, Catherine! Und was das Essen betrifft. Wann immer du willst und in einem Restaurant deiner Wahl.«

Chris küsste sie auf beide Wangen, verabschiedete sich von Didier, der immer noch arbeitete und schlenderte gemütlich und glücklich nach Hause.

Um zwei Uhr morgens schloss die Boîte de Nuit ihre Pforten. Catherine reichte Arnold ihr Smartphone und bat ihn, die Musik zu spielen, die sie sich erst am Morgen runtergeladen hatte. Während sie 3 Min. 55 Sek. zu Machel Montanos *Mr Fete* tanzte, räumte Arnold sein Equipment zusammen, packte Didier seine Fototasche und fing Céline mit dem Aufräumen des Saals an. Als die Lautsprecher verstummten, ging Catherine zu Didier hinüber und gab ihm wortlos einen Zettel, auf dem sie ihre Telefonnummer notiert hatte. Sie küsste ihn auf die Wangen und verließ den Nachtclub. Didier steckte den Zettel ein und sprach den DJ Le Pariser an:

»Hey, Arnold. Macht es dir was aus, mich an der Neustadtstraße abzusetzen?«

»Nein, kein Problem. Packst du gerade noch mit an?«

»Klar. Sag mir, was ich machen soll.«

»Wenn du schon mal meinen Wagen holst, sparen wir etwas Zeit.«

Didier nickte und der Diskjockey warf ihm die Schlüssel zu.

»Der steht direkt hinter der Brücke, du musst nur einmal rechts abbiegen und dann sofort wieder rechts. Ich habe in der blauen Zone entlang der Reuss geparkt. Ein alter weißer VW, der ist nicht zu übersehen.«

In der Bar Chez Ginette neben dem Club herrschte noch so reger Betrieb, dass sich davor eine Warteschlange gebildet hatte. Drei junge Frauen standen rauchend beisammen und hatten offensichtlich schon ein oder zwei Gläser intus. Didier trat vom Trottoir auf die Straße, um an ihnen vorbeizukommen und sprang gleich darauf zur Seite, um einem jungen Mann auszuweichen, der geräuschvoll das gesamte, zuvor genossene Bier in den Rinnstein kotzte.

Eine dünne Schneedecke legte sich langsam über die Stadt. Didier schlug den Mantelkragen hoch und beeilte sich. Hinter der Brücke war keine Menschenseele mehr zu sehen. Je mehr er sich dem Fluss näherte, desto dürftiger wurde die Straßenbeleuchtung. Als er die blaue Parkzone erreichte, sah er etwas entfernt eine Frauengestalt, die er für Catherine hielt. Beinah hätte er ihr etwas zugerufen, doch dann besann er sich eines Besseren, da er sie vermutlich in einer solchen Umgebung mitten in der Nacht nur erschreckt hätte. Er beschleunigte seine Schritte. Ein vorbeifahrendes Fahrzeug schob sich zwischen ihn und sie. Der Lieferwagen näherte sich langsam der Frau. Obwohl er noch etwa zwanzig Meter entfernt war, hatte er eine böse Vorahnung. Die Frau wechselte auf den Bürgersteig und lief schneller. Didiers Puls raste. Er vergaß das Auto seines Freundes und konzentrierte sich ganz auf die Szene, die sich vor seinen Augen abspielte. Gerade als er sicher war, dass es sich um Catherine handelte, da diese ängstlich nach hinten geschaut hatte, ging alles ganz schnell. Der Unbekannte trat aufs Gaspedal. Catherine rannte. Didier eilte auf sie zu. Der Lieferwagen schlingerte über die verschneite Straße, denn der Fahrer bremste auf Catherines Höhe abrupt ab und sprang aus dem Wagen.

Didier war keine zehn Meter mehr entfernt und brüllte impulsiv auf Französisch:

»Hey, du! Hör sofort auf.«

Der Angreifer spürte die drohende Gefahr, setzte sich sofort wieder hinter das Steuer seines Fahrzeugs, dessen Motor noch lief und machte sich aus dem Staub. Didier spurtete auf die Fahrertür los, rutschte aus und fiel der Länge nach auf das Pflaster. Der Lieferwagen verschwand hinter einer Kurve aus dem Sichtfeld. Didier rappelte sich auf. Catherine eilte zu ihm.

»Ist dir was passiert?«, fragte sie besorgt und reichte ihm ein Taschentuch für seine blutende Nase.

»Halb so wild. Und bei der Kälte hört die Blutung schnell wieder auf.«

Ohne Vorwarnung warf sich Catherine weinend in seine Arme. Didier drückte die zitternde Catherine an sich und hielt sich mit der anderen Hand das Taschentuch vor die Nase. Schweigend versuchte er sie zu trösten.

»Was für ein Glück, dass du da warst. Was wollte der von

mir?«, fragte Catherine.

»Keine Ahnung. Komm, steig in Arnolds Auto, um dich von dem Schreck zu erholen.«

»Mein Wagen steht direkt daneben.«

Sie entriegelte das Fahrzeug mit der Fernbedienung und setzte sich auf den Fahrersitz. Als Didier gerade einsteigen wollte, bückte er sich plötzlich, hob einen Gegenstand auf und setzte sich mit einer Kopfbedeckung in der Hand neben Catherine.

»Das ist seine Kappe, die könnte nützlich sein.«

»Wozu?«

»Um ihn wiederzufinden, natürlich.«

Plötzlich begann Catherine zu schwitzen und heftig zu zittern. Es gelang ihr nicht, den Schlüssel ins Schloss zu stecken. Didier musterte sie und merkte, dass sie unter Schock stand. Catherine dachte laut nach:

»Wie willst du ihn mit der Kappe wiederfinden?«

»Nicht ich, die Bullen.«

Sie runzelte die Stirn.

»Warum? Willst du ihm die Kappe wiedergeben? Geschieht ihm doch recht, dass er sie verloren hat.«

Didier kapierte, dass er Catherine schnell in die Notaufnahme bringen musste. Er bemühte sich um eine Erklärung:

»Der Typ wollte dir übel mitspielen, das muss man der Polizei melden.«

»Aber ich habe keine Lust, deswegen zur Polizei zu gehen. Es ist ja nichts passiert.«

»Findest du? Woher weißt du, was er mit dir vorhatte?«

»Du machst mir Angst, Didier … wir sind in Luzern, was soll mir hier schon passieren?«

»Catherine, vertraust du mir?«

»Ja, natürlich.«

»Also, dann machen wir jetzt Folgendes: ich fahre am Club vorbei …«

»Nein, lass mich nicht allein!«

»Ich fahre deinen Wagen und wir machen das zusammen. Ich werde vor dem Chez Ginette parken. Da sind jede Menge Leute, also musst du keine Angst haben. Ich gebe Arnold seinen Autoschlüssel zurück und bringe dich in die Notaufnahme und danach verständigen wir die Polizei. Schließlich sind die ja nicht nur dafür da, Strafzettel zu verteilen.«

Im Warteraum kümmerte sich eine medizinische Angestellte um einen betrunkenen Mann, dessen Hand mit Küchenpapier umwickelt war. Das Kirschmotiv war durch das geronnene Blut kaum noch zu erkennen. Während sie vorsichtig versuchte, den behelfsmäßigen Verband zu entfernen, schimpfte der Mann über Gott und die Welt. Die Krankenschwester entdeckte eine unschöne Wunde in der Handfläche, in der noch Glassplitter steckten. Sie führte ihn in einen Behandlungsraum, während Catherine und Didier allein zurückblieben.

Der diensthabende Arzt, der sich um Catherine kümmerte, verschrieb ihr übers Wochenende Beruhigungsmittel und ordnete an, sich Montag bei ihrem Hausarzt zu melden.

Während Didier auf seine Bekannte wartete, sah er durch die Glastür zwei Stadtpolizisten und sprach sie auf Englisch an. Als er ihnen beschrieb, was er mit Catherine nur ein paar hundert Meter entfernt erlebt hatte, wurden sie hektisch. Einer der beiden Polizisten tätigte sofort mehrere Anrufe. Seine Kollegin, die sich mit dem Namen Järmann vorgestellt hatte, stellte Didier eine Reihe von Fragen. Sie hakte vor allem wegen des Fahrzeugs mehrfach nach. Didier musste ihr zweimal erklären, dass er nicht auf das Fabrikat geachtet und sich auch nicht das Kennzeichen notiert hatte, sondern sich nur daran erinnerte, dass der Wagen im Kanton Luzern angemeldet war.

Die Polizistin nutzte die Ruhe im leeren Wartezimmer, um Catherine nach ihrer Rückkehr vom Arzt zu befragen. Diese erzählte, dass sich der Angreifer ihr von hinten genähert habe und sie ihn deswegen nicht richtig gesehen habe.

Didier konnte nur einen einzigen Hinweis hinzufügen: der Unbekannte sei sehr merkwürdig gelaufen, wobei er das nicht näher beschreiben konnte. Die Polizistin, die ein paar Worte Französisch sprach, bat sie, ihr auf den Polizeiposten zu folgen. Sie verriet zwar keine Details, ließ sie aber wissen, dass etwas Ernstes vorgefallen sei und sie schnell handeln müssten. Catherine und Didier verstanden, warum die beiden Polizisten so nervös waren, als sie von zwei Fahndern auf dem Polizeiposten abgeholt und zur Einsatzleitzentrale der Kantonspolizei gefahren wurden. Während der Fahrt erinnerte sie ein Polizist an ein Kidnapping, das sich vor einem Monat in Luzern ereignet hatte. Obwohl der für die Zentralschweiz beispiellose Fall viele Schlagzeilen gemacht hatte, war er ihnen bis eben wieder entfallen. Die Gesetzeshüter wollten jedoch keine spekulativen Vergleiche anstellen. Dennoch, eine Frau war verschwunden und Catherine schien die zweite auf der Liste gewesen zu sein.

Catherine und Didier erfuhren, dass man aufgrund der Entführung eine Sonderkommission gegründet hatte, deren Mitglieder sich zum Teil in dem Raum versammelt hatten, in den man sie führte. Die Ermittler stellten jede Menge Fragen. Der Chef der Kriminalpolizei war mit ungekämmtem Haar dazugestoßen. Um vier Uhr morgens ging es auf dem Kriminalkommissariat zu wie in einem Ameisenhaufen, vor allem, als

Didier sich daran erinnerte, dass er die Kappe des Angreifers in Catherines Wagen liegen gelassen hatte.

Die Polizisten verlangten sie unverzüglich zu sehen, aber Catherine und Didier waren dermaßen erschöpft, dass sie nur noch ins Bett fallen wollten. Didier musste darauf bestehen, dass ihre Befragung beendet wurde. Er nannte ihnen die Parkplatznummer und reichte dem Kripochef die Autoschlüssel. Sie wurden für 14 Uhr erneut einbestellt. Ein Polizist erklärte ihnen, dass dann eine Dolmetscherin zugegen sein würde, nicht für Catherine, die fließend Deutsch und sogar den Luzerner Dialekt sprach, sondern für Didier, denn die Angelegenheit sei zu ernst, um die Ermittlungen durch ein Sprachproblem zu gefährden.

Vor dem Stützpunkt wurden Didier und Catherine von einem grellen Licht geblendet. Ihre Pupillen hatten sich noch nicht geweitet, da traf sie ein zweiter Blitz und dann rief jemand:

»Sie sind Opfer des Kidnappers von Luzern geworden. Bitte schildern Sie der Luzerner Zeitung ihre ersten Eindrücke.«

Didier stieß den Journalisten zur Seite und winkte ein Taxi heran. Catherine folgte ihm auf dem Fuß.

»Jetzt habe ich aber genug. Ich will nach Hause.«

»Was für ein Haufen Idioten, diese Lokalreporter! Keiner kriegt seinen Arsch hoch, wenn die französische Botschafterin nach Luzern kommt, aber für Lokales findet man sie in der ersten Reihe«, regte sich Didier beim Einsteigen auf.

»Das ist echter Investigativjournalismus!«

Im Taxi auf dem Weg zu Catherines Wohnung fragte Didier:

»Und, wie geht es dir?«

»Besser. Der Arzt hat mir geraten, vor dem Zubettgehen

eine Schlaftablette zu nehmen. Morgen ist ein neuer Tag. Zum Glück sind meine Töchter bei ihrem Vater.«

Dann zögerte sie einen Moment:

»Didier, ich weiß nicht, wie ich dir danken soll.«

»Das tust du doch gerade.«

»Quatsch, du machst Witze. Ich wäre vorhin beinah entführt worden, und du bist ein großes Risiko eingegangen.«

»Welches denn? Das hätte doch jeder getan.«

»Ja, das glaubst du. Auf jeden Fall sehen wir uns morgen beziehungsweise heute Nachmittag wieder und dann reden wir weiter.«

Didier begleitete Catherine bis zu ihrer Wohnungstür. Kurz bevor sie aufschloss, küsste sie ihn kurz auf die Lippen. Verwirrt ließ er sich vom Taxi in die Neustadtstraße bringen.

Daheim überflog Didier die Textnachrichten im Display seines Telefons. Er hatte zum letzten Mal in der Boîte de Nuit darauf geschaut. Besonders aufmerksam las er die beiden WhatsApps von Sonya:

Didier, ich bin gut in Kiel angekommen. Ich umarme dich und wünsche dir einen erfolgreichen Abend.

Dann gegen 23 Uhr:

Es tut gut, wieder zu Hause zu sein, ich hoffe, du verbringst einen schönen Abend, Küsschen.

Bevor Didier in sein Bett sank, antwortete er:

Der Abend in der Disco ist gut gelaufen. Super Atmosphäre! Nach deiner Rückkehr lade ich dich dort ein. Das »Danach« war hingegen etwas kompliziert, das erzähle ich dir morgen. Ich umarme dich, Didier.

Der Mann, der mit auf dem Rücken gefesselten Händen zusammengekrümmt auf dem Boden hockte, regte sich nicht.

Eine schwarze Haube verhinderte, dass man seine Gesichtszüge sah. Es herrschte eine bedrückende Stille, in der nur ein entfernt fallender Wassertropfen zu hören war. Das fahle Licht verstärkte die düstere Szenerie. Didier stand dem Unbekannten in diesem Raum aufrecht gegenüber. Als er ihm zur Hilfe eilen wollte, konnte er sich keinen Millimeter nach vorne bewegen. Er wandte den Kopf, um zu sehen, was ihn zurückhielt, erkannte jedoch nichts Ungewöhnliches. Sein Körper weigerte sich einfach, den Befehlen seines Gehirns Folge zu leisten. Plötzlich wurde auch sein Kopf schwer. Er versuchte zu rufen, aber kein Laut kam ihm über die Lippen. Er wollte herausfinden, ob der Mann atmete, aber atmete er denn selbst? Wie viel Zeit war vergangen? Stunden? Tage? Didier spürte keine Müdigkeit. War er ein Gefangener des Serienkidnappers? Er konnte nicht mehr denken. Er war da, das war alles. Er spürte eine kaum wahrnehmbare Bewegung; er näherte sich dem Unbekannten, als würde er nach vorne gezoomt. Nur noch ein Meter trennte sie jetzt voneinander. Didier hörte den gleichmäßigen und langsamen Atem des Mannes. Dann setzte der Atem aus, und der Unbekannte sprang befreit von seinen Fesseln auf. Er drückte sein Gesicht gegen das von Didier und hob theatralisch seine Hand über den Kopf. Er legte sie auf seine Haube und zog sie mit einer raschen Bewegung herunter. Didier entdeckte darunter seinen alten Freund John, der ihn hasserfüllt anstarrte. Plötzlich ertönte in der Ferne ein schriller Ton, der immer weiter anschwoll, bis er einen körperlichen Schmerz verursachte. Dann wieder Stille. John zog die Haube wieder auf und Didier wurde in einem schwindelerregenden Tempo nach hinten gesaugt. John verschwand. Schweißüberströmt schreckte Didier aus dem Schlaf, schlug mit der flachen Hand auf den Wecker und eilte ins Wohnzimmer. Dort öffnete er sperrangelweit die Fenstertür. Die eisige Luft ließ ihn frösteln.

Ich werde diese Albträume nie los, dachte er.

2. – Dona Quichotte, das Original

Eine mörderische Migräne riss Didier kurz vor Mittag aus dem Schlaf. Mühsam schleppte er sich ins Bad, wo er im Spiegel des Arzneischranks schockiert seine dunklen Augenringe und die müden Gesichtszüge begutachtete. Er schluckte ein Ibuprofen, trank ein großes Glas Wasser und schloss die Tür des Schränkchens, ohne noch einmal sein Gesicht zu betrachten.

Nachdem er die Kaffeemaschine in Gang gesetzt hatte, scrollte er auf dem Smartphone die Nachrichten durch, die er im Laufe des Vormittags erhalten hatte. Sein Telefon lief geradezu vor Mails und Textnachrichten über. Alle seine Freunde schienen über die Ereignisse der vergangenen Nacht auf dem Laufenden zu sein. Normalerweise würde er sofort darauf antworten, aber dieser Vormittag schien alles andere als normal zu sein. Didier zog es vor, den Tag ganz in Ruhe zu beginnen. Er schaute seine CD-Sammlung durch und notierte sich im Gedächtnis, dass er langsam mal etwas Geld in eine Anlage stecken sollte, mit der sich CDs digitalisieren ließen. Er suchte vergeblich nach dem Album *Blue Train* von John Coltrane und wählte stattdessen seine neuste Errungenschaft aus: Hildegard von Bingens *Gesänge der Ekstase*. Beim Klang der über tausend Jahre alten Kantaten beschloss er, das Wochenende noch so lange hinauszuzögern, bis die Nachbarin unter ihm das Haus zum Einkaufen verlassen würde. Sie selbst störte ihn überhaupt nicht. Der einzige, allerdings bedeutende Knackpunkt hieß Charly und war ein unerzogener Hund, der immer, wenn er sich verlassen fühlte, unsäglich heulte. Sonya hatte sich deswegen schon bei der Nachbarin beschwert, was diese jedoch völlig unbeeindruckt gelassen hatte. »Nächste Woche muss ich den Hauseigentümer darüber informieren«, dachte Didier. Zumal Charly in der vergangenen Woche an zwei aufeinanderfolgenden Abenden bis Mitternacht gejault hatte. Didier entschied sich für die energiegeladenere Musik von Hej Francis und regelte die Lautstärke hoch, um das Geheul des Hundes zu übertönen, gegen den er immer größere Abscheu hegte, auch wenn ihm klar war, dass das arme Tier nichts dafür konnte.

Im Nachgang riefen die durch den Angriff auf Catherine befeuerten, lebhaften Emotionen der vergangenen Nacht die schrecklichen Erinnerungen an die Erlebnisse im Gefängnis von Utopia wieder in ihm wach, in dem er bis vor fast einem Jahr eingesessen hatte. Er versuchte die unschönen Bilder aus seinem Kopf zu vertreiben und das Leben zu feiern, indem er das letzte Glas Honig öffnete, das er letztes Jahr aus dem französischen Gâtinais mitgebracht hatte. Da er sein Wochenende ganz in Ruhe angehen wollte, machte er es sich auf dem Sofa bequem und las auf dem Laptop seine E-Mails.

Von den insgesamt gut fünfzehn Mails, die sich größtenteils auf den Artikel in der Luzerner Zeitung bezogen, hatte Sonya allein fünf geschrieben. Mit einem Honigbrot in der Hand öffnete Didier unverzüglich sein Facebook-Profil und entdeckte dort die elektronische Titelseite des Luzerner Blattes. Sein Brot fiel ihm mit der Honigseite nach unten auf die Tastatur, als er dort sein Konterfei neben dem von Catherine vor der Einsatzleitzentrale der Polizei entdeckte. Er brannte so sehr darauf, die Kommentare zu lesen, dass er sein Missgeschick mit dem Handrücken wegwischte und eine gründliche Reinigung des Computers auf später verschob.

DJ Le Pariser: *Gut, dass ich meinen Wagen in der gleichen Straße wie Catherine geparkt hatte. Du bist ein echter Held, aber was ziehst du auf dem Foto denn für eine Fresse?!*

Sébastien Maisonneuve: *Bravo, Didier! Für unsere nächste Tanzparty in der Boîte de Nuit buchen wir dich als Rausschmeißer.*

Benedikta Krause: *Danke, dass du Catherine gerettet und mir Chris vorgestellt hast ;-)*

Joe Snyder: *Das ist mein Kumpel, stets zur Stelle, wenn man ihn braucht!*

Éric Langlois: *Hey Didier! Da, wo du bist, spielt immer die Musik!*

Claude Albertini: *Bravo, Bruder! Bei dem Foto habe ich erst gedacht, du würdest schon wieder in der Patsche sitzen. Zum Glück kommentieren deine Freunde hier auf Französisch oder Englisch, denn so ein deutscher Artikel …*

Sonya Weber: *Da lasse ich dich keine 24 Stunden aus den Augen und schon mutierst du zum Helden. Ich hoffe, das verhilft dir zu einem guten Job ;-) Tausend Küsschen …*

Trotz seiner bescheidenen Deutschkenntnisse machte sich Didier sofort über den Artikel in der Luzerner Zeitung her. Mit Hilfe eines Wörterbuches gelang es ihm, den Text zu entziffern, der von einem zweiten Kidnappingversuch sprach, welcher der Mutter einer Lausanner Familie gegolten habe, die seit über zwanzig Jahren in der Zentralschweiz ansässig sei. Didier wurde als französischer Fotograf erwähnt, der den Kriminellen daran gehindert habe, ein Gewaltverbrechen zu begehen.

Fassungslos schaltete er seinen Computer aus und reinigte die Tastatur, bevor der Honig Dauerschäden verursachte. Danach regelte er die Lautstärke seiner Stereoanlage höher, um die Musik auch unter der Dusche zu hören. Als er sich gerade eingeseift hatte, klingelte sein Festnetztelefon. Das Klingeln verstummte, nur um dann erneut einzusetzen. Mit einem Handtuch um die Taille und einem Bademantel über den Schultern nahm er ab.

»Hallo, mein Schatz. Ich hoffe, ich habe dich nach deinen nächtlichen Abenteuern nicht geweckt?«, fragte Sonya so freudig, dass Didier beruhigt war.

»Nein, ganz und gar nicht! Ich mache mich übrigens gerade bereit, um gleich beim Kriminalkommissariat eine detaillierte Aussage machen zu können, und wenn ich es richtig verstanden habe, soll die Tat sogar nachgestellt werden. Was für eine Geschichte!«

»Von hier aus betrachtet erscheint das Ganze noch viel merkwürdiger. Eine Freundin hat mir heute Morgen eine Textnachricht geschickt. Sie war auf dem Markt und dort wurde über nichts anderes gesprochen. Vermutlich aus gutem Grund, schließlich leben wir ja in Luzern und nicht in der *Ciudad Juárez*.«

»Ich habe den Artikel in der Luzerner Zeitung gelesen und wenn du mich fragst, dann fantasieren die alle von einer Art ›Serienkidnapper‹. Ich war ja schließlich hautnah dabei und nichts deutet darauf hin, dass der Typ Catherine entführen wollte. Ich glaube, dass …«

»Wenn wir schon dabei sind, mein großer Held, warum warst du überhaupt mit dieser charmanten Dame zusammen?«

»Ich war mit Catherine zusammen, weil die Boîte de Nuit gerade zugemacht hatte und ich das Auto des DJ holen wollte, das in der gleichen Straße wie das der charmanten Dame, wie du sie nennst, geparkt war. Aber was genau willst du damit andeuten? Und warum sollte ich mich rechtfertigen müssen?«

»Ich wollte dich auf den Arm nehmen. Das ist ja normalerweise deine Spezialität, aber ab und zu ist es auch mal gut, die Rollen zu tauschen, meinst du nicht?«

Didier lachte gequält und fuhr dann ein wenig verwirrt mit seinen Erläuterungen fort.

»Selbst wenn der Kerl Catherine tatsächlich entführen wollte, glaube ich, dass die Sache sehr aufgebauscht wird. Vielleicht hat er sich einfach nur für ihre Geldbörse interessiert?«

Detailliert berichtete Didier seiner Freundin von seiner bewegten Nacht. Als sie auflegte, bemerkte er, dass er zu seinem Termin um 14 Uhr zu spät kommen würde. Hastig zog er seinen Mantel über und stürzte auf die Straße.

Catherine hatte sich bereits im Kriminalkommissariat eingefunden, als Didier eintraf. Ein Ermittler, der bereits in der Nacht an der Befragung teilgenommen hatte, begrüßte ihn. Der Polizist wies Didier darauf hin, dass er zwei Minuten verspätet sei und alle bereits auf ihn warten würden. Als sie den Besprechungsraum betraten, erblickte Didier gut zehn Personen, die um einen großen Tisch herum saßen. Er hatte noch nicht einmal richtig Platz genommen, als ein Mann sich räusperte und auf Schweizerdeutsch das Wort ergriff:

»Zunächst einmal hoffe ich, dass Sie, Frau Bucher, sich von dem Vorfall heute Nacht erholen konnten.«

Ohne ihr Zeit für eine Erwiderung einzuräumen, fuhr er mit seinem Monolog fort:

»Herr d'Orville, ich darf mich Ihnen vorstellen, Viktor Kipfer, Kommandant der Luzerner Polizei. Wir haben für Sie Frau Christine Amstad als Dolmetscherin hinzu gebeten. Schließlich möchten wir nicht, dass auch nur die kleinste Information ›lost in translation‹ ist, wie der Engländer sagt.«

Er schwieg einen Moment, um der Dolmetscherin Gelegenheit zum Übersetzen zu geben.

»Die Lage ist ernst und wir sollten so schnell wie möglich vorankommen. Sie wissen vermutlich, dass sich hier in dieser Stadt bereits vor einem Monat eine Entführung zugetragen hat, über die zahlreiche Gerüchte die Runde machen. Stefanie Gassmann wurde mitten in der Nacht in Luzern gekidnappt. Ein Zeuge hat die Tat beobachtet, ohne jedoch so geistesgegenwärtig wie Sie zu sein. Oder besser gesagt, ohne Ihren Mut zu besitzen.«

Erneut hielt der Kommandant inne, damit die Dolmetscherin das Wort ergreifen konnte. Sämtliche Blicke richteten sich auf Didier, der allerdings nichts Heldenhaftes darin erkennen konnte, hinter einem Mann her zu rennen und ihn aufzufordern, anzuhalten. Viktor Kipfer fuhr mit seinen Erläuterungen fort:

»Diese Person, deren Identität und Aussage wir geheim halten, hat uns zahlreiche Details enthüllt. Wir würden seine Zeugenaussage gerne mit der Ihren abgleichen, Frau Bucher und Herr d'Orville. Selbst Dinge, die Ihnen unbedeutend erscheinen, könnten uns helfen, eine Verbindung zwischen den beiden Fällen herzustellen. Aber ich möchte mich nicht weiter in die Ermittlungen einmischen, sondern übergebe das Wort an Hansruedi Lichtsteiner, dem Chef der Kriminalpolizei.«

»Danke Viktor! Bevor wir zum Kern der Sache übergehen, möchte ich einige Punkte unterstreichen. Trotz aller Vorsichtsmaßnahmen könnten Ihnen hier in dieser Gesprächsrunde einige vertrauliche Informationen zu Ohren kommen. Daher gilt: Nichts, aber auch absolut nichts, darf aus diesem Raum nach außen dringen. Ist das klar?«, fragte er und richtete seinen Blick dabei auf Catherine und Didier.

Sie stimmten ihm mit einem angedeuteten Kopfnicken zu.

»Wir leben in einer Demokratie und kein Rechtsmittel kann Sie davon abhalten, mit Journalisten zu reden. Falls Sie kontaktiert werden, müssen Sie jedoch darauf achten, nichts zu enthüllen, was die Ermittlungen behindern könnte. Seien Sie zudem auch sehr vorsichtig bei ihren Freunden.«

Nach diesen Warnhinweisen fuhr Hansruedi Lichtsteiner fort:

»Wir wissen nicht, ob Stefanie Gassmann noch lebt und genau das bezweckt ihr Entführer auch. Bis jetzt gibt es keinerlei Lösegeldforderung und davon abgesehen ist ihre Familie auch nicht vermögend. Wir treten bei den Ermittlungen auf der Stelle und denken, dass uns die gestrigen Ereignisse näher an den Kidnapper heranführen könnten, wenn es sich tatsächlich um ein und dieselbe Person handelt. Genau das wird unser Ermittler Armin Oetterli versuchen zu belegen. Danach werden wir uns zu einem Lokaltermin an den Ort der Geschehnisse begeben. Armin, du bist dran.«

Ein großer Kerl mit blondem Bürstenhaarschnitt erhob sich und stellte sich als Leiter der Sonderermittlung vor, die mit der Entführung Stefanie Gassmanns betraut war. Er befragte die beiden Zeugen, die ihre Aussagen vom Vortag wiederholten. Catherine hatte nichts gesehen, da sie von hinten angegriffen worden war, und auch Didier konnte den Täter kaum beschreiben, außer dass ihm seine besondere Art zu laufen aufgefallen war, so als würde er hinken.

Kriminalkommissar Oetterli hakte bei Catherine nach, ob sie sicher sei, keinerlei Handtasche dabei gehabt zu haben. Didier glaubte seine Überlegungen zu verstehen: Wenn sie augenscheinlich nichts bei sich trug, was einen Raubüberfall erklären würde, konnte eine Entführung durchaus in Betracht kommen. Der Ermittler stellte ihnen mehrere Fragen in Bezug auf die Boîte de Nuit. Vor allem wollte er wissen, ob ihnen dort ein Mann aufgefallen sei, der sich merkwürdig verhalten hatte. Diese Spur schien ihm besonders am Herzen zu liegen, denn er deutete an, dass er in Richtung des Verantwortlichen für den Tanzabend ermitteln wollte.

Nach dem Ende der Befragung wurden Catherine und Didier von vier Polizisten und der Dolmetscherin zu Fuß zur Boîte de Nuit begleitet. Der Schnee war geschmolzen, aber es war immer noch eisig kalt. Sie gingen die Straße erneut bis zu dem Punkt ab, den die Polizisten »Tatort« nannten. Didier bemerkte, dass das Reussufer am helllichten Tag längst nicht mehr so bedrohlich wirkte wie in der gestrigen Nacht während des Angriffs. Ein wenig hinter der Hauptachse liegend wurde diese kleine Straße hauptsächlich von den Anwohnern und von Leuten, die nach einem kostenlosen Parkplatz suchten, frequentiert. Dank ihrer Lage war man jedoch von hier aus in ein paar Minuten auf der Autobahn. Indem sie all diese Hinweise verknüpften, wurde den beiden Freunden auf einen Schlag klar, dass Catherine tatsächlich in letzter Sekunde einem versuchten Kidnapping entronnen war. Auch der Ermittler tat diese Überzeugung unverhohlen kund.

Nach der Rekonstruktion des Tathergangs flüchteten sich Catherine und Didier schleunigst in die Rüüdig Bar, denn sie waren völlig durchgefroren. Noch während Catherine ihren Mantel auszog, gab sie bereits eine Bestellung auf und begann das Gespräch:

»Jetzt liegt es ja glasklar auf der Hand. Didier, du bist ein Held und hast mir das Leben gerettet.«

»Wir sollten das nicht übertreiben! Außerdem bekomme ich bei deinen Worten eine Gänsehaut, denn wenn ich dir, wie du sagst, das Leben gerettet habe, könnte das bedeuten, dass das Entführungsopfer Stefanie Gassmann vielleicht bereits tot ist?«

»Du hast recht. Ich habe mich falsch ausgedrückt. Fest steht jedoch, dass ich ohne dich jetzt Gott weiß, wo wäre. Was machst du heute Abend?«

Überrascht dachte Didier kurz nach, bevor er antwortete:

»Keine Ahnung, sicherlich nichts Aufregendes. Ich hatte überlegt, im stattkino einen Film zu schauen. Warum fragst du?«

»Im KKL spielt heute Abend ein Klavierquartett. Ich sollte dort mit einer Freundin hingehen, aber die hat gestern abgesagt, daher würde ich mich freuen, wenn du von dem zweiten Ticket Gebrauch machen würdest. Auf diese Weise könnte ich mich bedanken, ohne dich nur zu einem Drink einzuladen.« Während Catherine dies sagte, legte sie für etwa zehn Sekunden ihre Hand auf die Schulter ihres »Retters«.

Didier war verlegen. Das Angebot interessierte ihn. Er liebte Klaviermusik und auch die außergewöhnliche Akustik des Konzertsaals im Luzerner Kongresszentrum, aber er spürte, dass es Catherine um mehr als nur um eine reine Begleitung ging. Didier hing an Sonya und wollte die Einladung aber gerne annehmen, ohne Missverständnisse aufkommen zu lassen. Allerdings wusste er nicht recht, wie er das anstellen sollte:

»Warum nicht? Ich komme mit, bezahle aber meine Eintrittskarte selbst.«

»Das kommt gar nicht in Frage, du bist mein Gast. Hör auf, dein mutiges Einschreiten heute Nacht in Frage zu stellen. Das war heldenhaft, und ich will gar nicht weiter darüber diskutieren. Also kommst du mit oder muss ich mir einen anderen Begleiter suchen?«

»Einverstanden. Das Konzert bringt mich bestimmt auf andere Gedanken.«

Langsam glätteten sich die Falten auf Catherines Stirn, die sich beim Betreten des Kriminalkommissariats gebildet hatten.

»Weißt du eigentlich«, brach es aus ihr heraus, »dass wir dabei sind, in der Zentralschweiz zum Medienhype zu werden?«

»Ja, Sonya hat mir heute Morgen aus Norddeutschland, wo sie gerade zwei Wochen Urlaub macht, davon berichtet. Ich habe auch von meinen Luzerner Freunden jede Menge Textnachrichten bekommen.«

»Ich auch! Die Kriminalitätsrate hier ist so niedrig, und plötzlich gibt es ein Kidnapping und eine versuchte Entführung. Versetz dich in die Köpfe der Leute, wie beängstigend das ist! Ich habe jedenfalls ganz schön Schiss.«

Plötzlich verdüsterte sich Catherines Gesicht.

»Sollten wir jetzt nicht mal das Thema wechseln?«, schlug Didier vor. »Ich habe schon so viel vom Karneval gehört, den ihr hier wohl Fasnacht nennt. Alle Schaufensterscheiben sind entsprechend dekoriert und wenn ich es richtig verstanden habe, ist das ein mega Event für die Luzerner Bevölkerung.«

Didier hätte kein besseres Gesprächsthema anreißen können. Catherine, im Herzen Luzernerin, konnte endlos davon erzählen. Sie berichtete ihm, wie das bunte Treiben seit Jahrhunderten am Schmutzigen Donnerstag um fünf Uhr morgens begann und beschrieb die trotz der tausenden Zuschauer quasi besinnliche Atmosphäre am Schwanenplatz:

»Die Luzerner erwarten das Boot, mit dem der Bruder Fritschi, die Fritschifamilie und andere wichtige Fasnachtsfiguren über den See bis ans Ufer der Seepromenade gebracht werden. Ertönt der ›Urknall‹, beginnt man auf der Barke zu tanzen und die Freude überträgt sich auf die Menschenmenge am Ufer.«

Ihre Ausführungen wurden von zahlreichen Deutschschweizer Namen unterbrochen. Didier versuchte, sein Wissen zu erweitern und befragte Catherine zu den Guggenmusigen, jenen Spielmannszügen, die mit ihrer Musik seit kurzem die Fasnacht bereicherten. Er wurde sich des historischen Aspekts dieses Ereignisses bewusst, als ihm klar wurde, dass »seit kurzem« in diesem Falle seit über sechzig Jahren bedeutete. Begeistert lauschte er den Ausführungen der Welschschweizerin. Schließlich schwieg Catherine und wühlte in ihrer Handtasche nach ihrem Telefon, um eine Nachricht zu lesen.

»Entschuldige, Didier. Meine beiden Mädchen warten zu Hause auf mich. Ich muss jetzt los. Darf ich dich vorher noch um einen kleinen Gefallen bitten?«

»Was für eine Frage? Natürlich.«

»Eine Nachbarin hat mich mit dem Auto zum Polizeiposten gefahren, weil ich noch keine Zeit hatte, meinen Wagen abzuholen. Würdest du das übernehmen und ihn bei mir vor der Türe parken? Bei den hohen Parkgebühren, zahle ich mich ja sonst dumm und dämlich.«

»Kein Problem.«

»Du bist ein Engel«, bedankte sie sich und händigte ihm die Autoschlüssel aus, die sie gerade wiederbekommen hatte.

»Darf ich dich auch um etwas bitten?«

Catherine lächelte und nickte.

»In meinem Kühlschrank herrscht gähnende Leere. Kann ich mit deinem Auto schnell meine Einkäufe im Löwencenter erledigen?«

»Das versteht sich doch wohl von selbst.«

Nach diesem Gespräch ging Catherine zum Tresen, um die Rechnung zu begleichen und drehte sich dann lächelnd zu ihm um:

»Bis heute Abend.«

Während Didier ihr nachschaute, dachte er an Sonya. Ein leiser Zweifel nistete sich in seinem Herzen ein.

Gedankenversunken trank er seinen heißen Kakao aus, als eine ungewöhnliche Person in der Tür der Bar auftauchte. Die meisten Gäste starrten sie an. Exzentrische Erscheinungen waren in der Zentralschweiz eher selten und diese Frau fiel gewaltig auf. Groß, irgendwie alterslos, das rote, von einigen dunklen Strähnen durchzogene Haar wild und ungekämmt. Ihre weite, bunte Kleidung trug sie in mehreren Schichten übereinander, sodass man ihre wahre Körperform nur erahnen konnte.

Seit Didier in der Schweiz lebte, war er dieser Frau, die unter dem Namen Dona Quichotte bekannt war, mehrfach begegnet. Meistens zog sie auf dem Nationalquai zwischen dem See und den großen Hotels umher und sprach die Leute auf der Straße an, um diese zu überzeugen, sich nie wieder an irgendwelchen Umfragen zu beteiligen. Für Dona Quichotte waren »Meinungsumfragen die Plage der modernen Welt«. Ihre Theorie dazu ließ sich in einem Satz zusammenfassen: Ohne Meinungsumfragen ginge es einem besser, denn dann würde nichts geschaffen, um die Vorstellungen der Öffentlichkeit zu befriedigen, sondern allein um dem Interesse der Allgemeinheit zu dienen. Zumindest hatte Didier es so mehr oder weniger Sonyas Erklärungen entnommen.

Dona Quichotte gehörte zur Güüggali Zunft, der auch die beiden schillernden Persönlichkeiten Radio Müsli und Emil Manser zu Lebzeiten angehört hatten. Die Luzerner nannten sie »Originale«. Während Radio Müsli Photokopien seiner Manuskriptseiten verkaufte, die er mit eigenen Urlaubsfotos illustrierte, bot Emil Manser den Passanten seine Gedanken als Sandwich-Mann zum Lesen an.

Die Frau sah sich in dem Saal um, ging dann geradewegs auf Didier zu und sprach ihn auf Französisch an:

»Sei gegrüßt, mein Held. Darf ich mich setzen?«

Überrascht lächelte Didier sie an.

»Ja, gerne. Bitte nehmen Sie Platz.«

»Didier! Wie wäre es, wenn wir uns duzen?«

»Natürlich, setz dich«, erwiderte er und zeigte auf den Stuhl, den Catherine gerade verlassen hatte. »Ich nehme an, dass du meinen Vornamen durch die Luzerner Zeitung kennst, aber ich weiß deinen nicht. Ich kenne lediglich deinen Spitznamen.«

»Den mag ich ganz und gar nicht. Lieber ist es mir, wenn du mich Beatriz nennst. Wenn ich mich hier selbst einlade, dann, weil ich dir gratulieren möchte. Bravo! Um ein Haar hättest du einen Serienkidnapper geschnappt.«

Didier lachte laut.

»Das wird ja immer toller. Ich bin nur einem Kerl hinterher gelaufen, der eine Frau belästigt hat. Wenn das so weitergeht, dann avanciere ich demnächst zum Retter der Menschheit. Aber sag mal, du willst mir jetzt doch wohl keine Predigt über die Demokratie der Meinungsumfragen halten, oder?«

»Das hier ist meine Kaffeepause, da spreche ich nicht über die Arbeit«, antwortete sie verschmitzt. »Ich weiß nicht, ob dir klar ist, dass ein solcher Fall in Luzern Science-Fiction-Thesen heraufbeschwört.«

»Doch schon, denn schließlich wiederholen das alle ja ständig.«

»Also, ich komme jetzt direkt zur Sache. Ich habe nämlich Informationen, die dich zweifellos interessieren und möchte dir einen Handel vorschlagen.«

Gespannt ermutigte Didier sie mit einer Kopfbewegung

dazu, fortzufahren.

»Du hast sicherlich schon von Stefanie Gassmann gehört. Es ist fürchterlich, was ihr widerfahren ist. Aber stell dir vor, der Cousin von dem Typ, der die Entführung beobachtet hat, ist ein Freund von mir. Er hat mir alles bis ins kleinste Detail geschildert«, gestand sie und senkte dabei ihre Stimme. »Ich schlage dir vor, deine Zeugenaussage mit der seinen zu vergleichen. Was sagst du dazu? Ist das nicht verlockend, wenn wir auf dem gleichen Stand wären wie die Bullen?«

Didier musste nicht lange darüber nachdenken. Auch er brannte darauf, die Ähnlichkeiten zu kennen, die sich, nachdem was er glaubte, verstanden zu haben, aus den beiden Fällen herauskristallisierten. Er hielt ihr die offene Hand hin.

»Schlag ein!«

Didier bestellte zwei Glas Bier. Sie rückten wie zwei Verschwörer näher zusammen, und Beatriz wiederholte die Geschichte, die sie gehört hatte:

»Das war an einem Sonntagabend, sehr spät. Stefanie war auf dem Weg nach Hause, nachdem sie mit einem Freund im stattkino einen Film geschaut hatte. Diesen Mann, Richard, kenne ich auch gut …«

»Gibt es in Luzern jemanden, den du nicht kennst?«, fragte Didier amüsiert.

»Ich kenne eine Menge Leute, das ist wahr. Aber Richard ist ein guter Freund. Nun, sie haben einen rumänischen Film gesehen, dessen Titel ich vergessen habe, aber das spielt auch keine Rolle. Sie haben noch lange diskutiert und sich dann recht spät auf den Heimweg gemacht. Auf der Kapellbrücke hatte Stefanie ein komisches Gefühl. Im Nachhinein ist es immer einfach zu reagieren, aber sie war beunruhigt und fühlte sich beobachtet. Sie haben darüber gelacht. Richard war der Meinung, dass sie die Atmosphäre des Films bedrückt habe und bot ihr sogar an, sie zu begleiten, aber Stefanie hat dies abgelehnt. Sie sind noch gemeinsam am Luzerner Theater vorbeigegangen und haben sich dann am Beginn des Hirschengrabens getrennt …«

Didier kannte die Gegend gut und konnte sich die Szene hervorragend vorstellen.

»… Richard ist umgekehrt und Richtung Kantonalbank gegangen. Als er einen Schrei gehört hat, ist er zum Hirschengraben zurückgeeilt. Dort hat er einen Kerl gesehen, der eine bewusstlose Frau über der Schulter trug, die er brutal in seinen Lieferwagen schmiss und sich dann sofort aus dem Staub. Richard hat Stefanie erkannt, war aber so geschockt, dass er tatenlos zugesehen hat. Auf alle Fälle war er gut fünfzig Meter vom Tatort entfernt und hätte sowieso nichts machen können.«

»Willst du mir sagen, dass Stefanie gegenüber des Polizeipostens entführt wurde?«

»Nicht direkt davor, aber keine hundert Meter davon entfernt.«

»Das ist unglaublich. Ganz schön dreist, der Typ. Ich denke, dass er danach über die Autobahn abgehauen ist.«

»Am Ende des Hirschengrabens kann man verschiedene Richtungen wählen.«

Didier war ganz in Gedanken verloren, als ihn Beatriz wieder in die Realität zurückholte:

»Du bist dran.«

»Hä, wie meinst du das?«

»Jetzt bist du mit dem Erzählen an der Reihe.«

»Ach ja, klar. Entschuldige.«

Er brauchte einen Moment, um seine Gedanken zu ordnen.

»Ich verstehe jetzt, warum die Polizei die Fährte eines Serienkidnappers verfolgen möchte. In dem, was du mir gerade erzählt hast, erkenne ich viele Gemeinsamkeiten: Beide Taten wurden am Ufer der Reuss begangen, und auch ich habe einen Lieferwagen gesehen.«

Nachdem er einen Schluck Bier getrunken hatte, berichtete Didier von seinen Erlebnissen. Am Ende schauten sich die beiden neuen Freunde mit leuchtenden Augen an.

»Wow, das ist der Knüller. Wir haben es hier mit einer Entführungsserie zu tun, wie in einem Krimi. Am besten behalten wir diese Informationen für uns, um die Ermittlung nicht zu behindern.«

Didier war überrascht, diese Worte aus dem Mund einer so unkonventionellen Frau zu hören. Er nickte, denn er hatte der Polizei versprochen, verschwiegen zu sein und wollte um jeden Preis Ärger vermeiden. Er trank sein Glas aus.

»Ich muss jetzt gehen.«

»Was? Schon?«

»Einmal im Monat treffe ich mich mit Freunden im Bistronomie, um einen zu trinken, und dieser Tag ist heute. Anschließend gehe ich zu einem Konzert ins KKL. Es war mir eine große Freude, mit dir zu plaudern.«

»Dein Terminplan ist ganz schön straff«, machte sich Beatriz über ihn lustig. »Pass nur auf, dass der Abend nicht in einer Kneipentour ausartet«, fügte sie augenzwinkernd hinzu.

»Bis bald. Vermutlich treffen wir uns auf dem Nationalquai wieder.«

»Auf Wiedersehen, mein Held.«

Die beiden Bars waren nur fünf Minuten zu Fuß voneinander entfernt. Das monatliche Treffen war aus einem Kunstprojekt um einen kulturellen Ort herum entstanden, der sich in einer alten Druckerei entwickelt hatte. Nach der Fertigstellung hatten die Akteure ihre Gewohnheit beibehalten, sich im Bistronomie zu treffen. Didiers engste Freunde erwarteten ihn und begrüßten ihn mit stürmischem Beifall, als er durch die Tür trat. Sébastien, der Organisator der Boîte de Nuit, hatte sie alle für den heutigen Abend hier versammelt. Seine Kumpel waren einverstanden gewesen, dass er seinen Landsmann Didier in diesen Kreis eingeladen hatte, um ihn in das lokale Leben zu integrieren. Die Bildhauerin Ruth, die mit der Zeit Sébastiens Lebensgefährtin geworden war, kam am regelmäßigsten zu diesen Treffen. Alex, der von seinen Freunden Django genannt wurde, war der Musiker der kleinen Truppe. Didier hatte sich nie getraut, ihn zu fragen, ob sein Spitzname von seiner Fingerfertigkeit herrührte oder, was deutlich makabrer wäre, von dem Finger, der an seiner linken Hand nach dem ersten Glied abgetrennt worden war. Melinda, eine amerikanische Dichterin, vervollständigte den Kreis. Sie hatte sich auf einer langen Europareise, die böse Zungen in Luzern als gescheitert ansahen, in das Heimatland ihrer Eltern verliebt.

Didier erkannte noch weitere Künstler, deren Namen ihm nicht einfielen. Er begrüßte sie alle. Das Tollste an diesen Treffen war, dass sich alle bemühten, Englisch zu sprechen.

Didier war der Star des Abends und die Wirtin Claudia gab ihm die Getränke aus. Das einzige Gesprächsthema war die versuchte Entführung in der vergangenen Nacht. Alle äußerten dazu ihre Theorien und sprachen davon, wie gefährlich es für eine Frau war, nachts alleine durch Luzern zu gehen.

Didier fand, dass die Paranoia sehr schnell um sich gegriffen hatte. Das war allerdings wenig verwunderlich, dachte er. Stefanie Gassmann und Catherine Bucher waren keine Unbekannten in der Stadt. Selbst heute Abend im Bistronomie kannte einer der Gäste Catherine und ein anderer hatte seine Ausbildung zusammen mit Stefanie gemacht.

Zum Leidwesen seiner Freunde konnte Didier nur eine knappe Stunde bei ihnen bleiben, denn er musste vor dem Konzert noch schnell nach Hause, um sich umzuziehen. Als er die Tür der Bar hinter sich schließen wollte, rief Claudia ihm zu:

»Didier, du hast ja nur ein Glas getrunken. Komm nächste Woche wieder, dann bist du mein Gast.«

So viel war passiert, seit Sonya nach Deutschland abgereist war, dass Didiers Gedanken in alle Richtungen schweiften, während er in seine Wohnung in der Neustadtstraße zurückkehrte.

Er holte ein weißes Hemd aus dem Kleiderschrank. Nachdem er feststellen musste, wie verknittert es war, steckte er schnell das Bügeleisen ein. Didier blieben nicht mal fünf Minuten, um unter die Dusche zu springen und sich zu erfrischen, dennoch nahm er sich die Zeit für eine Rasur und entfernte einige störende Haare von den Augenbrauen und aus den Ohren.

Kurz vor 19 Uhr traf er Catherine in der Eingangshalle des Kongresszentrums. Nachdem sie ihre Tickets vorgezeigt hatten, betraten sie den Konzertsaal, der die Form eines Schiffsrumpfs hatte und weltweit für seine einzigartige Akustik berühmt war. Catherine hatte Plätze im vierten Rang reserviert. Das Klavierquartett würde *Ein Amerikaner in Paris* von Gershwin spielen, den Didier als Komponisten sehr schätzte. Die beiden neuen Freunde lächelten sich während des ganzen Konzertes immer wieder an. Catherine wirkte entspannt, ihre Augen glänzten wie die eines Kindes, als das Quartett Rhapsody in Blue spielte. Nach dem Konzert lud Catherine Didier ins World Café ein.

»Catherine, ich danke dir sehr für den schönen Abend. Ich

glaube, dass ich dieses Konzert niemals vergessen werde.«

»Ich freue mich, dass es dir gefallen hat. Lass uns die Gläser auf die Musik und das Leben erheben.«

»Sehr gerne.«

Sie stießen an und Didier konzentrierte sich, wie man es ihn in der Schweiz gelehrt hatte, mehr auf Catherines Blick als auf sein eigenes Glas.

»Was machst du so mit deinem Leben?«

»Ah, ah! Die existentielle Frage«, sagte sie lächelnd. »Dann rate doch mal.«

»Mal schauen ... entweder bist du Polizistin oder du arbeitest im Finanzamt«, schlug Didier nicht sehr überzeugt vor.

»Nein, ganz und gar nicht. Ich arbeite nicht in der Verwaltung.«

»Dann bist du Musikerin oder Sängerin?«

»Du hast noch einen Versuch.«

»Für heute Abend gebe ich es auf.«

»Okay. Ich bin Chemikerin«, erklärte sie.

»Echt? Chemikerin?«

»Ich gebe zu, dass ich diese Reaktion gewohnt bin, auch wenn ich sie nicht wirklich verstehe. Vermutlich stellt sich jeder vor, ich stünde in einem altmodischen Labor und würde mich über verstaubte Reagenzgläser beugen, aus denen besorgniserregende Dämpfe aufsteigen. In Wirklichkeit ist das jedoch keineswegs der Fall, ich arbeite nämlich mit hochmodernen Instrumenten. Und bei dir? Läuft das gut mit der Eventfotografie?«

»Nicht wirklich. Ich bin erst seit acht Monaten in der Schweiz und hatte noch keine Zeit, mir ein eigenes Netzwerk aufzubauen. Ich rackere mich ganz schön ab und bin viel zu abhängig von meiner Freundin. Ich denke, dass ich mir eine andere Arbeit suchen muss, um finanziell zurechtzukommen.«

Das Telefon, das Catherine auf den Tisch gelegt hatte, vibrierte.

»Entschuldige, aber das ist Alina, meine Tochter.«

Catherine tauschte ein paar Sätze auf Schweizerdeutsch mit ihrer Tochter aus, von denen Didier kein Wort verstand.

»Es tut mir sehr leid, aber ich muss gehen. Meine beiden Töchter sind allein zu Hause und auch wenn sie schon groß sind, sorgen sie sich um ihre Mutter. Sie haben gerade im Internet alles gelesen, was dort über meinen Überfall in Umlauf ist und dass dies alle Welt für die zweite Tat des Serienkidnappers hält. Es kann sein, dass ich eine Idee für einen Job für dich habe, der dir gefallen könnte, bis du etwas Besseres findest. Ich schlage vor, dass wir uns morgen in einem Restaurant treffen.«

Didier war enttäuscht, dass der Abend so plötzlich endete. Andererseits war er erschöpft und freute sich auf sein Bett.

»Sehr gerne, aber dieses Mal lade ich dich ein.«

»Das sehen wir dann morgen. Ist es okay, wenn wir uns per SMS verabreden?«

»Perfekt. Wie kommst du denn eigentlich heute Abend heim?«, fragte Didier.

»Mein Auto, das du mir netterweise zurückgebracht hast, steht in der Tiefgarage.«

»Ich begleite dich«, entfuhr es ihm in einem Ton, der mehr einer Bestätigung als einem Vorschlag glich.

»Das ist sehr nett von dir, aber es geht schon.«

»Catherine, ich will hier nicht den Macho spielen, aber denk daran, was gestern Abend passiert ist, obwohl du direkt neben deinem Auto warst. Ich bitte dich, mein Angebot anzunehmen, nur damit ich beruhigt bin«, erklärte Didier grinsend.

»Einverstanden, Mister Bodyguard.«

Catherine hatte ihr Fahrzeug im hinteren Bereich des letzten Untergeschosses geparkt. Die anderen Autos auf dieser verlassenen Etage ließen sich an einer Hand abzählen. Die Lüftungsanlage brummte. Unsicher sagte sich Catherine, dass Didier recht gehabt hatte, auf seiner Begleitung zu bestehen. Als sie sich der Durchfahrt näherten, die die beiden Parkplatzbereiche voneinander trennte, nahm Didier die Silhouette eines Mannes wahr, der hastig in seinen weißen Lieferwagen stieg.

Und wenn ..., dachte er, bevor er auf den Unbekannten zu rannte, der eilig davonfuhr. Didier nahm die Verfolgung auf, erkannte aber schnell, dass er keinerlei Chance hatte, ihn einzuholen. Hastig kehrte er zurück und lief zum Aufzug ..., der jedoch nicht da war. Um schneller zu sein, hastete er die Treppe hinauf. Die Ebenen hatten nur wenige Stufen und Didier wusste, dass der Fahrer ihm nach einer langen Schleife entgegenkommen musste, wenn er selbst nur schnell genug war. Nach der letzten Stufe prallte Didier beinah gegen den Lieferwagen und versuchte ihn mit wedelnden Armen zu stoppen. Der Fahrer trat aufs Gaspedal und zwang Didier damit, sich zur Seite auf den Boden zu werfen. Beim Aufprall spürte er einen heftigen Schmerz in seinem linken Handgelenk, aber dieses Mal merkte er sich das Kennzeichen und den Fahrzeugtyp, bevor er atemlos zu Catherine zurückkehrte. Er tippte die Informationen in sein Smartphone ein und erzählte seiner Freundin detailliert, was passiert war. Er bestand darauf, in Catherines Wagen bis zu ihrem Zielort mitzufahren. Vor ihrem Haus küsste sie ihn zärtlich auf die Wange. Bevor sie die Tür hinter sich schloss, rief sie ihm zu:

»Danke, Didier. Bis morgen. Ich habe das Gefühl, dass du mir schon wieder das Leben gerettet hast.«

Er nahm ein Taxi, um nach Hause zu fahren und entschied,

erst am nächsten Tag die Polizei aufzusuchen.

Es war weit nach 23 Uhr, als Didier zu Hause ankam. Der Hund in der Etage unter ihm war schon wieder allein und kläffte sich die Seele aus dem Leib. Didier schickte seiner Nachbarin eine Nachricht, um sie darüber zu informieren, so wie sie es selbst vorgeschlagen hatte. Er bezweifelte, dass sie sofort aus irgendeiner Bar herbeieilen würde, um ihr Tier zu beruhigen, aber wer wusste das schon?

Nachdem Didier sich auf sein Sofa fallen gelassen hatte, beschrieb er Sonya via Instant Messaging seinen Tag.

Didier d'Orville: *Hallo Sonya, das war heute der reinste Wahnsinn. Nach dem Polizeiposten und dem Nachstellen des Angriffs auf Catherine am Tatort, habe ich Dona Quichotte in der Rüüdig Bar kennengelernt, bevor ich zu meinen Freunden in die Bistronomie bin. Abends hat mich Catherine zu einem Konzert ins KKL eingeladen, weil sie mir als Dank mehr als nur ein Bier ausgeben wollte. Zur Krönung des Ganzen hat ihr der Typ, der sie kidnappen wollte, im Parkhaus aufgelauert. Wenn er es nicht war, dann irgendein Idiot, der jetzt Ärger mit der Polizei bekommt, weil er mich fast umgefahren hat. Dieses Mal habe ich mir sein Kennzeichen gemerkt.*

Didier wartete zwei Minuten, um zu sehen, ob ihm seine Freundin antworten würde, bevor er eine weitere Nachricht schrieb:

Tausend Küsschen und schlaf gut, ich werde jetzt zum Entspannen ein heißes Bad nehmen.

Während sich die Badewanne füllte, suchte er im Tiefkühlfach nach etwas, womit er sein schmerzendes Handgelenk kühlen konnte. Ein älteres Päckchen Spinat würde es wohl tun, hoffte er.

Er ließ sich in die Badewanne gleiten, legte das Telefon auf den Waschtisch und fixierte das gefrorene Päckchen mehr schlecht als recht mit einem Handtuch am Handgelenk. Er döste gerade ein, als ihn ein Klingelton weckte.

Sonya Weber: *Offensichtlich musst du nur irgendwo auftauchen, um Schwierigkeiten heraufzubeschwören. Ich hoffe, es war kein Utopier?*

Didier d'Orville: *Mal den Teufel nicht an die Wand. Er war hinter Catherine her und nicht hinter mir.*

Sonya Weber: *Kannst du mir sein Kennzeichen geben?*

Didier schickte ihr das Memo, das er sich im Parkhaus notiert hatte.

Didier d'Orville: *Was willst du damit machen? Brauchst du es für Thomas, deinen Hackerfreund?*

Sonya Weber: *Dafür muss man kein IT-Spezialist sein. Es gibt eine offizielle Seite, über die man den Fahrzeughalter ermitteln kann.*

Didier d'Orville: *Du machst Witze! Und was ist mit dem Datenschutz?*

Sonya Weber: *Um den schert sich offensichtlich niemand. Bevor es das Internet gab, ist immer ein Jahrbuch erschienen, das man in der Buchhandlung kaufen konnte. Ich habe eine Freundin, die eine Affenmühe hatte, einen perversen Typen wieder loszuwerden, der sie in ihrem Auto gesehen hatte. Der hat problemlos ihre Adresse und damit auch ihre Festnetznummer herausgefunden. Gib mir eine Minute und ich nenne dir den Fahrzeughalter.*

Seit er in der Schweiz lebte hatte Didier schon so einige Überraschungen erlebt, aber das hier war die Krönung. Er nutzte die Gelegenheit, um aus der Badewanne zu steigen und sich abzutrocknen. Ein Name und eine Adresse in der Rigistraße tauchten auf seinem Display auf.

Didier d'Orville: *Wow, der wohnt ja in einem schicken Viertel. Man muss halt auf alles gefasst sein.*

Sonya Weber: *Hast du schon die Polizei kontaktiert?*

Didier d'Orville: *Darum kümmere ich mich morgen, jetzt gehe ich ins Bett. Ich umarme dich ganz fest, tausend Küsschen!*
Sonya Weber: *Ruh dich gut aus und bis morgen via Telefon. Küsschen.*

Just als Didier in den Schlaf hinübergleiten wollte, hatte er die verrückte Idee, jetzt auf der Stelle in der Rigistraße nach dem weißen Lieferwagen und dessen Besitzer zu suchen. Sollte er als zukünftiger Detektiv das Fahrzeug dort ausfindig machen, konnte er sicher sein, dass der Mann, der ihn beinah über den Haufen gefahren hatte, nicht gerade in der Stadt herumfuhr. Danach würde er entscheiden, ob er zur Polizei ging oder nicht.

Didier zog sich warm an, schaffte es, den letzten Bus ans andere Seeufer zu nehmen und stieg an der Haltestelle Casino aus. Ein starker Wind blies Schneeböen heran. Er ging die gesamte Rigistraße hinauf, ohne irgendeine Spur des weißen Lieferwagens zu finden, allerdings bemerkte er, dass es hier viele Tiefgaragen gab. Vielleicht suchte er ja das Fahrzeug vergeblich auf den öffentlichen Parkplätzen. Ein im Kanton Zug zugelassenes Auto fuhr an ihm vorbei. Der Fahrer öffnete eine der Garagen mit der Fernbedienung. Didier fragte sich, ob dieser Mann nicht nur eine Briefkastenadresse im Nachbarkanton besaß, durch die er von der massiven Steuerersparnis der Zuger und dem kulturellen Angebot Luzerns beziehungsweise der anderen Leuchtenstadt, wie sie von ihren Einwohnern genannt wurde, profitierte. Indem er seinen Wagen vor den Blicken der Passanten versteckte, minimierte diese Person das Risiko, beim Steueramt verpfiffen zu werden. Am Ende der Straße machte Didier unverrichteter Dinge kehrt und beschloss, sich die Adresse, die ihm Sonya geschickt hatte, einmal näher anzusehen.

Ein großer Teil der Rigistraße war aufgrund der Hanglage mit Terrassenhäusern bebaut. Didier erspähte links den See und das jeweilige Erdgeschoss der etwas tiefer liegenden Gebäude. Durch diese ungewöhnliche Anordnung betrat man von der Straße aus direkt die zweite Etage der Häuser. Ein kleines rotes Auto kam näher. Didier interessierte sich nicht die Spur für Autos und hätte niemals eine Marke erkannt, ohne nicht wenigstens das Logo zu sehen. Der Fiat, der die Straße hinauffuhr, entsprach keineswegs dem weißen Lieferwagen, den er suchte. Ein Detail beschäftigte ihn jedoch. Er holte ein Post-it aus der Hosentasche seiner Jeans und tatsächlich hatte das Fahrzeug das gleiche Kennzeichen wie jenes, das er sich notiert hatte. Der Kidnapper musste sich also das Kennzeichen der jungen Frau, die hinter dem Steuer saß, widerrechtlich angeeignet und für die falschen Nummernschilder an seinem Lieferwagen missbraucht haben.

Gedankenversunken erreichte er die Adresse, die Sonya ihm genannt hatte. Nur die Wohnung im Erdgeschoss war beleuchtet. Das Fenster ging nicht zur Straße raus wie bei den Wohnungen in den höheren Stockwerken, sondern zur Seite. Er blieb einen Moment stehen und schaute hinein. Ab und zu zeigte sich ein Schatten im Licht, ohne dass er weitere Dinge erkennen konnte.

Eine Frau, die ihren Hund ausführte, blieb auf seiner Höhe stehen, musterte ihn fragend von Kopf bis Fuß und meinte:

»Guete-n-obig.«

Didier bemühte sich um die bestmögliche Aussprache und erwiderte einfach: »Gliiichfalls.«

Sein gelungener Versuch, den Dialekt nachzuahmen, erstaunte ihn selbst. Er hatte gehofft, die alte Dame dadurch loszuwerden, doch sie fuhr fort:

»Sueched Si öppis?«

Nein, er suchte nichts und verließ wortlos seinen Beobachtungsposten. Die Frau murmelte leise irgendetwas und versuchte von der Stelle, wo Didier gestanden hatte, herauszufinden, was er wohl gerade ausspioniert hatte.

»Sueched Si öppis?«, rief ihr Didier aus sicherer Entfernung lachend zu, um sich über die Frau lustig zu machen. Er hatte keine Lust unverrichteter Dinge umzukehren und beschloss, sich der Erdgeschosswohnung vom Garten her zu nähern. Zum Glück verband eine Treppe die Rigistraße mit der darunter liegenden Straße. Er ging ein paar Stufen hinab und bog nach links in einen schmalen Pfad ein, der zum Haus führte. Eine feine Puderschicht bedeckte den bereits sehr kompakten Schnee. Er versuchte sich lautlos anzuschleichen, auch wenn es unter seinen Tritten leicht knirschte.

Didier versteckte sich hinter den Bäumen und kam nur langsam voran. In fünf Metern würde er direkt vor der Terrassentür stehen. Auch wenn kein Vorhang den Blick ins Zimmer behinderte, konnte er trotzdem die Person, die drinnen auf und ab lief, nicht erkennen. Didier verließ sein Versteck. Während er sich im Schutz der Dunkelheit weiter heranschlich, wurde der Garten plötzlich grell erleuchtet. Eine etwa dreißigjährige Frau tauchte hinter der Fensterscheibe auf und starrte ihn überrascht und verschreckt an. Sie schrie und rannte in ein anderes Zimmer. Didier machte sich umgehend aus dem Staub, rannte die Treppe hinab, bog nach links ab, eilte weitere Stufen hinunter bis zum Seeufer und versuchte langsam wieder zu Atem zu kommen.

Zu dieser späten Stunde war die Uferpromenade völlig verlassen, und die Busse hatten ihren Fahrbetrieb eingestellt. Der Schneesturm wurde immer stärker. Didier schlug seinen Kragen hoch und kehrte zu Fuß nach Hause zurück.

3. – Catherine

Didier schaltete seinen Computer ein und bereitete sich einen doppelten Espresso zu. Entgegen seiner Gewohnheit, morgens France Inter zu hören, fokussierte er sich an diesem Morgen ganz auf die Schweizer Medien. Die Ereignisse in Luzern wurden inzwischen nicht nur lokal kommentiert, sondern hatten es auch in die Nachrichten der französischen Schweiz gebracht. Er schloss daraus, dass dies auch für die Presse gelten würde und freute sich schon darauf, ein paar detaillierte Artikel in seiner Muttersprache lesen zu können. Nach einer belebenden Dusche machte sich Didier zum Zeitungskiosk am Bahnhof auf und verschlang im Café nebenan La Liberté und Le Temps, ohne jedoch dabei etwas über den Vorfall zu erfahren, der ihn beschäftigte. Enttäuscht nahm er sich trotzdem etwas Zeit, um Sonya mit einer Textnachricht von der Lage zu berichten: *Guten Morgen, mein Schatz! Du wirst es nicht glauben, aber die Schweizer Medien stellen mich als Helden dar und Catherine als Überlebende. Mich beunruhigt jedoch, dass sie suggerieren, es sei jetzt für eine Luzernerin gefährlich, nachts allein auszugehen.*

Schüchterne Sonnenstrahlen suchten sich ihren Weg durch die Wolken, als Didier am Seeufer frische Luft tankte. Er versuchte sich auf die Schönheit der Landschaft zu konzentrieren, die besonders bei den asiatischen Touristen großen Anklang fand, doch es gelang ihm nicht, auf andere Gedanken zu kommen. Didier beschloss, auf dem Kriminalkommissariat die Ereignisse des gestrigen Abends zu Protokoll zu geben, überlegte es sich dann aber anders. Da er überzeugt war, dass die Polizisten keinerlei Rückschlüsse aus dem gefälschten Kennzeichen ziehen würden, zog er es vor, mit seiner Aussage noch zu warten.

Zahlreiche Menschen eilten gehetzt zum Bahnhof. Eine Handvoll Touristen bummelte die Uferpromenade entlang. Auf der anderen Seite des Seebeckens in der Nähe des Casinos, hörte er eine Frauenstimme auf Französisch fragen:

»Sei gegrüßt, mein Held! Wie geht es dir heute?«

Er drehte sich um und blickte in Beatriz' lachendes Gesicht.

»Der Held, wie du ihn nennst, ist müde. Er hat nicht genug geschlafen. Außerdem ist mir heute Nacht etwas Merkwürdiges passiert.«

»Was denn?«

Didier zog seine neue Freundin in eine Nische zwischen dem Casino und dem Hotel Palace, um vor unliebsamen Lauschern geschützt zu sein. Er erzählte detailliert von seiner Begegnung im Parkhaus und seinen fruchtlosen Nachforschungen in der Rigistraße. Beatriz unterbreitete ihm dafür den neusten Klatsch und Tratsch:

»Der Serienkidnapper ist das einzige Gesprächsthema der Luzerner und der Touristen. Es ist sogar eine kontroverse Diskussion über die Kappe entbrannt, die du aufgehoben hast…«

»Diese Information ist durchgesickert?«, unterbrach er sie.

»Ja, offensichtlich. Aber das ist auch die einzige. Nur wir beide wissen genauso viel wie die Bullen.«

»Mit dem, was im Parkhaus passiert ist, wissen wir momentan sogar mehr als sie. Ich nutze den Sonnenschein, um ein bisschen spazieren zu gehen und danach werde ich die Polizei über unsere letzten Missgeschicke informieren. Zweifellos wird Catherine mich begleiten müssen, damit ich mich verständlich machen kann.«

»Wenn du willst, kann ich auch mit dir dorthin gehen.«

»Das ist nett, aber ich habe keine Lust, dich in diese Sache mit reinzuziehen. Aber ich hatte dich gerade unterbrochen. Was meintest du in Bezug auf die Kappe des Entführers?«

»Alle hier stehen unter Schock und gerade wird ein Verein gegründet, um Druck auf die Bundesanwaltschaft auszuüben. Eine total verrückte Idee schwirrt durch die Luft. Du hast doch schon mal von der direkten Demokratie und den Volksinitiativen gehört, oder?«

»Ja, natürlich. Ist das nicht das beste System weltweit?«, fragte Didier ironisch. »Das berühmte Prinzip, dass alle Bürger zugleich Richter sind.«

»Immerhin funktioniert es ziemlich gut. Schau dir doch an, wo ihr in Frankreich mit eurer Fünften Republik steht, die eher einer Monarchie als einer echten Demokratie wie der unseren gleicht.«

»Und wie denkst du über die dunkle und unlimitierte Mittelbeschaffung für Kampagnen? Wer am meisten Geld hat, kann den öffentlichen Raum mit seiner Werbung überschwemmen? Bedeutet das für dich Demokratie?«

»Das System ist nicht fehlerfrei. Ich behaupte, es gibt kein besseres, aber das ist hier gar nicht die Frage und wir werden uns doch nicht wegen solcher Kleinigkeiten in die Haare kriegen«, schloss Beatriz lächelnd die Diskussion, bevor sie den Faden wieder aufnahm:

»Ein Komitee formiert sich, um eine Volksinitiative zu starten.«

Didier atmete tief ein und aus, um den Beginn des Schlagabtauschs aus seinen Gedanken zu vertreiben und fuhr dann ruhig fort:

»Mit welchem Ziel? Die direkte Demokratie gestattet es

nicht, den Kriminellen zu identifizieren ... ich hoffe, ich muss nicht den Mörder sagen. Ich bekomme schon eine Gänsehaut, wenn ich nur daran denke.«

»Da täuscht du dich ...«

Didier riss die Augen auf. Beatriz schwieg einen Moment, um die Spannung zu erhöhen:

»Stell dir vor, man könnte die DNA des Kerls ermitteln.«

»Warum sollte man das nur hypothetisch in Betracht ziehen? Der Polizei liegen die Ergebnisse doch mit Sicherheit bereits vor. Und was hat deine Volksinitiative mit den Haaren an einer Kappe zu tun?«

»Rate mal!«

»Tut mir leid, ich dachte, dass ich viel Fantasie hätte, aber dafür reicht es nicht.«

»Ich helfe dir auf die Sprünge. Mit all den bekannten Fakten könnte man mutmaßen, dass der Mann, der Catherine angegriffen hat, auch Stefanie entführt hat, oder?«, erklärte Beatriz.

»Da stimme ich dir vollkommen zu. Aber du kannst ihn nur aufgrund seines genetischen Fingerabdrucks aufspüren, wenn dieser bei der Polizei bereits aktenkundig ist.«

»Ja, wahrscheinlich werden die Fahnder ihre Datenbank auf den Kopf stellen, ohne eine Übereinstimmung zu finden.«

»Mach mal langsam, damit ich das auch verstehe.«

Didier waren seine Zweifel anzusehen. Was ihm durch den Sinn ging, erschien lächerlich. War es möglich?

Er zögerte, bevor er es aussprach:

»Eine Initiative für die Einrichtung einer Datenbank?«

»Bingo! Du hast also doch Fantasie, wenn du nur willst.«

»Aber wer soll darin erfasst werden? Sämtliche Einwohner Luzerns?«

»Die Initiatoren wollen ein sukzessives Ausschlussverfahren

installieren. Die Idee stammt ursprünglich von der Schweizerische Volkspartei.«

»Dann müssen wir uns ja auf das Schlimmste gefasst machen. Wollen sie dadurch die Muslime erfassen?«

»Nicht ganz, aber du bist nah dran. Zunächst einmal alle männlichen Ausländer zwischen zwanzig und sechzig, die in Luzern leben. Passt die DNA zu keiner dieser Personen, wird die Suche nach und nach ausgedehnt, bis schließlich alle Einwohner erfasst sind.«

»Aber das wird in einem heillosen Schlamassel enden. In einem Land, in dem die Kosten für egal welches öffentliche Projekt ständig hinterfragt werden, wird doch der Budgetrahmen hier eindeutig gesprengt.«

»Wie immer werden wir die Polizei bitten, noch mehr Strafzettel zu verhängen, um die Kassen zu füllen«, konterte sie ironisch. »Ich stimme dir zu, dass es lächerlich ist, aber so geht es ja oft mit dieser extrem rechten Partei, die nicht mal den Mut hat, sich dazu bekennen. Sollte der Initiative stattgegeben werden, dann stünde dies vermutlich im Widerspruch zu unseren Gesetzen und den internationalen Verträgen, die wir ratifiziert haben, und es würde Jahre dauern, bis die entsprechende Verordnung geändert würde. Doch das war die verrückte Hypothese. Der Verein selbst ist viel seriöser und wenn er die Bundesanwaltschaft überreden kann, beim Zwangsmaßnahmengericht zu intervenieren, sähe die Sache schon ganz anders aus.«

»Was hat dieses Gericht für Vollmachten?«

»Sollten die ›klassischen‹ Ermittlungen keinen Erfolg erzielen, kann es sämtliche Personen, die bestimmte, genau definierte Kriterien erfüllen, dazu zwingen, in einem Labor eine DNA-Probe abzugeben. In der Schweiz kommt es sehr selten so weit, aber im Wallis und sogar hier in Emmen, gleich neben Luzern ist dieser Fall schon mal eingetreten.«

»Und worin besteht der Unterschied zur Initiative der SVP? Das verstehe ich nicht ganz.«

»Man testet nicht blindlings eine ganze ›verdächtige‹ Bevölkerungskategorie, sondern nur jene, die einem Phantombild entsprechen. Vor allem würde die Datenbank nur dieser einen Ermittlung dienen und danach vernichtet werden.«

Nicht eine Sekunde glaubte Didier daran, dass die Polizei so wichtige Informationen für immer verschwinden lassen würde.

»Anstatt hier rumzufabulieren, solltest du dich schleunigst wieder auf den Weg zur Polizei machen. Selbst wenn du nicht in der Lage bist, diesen Kriminellen auf der Straße zu erkennen, bist du die einzige Person, die ihn überhaupt schon mal gesehen hat. Dank deiner neuen Begegnung können sie die Bilder der Videokameras im und um das Parkhaus herum auswerten. Mit etwas Glück gelingt es ihnen, ein Phantombild zu erstellen und eine Suchanzeige zu lancieren, und wenn das Gericht der Forderung nachkommt, werden sie schleunigst einen DNA-Massentest organisieren.«

Beatriz hatte ihn überzeugt. Sie unterhielten sich noch einen Moment, entwarfen verschiedene Hypothesen zum Täterprofil und tauschten ihre Telefonnummern aus, bevor sie sich trennten.

Statt auf dem Kommissariat anzurufen, entschied Didier, dass es praktischer sei, direkt dort vorbeizugehen. Kaum hatte er das Gebäude betreten, empfing ihn Kriminalkommissar Oetterli persönlich, um trotz seiner schwachen Englischkenntnisse sofort zu erfahren, was Didier zu erzählen hatte. Oetterli ahnte, wie wichtig diese Informationen waren. Didier berichtete von seiner Begegnung im Parkhaus und seinen

Nachforschungen in der Rigistraße, die dem Polizisten überhaupt nicht gefielen:

»Herr d'Orville! Sie wissen, dass mein Team im Zuge dieser Affäre Tag und Nacht in Bereitschaft steht. Sie hätten sich sofort an das Kommissariat wenden müssen. Ich verstehe, dass es für Sie ein Handicap ist, unsere Sprache nicht zu beherrschen, aber ich muss Sie auch daran erinnern, dass das Verschweigen von Informationen einen Strafbestand darstellt. Dieses eine Mal werde ich daran keinen Anstoß nehmen. Wir verfügen über Mittel, die Sie nicht haben, aber vor allem setzen Sie dadurch all unsere Bemühungen aufs Spiel. Die öffentlichen Überwachungskameras werden ausgewertet und vielleicht finden wir so dieses Autokennzeichen wieder. Doch ich gebe Ihnen hiermit einen Rat, den Sie strikt befolgen sollten: Versuchen Sie nicht noch einmal, sich in diese Ermittlung einzumischen!«

Der Ermittler begleitete Didier bis zum Ausgang, bedankte sich für sein Kommen und kündigte an, dass man Didier und Catherine in Kürze für eine gemeinsame Zeugenaussage einbestellen werde.

Die Quecksilbersäule bewegte sich immer noch um den Gefrierpunkt. In den frühen Abendstunden lag der Mühlenplatz verlassen da und nur eine Handvoll Luzerner hastete durch die umliegenden Straßen. Im Mama Leone plauderte Catherine angeregt und stützte dabei ihre Ellbogen auf die weiße Tischdecke. Didier entging kein einziges Wort, während er eingehend ihre Gesichtszüge studierte. Catherine hatte langes braunes Haar und sorgsam epilierte Augenbrauen, die den Glanz ihrer leuchtenden und vor Neugier funkelnden Augen noch verstärkten. Was sie sagte, untermalte sie mit eleganten und ausholenden Gesten, hinter denen Didier ihre mediterranen Wurzeln vermutete. Ihre Hände waren ständig in Bewegung. Zwischen zwei Bissen legte sie ihr Besteck ab und schob sich die Haare hinter die Ohren, um sie anschließend sofort wieder nach vorne zu zupfen und danach mit der grauen Perle an ihrem linken Ohrläppchen zu spielen, bevor sie sich eine Haarsträhne um den Zeigefinger wickelte. Didier fand, dass sie anders war als die Frauen, die er kannte und sogar ihr Lächeln war speziell, denn ihre Lippen blieben dabei geschlossen und bogen sich nur ein wenig.

Sie sprachen über Kunst, das Leben und die Liebe. Didier beantwortete zum x-ten Mal diese eine Frage, die so fundamental schien: »Was hat dich hierher gezogen?« Den meisten Luzernen erschien es tatsächlich unbegreiflich, dass sich ein Franzose in der Zentralschweiz niederließ. Aus Erfahrung wusste Didier bereits im Voraus, dass seine Gesprächspartnerin überrascht sein würde zu erfahren, dass er nicht wegen einer Anstellung und des guten Gehalts in die Schweiz gekommen war, sondern schlicht und einfach wegen der Liebe.

Am Ende der Mahlzeit beugte sich Catherine zu Didier vor und stütze ihr Gesicht auf ihren Handflächen ab. Während sie ihm ein Angebot unterbreitete, schaute sie ihrem Retter direkt in die Augen:

»Wie ich bereits gestern erwähnt habe, hätte ich vielleicht einen Job für dich. Also, ich …«

Angesichts dieser Einleitung stellte Didier seinen Barolo ab, ohne den Blick von seiner Freundin zu wenden. Versehentlich landete das Glas dabei zwischen Set und Tisch und kippte um. Ungeschickt versuchte Didier es aufzufangen, wodurch sich der Rotwein über Catherines weiße Bluse ergoss. Sie eilte zur Toilette und ergriff im Vorbeigehen an der Garderobe ihren Pullover. Als Catherine zurückkam, grinste sie ihn zu seiner großen Überraschung im Rollkragenpullover an, während sie die Bluse in der Hand trug. Seine Freundin schien sein Missgeschick nicht übel genommen zu haben.

»Ich habe nicht das Gefühl, dass du sonderlich geschickt bist. Daher weiß ich nicht, ob es eine gute Idee ist, dir eine Arbeit als Logistiker anzubieten.«

»Entschuldige. Das Missgeschick tut mir wirklich leid. Ist der Fleck rausgegangen?«

»Ja, zumindest mehr oder weniger. Ich habe mir in der Küche Salz geborgt und ihn damit bestreut. Nach dem kurzen Ausspülen im Waschbecken sieht man fast nichts mehr. Allerdings wird der Pullover allein vermutlich ganz schön kratzen«, fügte sie lachend hinzu.

»Falls ich mich jetzt nicht schon für den Job disqualifiziert habe, könntest du mir ein wenig mehr darüber erzählen. Ich weiß nicht mal, in welcher Branche du arbeitest.«

»Mein Unternehmen stellt Pflanzenextrakte für die Kosmetikindustrie her. Wir arbeiten mit Hunderten von Pflanzenarten aus aller Welt.«

»Das klingt interessant. Und wie heißt deine Firma? Vielleicht kenne ich sie.«

»Nein, das ist unmöglich, wenn du nicht vom Fach bist. Ich arbeite für die Swiss Quality Extracts, ein kleines Unternehmen, das in Stans im Kanton Nidwalden nicht weit von hier entfernt ist. Wir verschicken unsere Extrakte direkt an die Kosmetikindustrie, daher steht unser Name nie auf den Verpackungen. Unsere Klientel reicht von der selbstständigen Kosmetikerin über die Apotheke um die Ecke bis zu großen internationalen Kosmetikkonzernen. Wenn du ein Shampoo mit Kamillenextrakt oder eine Tagescreme auf der Basis von Ringelblumen im Supermarkt kaufst, stammt der darin enthaltene Pflanzenextrakt wahrscheinlich von uns.«

»Lass mich raten«, sagte er scherzhaft. »Eure Geschäfte laufen so gut, dass ihr eine neue Stelle geschaffen habt?«

»Das wäre schön, aber leider ist die Geschichte deutlich trauriger.«

Catherine ließ sich Zeit, bevor sie fortfuhr:

»Einer unserer beiden Logistiker ist schwer an einer amyotrophen Lateralsklerose erkrankt. Wir wissen nicht, ob er nochmal wiederkommt.«

»Wie schrecklich. Das ist doch diese Krankheit, die das Nervensystem in nur wenigen Monaten lähmt? Ich glaube, man nennt sie auch ALS.

Sie nickte bejahend und erläuterte:

»Anfangs taten ihm nur die Knie weh, und er behalf sich mit einem Stock. Du kannst dir vorstellen, dass das im Lager nicht sehr praktisch ist. Sein Chef hat seinen Job angepasst und er musste sich nur noch um die Datenerfassung am Computer kümmern. Sechs Wochen später saß er schon im Rollstuhl. Inzwischen sind es sieben Monate seit den ersten Symptomen, und er liegt mittlerweile im Krankenhaus und wird künstlich beatmet.«

»Oh, mein Gott!«

»Und das ist noch nicht alles. Er hat drei kleine Kinder und seine Frau kümmert sich um den Haushalt ... aber lass uns lieber von etwas anderem reden.«

Didier ermunterte sie dazu mit einem traurigen Lächeln.

»Wir suchen also jemanden, der ihn ersetzen kann. Du müsstest dich bewerben und dann kann ich mich für dich einsetzen.«

»Zunächst würde ich gerne verstehen, was ihr genau macht. Was ist das, ein Pflanzenextrakt? Ein konzentrierter Saft?«

Catherine lachte auf.

»Ich mache mich bestimmt nicht über dich lustig, aber was

du sagst, ist schon niedlich. Tatsächlich ist eher das Gegenteil der Fall, denn unsere Extrakte sind Verdünnungen. Es sind eher Aufgüsse in lauwarmen Lösungsmitteln, etwa so, als würdest du dir einen Tee zubereiten. Nur dass wir selten Wasser verwenden, denn dann müssten wir große Mengen Konservierungsmittel dazugeben, um die Verunreinigung durch Bakterienwachstum zu verhindern. Wir verwenden Glycerin als Flüssigkeit, weil es feuchtigkeitsspendende Eigenschaften hat, was für kosmetische Produkte perfekt ist. Glycerin allein wäre allerdings nicht effizient genug, um die Wirkstoffe zu extrahieren. Daher optimiert man den Prozess, in dem man maximal zwanzig Prozent Wasser dazugibt und so nur wenig Konservierungsmittel benötigt. Man verwendet auch Mineralöle, deren Extraktionsfähigkeit besser ist, aber ...«

»Oh, lala, das wird mir jetzt zu technisch. Erzähl mir lieber von der Stimmung am Arbeitsplatz und von deinen Kollegen.«

»Wo soll ich anfangen«, murmelte sie. »Unser Chef Walter Murer ist der Enkel des Firmengründers Jörg Murer. Zu unser aller Bedauern sind die Kompetenzen nicht mitvererbt worden. Zudem ist er ein Mauschler erster Güte. Ihm zur Seite steht Andrea Bachmann, welche die Forschung und Entwicklung leitet und vor zehn Jahren von der Konkurrenz zu uns gewechselt ist. Zwei Dinge habe ich über Andrea erfahren, als ich mich mit Kollegen während eines Symposiums über die gesundheitsfördernden Eigenschaften von Pflanzen unterhalten habe. Im Grunde genommen ist sie von ihrem französischen Unternehmen wegen zweifelhafter Praktiken gefeuert worden, die sie aber nun mit Walters Segen weiterentwickeln kann. Ich gebe dir ein Beispiel, damit du verstehst, wovon ich spreche. Die meisten unserer Extrakte besitzen von Natur aus nicht mehr Farbe als ein dünner Tee. Damit sie konzentrierter wirken, fügt Andrea einfach Karamell hinzu. Das ist reine Psychologie, die auch beim Whisky angewendet wird und bei unseren Kunden gut funktioniert. Sie ist sogar hingegangen und hat die Quantität der Pflanzen reduziert und die Karamellmenge erhöht, als die Schweizer Nationalbank den Wechselkurs von Schweizer Franken in Euro geändert hat, wodurch unsere Ausfuhrpreise um zwanzig Prozent gestiegen sind.«

»Das kommt mir ziemlich fragwürdig vor. Ist das erlaubt?«

»Das ist eine gängige Praxis. Illegal ist es, sie nicht zu deklarieren.«

»Und steht in eurem Fall das Karamell auf dem Datenblatt des Produkts?«

»Eben nicht! Es gibt bei uns ein ganzes Arsenal zweifelhafter Praktiken.«

Angesichts seines fragenden Blickes fuhr Catherine fort:

»Wie jedes Produkt haben auch unsere Extrakte ein Verfallsdatum, zumindest theoretisch. Damit will ich sagen, dass sie zwar eines haben, es jedoch völlig aus der Luft gegriffen ist. Wir mischen abgelaufene Chargen, die wir noch an Lager haben, mit frisch angesetzten und passen die Farbe entsprechend an. Wir verdünnen Chargen, deren Farbe mit der Zeit dunkler geworden ist und fügen das berüchtigte Karamell überall dort hinzu, wo die Farbe verblasst ist. Anschließend wird ein neues Haltbarkeitsdatum ausgewiesen. Das Personal ist über dieses Prozedere auf dem Laufenden – der Empfang, der Marketingbereich und natürlich unsere Direktion – und dieses Vorgehen schockiert praktisch niemanden. Ein paar besonders Mutige versuchen dank ihres professionellen Arbeitsethos die Situation zu verbessern, kündigen dann aber nach einem, spätestens zwei Jahren, weil sie einsehen mussten, dass sich daran nie etwas ändern wird.«

»Und warum bleibst du, wenn die alle so unseriös sind?«

»Weil es auch viele Vorteile hat. Ich kann meine Arbeitszeit selbst einteilen, Analysemethoden entwickeln und regelmäßig Kollegen treffen. Letzteres erweitert mein Adressbuch.«

Catherine aß die letzten Bissen, bevor sie kalt wurden und fuhr dann mit ihren Erläuterungen fort:

Unser CEO Walter will neue Märkte erschließen: Die Phytotherapie und die Luxuslinien in der Kosmetikindustrie. Ich persönlich halte das für einen großen Fehler, denn wir sind noch nicht weit genug, um bei den Großen mitzuspielen. Aber das ist eine andere Geschichte ...Diese Strategie führt mich übermorgen zur Von Steiner Group nach Lausanne. Ich werde dort einem Chemiker, der mit der Qualitätskontrolle betraut ist, einen neuen schnellen und einfachen Test zur Identifizierung der in Glycerinproben enthaltenen Pflanzenpartikeln erklären, den ich entwickelt habe. Du siehst, das ist ganz schön cool.«

»Und eine Reise in die Hauptstadt des Waadtlandes reicht aus, dich zu motivieren?«

»Auch ich versuche auf meine Weise, die Mentalität im Herzen unseres Unternehmens zu ändern. Ich bin seit beinah zwei Jahren in der Firma und habe damit die schicksalhafte Zeit fast hinter mir. Ich will lieber nicht über die Marketingpraktiken reden, die darauf abzielen, unsere Extrakte als Produkte mit vielen guten Eigenschaften zu deklarieren.«

»Vermutlich hast du schon zu viel oder noch nicht genug erzählt.«

»Wohl eher zu viel. Ich höre jetzt auf, sonst habe ich dich so abgeschreckt, dass du dich nicht mehr bewirbst.«

»Ach, komm schon«, insistierte Didier.

»Also gut. Ich erzähle dir einen kleinen Witz, der über Andrea die Runde macht, obwohl sie ja immerhin Walters rechte

Hand ist. Während des Symposiums, von dem ich dir erzählt habe, habe ich erfahren, dass Andrea, bevor sie ihr altes Unternehmen verließ, dort die Photokopien erledigen musste. Jetzt flüstert man dort demjenigen, der gerade Photokopien macht, jedes Mal ins Ohr: »Und wann fängst du bei Swiss Quality Extracts an?«

Sie lachten beide so laut, dass sich die Gäste an den anderen Tischen zu ihnen umdrehten.

»Los, bewirb dich um den Job, so kannst du wenigstens etwas Kohle einfahren«, fügte sie mit schelmischem Augenzwinkern hinzu. »Die Firma ist von Luzern aus nur eine Viertelstunde mit dem Auto entfernt. Ich weiß, dass die Personalabteilung schnell eine Entscheidung treffen muss, wenn sie es nicht schon getan hat. Schick mir heute Abend noch deinen Lebenslauf.«

»Warum eigentlich nicht? Ich brauche das Geld und muss mir dann nicht mehr Sonyas fortwährende Kritik anhören.«

»Sie nimmt es dir übel, dass du arbeitslos bist? Das ist nicht sehr nett. Haben denn Helden nicht das Recht, sich auszuruhen?«, hänselte sie ihn.

Didier gefiel es nicht, dass ihre Unterhaltung in diese Richtung abdriftete und lenkte daher das Gespräch zurück auf ihr jeweiliges Leben. Sie tauschten sich noch eine Stunde lang aus, und Catherine erzählte zärtlich von ihren beiden Töchtern Julie und Alina.

Dank dieser entspannten Atmosphäre konnte die junge Frau für kurze Zeit den Überfall vergessen, dem sie vorgestern zum Opfer gefallen war.

Als sie sich erneut entschuldigte, nutzte Didier ihre Abwesenheit, um die Rechnung zu begleichen. Catherine kehrte lächelnd zurück, verzog jedoch ihr Gesicht, als ihr Blick auf den sorgfältig zerrissenen Kassenbon fiel, der in einem Schälchen lag. Didier merkte, dass er damit nach dem Verschütten des Weines den zweiten Fauxpas des Abends begangen hatte.

»Du hast schon bezahlt! Eines solltest du unbedingt wissen. Ich bin eine Frau, die es absolut nicht schätzt, ausgehalten zu werden. Ich verabscheue Männer, die ...«

Didier war ratlos. Er hatte sich nichts Böses dabei gedacht, ganz im Gegenteil. Seine fröhliche Miene verdüsterte sich.

»Entschuldige, aber du hast mich missverstanden. Ich schlage dir vor, dass du mich dafür zum Ausgleich einfach beim nächsten Mal einlädst.«

»Wer sagt dir denn, dass es ein nächstes Mal gibt?«

Als sich Didiers Miene noch mehr verzog, packte ihn Catherine lachend am Arm und zog ihn nach draußen.

Der Mühlenplatz lag genauso verlassen da wie vor ihrem Restaurantbesuch. Ein Straßenmusiker trotzte der Kälte mit einer tief über den Kopf gezogenen Mütze, die nur teilweise sein zotteliges Haar verbarg. Er versuchte ein paar Münzen zu ergattern und sah in seiner von Hosenträgern, auf denen der Union Jack prangte, gehaltenen Jeans und dem viel zu großen Pullover Mitleid erregend aus. Als er jedoch seine Mundharmonika an die Lippen führte und darauf die ersten Noten von *Thunder Road* spielte, während seine Finger über die Gitarre glitten, lief Didier ein Schauer über den Rücken. Der Künstler fuhr mit dem Repertoire des »Boss« fort. Didier war gerührt, die Musik desjenigen zu hören, der ihn seit seiner Jugend begleitete, wann immer ihn die Schwermut packte. Er bat ihn daraufhin, den Song zu spielen, den Bruce Springsteen für Patti Smith komponiert hatte. Bevor der Minnesänger der modernen Zeiten den ersten Akkord anstimmen konnte, überlegte Didier, dass *Because the Night* der Situation vielleicht nicht ganz angemessen war und wählte stattdessen schnell den unverfänglicheren Titel *The River*.

Ohne sich darüber Gedanken zu machen, wie Catherine diese generöse Geste interpretieren würde, steckte Didier einen Zwanzigfrankenschein in die Konservendose, die zu Füßen des Musikers stand.

Während dieser musikalischen Unterbrechung war seinem geschulten Auge als Fotograf ein Detail nicht entgangen. In der Nähe der Holzbrücke mit den im 17. Jahrhundert gemalten Totentanz-Bildtafeln lungerte ein Mann herum, den Didier bereits beim Betreten des Restaurants bemerkt hatte. Um seine Freundin nicht zu ängstigen, sagte er nichts. Sie entfernten sich beide von dem Musiker, und genau in diesem Moment verließ auch dieser Typ, nachdem er Stunden neben der Brücke ausgeharrt hatte, seinen Beobachtungsposten.

Didiers Sinne waren dermaßen in Alarmbereitschaft, dass er sich gar nicht auf Catherines Vorschlag konzentrieren konnte. Für ihn bestand kein Zweifel: dieser Kerl war der Kidnapper. Sie mussten ihn in die Enge treiben, bevor er ihnen wieder entwischte. Sie waren gezwungen zu improvisieren … und zwar schnell! Erst die Polizei zu rufen, würde zu lange dauern. Leider lag absolut gar nichts auf dem Boden herum, das als Waffe hätte dienen können, um den Verbrecher außer Gefecht zu setzen. Nicht mal eine Bierflasche. Plötzlich kam ihm eine Idee:

»Catherine, ich muss dir etwas Wichtiges sagen.«

Sie legte zärtlich ihre Hand auf seinen Unterarm.

»Ich bin ganz Ohr. Was willst du mir denn gestehen?«, flüsterte sie.

»Du wirst enttäuscht sein. Es geht um etwas anderes. Ich weiß, wie wir den Kidnapper schnappen können. Für dich wird es wieder nach Machogehabe aussehen, aber bist du bere:t zu tun, worum ich dich bitte?«

Sein Ton war ernst. Catherine verstand sofort, dass Didier keine Witze machte.

»Ja, natürlich. Alles, was du willst, um diesen Dreckskerl zu erwischen. Was soll ich machen?«

»Ganz einfach. Fürs Erste: dreh dich nicht um.«

Reflexartig wandte sie den Kopf und besann sich aber sofort, als Didier ihr trocken und mit einer Stimme, die sie so den ganzen Abend nicht von ihm gehört hatte, befahl:

»Nein!«

Angesichts der Umstände störte sich Catherine nicht an seinem Befehlston und hörte ihm aufmerksam zu.

»Als wir ins Restaurant gegangen sind, war da ein Typ am anderen Ende des Platzes. Es ist Winter und obendrein Sonntagabend, und erst jetzt um zweiundzwanzig Uhr bewegt er sich von der Stelle.«

Sie erreichten die erste kleine Kreuzung und hielten an. Didier fuhr fort:

»Die einzige Möglichkeit ihn zu erwischen, die ich sehe, ist, ihn zu überraschen. Wir tun jetzt so, als ob wir uns hier trennen. Du gehst weiter geradeaus und ich in Richtung des Flusses.«

»Aber du willst mich doch wohl nicht mit dem Irren alleine lassen?«

»Keine Angst, Catherine. Ich laufe einmal um den Block und werde in 30 Sekunden wieder in der Gasse auftauchen. Er ist zu Fuß, und ich garantiere dir, dass wir diesen Mistkerl schnappen.«

»Und warum rufen wir nicht die Polizei?«

»Weil es jetzt oder nie ist. Willst du diese einmalige Chance verstreichen lassen? Wenn ich ihn zur Strecke gebracht habe, hast du alle Zeit der Welt, die Polizei zu rufen.«

»Einverstanden! Ich vertraue dir, mein Held«, fügte sie augenzwinkernd hinzu.

»Dann also los.«

Sie küssten sich auf die Wangen und Didier schaute dabei diskret über die Schulter seiner Freundin, um die Silhouette des Typen unter einem Vorbau auszumachen. Ein paar Sekunden später, nachdem er aus dem Sichtfeld des Mannes verschwunden war, bog er in eine kleine Gasse nach rechts ab und zwanzig Meter weiter nach links in die enge Rössli-Passage. Vor der Bäckerei holte Didier kurz Luft. Seiner Schätzung nach müsste Catherine jeden Moment vorbeikommen. Doch dann wurde er plötzlich unruhig. Was, wenn der Schweinehund sie schon eingeholt hatte? Fünf Sekunden später immer noch nichts. Didier ging vorsichtig weiter. Er sah Catherine von ihm weggehen, weil sie instinktiv ihr Tempo erhöht hatte. Er warf einen kurzen Blick nach links und erblickte keine zehn Meter entfernt den Umriss des Unbekannten. Rasch machte Didier einen Satz zurück und drückte sich, aus Angst entdeckt zu werden, gegen die Schaufensterscheibe der Bäckerei. Plötzlich war er nicht mehr sicher, ob ihm der Überraschungseffekt wirklich genug Vorteil verschaffen würde. Er dachte kurz nach, sah allerdings nur eine einzige Lösung. Er ging weiter, atmete tief ein und hastete mit der irrwitzigen Hoffnung, dass sein Plan der richtige sei, auf das Gässchen zu. Als der Mann vor ihm auftauchte, schmiss sich Didier mit seinem ganzen Gewicht, das durch die Geschwindigkeit beträchtlich gesteigert wurde, gegen ihn, warf ihn zu Boden und presste ihm das Gesicht in den Schneematsch. Als er den Arm des Unbekannten auf dessen Rücken fixierte, schrie dieser:

»Polizei!«

Jetzt erst bemerkte Didier die Handschellen und den Revolver, der aus dem Holster herausragte. Er zögerte einen Moment, bis Catherine herbeieilte.

»Verdammt, das ist ein Polizist. Hör auf! Ich kenne ihn, der war gestern auf dem Kriminalkommissariat«, rief Catherine.

Sofort lockerte Didier seinen Griff und half dem Polizisten verwirrt auf die Beine. Dieser schien keinerlei Verletzungen oder Schürfwunden davongetragen zu haben, allerdings war er von Kopf bis Fuß dreckig. Wortlos reichte ihm Catherine eine Packung Papiertaschentücher. Der Polizist brach das Schweigen in perfektem Französisch:

»Mit einem Kampfhund wie Ihnen bedarf es keiner weiteren Schutzmaßnahmen. Denken Sie das nächste Mal erst nach, bevor Sie sich auf einen Fremden werfen, das erspart Ihnen Unannehmlichkeiten.«

Catherine stammelte beschämt:

»Sie hätten uns vorwarnen müssen ...«

»Das war durchaus vorgesehen, aber ich bin noch nicht dazu gekommen. Nach dem, was gestern Abend im Parkhaus passiert ist, hat mein Chef heute Nachmittag entschieden, Sie vorsichtshalber unter Personenschutz zu stellen. Ich hatte vor, mich Ihnen morgen vorzustellen.«

»Ist eine solche Maßnahme wirklich notwendig?«

»Innerhalb von vierundzwanzig Stunden sind Sie Opfer einer versuchten Entführung geworden, und die verdächtige Person hat sich Ihnen erneut im hinteren Teil eines Parkhauses genähert. Zumindest für Luzern sind dies sehr ungewöhnliche Ereignisse. Daher müssen Sie sich künftig an unsere Gegenwart gewöhnen, auch wenn wir versuchen, so diskret wie möglich zu sein. Wir wollen Ihnen nicht zur Last fallen, sondern den Mistkerl erwischen, falls er wieder auftaucht.«

»Ich hoffe, dass ich Ihnen nicht wehgetan habe«, entschuldigte sich Didier schließlich.

»Unter anderen Umständen säßen Sie jetzt ganz schön in der Patsche. Aber machen Sie sich keine Sorgen, meine Sachen müssen nur mal wieder ordentlich gewaschen werden. Allerdings wäre es gut, wenn Sie die Angelegenheit für sich behalten könnten. In letzter Zeit hatte ich einige Probleme auf meiner Dienststelle und daher keine Lust, dass dieses Missgeschick meinem Chef zu Ohren kommt.«

Die beiden Freunde versprachen zu schweigen wie ein Grab. Beruhigt, dass Catherine unter Polizeischutz stand, machte sich Didier auf den Weg zu seiner Wohnung.

Die junge Frau ging zu Fuß nach Hause und schaute dabei ab und zu zurück, um sicherzustellen, dass ihr neuer Schutzengel ihr auch folgte. Sie musste in Ruhe über die beiden Überfälle nachdenken, denen sie nur wie durch ein Wunder, besser gesagt dank Didiers Umsichtigkeit, unbeschadet entkommen war. Auch die Gefühle, die in der Gegenwart ihres neuen Freundes in ihr aufkamen, musste sie erst einmal ganz für sich einordnen.

Seit sie der Vater ihrer beiden Töchter vor vier Jahren verlassen hatte, nahm sie sich zum ersten Mal etwas Zeit für sich, anstatt ihr Leben ausschließlich nach ihren Kindern auszurichten. Mit fünfundzwanzig Jahren hatte sie Julie geboren und Alina nur zwei Jahre später. Am Tag nach ihrem dreißigsten Geburtstag war ihr reizender Gatte dem Charme einer hübschen Slawin verfallen. Der Schock war so heftig gewesen, dass er Catherine völlig aus der Bahn geworfen hatte. Ein Psychologe hatte ihr geholfen, das Tief zu überwinden, und die Fürsorge für ihre Kinder war schnell zu ihrem einzigen Lebensinhalt geworden. Die Ältere war inzwischen zwölf und wurde langsam selbstständig.

Als Catherine den Schlüssel ins Schloss steckte, kamen ihre

beiden Mädchen aus dem Wohnzimmer angerannt und warfen sich ihr noch auf der Türschwelle in die Arme. Sie unterhielten sich lange über die Ereignisse, dann versicherte Catherine sich, dass Julie und Alina ihre Hausaufgaben gemacht hatten, bevor sie die Mädchen in ihre Zimmer begleitete.

Nachdem Catherine ihre Kinder umarmt und das Licht gelöscht hatte, schaltete sie den Computer ein. Eine Freundin hatte ihr zum Geburtstag ein Abo für ein Dating-Portal geschenkt, das sie besuchte, ohne wirklich daran zu glauben. Manchmal ragte ein Profil aus den unzähligen »gut situierten Männern« und anderen »Top-Managern« heraus. Solche Banalitäten zogen sie keineswegs an, und sie bezweifelte, dass andere Frauen da anders waren, auch wenn eine Arbeitskollegin das Gegenteil behauptete. Catherine suchte nach dem einen, der aus der Menge herausstach. Vor zwei Wochen hatte sie gemeint, diese seltene Perle gefunden zu haben. Allerdings hatte er nicht gerade durch Originalität gepunktet, als er ihr nur ein Augenzwinkern-Emoji ohne jede persönliche Nachricht geschickt hatte. Normalerweise ließ sie so etwas links liegen, aber an jenem Abend hatte sie nur wenige Nachrichten bekommen und klickte aus reiner Neugier sein Profil an. Angesichts der Adjektive, mit denen er sich beschrieb, musste sie kichern: epikureisch, geistig jung geblieben, witzig … Mal wieder einer, der sich selbst ein bisschen zu ernst nimmt, dachte sie. Allerdings war ihre Überraschung groß, als sie den einzigen Satz dieses Profils las: »Oh Catherine, ich möchte dich so gerne kennenlernen«. Sämtliche Fotos auf der Seite waren verschwommen. Woher kannte dieser Mann ihren Vornamen? Spielte ihr ein Freund da einen Streich? Die Neugier wandelte sich in Besorgnis. Dieser Unbekannte hatte sich die Mühe gemacht, ihr eine extrem persönliche Nachricht zu schicken und gewartet, bis sie von dem Admin des Dating-

Portals bestätigt wurde, um schließlich Kontakt zu ihr aufzunehmen. Dadurch unterschied er sich deutlich von den billigen Don Juans, die auf Beutezug gingen, indem sie fünfzig Mal pro Abend den gleichen Text verschickten. Dieser Mann hatte sich eingeschrieben, ohne die Aufnahmegebühr gezahlt zu haben. Catherine konnte ihm keine Nachricht schicken. Bei einer Tasse Tee überlegte sie, wie sie ihm antworten konnte. Es amüsierte sie, die Herausforderung anzunehmen und sich auf die Spur der fabelhaften Welt der Amélie zu begeben. Sie beschloss zu Beginn ihres Vorstellungstextes einen Hinweis einzubauen, der ihn zu einer E-Mail-Adresse führen sollte, die sie für diese Gelegenheit kreiert hatte. Zwei Tage hatte sie warten müssen, bis der Unbekannte seine Nachricht geändert hatte: »Und nun Catherine, wie geht es weiter?« Sie schickte ihm sämtliche Puzzleteile des Rätsels, bis sie eine Woche später eine Mail erhielt. Der Mann hieß José und hatte Anfang der 2000er Jahre sein Heimatland Spanien verlassen, um sich in der Deutschschweiz niederzulassen. Bis zu diesem Stadium hatte sie nur verschwommene Fotos von ihm gesehen. Nach logischen Gesichtspunkten hätte sie dieses Spiel abbrechen sollen, doch der Mann ließ ihr keine Ruhe. Sie machte sich auf eine große Überraschung gefasst, sollte sie ihn kennenlernen. Gleichzeitig quälte sie die Frage, ob er ihre Identität kannte oder einfach auf einen gängigen Vornamen gesetzt hatte.

Über ihren Austausch via Mail erfuhr sie, dass er Wahlbasler war und Französisch in der Schule gelernt hatte, ohne je einen Sprachaufenthalt absolviert zu haben, dennoch aber die Sprache Baudelaires perfekt beherrschte. Ein wenig später erzählte er, dass er besonders gerne am Rotsee spazieren ging, wenn er in Luzern war, aber wer außer Luzernern und Rudersportlern kannte schon diese Wasserfläche? All dies erschien ihr immer merkwürdiger. Als ihr Zweifel kamen und sie ihn bat, ihr ein Foto zu schicken, erhielt sie es umgehend. Schönheit war für Catherine kein vorherrschendes Kriterium. Sie träumte von einem groß gewachsenen und eleganten Lebenspartner, aber das Porträt, das ihr entgegenblickte, übertraf alles. Auf dem Foto trug er Jeans und stand bis über die Knie im Meer. Im Schein der untergehenden Sonne wies sein nackter Oberkörper perfekt geformte Bauchmuskeln auf. Dieses Modelbild stammte mit Sicherheit aus der großartigen Datenbank des Internets. Selbst wenn er es tatsächlich selbst war, der auf diesem Bild posierte, bezweifelte sie, dass ein Mann, der seine Zeit im Fitnessstudio verbrachte, sie interessieren könnte. Viel Lärm um nichts, seufzte sie. Um den Kontakt abzubrechen, gab sie vor, bereits jemanden gefunden zu haben und setzte ihn auf die schwarze Liste. Dieser José, wenn er denn wirklich so hieß, reizte ihre Neugier nicht mehr.

Seit diesem merkwürdigen Erlebnis setzte Catherine keine großen Hoffnungen mehr auf das Dating-Portal. Dennoch überflog sie die Nachrichten ihrer virtuellen Bewerber, denn sie blieb mit beiden Füßen auf dem Teppich. Auch wenn Didier ihr gefiel, wusste sie nicht, wo sie diese Reise hinführen würde.

Später entdeckte sie in ihrem Posteingang Didiers Lebenslauf und leitete ihn an ihre Mailadresse in der Firma weiter.

Sonya war erst drei Tage weg und schon herrschte eine riesige Unordnung in der Wohnung. Schuhe stapelten sich vor der Haustür, schmutzige Wäsche lag auf dem Boden herum und das Bett glich einem Schlachtfeld. Als Didier die schmutzigen Teller betrachtete, die sich im Spülbecken auftürmten und den Reis, der noch am Topfboden klebte, sagte er sich, dass er all das endlich saubermachen müsste. Dennoch verschob er die Aufgabe auf später. Er goss sich ein Glas Wasser ein und begnügte sich damit, den Reis in der Toilette runterzuspülen, den Topf mit etwas Spülmittel und warmem Wasser zu füllen und einen großen Seufzer auszustoßen. Er machte es sich auf dem Sofa unter den Zeitungen und den Decken gemütlich und nahm sein Laptop auf den Schoß, um Sonya von seiner nächtlichen Recherche in der Rigistraße zu berichten. Erschöpft fielen ihm ein paarmal die Augen zu, und schließlich schlief er ein, bevor er seinen Text beendet hatte.

4. – Die frisch gebackenen Detektive

Als Catherine Montagmorgen auf der Arbeit ankam, erfuhr sie von der Empfangsdame, dass der andere Lagerist des Teams bei einem Autounfall schwer verletzt worden war. Ein Fahrzeug hatte ihm die Vorfahrt genommen und sein Motorrad touchiert. Er litt an einer gebrochenen Hüfte, einem gebrochenen Bein und zahlreichen Prellungen. Der Chirurg prognostizierte, dass er frühestens Anfang März wieder arbeitsfähig sei, vermutlich aber erst Ende Frühjahr seine Tätigkeit wieder aufnehmen könne. In der Zwischenzeit würde Walter die Logistik mit Hilfe von Personal aus der Produktion aufrechterhalten. Klar war, dass Swiss Quality Extracts so schnell wie möglich einen neuen Logistiker brauchte. Als die Rezeptionistin ihren Bericht beendet hatte, machte sich Catherine auf den Weg zu Walters Büro, besann sich dann aber eines Besseren, als sie sah, dass die Wanduhr am Eingang erst acht Uhr anzeigte. Ihr Chef kam nie vor halb neun ins Büro. Stattdessen ging sie in die Cafeteria, wo eine Diskussion in Gange war, die sie aufhorchen ließ. Priska, Technikerin in der Produktion, und ihr Kollege, der erst kürzlich in der Marketingabteilung eingestellt worden war, waren beide noch keine dreißig. Sie machten sich Gedanken über den besten Weg, Geld für einen komfortablen Ruhestand beiseitezulegen. Beide breiteten ihre Sparpläne voreinander aus. Priska sprach sich dafür aus, Geld bei Banken anzulegen, die im Fall eines Konkurses von staatlicher Unterstützung profitieren würden. Dazu erteilte sie Ratschläge, wie man seine persönliche Vorsorge optimieren könnte, um Steuern zu sparen, wenn man im Ruhestand sein Vermögen angeben musste.

Die beiden »scharfsinnigen Finanzexperten« bemerkten kaum, dass Catherine mit einer dampfenden Tasse in der Hand in ihr Büro ging und dabei noch kurz mit den Kollegen plauderte, die sie auf dem Flur traf. Sie nutzte die Ruhe der frühen Stunde, um sich mit einem Analysebericht zu beschäftigen, der ihr seit mittlerweile zwei Wochen zu schaffen machte. Es war schließlich Walter, der zu ihr kam, um zu hören, was es Neues gab.

»Wie geht es dir? Du hast ja Freitagabend in letzter Sekunde entkommen können. Ich hoffe, du konntest dich am Wochenende ein bisschen erholen. Mein Gott! Falls du noch einen Tag Ruhe brauchst, dann lass es mich wissen.«

Catherine beruhigte ihn und erzählte ihm ein paar Einzelheiten, zog es jedoch vor, den Vorfall im Parkhaus zu verschweigen. Ihr Chef musste ja schließlich nicht mehr wissen als die Presse.

»Bist du über unsere Situation in der Logistik auf dem Laufenden?«

»Natürlich, alle Welt spricht ja davon. Zumindest beinah alle Welt«, verbesserte sie sich, als sie an die Szene in der Cafeteria zurückdachte.

Catherine fiel plötzlich auf, dass sich bislang lediglich Walter an diesem Morgen angesichts ihrer versuchten Entführung besorgt gezeigt hatte. Sie hatte bereits ein halbes Dutzend Kollegen getroffen, ohne dass ihr irgendjemand etwas Nettes gesagt hätte. Dabei hatten sie mit Sicherheit von den Ereignissen erfahren. Catherine stimmte es traurig, dass der Einzige, der ein wenig Empathie zeigte, ausgerechnet derjenige war, den sie bei Swiss Quality Extracts am wenigsten schätzte. Gedankenverloren hatte sie den Gesprächsfaden verloren, bis

Walter fortfuhr:

»Eine Katastrophe. Ich habe schon Priska aufgesucht und sie aufgefordert, ihren alten Posten wieder zu übernehmen. Nur sie kann sich angemessen um den Wareneingang und um den Versand kümmern kann. Da wir aber dadurch unsere beste Technikerin in der Produktion verlieren, werden wir alle unseren Teil dazu beitragen müssen. Was für eine Idee von diesem Idioten, mit dem Motorrad zu fahren.«

Catherine ging auf diese völlig deplatzierte Bemerkung nicht ein, sondern lenkte das Gespräch in eine andere Richtung:

»Und was ist mit der Stellenanzeige, die ihr bereits im Internet geschaltet habt?«

»Wir haben einen Bewerber, der perfekt für den Job scheint …«

Er beendete seinen Satz nicht. Überrascht fragte Catherine nach:

»Aber?«

»Aber er kann erst in drei Wochen anfangen. Ich werde mir seine Bewerbung jedoch noch mal anschauen und prüfen, ob er immer noch bei seinem alten Arbeitgeber ist oder sich nur ein paar Wochen Ferien gönnen will, bevor er hier anfängt. Sollte das der Fall sein, schlage ich ihm vor, das Einstellungsdatum vorzuziehen und ihm den Urlaub später im Jahr zu ermöglichen. Das allein regelt aber noch nicht alles. Es fehlt immer noch eine zweite Person. Ich werde die Bewerbungen noch einmal alle durchgehen.«

Seit Catherine von dem Motorradunfall erfahren hatte, dachte sie ganz pragmatisch, dass es keine bessere Gelegenheit geben könnte, um Didiers Bewerbung ins Spiel zu bringen.

»Ich habe da vielleicht eine Lösung.«

»Ich höre. Was schlägst du vor?«

»Ein befreundeter Fotograf sucht eine Anstellung. Er könnte sofort anfangen«, sagte sie und reichte ihm Didiers Lebenslauf.

Er las ihn kurz durch und schien skeptisch:

»Dein Freund, dieser Didier d'Orville hat nicht das Profil, das wir für die Stelle suchen. Er hat diese Arbeit noch nie gemacht, im Zweifel keinerlei SAP-Kenntnisse und wenn ich das hier richtig verstehe, spricht er kaum Deutsch. Aber es ist irgendwie komisch, ich meine, ich hätte ihn schon mal irgendwo gesehen.«

»Vermutlich im Internet. Er oder besser wir beide haben ja für eine Schlagzeile in der Luzerner Zeitung gesorgt. Er war es, der mir Freitagabend das Leben gerettet hat. Didier ist sehr gewieft und wird sich schnell einarbeiten, es sei denn, es stört dich, einen Helden in deinem Unternehmen zu beschäftigen.«

»Darum geht es doch nicht.«

»Und, wo ist dann das Problem? Bestell ihn heute Nachmittag ein und urteile dann selbst. Wie seine Zeitplanung für die nächsten Wochen aussieht, weiß ich nicht. Er hat, glaube ich, momentan mehrere Fotoaufträge. Wenn man ihm ein wenig Flexibilität einräumt, wirst du nicht enttäuscht sein. Ich möchte mich nicht zu weit aus dem Fenster lehnen, aber es könnte sein, dass er schon morgen anfangen kann.«

Angesichts des Zögerns ihres Chefs, fügte sie hinzu:

»Aber wenn du jemand anderen weißt, der den Job genauso schnell übernehmen könnte, nur zu und beschäftige dich nicht weiter mit Didier.«

Catherine hatte ins Schwarze getroffen. Für sie war es eine Art Spiel, die richtigen Argumente zu finden, um Walter Murer zu überzeugen. Es gelang ihr immer, außer wenn sie versuchte, ihn zu überreden, mit den Mauscheleien aufzuhören, die Andrea Bachmann als Leiterin für Forschung und Entwicklung mit seiner Unterstützung in der Firma eingeführt hatte.

»Einverstanden! Außer meiner Zeit habe ich ja nichts zu verlieren, wenn ich ihn kennenlerne. Momentan habe ich keine Termine. Du kannst also mit ihm für heute Nachmittag ein Bewerbungsgespräch vereinbaren, zu einer Uhrzeit, die ihm passt. Dreißig Minuten in meinem Büro und danach machen wir es so wie mit dem jungen Kerl für die Marketingabteilung letzten Monat: Finde ich die Bewerbung deines Freundes interessant, mache ich mit ihm eine Führung durch das gesamte Unternehmen.«

»Danke, Walter! Du wirst nicht enttäuscht sein! Bevor ich ihn anrufe, könnten wir gerade noch die Liste mit den Zertifikaten für die Allergene durchgehen?«

Erneut diskutierten sie die Konformität ihrer Produkte mit den internationalen Normen der kosmetischen Industrie. Catherine versuchte ihn zu überzeugen, dass die Überprüfung der Pflanzenallergene völlig unzureichend sei, da sie sich nur auf pseudowissenschaftliche Literatur und vor allem auf Wikipedia stütze. Sie schätzte, dass man sich bei gängigen Pflanzen wie Hamamelis, Ginkgo oder Lavendel durchaus auf das Internet verlassen könnte, da deren Stammdaten dort reichlich vertreten waren. Allerdings entwickelte sich der Markt mehr und mehr hin zu exotischen und seltenen Pflanzen, die bislang chemisch und biologisch kaum bestimmt waren. Sie erläuterte ihm, dass er trotz der hohen Kosten anfangen müsse, Artikel mit hohen Verkaufszahlen an externe Labore zu schicken, um seinen Kunden seriöse Informationen anstelle von reinen Vermutungen liefern zu können. Keines ihrer Argumente fand wirklich Gehör, daher überraschte sie die Antwort ihres Chefs nicht im Mindesten:

»All diese Analysen sind sehr teuer. Ich werde darüber

nachdenken.«

Was für ein Idiot, sagte sie sich, nachdem er ihr Büro verlassen hatte. Sie war überzeugt, dass er den Lösungsmitteln am liebsten skrupellos Karamell oder eine Duftnote hinzufügen würde, um auf das Etikett »Vanilleextrakt aus Madagaskar« oder »japanische Kirschblüte« schreiben zu können. Auch wenn die Produktionsmitarbeiter gerne die Augen verschlossen, besaßen sie doch zum Glück ein Minimum an Berufsethos, um derartige Machenschaften zu verhindern.

Für gewöhnlich wachte Didier jede Nacht schweißgebadet und mit klopfendem Herzen auf. Doch seit einer Woche wurden die schrecklichen Träume immer noch beunruhigender. Genau wie während dieser sehr ermüdenden Reise nach Clermont-Ferrand. Jetzt saß er auf dem Garagenboden des leeren Einfamilienhauses, in dem er aufgewachsen war. Am nächsten Tag würden die neuen Eigentümer vom Haus Besitz nehmen. Es gab keine andere Möglichkeit mehr, endlich zu verstehen, was sich im Garten, aber auch im Kern seines Unterbewusstseins verbarg. Er wartete, bis die Nacht ihm helfen würde. Die Nachbarn gingen zu Bett und nur ein einziges Licht schien durch das zerbrochene Oberlicht ihres Kellers. Der Wind hatte aufgefrischt, was für diese späte Stunde eher ungewöhnlich war. Die Elemente waren auf seiner Seite, er würde ruhig arbeiten können. Didier wartete noch etwas und holte dann einen Spaten, den er unterwegs kurz vor Clermont-Ferrand gekauft hatte, aus dem Kofferraum. Er zog sich eine alte Latzhose und Gummistiefel an. Die Spuren des Loches, das er früher gegraben hatte, waren immer noch sichtbar. Er verstand nicht, warum. Er war überzeugt, dass der Rasen den Garten noch gleichmäßig überzogen hatte, als er nachmittags angekommen war. Er begann neben dem Fundament des Hauses zu graben. Er hatte sich darauf vorbereitet, stundenlang zu arbeiten und sich durch einige Kubikmeter Erde zu buddeln. Vage erinnerte er sich daran, wie mühsam das Schaufeln durch den Lehmboden gewesen war, doch jetzt war der Boden so locker, als sei er gestern erst umgegraben worden. Didier war sich bewusst, dass der Boden unter seinen Füßen ein schreckliches Geheimnis barg, ohne es wirklich zu kennen. Es begann zu regnen und das Loch verwandelte sich rasch in einen Schlammtümpel. Plötzlich traf der Spaten auf einen metallenen Gegenstand. Didier bückte sich, um die Eisenstangen wegzuräumen und bemühte sich, sie lautlos neben die Grube zu legen, um die Nachbarn nicht zu alarmieren. Je weiter Didier in die Erde vorstieß, desto deutlicher erkannte er, dass er dieses Abenteuer nicht unbeschadet überstehen würde. Als er bis auf den Bauschutt vorgedrungen war, überkam ihn plötzlich Angst und er dachte einen Moment daran, das Loch wieder aufzufüllen. Seine Hände berührten eine Schicht Ziegelsteine. Ein Bild durchzuckte einem Blitz gleich sein Gehirn und er wusste plötzlich, dass er, verborgen unter seinen Füßen, die Überreste seines Vaters finden würde. Er ging seine Erinnerungen durch, doch aus seinem Unterbewusstsein tauchte lediglich eine verregnete Nacht auf. Didier rechnete mit einem Albtraum. Eine Erinnerung, so konfus sie auch war, erschien ihm plötzlich zu real. Er hatte Angst, Geheimnisse auszugraben, die er gar nicht kennen wollte. Widersprüchliche Gefühle gingen ihm durch den Kopf. Im schwachen Schein seiner Taschenlampe beeilte er sich, die sterblichen Überreste ans Licht zu bringen, um sie an einen Ort zu bringen, wo sie nie entdeckt werden würden. Unter den Ziegelsteinen konnte Didier die Fetzen eines Hemdes erkennen. Er kniete sich in den Schlamm und atmete tief durch, um sich zu beruhigen, als ihn eine Stimme aus dem Jenseits anzischte:

»Verflucht seist du, Elender!«

Didier erstarrte.

»Wir haben auf dich gezählt, aber du hast uns verlassen. Führst du ein schönes Leben?«, schrie die Stimme.

Didier war wie versteinert. Die Stimme würde das ganze Viertel aufwecken. Einige zuvor dunkle Zimmer waren nun hell erleuchtet und in der Ferne ertönte ein Telefonklingeln. Weitere flehende Rufe erklangen aus der Grube und schwollen zu einem einzigen Geschrei an:

»Hol uns hier raus! Wir vermodern hier!«

Hinter den Fensterscheiben der umliegenden Häuser erschienen Schatten. In einem Anfall von Wahnsinn hieb Didier blindlings mit dem Spaten auf die Erde ein, doch die Stimmen wurden immer lauter. Plötzlich Stille. Keine Schreie mehr, kein Flüstern mehr und kein Klingeln mehr in der Nachbarschaft.

Didier warf seine rot befleckte Schaufel aus dem Loch und machte sich daran, selbst herauszusteigen, wobei er nur noch daran dachte, die Grube so schnell wie möglich wieder aufzufüllen und dieses Geheimnis unter der Erde zu belassen. Doch dann packte ihn eine Hand am Fußknöchel. Das Blut gefror ihm in den Adern. Eine zweite Hand erschien und legte einen Oberkörper frei, der sich durch ein langsames Einatmen aufwölbte, dann ertönte ein Schmerzensschrei, als die Hand ein hasserfülltes Gesicht vom Dreck befreite – das Gesicht seines Freundes John.

Didier schloss die Augen, hielt sich mit den Händen die Ohren zu und schrie ebenfalls, bis er verstört und immer noch schreiend erwachte.

Das Klingeln eines Telefons hallte im Wohnzimmer wider. Didier war überrascht, dass bereits Tageslicht durch die Vorhänge drang. Er hatte keine Ahnung, wie spät es war, aber angesichts der hinter ihm liegenden Nacht, entschied er sich, den Tag ruhig angehen zu lassen und den verpassten Anruf erst ein wenig später zu erwidern. Während er frühstückte, klingelte das Telefon erneut. Es war Catherine, die ihm ganz aufgeregt erklärte, dass Swiss Quality Extracts einen zweiten Mitarbeiter für die Logistik suche:

»Der Posten ist ab sofort frei. Ich habe mit Walter über dich geredet, und er möchte dich gerne zu einem Vorstellungsgespräch einladen. Ich weiß nicht, was du heute Nachmittag vorhast, aber du musst dir unbedingt die Zeit nehmen und diese Gelegenheit nutzen. Es liegt jetzt allein an dir.«

Didier, immer noch verstört wegen seines ungewöhnlich intensiven Angsttraumes, zeigte sich nicht besonders redselig. Dennoch versprach er zum Termin zu kommen.

Nachdem er aufgelegt hatte, machte er sich wieder Gedanken darüber, warum John offensichtlich zum Leitmotiv seiner schlechten Träume geworden war. Doktor Freud hätte ihm erklärt, dass er ein schlechtes Gewissen habe, aber das hätte sogar Inspektor Clouzot durchschauen können. Obwohl er sich das Gehirn zermarterte, fand er keinerlei Erklärung dafür. Didier erinnerte sich nur, dass er während ihrer gemeinsamen Gefangenschaft in Utopia John vorgeschlagen hatte, mit ihm zu fliehen, sein Freund es aber vorgezogen hatte, dort in diesem goldenen Käfig zu bleiben.

Der Schlafmangel lastete immer schwerer auf seiner physischen Gesundheit, aber auch auf seiner Moral. Zum ersten Mal in seinem Leben erwog er, einen Psychologen zu konsultieren. Er wusste, dass er dafür ein technisches Problem lösen musste: Einen Spezialisten zu finden, der Französisch sprach, denn er sah sich nicht in der Lage, über seine Probleme anders als in seiner Muttersprache zu reden.

In der Zwischenzeit entschied sich Didier, etwas Energie zu tanken. Minutenlang suchte er nach der CD von Bonga und spielte *Mulemba Xangola* in einer Endlosschleife ab. Die mitreißende Musik des Sängers aus Angola vertrieb seine negative Stimmung.

Didier hatte es nicht für notwendig erachtet, die Fahrtdauer von Luzern nach Stans zu berechnen und kam fünf Minuten zu spät zum Vorstellungsgespräch. Die Empfangsdame sprach Französisch und half ihm, den Fragebogen auszufüllen, den sie ihm ausgehändigt hatte. Bei der Spalte »Militärdienst« hakte sie nach:

»Haben Sie bereits ihre gesamte Militärzeit abgeleistet?«

»Aber ich komme ja gar nicht aus der französischen Schweiz, sondern aus Frankreich. Ich glaube nicht, dass ich etwas mit der Schweizer Armee zu tun habe.«

Da die Rezeptionistin das letzte Wort haben wollte, trumpfte sie auf:

»Natürlich nicht, aber wir müssen schon wissen, ob Sie von Zeit zu Zeit in Ihr Land zurückkehren müssen, um ihre Pflichtzeiten zu absolvieren.«

»Seit Ende der Neunziger …«

»Wie bitte?«

»Ende der 1990er Jahre wurde bei uns die Wehrpflicht abgeschafft und unser Militär in eine Berufsarmee umgewandelt. Und ich persönlich halte das für richtig. Wer seinen Dienst an der Waffe fürs Vaterland leisten will, ist willkommen, und die anderen verschwenden ihre Zeit nicht mehr.«

»Ist das nicht ein etwas egoistischer Standpunkt? Wenn jeder nur das tut, was ihm richtig scheint, wie soll dann Ihrer Meinung nach die Gesellschaft vorankommen? Außerdem ist eine Berufsarmee allein vom Wesen her gefährlich für eine

Demokratie, denn wenn das Volk sie selbst bildet, sind die Risiken ...«

Zu Didiers großer Erleichterung klingelte das Telefon, denn er begann gerade die Geduld zu verlieren. Zweifelsohne war der Empfangsdame die Bedeutung ihrer Funktion nicht bewusst.

Während sie ihn zu Walter Murers Büro begleitete, fuhr sie fort, ihre Ansichten zur Armee zu erläutern, doch Didier hörte ihr nicht mehr zu. Er nahm in dem Ledersessel Platz, den der CEO des Unternehmens ihm anbot. Sofort entschuldigte sich Didier für die Verspätung. Zwei weitere Personen nahmen an dem Gespräch teil: Patrick Stalder, Leiter der Herstellung und der Logistik und Andrea Bachmann, die Verantwortliche für Forschung und Entwicklung standen ihrem Chef bei Personalentscheidungen beiseite. Nachdem sich alle vorgestellt hatten, eröffnete Walter das Gespräch:

»Zunächst einmal möchte ich mich bei Ihnen bedanken, Herr d'Orville, dass Sie unserer Einladung so schnell nachgekommen sind. Und machen Sie sich vor allem wegen Ihrer Verspätung keine Gedanken, die haben wir einkalkuliert, denn schließlich sind Sie ja Franzose, nicht wahr?«

Gekränkt lächelte Didier flüchtig, um gute Miene zum bösen Spiel zu machen, während sein Gegenüber lauthals lachte. Er fragte sich, in was für eine Firma er hier wohl geraten war. Angesichts von Walters Vorurteilen hatte er kurz das Gefühl, einer Versammlung der Schweizerischen Volkspartei beizuwohnen. Mit einem Gegenangriff erreiche ich nichts, vielmehr muss ich ihn wohl aus seiner geistigen Trägheit herauslocken, dachte Didier.

»Sollten Sie hier anfangen, müssen Sie natürlich pünktlich sein.«

»Keine Sorge. Ich kenne mich hier in der Region nur noch

nicht so gut aus. Normalerweise versuche ich mich schon im Voraus zurechtzufinden, sicherlich ein Tick von mir als Fotograf, aber Sie waren so schnell, dass ich nicht einmal Zeit hatte, mir die Entfernung im Internet anzuschauen«, log er.

»Schwamm drüber! Vermutlich wissen Sie bereits, in welcher Situation wir uns befinden, aber ich möchte es dennoch kurz für Sie zusammenfassen. Einer unserer beiden Logistiker ist schwer erkrankt und wird nicht mehr an seinen Arbeitsplatz zurückkehren. Am Wochenende hatte der Angestellte, der sich um den reibungslosen Ablauf dieser übersichtlichen, aber dennoch äußerst wichtigen Tätigkeit gekümmert hat, einen Motorradunfall. Es bleibt uns nur eine einzige Mitarbeiterin, die die Abläufe bis ins kleinste Detail kennt. Priska Amrein hat diese Funktion mehrere Jahre in Folge innegehabt. Seit drei Jahren arbeitet sie in der Produktion, aber sie ist bereit, uns aus der Klemme zu helfen.«

»Allerdings nur provisorisch«, fügte Patrick hinzu. »Die Produktion sollte nicht zu lange auf Priskas Kompetenzen verzichten müssen.«

»Wie mein Kollege erläutert, haben wir das Glück, Priska bei uns zu wissen. Sie verzichtet auf ihren Winterurlaub, aber letztlich kann und darf nicht unser ganzes Personal Opfer bringen. Erzählen Sie uns von Ihrer Motivation, sich auf diesen Posten zu bewerben.«

Didier hatte keine Erfahrung mit Bewerbungsgesprächen, aber er schlug sich tapfer. Seine drei Gesprächspartner waren beeindruckt von seinem Willen, den Job zu bekommen. Auch wenn er sicherlich nicht lange bei Swiss Quality Extracts bleiben würde, konnten sie sich mit seiner Hilfe methodisch neu aufstellen. Andrea stellte ihm daraufhin eine Frage, die ihr im Kopf herumging:

»Darf ich Sie fragen, was Sie in unsere schöne Region führt?

Da es sich um eine sehr persönliche Frage handelt, sind Sie natürlich nicht verpflichtet zu antworten.«

Also wirklich, dachte er. Dieses Kriterium scheint für die Damenwelt ja immer am allerwichtigsten zu sein.

»Das ist ganz einfach. Darf ich mit einer kleinen Gegenfrage antworten?«

Neugierig nickte die Leiterin für Forschung und Entwicklung.

»Was sind für Sie die Hauptmotive, das eigene Land zu verlassen?«

Sie überlegte kurz und meinte dann:

»Häufig ist das Motiv eine besser bezahlte Arbeit zu finden oder dem Krieg zu entfliehen, aber Sie kommen aus Frankreich und da sollte man nicht übertreiben. Die Situation dort ist trotz der Streiks und der Gelbwesten schließlich nicht so katastrophal. Manchmal auch, um der Armut durch Heirat zu entgehen, aber Sie sind weder eine Philippina noch eine Moldawierin.«

»Da sind Sie aber schon ganz nah dran«, sagte er lachend.

»Sie haben eine Moldawierin kennengelernt, die in der Schweiz lebt?«

»Bravo! Sie haben die richtige Antwort gefunden, zumindest fast. Ich lebe mit einer Deutschen zusammen, die schon seit einiger Zeit in der Schweiz wohnt. Ich schlage vor, es morgen mit der 1000-Franken-Frage zu versuchen.«

Alle lachten. Der Punkt ging an Didier. Nachdem Walter ausführlich sein Unternehmen beschrieben hatte, sprach er den Aspekt an, der ihm am wichtigsten erschien:

»Darf ich Sie nach Ihren Gehaltsvorstellungen fragen?«

»Ich muss gestehen, dass ich darüber noch gar nicht nachgedacht habe. Ein Detail, das wir doch sicherlich auch später noch regeln können.«

»Es ist besser, wenn wir uns gleich darum kümmern, denn es muss ja alles schnell gehen, vorausgesetzt, Sie möchten die Stelle haben.«

Didier ärgerte sich über diese Bemerkung, denn er hatte überhaupt keine Ahnung, was für ein Gehalt er verlangen konnte. Ohne es zu wollen, musste er pokern. Hielt er das beste Blatt in der Hand? Wie weit konnte er bluffen, ohne diese Gelegenheit zu verspielen? Er hätte es vorgezogen, erst morgen zu antworten, um sich vorher bei seinen Freunden zu erkundigen.

Bevor sein zukünftiger Arbeitgeber sein Angebot zurückzog, nahm Didier eine schnelle Kopfrechenaufgabe vor. Er erinnerte sich, dass der garantierte Bruttomindestlohn in Frankreich 1500 Euro betrug. Schnell multiplizierte er die Zahl mal zwei und nannte diese Summe. Als er sah, dass Walters Lippen ein Lächeln umspielte, wusste er, dass er der Aufforderung dieses Mannes, den er dafür und für alles, was ihm Catherine über ihn erzählt hatte, verachtete, viel zu schnell gefolgt war.

»Ich denke, dass wir uns darauf einigen könnten, allerdings muss ich mich noch mit der Personalabteilung kurzschließen. Es könnte sein, dass wir uns knapp unter unserer Bemessungsgrundlage bewegen. In diesem Fall korrigieren wir sie um ein paar Prozent nach oben. Ich schlage vor, dass wir jetzt einen Rundgang durch unser Unternehmen machen, damit Sie Ihre Entscheidung mit der nötigen Sachkenntnis treffen können. Normalerweise kümmere ich mich selbst um diese Aufgabe, aber da noch etwas Arbeit auf mich wartet und Sie Catherine Bucher bereits kennen, habe ich sie gebeten, Sie herumzuführen. Andrea, könntest du Herrn d'Orville zu den Laborräumen begleiten?«

Walter und Patrick blieben alleine zurück.

»Was meinst du? Er müsste sich gut in unsere kleine Familie integrieren lassen. Auch wenn er aus Frankreich kommt, ist er, glaube ich, ein Arbeitstier. Am Ende nicht schlimmer als ein Jugo, oder?«

Der Produktionsleiter zog es vor, diese Bemerkung zu ignorieren. Er kannte seinen Chef gut und wusste, dass er es nicht schaffen würde, ihn zu ändern. Ein Punkt jedoch ließ ihn seine Kompetenz ins Spiel bringen:

»Wenn er in meiner Abteilung arbeitet, dann auf keinen Fall unterbezahlt. Nur weil er ein Ausländer und neu im Land ist, muss man ihn ja nicht übers Ohr hauen. Ich lege Wert darauf, dass er ein anständiges Gehalt erhält.«

»Patrick, die Situation ist momentan kompliziert, aber ich tue mein Bestes, das verspreche ich dir ...«

»Walter, wir kennen uns jetzt seit zwanzig Jahren, daher bitte ich dich, mir gut zuzuhören. Dieser Typ ist bereit, morgen anzufangen und hilft uns dadurch ganz schön aus der Klemme. Priska arbeitet ihn ein, und ich bin sicher, dass er sehr schnell produktiv arbeitet. Er ist motiviert und bestimmt kein Faulenzer. Außerdem ist er, wie Catherine richtig gesagt hat, ein Held. Stell dir vor, die Öffentlichkeit erfährt von seinem Gehalt. Er ist kein Schweizer und daher nicht so diskret in Geldangelegenheiten wie wir. Ist dir klar, wie wir dann dastehen würden? Wenn wir ihn einstellen, bestehe ich schon allein wegen unseres guten Rufs darauf, dass er angemessen bezahlt wird.«

Überrascht von der Reaktion seines Untergebenen, wollte Walter nicht mit ihm streiten.

»Vielleicht hast du recht ...«

»Stell dir nur mal vor, er kriegt raus, dass du ihn verschaukelt hast und dass er woanders mindestens 500 Franken mehr bekommt. Glaubst du, dass er dann wegen deiner schönen

Augen hierbleibt?«

»Nicht wegen meiner, aber wegen der von Catherine.«

»An deiner Stelle würde ich darauf nicht wetten«, schimpfte er und verließ das Büro.

Als erstes zeigte Catherine ihrem Freund ihr Reich. Sie gingen von einem Labortisch zum nächsten. Enthusiastisch erklärte sie ihm die Funktion jedes einzelnen Instruments. Didier verlor schnell den Faden, da ihm die Erklärungen ein wenig zu technisch waren. Als er auf einem Regal eine Glasflasche erblickte, die eine dunkelbraune, beinah schwarze Flüssigkeit enthielt, musste er lachen:

»Die Flasche da mit der Aufschrift *Zuckercouleur*, ist das nicht das Karamell zum Färben eurer Extrakte, von dem du mir erzählt hast? Ich dachte, das sei eine Masche der Produktion und nicht eine des Labors«, flüsterte er.

»Ja, das ist es, aber man kann ja nicht einfach irgendeine Menge untermischen. Du hast gesehen, wie dunkel sie ist. Man muss sie sehr behutsam dosieren, wenn der Extrakt hinterher nicht aussehen soll wie Kaffee. Meine Kollegen messen die Farbe mit dieser Maschine«, erklärte sie und zeigte auf das Kolorimeter. »Man injiziert den Pflanzenextrakt mit einer Spritze, um den genauen Wert des Farbtons zu ermitteln. Anschließend passt man die Karamellmenge an, damit der braune Farbton identisch ist mit dem, den unsere Kunden bei den letzten Lieferungen erhalten haben. Willkommen in der Welt der Kosmetik, in der alles gekünstelt ist«, erklärte sie lachend.

Dann begaben sie sich in die Produktion. Patrick Stalder kümmerte sich selbst um den Besuch und stellte ihm Priska vor, die am Morgen ihre alte Tätigkeit in der Logistik wieder aufgenommen hatte. Didier fand sie sympathisch. Sie sprach zwar kein Wort Französisch, besaß jedoch gute Englischkenntnisse. Wir werden ein gutes Team sein, schätzte er.

Nachdem er seine Tour durch das gesamte Unternehmen beendet hatte, brachte ihn Catherine zurück in Walters Büro. Sie küsste ihn auf die Wangen und sagte nur:

»Bis bald.«

Didier bestätigte dem Firmenchef von Swiss Quality Extracts sein Interesse an dem Job.

»Perfekt! Dann fangen Sie morgen an. Was das Gehalt betrifft, habe ich nachgedacht und …«

Didier grinste kaum wahrnehmbar. Er rechnete damit, dass Walter versuchen würde, das Gehalt noch um ein paar hundert Franken pro Monat zu drücken.

»Also, nachdem ich mit unserem Chef der Personalabteilung gesprochen habe, hat sich herausgestellt, dass Ihre Gehaltsvorstellung deutlich unter dem liegt, was wir normalerweise zahlen. Sie werden zwanzig Prozent mehr erhalten und Ihr Arbeitsvertrag wird morgen vorliegen. Ich schlage vor, dass sie um 7 Uhr hier sind. Priska wird sich um sie kümmern und wir erledigen dann die Formalitäten im Laufe des Vormittags.«

Als Didier das Gebäude verließ, war er so aufgeregt, dass er keine Minute länger warten konnte. Er schickte seiner Freundin, die gerade online war, auf der Stelle eine Nachricht.

Didier d'Orville: *Ich muss dir eine super tolle Neuigkeit mitteilen. Ich habe eine Arbeit gefunden und fange morgen als Lagerist an. Nicht gerade der Job, den ich mir erträumt habe, aber ich bekomme ein festes Gehalt, bis ich etwas Interessanteres gefunden habe.*

Sonya Weber: *Herzlichen Glückwunsch. Das klingt ja mal anders als die letzten Nachrichten, die du mir geschickt hast. Warst du mit dem Unternehmen bereits in Kontakt oder ist der Job einfach so vom*

Himmel gefallen?

Didier d'Orville: *Das ist die Firma, in der Catherine arbeitet. Sie haben dringend jemanden gesucht und sie hat sich für mich eingesetzt.*

Sonya Weber: *Die scheint ja überall zu sein, diese Catherine. Sag mir wenigstens, dass du noch nicht von ihr träumst.*

Didier d'Orville: *Das ist doch Quatsch. Du weißt sehr gut, dass ich dich liebe. Ich habe ihr geholfen und nun revanchiert sie sich. Das würdest du doch nicht anders machen, oder?*

Sonya Weber: *Nein, natürlich nicht. Entschuldige. Um auf diese Entführung zurückzukommen. Gibt es schon was Neues?*

Didier d'Orville: *Momentan stecken wir wohl in einer Sackgasse. Ich gebe dir Bescheid, wenn ich etwas höre. Ich melde mich heute Abend wieder, dann haben wir mehr Zeit, oder?*

Sonya Weber: *Ja, aber nicht zu früh. Ich verbringe den Abend mit einer Freundin. Bis später, Küsschen.*

Didier d'Orville: *Ich liebe dich.*

Sonya Weber: *Didier?*

Didier d'Orville: *Ja?*

Sonya Weber: *Du fehlst mir.*

Mit diesen Worten beendete sie die Unterhaltung.

Didier freute sich, den Job an Land gezogen zu haben. Er hätte seine Freude so gerne anders mit Sonya geteilt als mit diesen kurzen Botschaften. Aufgeschoben ist nicht aufgehoben, hoffte er.

Schon am Morgen hatte Didier eine Nachricht von Beatriz bekommen. Sie schlug ihm vor, ihn nachmittags in der Rüüdig Bar zu treffen und so ging er direkt vom Bahnhof aus dorthin. Kaum stand er auf der Türschwelle, erkannte er die Stimme, die im ganzen Raum widerhallte:

»Sei gegrüßt, mein Held.«

Die Gäste drehten sich um. Auch wenn sie alle über das, was in ihrer Stadt passierte, auf dem Laufenden waren, hatten die meisten von ihnen den Franzosen schon wieder vergessen, der vor drei Tagen für Schlagzeilen gesorgt hatte. Wie stets leuchtete Beatriz in vielen Farben, aber Didier schaffte es immer noch nicht, ihre Kleidung einzuordnen, außer dass die Farbe Grün herausstach. Mit einem Handzeichen bestellte sie bei der Kellnerin ein zweites Bier. Didier erzählte ihr, dass er endlich eine feste Arbeit gefunden hatte. Sie prosteten sich zu und freuten sich über den hoffentlich ersten Schritt in Richtung Integration in die Schweiz. Beatriz beugte sich zu ihm herüber, damit sie niemand hören konnte:

»Also, Didier, du meinst also, weil du jetzt ein Held bist, den Bullen eins auf die Nase geben zu können?«

Didier war sprachlos. Woher wusste sie von dem gestrigen Vorfall? Sicherlich hatte sie es nicht aus dem Mund des Polizisten, der ja dieses Missgeschick lieber für sich behalten wollte. Aufgrund seines fragenden Blickes kam ihm Beatriz zuvor:

»Erinnerst du dich an den Typen, der vor dem Restaurant Gitarre gespielt hat?«

Natürlich hatte er den hervorragenden Bruce Springsteen Interpreten nicht vergessen. Unverhohlen begeistert erzählte Beatriz ihm, was sie in Erfahrung gebracht hatte:

»Der Gitarrist ist mein Kumpel Sami. Wenn man wie er seit Jahren als Straßenmusiker lebt, lernt man schnell, zwei Personengruppen zu unterscheiden: Leute mit auffälligem Verhalten und Polizisten. Ich habe selber eine Menge Erfahrung und könnte dir viele Geschichten erzählen.«

Für einen Moment verlor sie sich in ihren Erinnerungen.

»Ja, ich könnte dir von wirklich merkwürdigen Dingen erzählen, die sich nachts an den Ufern des Vierwaldstättersees ereignen … ein anderes Mal vielleicht. Sami hatte einen Kerl am Rande des Mühlenplatz ausgemacht und war sich nicht sicher, ob der zu den Sonderlingen oder zu den Bullen gehörte. Auch wenn es manchmal dieselben sind. Du kannst dir vorstellen, dass er dich sympathisch fand, nachdem du ihm den Zwanzigfrankenschein zugesteckt hast. Als ihr euch entferntet, hat er sofort bemerkt, dass dieser Typ seinen Beobachtungsposten verließ. Sami hat sich auf dem Platz in eure Richtung bewegt, um zu sehen, was da vor sich ging. Als du dich von deiner Freundin getrennt hast, hatte er ganz einfach Angst um sie. Er musste allerdings nicht lange überlegen, was er tun sollte, denn eine menschliche Kugel warf den Kerl um, der zwei Sekunden später *Polizei* brüllte.«

Beatriz steckte Didier mit ihrem Lachen an.

»Da du schon über alles auf dem Laufenden bist, weißt du denn auch schon mehr über unseren Serienkidnapper?«

»Ja und nein.«

Theatralisch trank sie einen Schluck Bier, um die Spannung zu erhöhen.

»Ich habe einen Freund bei der Polizei.«

»Das ist ja unglaublich! Du kennst nicht schon zufällig die Identität des Kriminellen?«

»Es ist nicht ausgeschlossen, dass ich das Schwein kenne. Ich bin überzeugt, dass dieser Typ ein Allerweltsgesicht hat. Vielleicht entspannt er sich gerade hier in dieser Bar.«

Instinktiv schauten sie sich nach allen Seiten um. Beatriz beugte sich zu Didier hinüber:

»Du musst das für dich behalten. Ich habe das DNA-Ergebnis. Es waren genug Haare in der Kappe, um einen genetischen Fingerabdruck von dem Entführer machen zu können. Wie die Polizei erwartet hat, gibt es jedoch keinen Treffer in ihren Datenbanken.«

»Das wäre ja auch zu schön gewesen. Aber kann ein Haar nicht noch mehr Informationen liefern?«

»Das habe ich mir auch gesagt. Es ist sicher möglich herauszufinden, ob dieser Kerl ein Junkie ist, ob er raucht oder ob er trinkt.«

»Vielleicht sogar, wie alt er ist?«

»Es gibt sicherlich eine Menge Informationen, die man mit Hilfe dieser Kappe ausfindig machen kann, aber von diesem Freund werde ich keine vertraulicheren Informationen bekommen. Auf alle Fälle hat er mir gesagt, dass das alles sei, was sie durch diese Haare herausgefunden hätten und dass sich die Polizei jetzt auf andere Investigationsmethoden konzentrieren würde. Sie haben gerade eine super Hightech-Spionagesoftware angeschafft, die ein Vermögen gekostet hat. Die muss sich unbedingt amortisieren, auch wenn einige Polizisten glauben, dass man besser die menschlichen Ressourcen nutzen sollte. Dieser Freund hat mir auch erzählt, dass die Überwachungskameras im Parkhaus kein Bild vom Gesicht des Typen geliefert hätten, die Ermittler aber dennoch etwas super Wichtiges über ihn in Erfahrung gebracht hätten. Der Typ hat das nicht zum ersten Mal gemacht, denn er wusste genau, was er tat. Er befand sich immer knapp außer Reichweite der Kameras oder im toten Winkel. Vor dem Kassenautomaten hat er eine Kapuze runtergezogen, um sein Gesicht zu verbergen. Wenn das nicht unser Mann ist, kann man ihm bestimmt dennoch eine Menge zur Last legen.«

»Glaubst du, dass die Polizei ihn schnell kriegen wird?«

»Eher nicht. Er geht gewisse Risiken ein, aber er hat alles unter Kontrolle.«

»Bis er sich seiner zu sicher ist, denn dann wird er einen Fehler machen.«

»Das könnte man annehmen, aber vielleicht verschwindet

er auch einfach, weil er weiß, dass alle in Alarmbereitschaft sind. In dem Fall sinken die Chancen, Stefanie zu finden, auf null.«

»Ach, wenn ich ihn doch nur gesehen hätte. Wir wissen noch nicht mal, ob der Kerl aus dem Parkhaus und der an der Reuss überhaupt ein und dieselbe Person sind. Da im Untergeschoss hat er vielleicht einfach eine üble Tat vorbereitet, die nichts mit einer Entführung zu tun hatte ... zum Beispiel nur einen Autodiebstahl.«

Nachdem sie einen Moment nachgedacht hatte, fuhr Beatriz fort:

»Ich weiß nicht warum, aber ich habe den Eindruck, dass der Kerl, den wir suchen, ein Gewalttäter ist. Ich stelle mir vor, dass er mehr oder weniger überall in der Stadt auf Beutezug geht. Ich habe die Nachricht an alle Obdachlosen weitergeleitet. Aber wenn einer von ihnen etwas weiß, bin ich nicht sicher, ob diese Information bis zu uns gelangt. Einige von ihnen leben so sehr am Rand der Gesellschaft, dass ihnen diese Geschichte scheißegal ist.«

»Um was genau hast du sie denn gebeten?«

»Einfach, dass sie die Augen offenhalten sollen.«

In diesem Augenblick kam eine Frau an ihren Tisch. Beatriz stellte Didier Renate vor. Anschließend unterhielten sie sich über eine Marotte von Beatriz, die auch als Stadtoriginal bezeichnet wurde: ihren Kampf für die Abschaffung der Meinungsumfragen. Beatriz vertrat seit jeher die Auffassung, dass diese Volksbefragungen die moderne Gesellschaft in eine Sackgasse führen würden. Ihre Freundin goss zusätzlich Öl ins Feuer, indem sie von einem Fall berichtete, den sie kürzlich im Radio gehört hatte. Sie hielt einen richtigen Monolog:

»Die französische Präsidentschaftswahl 2002 ist bezeichnend für die ganze Macht der Meinungsumfragen«, begann sie. »Man hatte das Potential von Lionel Jospin, dem Kandidaten der Sozialdemokraten, total überschätzt. Die linken Wähler wollten deutlich machen, dass sie echtes Sozialengagement erwarteten. Da Jospin in den Umfragen favorisiert wurde, zögerten sie nicht und wählten mit fünfzehn Prozent Parteien, die links von den Sozialdemokraten standen. Allerdings waren sie von den demoskopischen Umfragen jämmerlich hinters Licht geführt worden. Sie hatten nicht einkalkuliert, dass sie von gewissen Wählern der rechten Front National angelogen worden waren. Vermutlich schämten sie sich zumindest zum damaligen Zeitpunkt noch für ihre politische Wahl. Das Resultat: Die Stimmen der Linken waren derart verteilt, dass es zu einer Stichwahl zwischen Chirac und Le Pen kam. 2017 war es ein bisschen umgekehrt. Die Wähler wussten, dass die Umfrageinstitute Fortschritte gemacht hatten. Viele Sympathisanten der Sozialdemokraten stimmten daher für den Dissidenten, der seine eigene Partei gegründet hatte, denn die Volksbefragungen würden ihm im Falle einer Stichwahl mit Marine Le Pen zum Sieg verhelfen. Seitdem ist Macron Präsident. Ganz schön weitreichend, wenn man darüber nachdenkt. Wählt das Volk oder bestimmen die Meinungsforschungsinstitute den Ausgang der Wahl?«

Beatriz und ihre Freundin plauderten noch ein paar Minuten über dieses riesige Themengebiet, ohne sich um den Franzosen zu scheren. Der strenge Dresscode dieser Freundin passte überhaupt nicht zu Beatriz' exzentrischem Look. Renate setzte sich genau so leidenschaftlich für diesen Kampf ein, der Beatriz letztlich den Spitznamen Dona Quichotte eingebracht hatte. Danach kehrte sie wieder zu ihrem Begleiter an die Theke zurück.

»Das ist meine glühendste Unterstützerin«, erklärte Beatriz. »Neulich als wir zu zweit …«

Plötzlich schlug Didier mit der Faust auf den Tisch.

»Unfassbar, dass ich dieses Detail vergessen habe.«

Mit einem Schluck trank er sein Bier aus.

»Beeil dich! Wir müssen los.«

»Was hat dich denn gebissen? Wo sollen wir denn hingehen?«

»Eine Sache ist mir plötzlich wieder eingefallen. Als Catherine beinah entführt worden wäre, habe ich die Kappe von dem Typen aufgehoben und sie auf die Rückbank geworfen. Catherine und ich waren so müde, dass wir lieber mit dem Taxi nach Hause sind und die Polizisten gebeten haben, die Kappe zu holen.«

»Und?«, fragte sie ungeduldig.

»Samstag habe ich mit Catherines Wagen meine Einkäufe erledigt. Als ich meinen Regenschirm aufheben wollte, der in den hinteren Fußraum gerollt war, habe ich auf der Fußmatte einen Aufkleber gefunden, der nicht mehr gut haftete. Ich habe gelesen, was darauf stand, erinnere mich aber nur noch, dass es sich um den Markennamen einer Baseballkappe und den Namen eines Geschäfts handelte. Da der Innenraum ansonsten so sauber war und dieses Etikett dort irgendwie fehl am Platze wirkte, habe ich ihn aufgehoben, ohne weiter darüber nachzudenken.«

»Worauf willst du hinaus?«

»Der Wagen war sicherlich erst vor kurzem sauber gemacht worden, daher glaube ich, dass dieser Aufkleber nur von der Kappe des Typs mit dem Lieferwagen stammen kann.«

»Und wo ist er jetzt?«

»Lass mich nachdenken … Ich war in der Tiefgarage des Einkaufszentrums Löwencenter und ich glaube, ich habe ihn dort auf dem Weg zum Aufzug in einen Mülleimer geworfen.«

»Das darf doch nicht wahr sein!«

»Jetzt erscheint es mir total bescheuert, dass ich ihn ohne darüber nachzudenken weggeworfen habe. Mit dem, was zurzeit los ist, war ich vermutlich mit meinen Gedanken woanders.«

»Findest du diese Mülltonne wieder?«

»Ich weiß noch nicht mal, auf welcher Etage ich geparkt habe. Zweites oder drittes Untergeschoss. Die Wände des einen Stockwerks sind blau, die eines anderen rot, damit man sich besser merken kann, wo man geparkt hat, aber ich weiß es wirklich nicht mehr.«

»Wir sausen schnell hin und mit etwas Glück finden wir ihn wieder. Wer weiß, welche Indizien er uns liefern kann?«

Die beiden frisch gebackenen Detektive verließen die Rüüdig Bar und rannten zu dem Parkhaus gegenüber dem Kulturdenkmal zu Ehren der geschlagenen Armee des Generals Bourbaki. Parallel telefonierte Didier mit Catherine, um sicherzugehen, dass sie in letzter Zeit keine Baseballmütze gekauft hatte.

Im zweiten Untergeschoss kippten Beatriz und Didier den gesamten Inhalt des Mülleimers vor dem Fußgängerstreifen auf den Boden. Immerhin war er am Vortag nicht geleert worden. Der Müll offenbarte eine dem Straßenkehrer Michel Simonet würdige Poesie. Hühnchenreste in baskischer Sauce lagen neben Fischhäuten. Eine Papierwindel und einige Kondome machten die Ladung des ersten Abfalleimers komplett, der hauptsächlich mit Haushaltsmüll gefüllt gewesen war, vermutlich, um sich den Kauf der teuren Müllsäcke zu sparen, die von der städtischen Müllabfuhr abgeholt wurden. Der Gestank der Exkremente und des Unrats widerte sie an. Sie machten eine kurze Pause, um dann die anderen Abfalleimer, einen nach dem anderen, zu inspizieren, wobei sie großen

Wert darauf legten, anschließend alles wieder aufzusammeln und zurück in den Behälter zu geben. Sie entdeckten die unterschiedlichsten Dinge: Plastikverpackungen, eine leere Flasche Glasreiniger, PET-Ölkanister und sogar etwas so Kurioses wie einen Pumps für einen rechten Fuß. Behutsam durchsuchten sie den gesamten Müll und beeilten sich gleichzeitig, um nicht plötzlich von einem Parkhauswächter überrascht zu werden. Sie verloren auf dieser Etage so viel Zeit, dass sie beschlossen, ihre Arbeit im dritten Untergeschoss zu optimieren und den Wegen von den Fahrstühlen bis zu den Parkflächen zu folgen. Didier kümmerte sich um ein tiefer gelegenes Zwischengeschoss, während sich Beatriz mit der höheren Ebene beschäftigte. Nach fünf Minuten hielt er endlich den Aufkleber in der Hand.

»Komm her und schau dir das an!«, schrie er so laut, dass seine Komplizin ihn hörte. »Ich hab den Namen von dem Laden, der die Kappen verkauft.«

Beatriz kam angelaufen. Außer Atem bemerkte sie enttäuscht:

»Das wird uns leider nicht weiterhelfen. Diese Kleidermarke hat schon in Luzern mindestens drei Filialen und in der ganzen Schweiz Dutzende weitere Geschäfte.«

»Verdammt!«

»Obwohl … Hör auf damit rumzuspielen und schau lieber, was daran klebt – nämlich Haare. Alles in allem haben wir Glück.«

Just in diesem Moment öffneten sich die Fahrstuhltüren nicht etwa für den x-ten Kunden des Einkaufszentrums, der darüber empört war, dass sie in den Mülleimern wühlten, sondern für einen Parkhauswächter, der direkt auf sie zukam. Als er vor ihnen stand, bückten sie sich schnell, um den Abfall zurück in den grünen Müllsack des Papierkorbes zu stopfen.

Beatriz erzählte ihm eine abenteuerliche Geschichte von versehentlich weggeworfenen wichtigen Dokumenten. Der Sicherheitsbeamte ließ sich zwar nicht täuschen, aber da sie den Abfall sorgfältig zurück in die Mülleimer getan hatten und sein Dienst in zehn Minuten endete, riet er ihnen lediglich, sich so schnell wie möglich vom Acker zu machen.

Die Nacht war bereits hereingebrochen, als Beatriz und Didier das Parkhaus verließen. Sie beschlossen am Seeufer zurückzugehen. Am Schwanenplatz kurz vor der Bahnhofsbrücke ließ Beatriz ihren Gedanken freien Lauf:

»Da die Bullen die Spur der Haare nicht weiter verfolgen wollen, landet der Aufkleber, wenn wir ihn aushändigen, vermutlich nur in irgendeiner Schublade. Vielleicht sollten wir die Informationen lieber alleine auswerten?«

»Hast du in der kriminaltechnischen Einheit gearbeitet und ein Labor bei dir zu Hause?«, fragte Didier amüsiert. »Ich bin nicht wirklich wild darauf, denn das riecht nach einer Menge Ärger. Glaubst du nicht, dass wir wegen Behinderung der Ermittlungen Ärger kriegen, wenn wir Beweismittel zurückhalten?«

»Wieso? Es reicht doch jemanden zu finden, der diese Haare zum Sprechen bringt. Sag mal, ist deine Freundin Catherine nicht Chemikerin?«

»Du hast recht! Außerdem ist sie ja eine direkt Betroffene. Ich rufe sie an, um herauszufinden, ob sie die Haare analysieren kann. Danach sehen wir weiter.«

Trotz des Biswindes, der das Kälteempfinden verstärkte, hielt Didier hinter dem Bushäuschen an, da er sich beim Gehen nicht auf ein Telefongespräch konzentrieren konnte. Beatriz zündete sich eine Zigarette an, um die Zeit zu überbrücken, bis Didier die gewünschten Informationen haben würde. Catherine gestand ihm, dass ihre Freunde sich immer vorstellten, sie könne alles analysieren. Man hatte ihr schon Brunnenwasser vorbeigebracht, um den darin enthaltenen Bakteriengehalt zu messen und sogar Eiernudeln, um zu prüfen, ob diese Fipronil enthielten. Sie erläuterte, dass es nicht wie in der Fernsehserie *CSI:NY* genügte, auf einen Knopf zu drücken, um die Ergebnisse zu erhalten. Bei der einzigen Analyse, die sie vor kurzem außerhalb der Arbeit vorgenommen hatte, hatte es sich um die Suche nach Methanol in privat destilliertem Alkohol gehandelt. Sie hatte die Analyse mehrerer Chargen Ethanol genutzt, um die Proben ihres Freundes unterzumogeln. Die Kontrolle des giftigen Schnapses hatte dieser Person zweifellos großen Ärger erspart.

Catherine bedauerte, dass ihr Labor nicht dafür gerüstet war, Arzneistoffe auf einem biologischen Träger nach Spuren zu untersuchen.

»Das dafür notwendige Equipment ist sehr speziell. Wer die Maschinen bedient, muss in der Lage sein, die Daten genau auszuwerten.«

Didier wollte so verzweifelt irgendwelche Informationen aus diesen Haaren ziehen, dass Catherine hinzufügte:

»Neulich habe ich während des monatlichen französischen Kinoabends im Restaurant Magdi einen Chemiker kennengelernt, der übrigens genau wie du aus Frankreich kommt. Er arbeitet in einem eidgenössischen Wasserforschungszentrum. Der Typ ist nicht sonderlich gesprächig. Ich glaube, dass er introvertiert, wenn nicht sogar ein wenig autistisch ist, aber er kann uns bestimmt helfen. Er verbringt seine Tage damit, Substanzen im Plankton aus dem Sediment der Seen zu analysieren und arbeitet dafür mit verschwindend kleinen Mengen. Ich erinnere mich an ein Beispiel: Eine Analyse von Blätterresten, die vor einigen Jahren in den Baikalsee gefallen sind.

Stell dir vor, er kann sogar die isotopische Zusammensetzung des Regenwassers über mehrere Jahrhunderte zurückverfolgen. Das ist super spannend!«

Didier schwieg. Enttäuscht, dass er ihre Begeisterung nicht teilte, fuhr sie fort:

»Er hat mir seine Telefonnummer gegeben. Gespeichert habe ich sie nicht, denn das ist nicht mein Stil, aber ich finde sie bestimmt wieder. Er fährt, glaube ich, auf mich ab und würde für ein Lächeln von mir alles tun. Auf jeden Fall ist er der Einzige, den ich kenne, der uns helfen könnte. Ich werde ihm eine SMS schicken und ihm vorschlagen, ihn zu treffen. Mal sehen, wo das hinführt. Ich bin sicher, dass er mit seiner Laborausrüstung eine ganze Menge über ein paar Haare herausfinden kann.«

Sonya war seit drei Tagen in Kiel. Sie fühlte sich sehr wohl im Schoße ihrer Familie, die sie für ihren Geschmack viel zu lange nicht gesehen hatte. Sie verbrachte den Abend mit Luzia, einer Freundin seit Kindertagen, die ihr versprach, sie bald in Luzern zu besuchen. Sonyas Freundin besaß eine Dreizimmerwohnung, die sie mit Liebe eingerichtet hatte. Seit fünf Jahren lebte sie dort allein nach einer schwierigen Trennung von einem Mann, der sie wiederholt betrogen hatte. Luzia war dermaßen enttäuscht worden, dass sie glaubte, für alle Zeiten immun gegen die Liebe zu sein. Sie erzählte Sonya von den Vorteilen des Zölibats, dass sie über ihre Zeit verfügen könne, ohne sich nach irgendwem richten zu müssen, sich nach der Arbeit einfach hinlegen und mitten in der Nacht lesen oder im Mondschein spazieren gehen könne. Eine Freiheit, die jedoch auch eine Schattenseite hatte. Manchmal lastete die Einsamkeit schwer auf ihr, wenn sie nach einem fröhlichen Abend mit Freunden nach Hause kam, ganz zu schwei gen von den Feiertagen.

Sonya berichtete ihr wiederum ausführlich von Didier und der Geschichte, in die er verstrickt war. Sie machte sich Sorgen und Luzia versuchte sie zu beruhigen. Anschließend unterhielten sie sich über Kinofilme, Reisen und über den Klatsch, den sie über gemeinsame Freunde berichten konnten. Die Anekdoten und die neusten Paarkonstellationen ihrer Freunde amüsierten sie bis tief in die Nacht.

Zurück bei ihren Eltern erhielt Sonya einen Anruf von Didier. Sie wollte als Erstes mehr über die Arbeit erfahren, die er in wenigen Stunden beginnen würde. Er umriss den Job mit wenigen Worten, erzählte dafür umso ausführlicher von den Ermittlungen, die er gemeinsam mit Beatriz anstellte. Aufgeregt berichtete er von den Haaren unter einem Aufkleber, den sie aus dem Mülleimer eines Parkhauses gefischt hatten. Als Sonya auflegte, war ihre Sorge noch um einiges gewachsen. Sie verstand nicht, dass Didier lieber Detektiv spielte, anstatt sich für seine neue Arbeit zu interessieren.

Ernst wurde es für Didier am nächsten Morgen ab 7 Uhr. Seit einigen Nächten gelang es ihm nicht mehr, den fehlenden Schlaf nachzuholen, weil er sich davor fürchtete, ins Bett zu gehen. Viel zu häufig wachte er nachts schweißgebadet auf und war beim Aufstehen doppelt so müde wie beim Zubettgehen. Heute Abend hatte er eine Schlaftablette genommen und fiel ganz langsam in ein bodenloses Loch beziehungsweise schwebte darin in Annas Begleitung. Er hörte zwei Stimmen, die er kannte[2]:

»Ich habe dir gleich gesagt, dass wir nicht auf dieses Wesen zählen können. Die Menschen sind zu feige.«

---

[2] Siehe: *Ah! Si Isokelekel était resté sur son île…* vom gleichen Autor

»Du weißt, das war und ist seit jeher unsere einzige Chance, in das Nichts der Schöpfung zurückzukehren. Wir müssen es versuchen, bis uns ein Mensch erlöst.«

»Glaubst du nicht, dass wir lieber auf Weibchen warten sollten?«

»Das letzte Mal war die Frau stark, aber sie haben es trotzdem geschafft, sie in den Tiefen von Kahnimweiso psychologisch zu schwächen.«

Die Stimmen erstarben. Aus der Ferne näherte sich Didier ein Schatten im Gleitflug. Plötzlich erhob sich John keinen Meter von ihm entfernt, hielt sich die Ohren zu und schrie mit vor Schmerzen verzerrtem Gesicht.

Wackelig erhob sich Didier und öffnete die große Glastür zum Balkon. Er atmete tief ein und wartete, bis sich sein Herzschlag beruhigte.

5. – Ein bisschen Chemie

An seinem ersten Arbeitstag war Didier pünktlich, allerdings waren bei Swiss Quality Extracts nur das Personal der Produktion und der Logistik bereits auf ihren Posten. Priska kümmerte sich sofort um Didier, der nervös gestand, noch nie in einem Schweizer Unternehmen gearbeitet zu haben. Um den Tag zu beginnen, tranken sie zuerst mal einen Kaffee zusammen und so schaffte es seine neue Kollegin sofort, dass sich Didier entspannte. Wer dieser zierlichen Frau zum ersten Mal begegnete, war überrascht, wie viel Energie von ihr ausging. Sehr effizient erläuterte sie die wichtigsten Regeln in Bezug auf Hygiene und Sicherheit in nur einer Viertelstunde. Nachdem sich Didier mit einem Block und einem Kugelschreiber bewaffnet hatte, zog er einen Kittel über. Priska fand passende Sicherheitsschuhe und einen Helm für ihn und nahm ihn sofort mit ins Lager. Ein Lastwagen aus Deutschland, der kurz bevor das Unternehmen seine Pforten geöffnet hatte, eingetroffen war, musste entladen werden: Zehn Paletten mit unterschiedlich großen Säcken, die getrocknete Blumen und Blätter enthielten. Beim ersten Kontakt mit seiner neuen Aufgabe konzentrierte sich Didier ganz besonders. Er machte sich zahlreiche Notizen, während Priska die Bestellungen mühelos mit dem Hubwagen rangierte. Die zweite Lieferung, um die sich Didier und seine Kollegin kümmern mussten, bestand aus 25-Liter-Kanistern Mandelmilch. Zu Didiers großem Erstaunen schien ihr die Arbeit keinerlei Anstrengung zu kosten, während er die anschließende kleine Pause am Computer genoss, um den Wareneingang zu erledigen und die Daten ins System einzupflegen. Aufgrund seiner mangelhaften deutschen Sprachkenntnisse verstand er die Dokumente nicht richtig. Allerdings stachen ihm der Name des Absenders auf dem Lieferschein und die Etiketten ins Auge:

»Wieso wird uns dieses Produkt direkt mit unseren eigenen Etiketten geliefert? Und was bedeutet hier *Ionisierung* auf dem Dokument? Das verstehe ich nicht.«

»Diese Körpermilch wird bei uns hergestellt. Wir haben sie vor zehn Tagen zum Ionisieren versendet. Dadurch vermeiden wir, die Chargen mit Konservierungsstoffen überfrachten zu müssen, was wiederum die Haut der Verbraucher schützt. Die Bestrahlung zerstört die bei der Verarbeitung auftretenden Keime und erlaubt uns, das Mindesthaltbarkeitsdatum zu verlängern.«

»Sprichst du etwa von radioaktiver Bestrahlung?«, fragte Didier beunruhigt und wich vor den Kanistern zurück.

»Keine Sorge. Die Dosis ist so gering, dass sie kaum messbar ist ....«

»Aber immerhin hoch genug, um die Mikroorganismen abzutöten!«

»Du kannst doch ein Bakterium nicht mit einem menschlichen Wesen vergleichen. Abgesehen davon ist das eine vom Lebensmittelrecht autorisierte Praxis. Wenn du das nächste Mal ein mit Knoblauch oder Pfeffer gewürztes Gericht isst, brauchst du nichts zu befürchten.«

»Auf jeden Fall werde ich daran denken.«

»Anstatt dich vor den Kanistern zu fürchten, solltest du mir lieber helfen, die Ionisierungs-Etiketten aufzukleben. Unsere Kunden sollen sich ja schließlich nicht umsonst Sorgen machen.«

Didier eilte ihr zur Hilfe und ersparte sich jedweden Kommentar zu dieser letzten Bemerkung. Sie machten mit der Einführung in das Fahren des Fenwick-Gabelstaplers weiter. Priska spottete ein wenig über Didiers Ungeschicklichkeit. Am Ende lachten sie beide, nachdem er einen Sack Süßholz mit der Gabel aufgerissen hatte. Didier würde wohl noch ein paar Stunden Training brauchen, bevor er die Führerscheinprüfung für Gabelstapelfahrer in Angriff nehmen konnte. Da er ursprünglich gedacht hatte, die von ihm als leicht eingestufte Arbeit schnell bewältigen zu können, musste er nun seinen Stolz hinunterschlucken.

Vor der Frühstückspause nahm Priska ihren neuen Kollegen noch mit ins Außenlager, damit er lernen würde, sich zwischen den mit Pflanzen gefüllten Säcken und den für die Auslieferung bereitstehenden, mit Extrakten randvollen Fässern zurechtzufinden. Anschließend entspannten sie sich in der Cafeteria und Didier brachte mit einem doppelten Espresso seinen Koffeinlevel wieder auf Vordermann. Er verstand kein einziges schweizerdeutsches Wort und konnte daher nicht an der Unterhaltung teilnehmen, beobachtete aber Priska, die ihre Kollegen mit allerhand Witzen zum Lachen brachte. Vom anderen Ende des Tisches startete ein Mann mit einem langen Bart eine hitzige Debatte. Jeder schien eine andere Meinung bezüglich des Themas zu haben, aber Didier versuchte nicht einmal zu verstehen, worum es ging, sondern begnügte sich damit, in dem Spektakel eine Art pantomimisches Theater zu sehen. Ganz in seine Betrachtung vertieft bemerkte Didier nicht gleich, dass ihn einer seiner Kollegen angesprochen hatte. Plötzlich hatte er das Gefühl, dass ihn alle anstarrten. Er beendete seine Träumereien und konzentrierte sich auf die auf Englisch gestellte Frage des Mannes.

»Ich stelle mich einfach mal vor, denn mit den vielen neuen

Gesichtern hier, ist es für dich bestimmt nicht einfach, zu wissen, wer wir alles sind. Also, ich heiße Urs. Da du ja im Mittelpunkt dieser Entführungsgeschichte stehst und Catherine gerettet hast, was hast du für ein Bild von diesem Kriminellen? Glaubst du, er macht es nochmal? War es einer unserer Landsleute oder … wie soll ich es sagen … ein Farbiger?«

Anschließend übersetzte Urs für seine Kollegen, die der Sprache Shakespeares nicht mächtig waren, seine Fragen ins Schweizerdeutsche. Alle schauten bewundernd zu Didier, als Urs den Namen Catherine erwähnte. Obwohl Didier keine Lust dazu hatte, erzählte er kurz und bündig von dem versuchten Kidnapping, um die Neugier seiner Kollegen zu befriedigen und vor allem, um nicht gleich am ersten Tag unangenehm aufzufallen. Priska spürte, dass Didier genug davon hatte, immer wieder die gleiche Geschichte herunterzuleiern. Sie erhob sich und schlug mit der flachen Hand auf den Tisch:

»Gut! Jetzt wartet wieder Arbeit auf uns. Wir müssen noch rund zwanzig Fässer umräumen, die die Quarantänezone blockieren.«

Als die anderen protestierten, rief Priska ihnen zu:

»Der Rest ist für morgen oder für einen anderen Tag.«

Während sie die Cafeteria verließen, bedankte sich Didier bei ihr. Sie antwortete mit einem Augenzwinkern.

Der Morgen war noch nicht um, aber Didier döste bereits ein, als Priska ihm das Warenwirtschaftssystem der Firma erklärte. Mitfühlend erklärte sie ihm:

»Ich finde für jemand, der noch nie etwas mit Logistik zu tun hatte, stellst du dich gar nicht schlecht an. Du bist Fotograf, oder?«

Er nickte bestätigend.

»Machst du Hochzeitsfotos?«

»Ja und auch andere Events. Aber ich habe noch andere

Aufträge. Zum Beispiel arbeite ich gerade für das Historische Museum von Luzern auf dem Pilatus.«

»Wenn du dafür Geld sehen willst, dann musst du dich aber ranhalten mit deiner Arbeit. Ich weiß nicht, ob du auf dem Laufenden bist, aber einige Idioten unseres Kantons wollen es genau wie das Natur-Museum schließen. Nur um etwa zwei Millionen Franken einzusparen. Meiner Meinung nach sollten sie lieber die Allmend-Sportstätten schließen, die uns megaviel kosten. Als ob wir so etwas bräuchten. Aber so ist das eben – *Vox populi, vox Dei!*«

Didier beruhigte sie, was die Zukunft der beiden Museen betraf. Seit einiger Zeit machte im Internet eine Petition für den Erhalt der zwei Museen die Runde, die bereits mehr als zehntausend Unterschriften zusammenbekommen hatte. Es bestand also kein Grund zur Panik, und wenn alles gut ginge, würde er auch für seine Arbeit bezahlt werden. Priska kam vom Hundertsten ins Tausendste und teilte ihm mit, dass sie in knapp einem Jahr heiraten würde und auf der Suche nach einem guten Hochzeitsfotografen sei. Didier versprach ihr, morgen seine Portfolio-Mappe mitzubringen. Sollte ihr sein Stil nicht gefallen, konnte er ihr immer noch Tipps für die Wahl des passenden Fotografen geben, um ihre unvergesslichen Momente für immer festzuhalten. Im wahrsten Sinne des Wortes, dachte er zynisch. Er fand Priska sympathisch und wünschte ihr für die zukünftige Ehe alles Gute, aber er hatte so viele Trennungen erlebt, dass er die Sache ganz einfach realistisch betrachtete.

Er dachte an eine sehr merkwürdige Hochzeit zurück, die er vor zwei Jahren als Fotograf begleitet hatte. Morgens war er für Porträtaufnahmen mit dem Hochzeitspaar, den beiden Schwestern der zukünftigen Braut und dem Trauzeugen in den Park des Chantilly-Schlosses gefahren. Die drei Helfer waren äußerst wichtig gewesen, denn das launische Wetter bescherte abwechselnd Regengüsse und kurze Aufheiterungen. Didier hatte sich auf seine Arbeit konzentrieren können, während die anderen das Brautpaar vor den Unbilden des Wetters schützten. Alles passte wunderbar, dennoch spürte Didier, dass eine gewisse Nervosität in der Luft lag, die er jedoch gewohnt war. Aus diesem Grund bat er das Paar stets, zwei Stunden für die Aufnahmen einzuplanen. Seine Rolle ging über die des Fotografen hinaus, denn er sorgte auch für gute Laune. Didier wusste, wie er die Leute dazu brachte, sich zu entspannen. Ab und zu erzählte er ein paar unschuldige Witze und konnte jede Situation heiter kommentieren, auch wenn er sich mit den üblichen Floskeln wie »wenn es regnet am Altar, bringt das Segen für viele Jahr« behelfen musste. Dieses eine Mal war es ihm jedoch nicht geglückt, die Atmosphäre aufzulockern. Anschließend folgten die Aufnahmen vom Standesamt, der Kirche, von der Familie und von der ganzen Hochzeitsgesellschaft beim Empfang.

Vor dem Bankett eilte Didier zu dem Fotostudio, das die Probeabzüge machte und genehmigte sich eine Pizza, während er auf die Bilder wartete. Gegen 22 Uhr traf er zwischen der Hauptspeise und dem Nachtisch im Festsaal ein. Die Gäste tobten sich auf der Tanzfläche aus, alle amüsierten sich. Didier wusste aus Erfahrung, dass alle Voraussetzungen gegeben waren, einen ansehnlichen Umsatz zu machen: eine gute Stimmung und mehr als sechzig Personen. Er ging zu den Brautleuten, damit sie als Erste in den Genuss seiner Bilder kamen, aber sie zeigten lediglich ein höfliches Interesse an seiner Arbeit. Auch ihre Eltern schienen nicht sonderlich erfreut. Didier legte das Fotoalbum auf einen Tisch nahe beim Eingang aus, damit die Gäste einen Blick hineinwerfen konnten, und ging zur Brautmutter, die er aus der Zeit kannte, als er noch in Clermont-Ferrand gewohnt hatte. Sie war in der Öffentlichkeitsarbeit tätig und hatte ihn schon für Werbereportagen engagiert. Drei Jahre vor ihm hatte sie die Auvergne verlassen, doch dann hatten sie sich durch Zufall bei einer Taufe wiedergetroffen. Da sie von seiner Arbeit begeistert war, hatte sie darauf bestanden, dass er die Vermählung der ältesten ihrer drei Töchter fotografisch festhielt.

»Und, Madame Castel, ist alles zu Ihrer Zufriedenheit? Entschuldigen Sie, dass ich so direkt bin, aber ich habe den Eindruck, dass irgendetwas nicht stimmt. Ich hoffe, dass ich Sie nicht mit meinen Fotos enttäuscht habe.«

»Nein, ganz und gar nicht. Mach dir deswegen keine Sorgen…«

Sie saß zusammengesunken auf ihrem Stuhl und sprach irgendwie verwirrt. Er bemerkte sofort, dass sie betrunken war.

»Ah, Didier! Wenn du wüsstest. Setz dich zu mir und trink ein Glas Champagner, er ist hervorragend. Und hör auf mich zu siezen, sondern nenn mich einfach Marie.«

»Sehr gerne, Marie. Also auf das Brautpaar!«, rief er und erhob sein Glas.

»Auf dein Wohl, Didier.«

Während sie schweigend tranken, machte sich Didier immer mehr Sorgen. Er musste sich nicht lange gedulden, um zu verstehen, warum er sich das Hirn zermarterte.

»Das alles hier heute Abend ist eine große Maskerade. Dabei habe ich meiner Tochter immer gesagt, sie soll sich Zeit nehmen, um den Auserwählten ihres Herzens vor der Ehe gut kennenzulernen.«

Sie trank einen Schluck und fuhr fort:

»Seit einiger Zeit ist die Liebe unserer beiden Turteltäubchen erloschen und vor einem Monat haben sie entschieden, sich zu trennen.«

»Aber das verstehe ich nicht. Warum dann diese Hochzeit?«

»Das ist ein hanebüchener Schwachsinn. Alles war bereits organisiert und anstatt die Feierlichkeiten abzusagen, hat die Familie des Bräutigams es vorgezogen, all dieses Trallala durchzuziehen, um nicht das Gesicht zu verlieren. In sechs Monaten werden sich unsere beiden Täubchen scheiden lassen, und das wird ein Vermögen kosten. Trinkst du noch ein Glas?«

Dem Fotografen hatte es die Sprache verschlagen.

Didier kehrte in die Realität von Swiss Quality Extracts zurück. Sie gingen gerade durch einen durchsichtigen Lamellenvorhang aus PVC, der die Produktion vom Lager trennte, als Priska ihm gestand:

»Ich bin froh, dass du Konrad ersetzt, denn das hilft uns ganz schön aus der Patsche. Ich hoffe, dass er sich schnell von den Unfallfolgen erholt. Sicherlich weißt du das nicht, aber ich war es, die ihn ausgebildet hat, und ich verstehe mich sehr gut mit ihm. Gut. Zurück zu unserem Thema. Wir beide haben viel geschafft. Zwei Warenlieferungen und drei Auslieferungen, das ist für einen Vormittag nicht schlecht. Bevor wir die Fässer umstellen, schlage ich vor, dass wir die getrockneten Pflanzen einräumen, dann kannst du mit dem Fenwick üben und den Kopf ein wenig frei bekommen. Wir fangen mit dieser Charge an«, erklärte sie und zeigte auf die letzte Palette, die sie vom LKW abgeladen hatte. »Du notierst den Pflanzennamen und den Lieferanten, und ich schaue im System nach, in welches Regal die Waren eingeräumt werden müssen.«

Vor dem Computer sitzend bat Priska Didier, die Nummer und das Nettogewicht von jedem Sack mit dem Lieferschein abzugleichen. Während sie die Waren etikettierten und Proben für die Qualitätskontrolle entnahmen, um die Säcke ins Lager einräumen zu können, bemerkte sie:

»Das ist ja lustig. Diese 25-Kilo-Säcke enthalten Kirschblüten. Erinnerst du dich noch an den dritten Warenausgang heute Morgen?«

»So ungefähr.«

»Da gab es ein Produkt, das dir besonders aufgefallen ist.«

»Ach ja, der Glycerinextrakt aus japanischen Kirschblüten. Das fand ich sehr poetisch.«

»Genau, der wird aus diesen Blüten hier gemacht. Auf diese Weise hast du den Rohstoff und das fertige Produkt gesehen.«

Didier ließ seine Gedanken zu den Alleen im Park von Honshu schweifen, der größten Insel Japans. Er sah die Familien vor sich, die auf den Bänken unter den blühenden Kirschbäumen picknickten und eine Pagode vor dem Berg Fuji. Die leuchtend rosafarbenen Blüten erinnerten ihn an die Zeilen von Pablo Neruda:

… Ich möchte mit dir das machen,
was der Frühling mit den Kirschbäumen macht …

Er überlegte, welches kosmetische Produkt er kreieren würde, wäre er in der Marketingabteilung angestellt, sah dabei die durchscheinende Haut der Japanerinnen vor sich und dachte sofort an eine feuchtigkeitsspendende Körperlotion.

Gleichwohl wunderte er sich darüber, dass auf dem Lieferschein als Herkunftsland Deutschland vermerkt war. Wie war das möglich, wenn es sich um japanische Kirschblüten handelte? Er befragte Priska.

»Immerhin achtest du auf alles, das ist gut. Es handelt sich um einen kleinen Trick unserer Marketingabteilung. Tatsächlich lautet der wissenschaftliche Name dieses Kirschbaums *Prunus serrulata*. Es reicht also, diese Baumart auszuwählen und sie irgendwo dort zu pflanzen, wo sie gedeiht. Kein Grund, die Blüten aus Japan einzuführen, was zudem unmöglich wäre, denn dieser Baum ist den Japanern heilig, außerdem ist es natürlich viel billiger, die Blüten aus Deutschland zu importieren.«

»Das alles erscheint mir ja nicht sehr ehrlich zu sein. Täuscht man so nicht den Verbraucher über die Ware?«

»Um ehrlich zu sein, das ist nicht mein Problem. Ich arbeite in der Herstellung, und unsere Kunden sind bestens darüber informiert, was sie von uns geliefert bekommen. Vergleicht man unsere Produkte mit anderen, die im Handel sind, ist das nicht fragwürdiger als der Lachs aus dem Pazifik.«

Didier sah sie fragend an.

»Wenn du auf dem Etikett ›Pazifischer Lachs‹ liest, was schließt du dann daraus?«

»Dass der Lachs aus dem Pazifik kommt und damit wahrscheinlich aus der Hochseefischerei.«

»Dann schau dir beim nächsten Mal die Etiketten genauer an. Der pazifische Lachs ist eine Artenbezeichnung genau wie *Prunus serrulata* und es gibt nicht eine, sondern fünf verschiedene Lachsarten im Pazifik, die alle geschmacklich unterschiedliche Qualitäten aufweisen. Meistens wirst du auf dem Etikett lesen, dass dieses Produkt aus einer Fischfarm stammt. Der Hersteller lügt nicht, sondern es ist nur eine Frage deiner Interpretation. Und sie sprechen ja auch noch nicht mal von Wildlachs …«

»Wenn er aus einer Fischzucht stammt, ist das dann nicht schlichtweg Betrug?«, fragte Didier zögerlich, weil er nicht zu entschieden wirken wollte.

»Im Leben ist niemals etwas einfach nur schwarz oder weiß.

Der angebliche Wildlachs stammt häufig auch aus Zuchtanlagen und wächst dort manchmal bis zu einem Jahr auf, bevor er ins freie Wasser entlassen wird.«

Didier bewunderte Priskas Wissen in Bezug auf Biologie und Zoologie und fragte sich, ob sie für ihren Job nicht überqualifiziert sei.

»Du scheinst ja eine Spezialistin für alles Lebendige dieser Welt zu sein?«

»Sagen wir mal, dass mich das Thema interessiert ... jetzt aber wieder an die Arbeit! Wir müssen noch eine Menge Paletten einräumen. Danach gehen wir Mittagessen. Ich schätze, du bist hungrig wie ein Wolf.«

»Du bist ja auch noch eine Hellseherin. Und wenn wir jetzt schon gehen?«

»Lass uns lieber erst noch diese Arbeit erledigen. Nach dem Mittagessen erkläre ich dir in Ruhe die Quarantänebestimmungen für die frisch produzierten Chargen.«

Didier fürchtete, dass der Nachmittag sehr lang werden könnte.

Catherine war am Morgen zu Von Steiner Active Plants nach Lausanne gefahren. Der Firmensitz auf dem Gelände der Polytechnischen Hochschule war gerade erst gebaut worden. Der Chemiker Marcel Combe, der wie Catherine aus der französischen Schweiz stammte, hatte sie mit Kaffee und Croissants empfangen.

»Hattest du eine gute Anreise?«

»Ja, sehr gut. Nur die Metro war ziemlich voll. Aber von Luzern hierher zu kommen ist schon eine ganz schöne Strecke.«

»Ich muss gestehen, dass ich vor allem wegen der Sprache noch nicht sehr oft in der Zentralschweiz war. Mich gruselt es vor diesem Dialekt. Wenn sie wenigstens Hochdeutsch reden würden.«

»Ah, der berühmte Röstigraben. Es war schon merkwürdig im Zug, dass die Leute bis Bern Dialekt sprachen, scheinbar aber dort ausstiegen, worauf sich der Wagen ab der Hauptstadt zunehmend mit Welschschweizern füllte und plötzlich die französische Sprache dominierte.«

»Verstehst du den Dialekt?«

»Ich spreche ihn sogar!«

»Du stammst aber schon aus der Romandie, oder?«, fragte Marcel beinah flüsternd.

»Keine Sorge. Ich wohne schon seit zehn Jahren auf der anderen Seite der Saane und hatte also genug Zeit, mir das Lozärnerdütsch anzueignen«, erwiderte Catherine augenzwinkernd. »Aber bevor wir mit der Arbeit beginnen, möchte ich erst mal verstehen, warum ich hier bin. Nicht, dass du meinen Vorschlag falsch interpretierst, es ist mir ein Vergnügen, dir die Methode zu zeigen, die ich entwickelt habe, aber normalerweise dauert es häufig Monate, wenn nicht Jahre, um mit dem analytischen Labor unserer Kunden in Kontakt zu treten. Und jetzt bin ich bereits hier, obwohl wir vor ein paar Wochen zum ersten Mal einen Extrakt an Von Steiner Active Plants verkauft haben. Das ist nicht nur schnell, sondern auch ungewöhnlich.«

»Du wirst sehen, die Erklärung ist einfach! Der anvisierte Markt meiner Firma sind die Pflanzentherapie und die hochpreisige Kosmetikindustrie. Letzten Herbst hat Bernhard von Steiner bei einem Kongress in Singapur deinen Boss kennengelernt. Ich hatte ihm schon von Swiss Quality Extracts erzählt, weil ich fast zufällig im Internet auf eine von euren Produktinformationen gestoßen war. Beim etwas intensiveren Stöbern habe ich entdeckt, dass du ein sehr interessantes Analyseverfahren entwickelt hast und wollte gerne Zugang zu dieser Methode haben, um attraktivere Dokumentationen publizieren zu können. Ich habe das mit Bernhard diskutiert, und obwohl ihr hauptsächlich für die gängige Kosmetikindustrie arbeitet, hat er sich entschlossen, euch fünfzig Liter Glycerinextrakt aus Gingko abzukaufen mit der Bedingung, dass ich dieses Verfahren erklärt bekomme. Für euch ist das meiner Meinung nach ebenfalls eine gute Sache, denn wenn wir diese Zusammenarbeit ausbauen, öffnet sie euch Türen über den Markt der Discounter und der … wie soll ich sagen? nicht sehr angesagten Billigmarken hinaus. So, jetzt weißt du alles!«

Im Gegensatz zu Glycerin und den mineralischen und pflanzlichen Ölen stellte Ethanol, die Hauptzutat der Tinkturen, auf analytischer Ebene keinerlei Problem für Marcel dar. Catherine erklärte ihm ihre Methode und alles, was man in Bezug auf die richtige Wahl der Lösungsmittel für die Herstellung der Extrakte wissen musste. Der Lausanner Chemiker machte sich zahlreiche Notizen und fotografierte das Prozedere, um sich die verschiedenen Kniffe zu merken. Bis Mittag kannte Marcel sämtliche Details des Ablaufs, mit dem sich in Glycerinextrakte analysieren ließen.

Während des Mittagessens hatten Marcel und Catherine Zeit, sich ein wenig näher kennenzulernen.

»Sag mal, Marcel, da du ja eine Menge über Swiss Quality Extracts weißt, könntest du mir doch ein bisschen mehr über deine Firma erzählen, oder?«

»Gerne. Bernhard von Steiner hat die Unternehmensgruppe 1991 in Deutschland gegründet, die ursprünglich aus zwei Sparten bestand – die Von Steiner Fine Chemicals und die Von Steiner Nutraceutical. 2007 kaufte er das Basler Start-up-Unternehmen Dreiländereck-Pharma, und das war auch der Anlass, warum ich eingestellt wurde. Drei Jahre später ergab sich für von Steiner die einmalige Gelegenheit, sich hier in Lausanne auf dem Gelände der Polytechnischen Hochschule niederzulassen. Für mich war es wunderbar, wieder in meinen Heimatkanton zurückzukehren, denn ich hatte von der Deutschschweiz die Nase voll. Die Firma wurde in Von Steiner Pharma umgetauft. Er hat seine beiden Filialen in Deutschland behalten, aber seinen Firmensitz in die Schweiz verlegt – natürlich aus steuerlichen Gründen.«

Marcel fuhr mit seinen Erläuterungen fort, und Catherine erfuhr durch ihr Gespräch, dass er eine unglaubliche Pflanzen-Datenbank besaß. Daneben verfügte er über einen Fundus an zahlreichen Fachzeitschriften, professionellen Veröffentlichungen, den meisten weltweit verwandten Arzneibüchern und eine wichtige englischsprachige Dokumentation der traditionellen chinesischen Medizin. Als ihr der Kollege die analytischen Probleme beschrieb, die er seit einiger Zeit hatte, kam Catherine eine Idee. Sie sagte sich, dass sie in Kürze eine Kopie all dieser Dokumente besitzen würde. Ihre Gedanken wurden durch eine Bitte von Marcel unterbrochen:

»Ich wüsste gerne deine Meinung zu einer Reihe von Extrakten, die wir in der Türkei gekauft haben.«

»Natürlich. Es wäre mir eine Freude, dir erneut unter die Arme greifen zu können.«

»Diese Extrakte wurden vorschriftsmäßig mit sämtlichen Analyseprotokollen und Bescheinigungen geliefert. Ich habe sogar Zusatzinformationen erhalten, die mir aber nicht weiterhelfen. Den Rechtsnormen zufolge reicht diese Dokumentation aus, um die Chargen nicht mehr eingehend prüfen zu müssen. Es müssen nur noch die Tests der europäischen Arzneimittelbehörde erfolgen, aber die sind dürftig. Was diese Seite betrifft, gibt es keine Probleme – die Chargen sind alle konform. Wir agieren hauptsächlich als Wiederverkäufer für diese ganze Serie, und einige Produkte stehen auch schon in den Apotheken und Drogerien im Regal. Damit du verstehst, worauf ich hinauswill, muss ich dir gestehen, dass ich einen Tick habe: Ich liebe es, die Sachen richtig abzulegen und ein Maximum an Informationen in meine Datenbank einzuspeisen.«

»In dieser Hinsicht sind wir uns gleich. Vermutlich eine Macke bedeutender Chemiker«, sagte Catherine belustigt.

»Ja, vermutlich ist das so!«, bestätigte Marcel lachend.

»Diese Manie hat dazu geführt, dass ich einige Chargen mit Mitteln der Flüssigchromatographie untersucht habe, obwohl ich dazu nicht verpflichtet war. Dadurch erfährt man etwas mehr über ihre natürlichen Bestandteile und besonders bei exotischen Pflanzen ist das sehr aufschlussreich. Aber dabei habe ich merkwürdige Dinge entdeckt. Ich habe die Ergebnisse noch einmal mit einem komplementären Analyseverfahren abgeglichen, was diese Anomalie, besser gesagt, die Anomalien bestätigt hat.«

»Und die wären?«

»Ich muss dir nicht erklären, dass medizinische Pflanzen mindestens einen Wirkstoff enthalten. In den von mir analysierten Chargen war dieser im Vergleich zu den anderen Bestandteilen viel zu konzentriert. Anders ausgedrückt, es scheint, dass diese Substanzen wie durch ein Wunder in den Pflanzen angereichert wurden.«

Gemeinsam gingen sie Punkt für Punkt das Analyseprotokoll durch, um eventuelle Fehler aufzuspüren, die die merkwürdigen Ergebnisse hätten erklären können. Catherine kam auf die Idee zurück, die ihr vor ein paar Minuten gekommen war, als Marcel sie um ihren Rat gebeten hatte:

»Ich möchte dir ein Tauschgeschäft vorschlagen.«

»Nur zu!«

»Also, obwohl wir uns erst seit kurzem kennen, müsste man blind sein, um nicht zu erkennen, welch exzellente Expertise du in Botanik und Taxonomie besitzt, und das ist nicht geschmeichelt. Ich hingegen habe Zugang zu hochentwickelteren Arbeitstechniken als euer Labor. Folgender Handel: Ich arbeite an den Extrakten und falls meine Analysen interessante Ergebnisse liefern, schickst du mir deine Datenbank auf einer externen Festplatte. Was hältst du davon?«

»Abgemacht, das ist ein sehr anständiger Deal.«

Catherine kehrte mit fünf Extrakten in der Tasche in die Zentralschweiz zurück. Sie fand dass es zu spät sei, um noch im Labor vorbeizuschauen, obwohl sie losgefahren war, ohne mit ihrer Arbeit vorangekommen zu sein.

Im Zug telefonierte sie trotz der zornigen Blicke der beiden Mitreisenden, die ihr gegenüber saßen, mit ihrem französischen Kollegen Serge, der bei dem Institut für Wasserforschung arbeitete. Um ihr Gespräch fortsetzen zu können, ging sie zum Ende des Wagens. Serge schlug Catherine vor, direkt zu seinem Arbeitsplatz zu kommen, damit sie in Ruhe die Analyse der auf dem Aufkleber gefundenen Haare besprechen konnten. Vom Bahnhof in Luzern aus fuhr sie mit dem Bus bis Kastanienbaum. Hinter dem Hotel nahm die Straßenbeleuchtung immer mehr ab und die Dunkelheit wog immer schwerer. Nicht ein Auto kam vorbei, während Catherine am Ufer des Vierwaldstättersees entlangging, daher wurden die Erinnerungen an den Überfall am Reussufer auf einen Schlag wieder in ihr wach. Plötzlich starrte Catherine in zwei Scheinwerfer. Zu ihrer Linken war der See nicht mal durch ein Geländer geschützt, zu ihrer Rechten befand sich eine Mauer und eine dichte Hecke. Vor lauter Angst hielt sie an. Das Auto bremste ebenfalls. Sie begann zu rennen. Ein Tor stand offen. Sie lief auf das Grundstück, erklomm ein paar Stufen und versteckte sich etwa zwanzig Meter von der Villa entfernt hinter einem Baum. Dank des Motorengeräuschs schätzte sie, dass der Wagen jeden Moment an ihr vorbeifahren musste. Unentschlossen fragte sie sich, ob es nicht besser sei, bei den Leuten, die hier wohnten, Schutz zu erbeten. Ohne abzubremsen fuhr das Auto vorbei und entfernte sich. Catherine atmete erleichtert aus. Sie kehrte zum Tor zurück und konnte keine Rücklichter sehen. Sie zögerte einen Moment, bevor sie eilig ihren Weg fortsetzte. Nach ein paar Minuten erreichte sie schließlich das Forschungsinstitut. Ein Schild am Treppenaufgang verriet ihr, dass sie hier richtig war. Sie stieß die Tür auf, sah aber offensichtlich so verloren aus, dass ein junger Mann mit einem Dreitagebart und einer abgenutzten Kappe auf sie zukam und fragte:

»Guten Abend, suchen Sie hier irgendetwas oder irgendjemand?«

»Ja, ich bin mit Serge verabredet. Entschuldigen Sie, aber ich kenne seinen Familiennamen nicht. Wissen Sie, wo ich ihn finde?«

»Das ist ganz einfach. Sie gehen hinauf in den obersten Stock und halten sich links. Sein Büro ist am Ende des Flurs. Wenn er dort nicht ist, probieren Sie es im Labor gegenüber oder fragen Sie die erstbeste Person, die Ihnen über den Weg läuft.«

Catherine traf auf eine junge Frau mit einem näselnden amerikanischen Akzent, die mit dem Finger auf das Labor wies. Durch die Tür konnte Catherine jemanden schimpfen hören:

»Verdammter Mist. Ich habe es satt, meine Zeit damit zu vergeuden, diese beschissenen Geräte zu reparieren!«

Sie klopfte und vernahm ein kurzes »Herein«. Sie traf Serge allein im Labor an. Er stand mit verschiedenen Schraubenschlüsseln hinter einem Labortisch und hatte seine Kopflampe auf das Innenleben einer Maschine gerichtet. Als er seine Besucherin erkannte, entspannten sich seine Gesichtszüge.

»Hey Catherine. Schön, dich zu sehen. Ich werde eine Pause einlegen. Ich wechsle diesen Oxidationsreaktor jetzt schon zum zweiten Mal und immer tritt dieses verdammte Leck auf. Manchmal habe ich das Gefühl, an Prototypen zu arbeiten.«

Eingezwängt zwischen Stromkabeln und verschiedenen Rohren aus Kunststoff und Edelstahl, musste sich Serge verrenken, um seinen Arbeitsplatz zu verlassen. Er legte sein Werkzeug weg und schlug vor:

»Sollen wir in die Cafeteria gehen? Dann kannst du mir erklären, womit genau ich dir helfen kann.«

Als sie das Labor verließen, teilte ihm seine Kollegin auf Französisch mit, dass Joachim ihn suchen würde.

»Der Typ geht mir auf den Nerv. Die ganzen Apparaturen standen ihm einen Monat lang zur Verfügung, ohne dass er irgendetwas analysiert hätte. Jetzt, wo die Maschine kaputt ist, möchte er unter dem Vorwand, dass ihm für seinen Artikel noch Daten fehlen, vor allen anderen drankommen. Er hätte nur ein bisschen seinen Hintern bewegen müssen. Aber gut. Wenn der Gott der Chemiker mir wohl gesonnen ist, setze ich alles dran, damit er pünktlich seine Resultate bekommt.«

»Ich habe ihm gesagt, dass du gerade im Gespräch seist.«

»Wem? Gott oder Joachim?«

»Gott natürlich. Ich habe meinen direkten Draht zu ihm genutzt«, erwiderte sie kichernd.

»Frag ihn, ob er mir nicht zur Hand gehen kann.«

»An deiner Stelle würde ich nicht zu sehr auf ihn zählen, sondern vielmehr auf deine Erfahrung. Das ist sicherer.«

Catherine, die sich anfangs angesichts von Serges Flucherei unwohl gefühlt hatte, war beruhigt, als sie die gute Atmosphäre in diesem Institut spürte.

»Danke, das hast du gut gemacht. Ich werde Joachim morgen früh sehen. Vielleicht habe ich den Fehler in diesem Gerät gefunden, aber ich muss noch zwei, drei Tests machen und dann klappt das schon. Falls mich jemand sucht, ich bin in der Cafeteria, aber nur, wenn es dringend ist.«

»Viel Glück!«, murmelte sie mit einem amüsierten Augenzwinkern, das Catherine nicht so richtig einordnen konnte. Auf dem Flur wechselte Serge ein paar Worte mit einem französischsprachigen Studenten, der ihm vorschlug, morgen bei einer Degustation ein paar Käse aus der Westschweiz zu probieren. Er versprach, kommen zu wollen und spendierte Catherine einen Kaffee.

Der Blick auf die schneebedeckten Berge im Mondschein gefiel Catherine. Sie hatte immer nur in Industriegebieten gearbeitet und beneidete ihn um eine so schöne Terrasse, die im Sommer noch angenehmer sein musste. Ab und zu kamen Studenten in der Cafeteria vorbei, die sich in unterschiedlichen Sprachen unterhielten. Serge erklärte ihr:

»Abgesehen von dem Job ist es in diesem Institut besonders bereichernd, mit Leuten aus aller Welt zu arbeiten. Du hast ja meine französische Kollegin getroffen, aber außerdem arbeiten in unserer Fakultät Amerikaner, Chinesen, eine Inderin, ein Westschweizer und natürlich Österreicher und Deutsche. Letztere haben es leicht mit der Sprache, auch wenn wir alle Englisch können müssen. Ah und ich habe natürlich die Deutschschweizer vergessen.«

»Und dein Chef?«

»Rate mal.«

»Bestimmt ein Deutscher wie überall in der Zentralschweiz.«

»Bingo! Aber nun zu etwas Interessanterem. Du hast von einer Haaranalyse gesprochen. Dafür bin ich nicht wirklich ausgerüstet ... was genau willst du denn wissen?«

»Ich brauche deine Hilfe«, erklärte sie mit einem charmanten Lächeln. »Ich habe Haare von dem Typ sammeln können, der versucht hat, mich zu entführen.«

»Warte mal! Wovon sprichst du?«

Catherine sah ihn zweifelnd an und realisierte, dass Serge vermutlich die einzige Person in Luzern war, die nichts von der ganzen Affäre um den Serienkidnapper mitbekommen hatte. Sie schilderte ihm daraufhin detailliert, was passiert war, hielt dann ein Plastiktütchen hoch und erklärte:

»Das hier sind die Haare des Mistkerls. Die Polizei hat sich nur auf die DNA konzentriert. Ich glaube aber, dass man noch mehr Informationen finden könnte. Wärst du bereit, nach Spuren von Rauschmitteln, Tabak und nach allem, was dir sonst noch interessant erscheint, zu suchen? Bitte!«

»Das, worum du mich bittest, ist nicht mal eben in ein paar Stunden gemacht. Ich hinke meiner Planung schon drei Monate hinterher, und ich habe noch nie eine so kleine Probe analysiert. Normalerweise habe ich mindestens hundert Milligramm zur Verfügung. Hier weiß ich nicht mal, ob es sich überhaupt um ein Milligramm handelt. Ich werde Fachliteratur konsultieren müssen, um die passendste Extraktionsmethode zu finden, aber wann soll ich das machen?«

»Es ist wichtig!«, beteuerte Catherine. »Um ehrlich zu sein weiß ich nicht, ob es legal ist. Wir arbeiten hier mit Beweismitteln, und es kann sein, dass ...«

»Das ist mir völlig egal. Um Probleme mit meinen Chefs

zu vermeiden, mache ich das abends nach der Arbeit. Auf jeden Fall kann ich, falls ich eine Technik entwickle, um die Haare zu analysieren, diese auch auf unsere Forschungsarbeit übertragen. Ich verspreche dir, mein Möglichstes zu tun.«

Begeistert küsste ihn Catherine auf die Stirn. Er errötete wie ein Teenie und begleitete sie bis zum Ausgang. Zuversichtlich kehrte Catherine nach Hause zurück.

6. – Erste Spuren

Kaum war Catherine auf der Arbeit angekommen, besuchte sie das Lager, denn sie war neugierig zu erfahren, wie Didiers erster Tag verlaufen war. Sie suchte Priska im Labyrinth der Regale und erblickte sie schließlich am Steuer eines Gabelstaplers. Die Technikerin bedankte sich sofort bei ihrer Kollegin dafür, dass diese einen so sympathischen Mitarbeiter gefunden hatte, der sie unterstützte. Sie erklärte aber auch, dass der »Novize« alles von der Pike auf lernen müsse, aber sicherlich rasch selbstständig arbeiten könne. Catherine entdeckte Didier, der gerade den Umgang mit dem Hochhubwagen übte. Sie winkte ihm zu und kehrte dann beruhigt in ihr Labor zurück.

Ihr Kollege erkannte sie bereits an ihrem zügigen Schritt und blickte zur Bürotür hinaus, um ihr zu signalisieren, dass sie von einem Kunden am Telefon erwartet wurde. Für Catherine war dies eine Bestätigung, dass der Mittwochmorgen immer eine Menge Probleme mit sich brachte. Für sie glich diese Lebensweisheit einer Variante von Murphys Gesetz, daher spürte sie, dass dieser Anruf nur den Beginn einer Serie markieren würde.

Sie beeilte sich und fragte leise nach dem Namen des Anrufers.

»Ich habe ihn nicht richtig verstanden, weil er einen sehr deutlichen französischen Akzent hat. Ich glaube verstanden zu haben, dass er aus Südfrankreich anruft.«

Der Kunde beschwerte sich über den ranzigen Geruch einer Charge Schleifmittel aus Aprikosenkernen, das für ein Duschgel mit Peelingeffekt benutzt wurde. Catherine versprach ihm, sich zügig darum zu kümmern und ihn so bald wie möglich wieder zu kontaktieren.

Sie bereitete sich einen guten Arabica-Kaffee in der Cafeteria zu und kehrte mit dem dampfenden Getränk zurück in ihr Büro, um die firmeneigene Datenbank zu konsultieren. Keine zehn Minuten später hatte sie eine Unstimmigkeit im Warenwirtschaftssystem entdeckt, denn dort war ein einziges Schleifmittel als Rohstoff aufgeführt. Die Säcke waren direkt nach der Anlieferung bestrahlt worden und dann wahlweise als Schleifmittel auf Aprikosenkern-, Olivenkern- oder Walnussbasis etikettiert worden.

Catherine begab sich mit den Referenzen, die sie auf ein Stück Papier geschrieben hatte, sofort in die Produktion, hakte bei einem Angestellten nach und stürmte dann in Patricks Büro. Sie forderte von ihm als Herstellungsleiter Erklärungen, denn sie konnte nicht glauben, was sie gerade aus dem Mund des Mitarbeiters gehört hatte.

»Das ist ein ganz normaler Vorgang«, bestätigte Patrick. »Bei dem angelieferten Artikel handelt es sich um eine zu feinem Pulver zerriebene Mischung aus verschiedensten Nussschalen und Fruchtsteinen. Nach der Ionisierung etikettiert man die Säcke je nach Bedarf. Wenn eine Charge aus Aprikosenkernen ranzig riecht, dann vermutlich deshalb, weil sie Nussschalen enthält und eventuell überproportional viele Nüsse.«

»Aber, das ist ja unglaublich. Wir sind doch hier nicht in China! Und für dein Gewissen spielt es also keinerlei Rolle, dass wir ein Schleifmittel auf Aprikosenkern- oder Mandelkernbasis verkaufen, das eigentlich aus Walnüssen hergestellt wurde?«

»Ich weiß, dass es vielleicht nicht hundertprozentig mit dem Berufsethos in Einklang steht. Aber letztendlich musst du das mit deiner Chefin besprechen, schließlich hat Andrea diese obskure Idee aus ihrer alten Firma hier eingeführt. Und natürlich muss man es ja auch relativieren, denn es ist nur ein Ausgangsstoff für Peeling-Cremes.«

Nach diesen Worten kehrte Catherine verärgert in ihr Büro zurück und suchte die Telefonnummer des Lieferanten heraus, der genauso verstimmt war wie sie.

»Schon wieder Swiss Quality Extracts? Sie sollten besser Ihren Namen ändern. Ich habe die Schnauze voll von Ihnen. Ich habe bereits Ihrem Einkäufer erklärt, dass er schleunigst einen anderen Lieferanten suchen muss. Die Landwirte kippen LKW-Ladungen mit Fruchtsteinen und Nussschalen vor unserem Unternehmen ab. Vor unseren Fenstern bilden sich mehrere künstliche kleine Berge, die dann wieder verschwinden. Für uns, die wir industrielle Schleifmittel herstellen, zählt nur die Härte des Granulats. Wir haben ein Mahlverfahren entwickelt, um ein Industriegranulat mit den gewünschten Eigenschaften herzustellen, aber wir sind absolut nicht darauf ausgerichtet, die Kosmetikbranche zu beliefern.«

Schuldbewusst fragte Catherine:

»Und woraus besteht diese Mischung?«

»Das hängt von der Jahreszeit ab. Wir verwenden hauptsächlich Walnüsse und je nachdem etwas mehr Oliven- oder Aprikosenkerne. Richten Sie bitte Ihren Chefs aus, dass ich sie noch bis Ende des Jahres beliefere, damit sie ausreichend Zeit haben, eine Alternative zu finden. Einen schönen Tag noch!«, sagte er und legte brüsk auf.

Frustriert schleuderte Catherine die Unterlagen gegen die Wand und erkundigte sich bei ihrem Kollegen:

»Wusstest du, dass wir die Schleifmittel aus Nussschalen

unter verschiedenen Bezeichnungen weiterverkaufen?«

»Mmh, ja! Genau wie alle anderen.«

»Aber warum hat niemand diesen Rohstoff ausgetauscht?«

»Weil das gar nicht so einfach ist. Ich habe bereits nach Alternativen gesucht und tatsächlich gibt es welche. Wir könnten ein Qualitätsprodukt mit einer Ursprungsgarantie bekommen.«

»Aber?«

»Der Einkaufspreis ist viermal so hoch wie unser aktueller Verkaufspreis. Wenn man dann noch die Bestrahlung und unsere Arbeit dazu addiert, müssten wir unsere Preise um sechs- bis siebenhundert Prozent erhöhen. Wie gesagt, da beißt sich die Katze in den Schwanz ...«

»Verdammt! Wir werden nie von diesen Mauscheleien loskommen.«

Catherine sammelte die Unterlagen auf und legte sie auf einen der vielen Stapel in ihrem Büro. Sie fragte sich, wozu in aller Welt sie leistungsfähige Analysetechniken für ein Unternehmen entwickelte, dessen Ethik im umgekehrten Verhältnis zum erwirtschafteten Nutzen stand. Sie beschloss, sich jetzt erstmal dem Problem ihres Lausanner Kollegen zu widmen.

Nachdem sie sich ihren weißen Kittel übergestreift hatte, schaltete sie den Gaschromatographen ein und bereitete die Stoffgemische der fünf am Vortag mitgenommenen Extrakte vor. Die ersten Versuche waren wenig aufschlussreich. Catherine musste mehrere Analyseparameter ändern und startete eine längere Messreihe.

Sie hatte sich mit Didier zum Mittagessen verabredet und fragte den Herstellungsleiter Patrick, ob er sich ihnen nicht anschließen wollte. Er stimmte zu unter der Bedingung, dass sie in die Pizzeria um die Ecke gingen. Patrick lockte dort nicht etwa die Qualität der Gerichte, sondern die Größe der Portionen.

Während Catherine ihre Pizza Calzone aß, entschuldigte sie sich bei ihrem Kollegen für ihre aggressive Art, mit der sie ihn wegen der Schleifmittelchargen angegangen war, doch er bedeutete ihr mit einer Handbewegung, dass die Angelegenheit für ihn bereits vergessen war. Didier war ihnen dankbar, dass sie sich bemühten, in Englisch über die Arbeit zu sprechen, um ihn miteinzubeziehen.

Patrick erklärte, dass auch er enorme Schwierigkeiten habe, all die Mauscheleien zu akzeptieren, die Andrea Bachmann eingeführt hatte. Zu Beginn hatte er mit seinen beschränkten Mitteln noch dagegen angekämpft, doch dann hatte er kapituliert, weil sein Chef diese Mittel einfach systematisch genehmigte.

»Du weißt, wie schnell die beiden ein Herz und eine Seele geworden sind, und ich kann es mir nicht erlauben, für unser Unternehmen gegen diese ungesunde Komplizenschaft anzukämpfen. Ich habe eine Familie zu versorgen, daher wäre es eine Katastrophe, wenn ich meine Arbeit verlieren würde. Ich bin hier eingearbeitet worden und habe nie eine Ausbildung abgeschlossen. Wie soll ich mit über Fünfzig noch etwas Neues finden? Trotzdem komme ich mir wie ein Feigling vor.«

»Hör auf damit. Du musst dich nicht rechtfertigen. Du hast es versucht und nur das zählt. Auch meine Situation ist nicht einfach. Ich habe zwei Töchter zu Hause, deren Vater woanders etwas Besseres gefunden hat. Aber ich habe eine gute Ausbildung als Chemielaborantin und dazu ein Diplom von der Uni. Daher kann ich es mir leisten, meine Meinung laut kund zu tun, denn auch wenn Walter mich feuert, finde ich mit fast hundertprozentiger Sicherheit eine neue Anstellung.«

Das Verständnis der jungen Frau ging ihm zu Herzen.

»Hör zu, Catherine, es gibt etwas, das ich dir gestehen möchte. Ich schätze dich sehr und zwar nicht nur als Kollegin, sondern auch als Mensch. Wenn ich dir je irgendwie helfen kann, ohne direkt darin verstrickt zu sein, kannst du auf mich zählen.«

Die Bemerkung berührte Catherine derart, dass sie einfach nur ein »Danke« herausbrachte.

Um das daraus resultierende Schweigen zu brechen, brachte Patrick das Gespräch auf den Serienkidnapper und dankte Didier, dass er Catherine nach dem Verlassen der Boîte de Nuit zu Hilfe geeilt war

Nachdem Catherine ins Labor zurückgekehrt war, begutachtete sie die Testergebnisse, die alle positiv zu sein schienen. Sie startete eine neue Analysesequenz und ging so lange in ihr Büro hinüber, um den Posteingang der letzten zwei Stunden zu lesen. Der Kunde mit dem Aprikosenkernschleifmittel hatte sich erneut gemeldet, und sie machte sich daran, ihm zu antworten, obwohl ihr dazu keine rechten Formulierungen einfallen wollten. Catherine plante ganz einfach die Ware gegen eine Charge einzutauschen, die man olfaktorisch überprüft hatte, auch wenn sensorische Tests nicht zum Standard gehörten. Diese Regelung würde mit Sicherheit den Kunden zufriedenstellen, auch wenn sie natürlich nicht die Ursache des Problems beseitigte. Sie sagte sich, dass sie dieses eine Mal ruhig die Vogel-Strauß-Politik ihres Unternehmens übernehmen konnte, zumindest bis die nächste Reklamation eintraf. Diese Entscheidung erleichterte zumindest ihr Gewissen.

Sie erledigte ihre Post, bis ein Laborant sie darüber informierte, dass ihr Gerät ein merkwürdiges Geräusch von sich geben würde. Aufmerksam lauschte Catherine, woher das sporadische Pfeifen des Chromatographen herrühren konnte, sah sich jedoch außerstande, die Quelle zu benennen. Anschließend kontrollierte sie die Programmparameter und entdeckte, dass ein Entweichen des Heliums für den Alarm verantwortlich war. Es bestand zwar keinerlei Gefahr für die Sicherheit, aber einige Teile des Chromatographen konnten Schaden nehmen, wenn sie nicht schnell handelte. Catherine schaltete den Ofen aus, der auf über dreihundert Grad erhitzt worden war und ging den Werkzeugkasten holen, den sie einem Mitarbeiter aus der Produktion geliehen hatte. Eine halbe Stunde später konnte sie die Analysen erneut in Gang setzen.

Am späten Nachmittag standen die Rohdaten zur Verfügung, die Catherine sofort auswertete. Jetzt sah sie ein wenig klarer, denn die ersten drei Extrakte enthielten alle eine Konzentration des Wirkstoffs, die zehnmal so hoch war wie die der anderen Komponenten. Sie schickte Marcel, ihrem Kollegen bei Von Steiner Active Plants, eine Mail, um eine Liste zu bekommen, in der sämtliche Extrakte, die dessen Firma eingekauft hatte, aufgeführt waren. Catherine wollte gerade zu einer Abschiedsfeier eines Mitarbeiters aus dem Verkauf gehen, als sie das Dokument erhielt.

Beim Überfliegen der Produktnamen fiel ihr ein Detail ins Auge. Sie war überzeugt, es schon einmal gesehen zu haben. Sie legte ihren Mantel über eine Stuhllehne und begab sich auf eine Suche im Netz. Diese Liste korrespondierte weder mit dem gleichen geographischen Ursprung, noch ließen die Eigenschaften der Pflanzen auf einen gemeinsamen Nenner schließen. Dennoch hatte Catherine das Gefühl, des Rätsels Lösung sehr nah zu sein. Für eine Initialzündung brauchte sie jedoch erst mal einen Kaffee. Zu dieser späten Stunde waren die Flure des Unternehmens beinahe verlassen. Als der Kaffee gerade durchgelaufen war, kam ihr eine Idee. Sie kehrte zu ihrem Computer zurück, trank ihren Espresso in einem Zug aus und stellte ihre Tasse auf einen sehr wackeligen Turm aus weiteren Tassen neben ihrem Bildschirm ab. Es dauert nicht lange, bis sie das Geheimnis gelüftet hatte.

Der von Tobias organisierte Umtrunk zu seinem Ausstand in einer Bar in Stans war in vollem Gange. Der Verkäufer verließ Swiss Quality Extracts nach nur zweieinhalb Jahren. Er hatte sich entschlossen, an diesem Abend auf seine Weise gegen die in der Arbeitswelt üblicherweise vorherrschende Heuchelei anzukämpfen, und nur die Leute einzuladen, die er bei der Arbeit wirklich geschätzt hatte, was de facto den Firmenchef und Andrea, die Leiterin für Forschung und Entwicklung, ausschloss. Dank seiner persönlichen Beziehung zu Catherine und der Tatsache, dass er von allen als Held angesehen wurde, war Didier ebenfalls zur Party eingeladen worden. Einige Gäste lehnten mit ihrem Bier an der Theke. Die anderen Kollegen von Tobias stärkten sich an den Tischen mit einer Suppe oder Tapas.

Catherine traf kurz nach der zweiten offiziellen Runde ein und ging zu Didier, der etwas abseits saß. Sie wollten sich gerade unterhalten, als sich der bereits deutlich beschwipste Tobias einen Stuhl nahm und ihnen gegenüber rittlings darauf Platz nahm.

»Und meine Freunde, amüsiert ihr euch gut? Zu meiner Linken die wie durch ein Wunder Gerettete und zu meiner Rechten ihr Retter! Was gebt ihr doch für ein hübsches Paar ab!«

Catherine und Didier lachten aus vollem Herzen.

»Wenn man bedenkt, dass wir beide fast zur gleichen Zeit angefangen haben, kommt es mir vor, als sei es gestern gewesen«, bemerkte Catherine.

»Ja, du bist drei oder vier Monate nach mir gekommen – ich erinnere mich gut«, erwiderte Tobias.

»Wieder einer, der uns verlässt. Wobei man sagen muss, dass das bei Swiss Quality Extracts ja gang und gäbe ist, und wie immer gehen die Besten als Erste.«

Nachdem sie ein paar Banalitäten ausgetauscht hatten, kam Catherine zum Kern der Sache:

»Das mit deiner Kündigung war so plötzlich. Was ist denn passiert? Besteht da ein Zusammenhang zu dem Fakt, dass Walter und Andrea heute Abend nicht hier sind?«

»Ja und nein. Willst du die Wahrheit hören?«

»Was für eine Frage! Ich weiß nicht, ob sie existiert, aber natürlich möchte ich gerne deine Version der Angelegenheit erfahren.«

»Ich möchte dich nicht entmutigen, denn sie ist nicht allzu schön«, gestand Tobias und schaute Didier an.

»Mach dir um mich keine Sorgen. Ich habe schon so einige recht komplizierte Geschichten erlebt.«

Einen Moment lang wanderte Didiers Blick ins Leere, bevor er hinzufügte:

»Und keine Angst, ich kann ein Geheimnis für mich behalten.«

»Also, gut. Einverstanden. Aber vorher bestellen wir noch etwas zu trinken. Ich nehme ein Bier und du, Didier? Ein Glas Wein?«

»Richtig, ich hätte gerne einen Weißwein.«

»Und du, Catherine?«

»Ich trinke heute Abend keinen Alkohol, weil ich noch fahren muss. Nach dieser Runde haue ich ab. Julie und Alina warten in letzter Zeit viel zu oft auf mich. Ich hätte gerne einen Tee.«

Tobias winkte den Kellner heran, der sofort die Bestellung aufnahm.

»Also, die Sache ist ein wenig heikel«, begann er. »Zuvor solltet ihr über den Ruf unseres charmanten Chefs Bescheid wissen. Ich habe ihn zweimal zu Symposien nach Asien, genauer gesagt nach Thailand begleitet. Wenn er dort so enthusiastisch hinfährt, dann sicher nicht wegen der Geschäftskontakte, die er vor Ort knüpfen kann.«

Angesichts von Didiers fragendem Blick und Catherines neugieriger Miene wollte Tobias gerade fortfahren, als der Kellner mit den Getränken kam. Just in diesem Moment verabschiedeten sich zwei Kollegen aus dem Einkauf mit einem Handzeichen. Sie wohnten beide im Kanton Aargau und wollten sich aufgrund der schlechten Wetterprognose nicht zu spät auf den Weg machen. Tobias dankte ihnen für ihr Kommen, begrüßte ein Freundespaar und kehrte zu ihrem Tisch zurück.

»Wo war ich stehen geblieben? Ach ja, Thailand. Als ich eines Abends in einer Bar einen Cocktail trank, ist er genau unter dem Balkon, auf dem ich mich befand, vorbeigelaufen, ohne dass er mich gesehen hat. Und zwar in Begleitung. Was ich sagen kann, ist, dass die Frau jung war, sehr jung. Sollte sie volljährig gewesen sein, dann erst seit kurzem. Diese Szene wiederholte sich am nächsten Tag. Gerüchten zufolge nutzte Walter die Aufenthalte aus, um sich mit Frischfleisch zu versorgen, und zwar jenseits dessen, was das Gesetz erlaubt, aber vor allem ohne jeden moralischen Anstand. Nur, damit das klar ist, mehr habe ich persönlich nicht gesehen, denn sonst hätte ich ihn nach meiner Rückkehr garantiert angezeigt. Allerdings hätte es mich nicht gewundert, wenn da noch so einiges andere gelaufen wäre.«

»Eine schwere Anschuldigung«, murmelte Catherine.

»Deswegen habe ich ja auch darauf hingewiesen, dass es sich um ein Gerücht handelt. Aber ganz konkret habe ich gesehen, dass er sich sehr junge Nutten gönnt. Da ist noch etwas anderes ... und das spielt sich in unseren Räumen ab.« Er zögerte einen Moment.

»Fahr fort, Tobias, wobei ich den Eindruck habe, die Fortsetzung bereits zu kennen.«

»Das sollte mich wundern, aber warum eigentlich nicht? Vor drei Monaten bin ich in sein Büro gegangen. Es war ein Freitagabend und die Flure waren verlassen. Ich erinnere mich genau, dass es just 18 Uhr war. Ich habe recht lange mit Walter über einige Probleme mit einer deutschen Firma gesprochen, aber auch über unseren Wunsch, den US-Markt auszubauen. Eine Stunde später habe ich das Büro verlassen. Vor dem Heimweg wollte ich unser Gespräch noch einmal schriftlich zusammenfassen, solange die Erinnerung daran noch frisch war. Kurz vor dem Ende meines Berichts fiel mir auf, dass mir eine Information fehlte. Ich habe mich daher nochmal auf zu Walters Büro gemacht und ratet, was ich dort gesehen habe?« Er ließ ihnen keine Zeit, darüber nachzudenken, sondern fuhr fort:

»Ihr müsst euch das vorstellen. Ich bin ohne anzuklopfen in das Büro meines Chefs und sehe, wie er kopflos und wie ein Irrer auf die Maus klickt, um die Fenster auf seinem Bildschirm zu schließen. Mit der anderen Hand zieht er rasch den Bürostuhl heran und dann – dreimal dürft ihr raten – höre ich wie seine Gürtelschnalle mehrfach gegen die metallenen Tischbeine schlägt. Walter ist so rot angelaufen wie eine Tomate, oder wie ein Kind, das bei etwas ertappt wird. Er war dabei, sich eine Pornoseite anzuschauen und vor dem Bildschirm zu masturbieren. Ich habe das Zimmer verlassen und behauptet, er sähe beschäftigt aus und meine Frage hätte auch Zeit bis Montag. Natürlich musste ich das ganze Wochenende daran denken. Ich habe mit meiner Frau darüber gesprochen und entschieden, mir einen neuen Job zu suchen, da ich mir nicht vorstellen konnte, weiter für jemanden zu arbeiten, den ich nicht mehr respektiere.«

Das darauffolgende lange Schweigen wurde schließlich von einer Bemerkung Catherines beendet:

»Auch ich werde euch ein Geheimnis anvertrauen: Was du beschreibst, habe ich ebenfalls erlebt. Und zwar an einem Mittag mitten im Sommer. Es war heiß, und es war nicht ganz eindeutig, denn er ging schnell wieder an den Tisch zurück und hat seine Hand auf den Schreibtisch gelegt. Ich habe gedacht, dass ich blöd bin, auf solche Ideen zu kommen. Gesprochen habe ich mit niemandem darüber und mir gesagt, dass, wenn es wirklich das war, was ich gesehen habe, er definitiv eine Therapie braucht. Ich habe ihn eher als krank und nicht als Schwein betrachtet. Aber nachdem, was du uns jetzt erzählt hast …«

Von der Bar ertönte eine Stimme, die sie unterbrach:

»Ich schlage vor, auf unseren Freund Tobias, der uns verlässt, einen Toast auszusprechen. Auf dein neues Berufsleben!«

Fröhlich stießen alle miteinander an. Ein Mitarbeiter aus der Produktion rief: »Eine Rede, eine Rede!«

Die Aufforderung wurde von den anderen Kollegen aufgegriffen. Tobias ließ sich nicht lange bitten. Er stellte sich so mit dem Rücken an die Wand, dass ihn alle sehen konnten.

»Als Erstes möchte ich mich dafür bedanken, dass ihr so zahlreich erschienen seid, denn das rührt mich sehr. Da ich meine Gäste minutiös ausgewählt habe, kann ich euch, ohne lügen zu müssen, versichern, dass ich ausnahmslos sehr gerne mit euch zusammengearbeitet habe.«

Seine Bemerkung löste allgemeine Heiterkeit aus.

»In einer Beziehung überdauert die Liebe häufig nur fünf oder sieben Jahre. Bei Swiss Quality Extracts geht man nach zweieinhalb Jahren. Auch ich habe diese schicksalhafte Hürde nicht nehmen können. Anfangs war es nicht immer leicht für mich, aber heute habe ich das Gefühl, Teil einer kleinen Familie zu sein und bin traurig, euch zu verlassen. Mit meiner Frau, die einige von euch kennen, habe ich in Holland gelebt und hier in der Schweiz ein Kind bekommen. Jetzt wird es Zeit, dass wir nach England, in die Heimat meiner Frau, zurückkehren. Ich habe eine gute Anstellung in London gefunden und bin sehr aufgeregt, was uns da erwartet. Vielen Dank euch allen.«

Applaus ertönte. Priska kam mit einem Paket in der Hand auf ihn zu.

»Lieber Tobias ...« Es genierte sie, sich so feierlich ausdrücken zu müssen. »Wir sind traurig, dass du uns verlässt, aber es wäre egoistisch von uns, sich nicht in erster Linie für dich und deine kleine Familie zu freuen. Wir alle wünschen dir ganz viel Glück und viel Erfolg bei deiner neuen Tätigkeit. Wir haben zusammengelegt, um dir ein paar nützliche Geschenke für den Kampf gegen die Londoner Kälte mit auf den Weg zu geben.«

Unter den aufmerksamen Blicken seiner Kollegen öffnete Tobias die Geschenke und packte ein Fondue-Set und drei traditionelle, mit Edelweiß bestickte Hemden für sich, seine Frau und seinen Sohn aus. Auch wenn die Geschenke sämtliche Schweizer Klischees bedienten, war er doch sehr gerührt. Erneut erhob er sein Glas:

»Ich danke euch allen aus tiefstem Herzen.«

Als der Barkeeper die Musik wieder einschaltete, die er kurz vor Tobias Rede gestoppt hatte, verkündete Catherine:

»Ich muss jetzt los, meine Töchter erwarten mich zum Nachtmahl. Ich habe Miesmuscheln mit Pommes frites vorgesehen, denn das lieben sie. Ich denke, dass wir so richtig schlemmen werden.«

Als sie Tobias zum Abschied auf die Wangen küsste und ihm viel Glück wünschte, flüsterte er ihr zu:

»Bleib nicht bei Swiss Quality Extracts, denn du bist viel mehr wert.«

Während Tobias zurück zu seinen Freunden ging, um mit ihnen noch etwas zu trinken und sich mit ihnen zu unterhalten, erklärte Didier, dass er die Gunst der Stunde nutzen und mit Catherine bis nach Luzern zurückfahren würde. Sie willigte gerne ein. Während sie zum Parkplatz gingen, grübelte Catherine über Tobias' Botschaft nach. Warum weiter meine Zeit in diesem Unternehmen vergeuden, dachte sie.

Auf dem Rückweg unterhielten sie sich über Didiers erste beiden Arbeitstage, die er bereichernd fand, auch wenn er gestand, dass er in der Firma sicherlich nicht alt werden würde. Vermutlich ist er der Nächste, der das Unternehmen wieder verlassen wird, während ich immer noch bei Walter angestellt sein werde, sinnierte sie.

Didier kam auf die Enthüllungen von Tobias zurück. Catherine erzählte ihm, dass sie, nachdem sie Walter in seinem Büro überrascht hatte, gerüchteweise gehört hatte, dass er sich unter seinem Namen pornografische DVDs in neutralen Umschlägen direkt an Swiss Quality Extracts schicken ließ. Die Empfangsdame habe aus Versehen eine dieser persönlichen Lieferungen geöffnet. Mit besorgter Stimme fügte Catherine hinzu, dass Walter sie seit Tagen merkwürdig, wenn nicht sogar feindselig anstarre und sie sich in seiner Gegenwart immer unwohler fühle. Dann wischte sie ihre düsteren Gedanken mit einer Handbewegung weg und schob sie auf das, was ihr alles zugestoßen war. Sie wollte lieber über heiterere Dinge reden und erzählte von ihren Sommerurlaubsplänen mit Julie und Alina, denn alle drei freuten sich darauf, nach Südfrankreich zu fahren, obwohl sie sich über den genauen Ort noch nicht geeinigt hatten. Catherine tendierte zu Sète, wo sich ihre Töchter an den Stränden des Mittelmeers amüsieren könnten und sie dennoch die Möglichkeit hätten, etwas vom französischen Kulturerbe zu entdecken.

Sie beschrieb das Programm, das sie dort erwarten würde, doch Didier bemerkte eine gewisse Besorgtheit in dem Gesichtsausdruck seiner Freundin, zumal diese um ein Haar die Autobahnausfahrt verpasst hätte.

»Also, wir kommen jetzt nach Luzern. Wo soll ich dich rauslassen?«

»Wenn ich am Pilatusplatz oder vor der Kantonalbank aussteigen könnte, wäre das perfekt. Ich treffe mich noch kurz mit ein paar Freunden in einer Bar, aber dann muss ich auch schleunigst heim. Ich bin total erledigt und muss auch mal schlafen.«

»Treib es nicht zu wild, denn auch Helden müssen sich ausruhen.«

»Da!«, rief er. »Die Bushaltestelle ist frei.«

Sie hielt an und ließ den Motor laufen. Er küsste sie auf die Wangen, sprang aus dem Auto und wünschte ihr eine gute Heimfahrt, auch wenn es keine zehn Minuten mehr bis zu ihrer Wohnung waren. Catherine ließ die Fensterscheibe herunter und blickte dabei in den Rückspiegel.

»Übrigens habe ich die Haare, die du gerettet hast, einem französischen Chemiker gegeben. Mal sehen, ob er etwas herausbekommt. Ich glaube, dass …«

In diesem Moment hielt ein Bus hinter ihr und hupte mehrfach.

»Ich erzähle dir das morgen. Amüsier dich gut und erhol dich.«

Beatriz hatte Didier am Morgen geschrieben, dass sie ihn im Bistronomie treffen wolle und verkündet, dass sie neue Informationen besäße. Trotz des dort herrschenden lauten Stimmengewirrs fand Didier sie sofort, denn Beatriz saß mit ihren beiden Künstlerfreunden Ruth und Sébastien zusammen auf einer weißen Kunstlederbank unter einem Porträt, das ihn auf merkwürdige Weise an Donald Trump erinnerte.

»Ihr kennt euch?«, fragte Didier und begrüßte die drei mit Küsschen auf die Wangen.

»Gibt es irgendwen, der Beatriz nicht kennt?«, gab Ruth die Frage zurück. »Setz dich doch, wir haben eine super Neuigkeit oder bist du wegen Sonntag schon auf dem Laufenden?«

»Nein, wieso?«

Ruth holte ihr Laptop aus einer Tasche und klappte es vor Didiers neugierigen Augen auf.

»Hier! Ich habe dir heute Morgen eine Nachricht geschickt, weil wir Sonntag so viele Freiwillige wie möglich brauchen und wegen der Vorbereitungen auch schon an den Tagen davor.«

Angesichts von Didiers skeptischen Blick fügte Ruth hinzu:

»Die Stadt Luzern hat einen Schweigemarsch genehmigt und schau mal, das hier ist die Internetseite, die ich dafür erstellt habe und die sogar schon online ist. Wir haben viel Unterstützung von Künstlern und aus allen Richtungen der Politik. Einige lokale Berühmtheiten folgen uns ebenfalls. Diese Seite ist mit allen sozialen Netzwerken verbunden. Wir wollen so viele Luzerner wie möglich mobilisieren, damit Steffi nicht in Vergessenheit gerät. Bald ist Fasnacht, daher müssen wir jetzt handeln und nicht erst, wenn alle im allgemeinen Freudentaumel sind.«

»Meine Freunde, es sind ernste Zeiten«, verkündete Beatriz theatralisch. »Zu viele Kräfte bündeln sich, um das Andere – das Fremde – zu stigmatisieren. Als ob der Mistkerl nicht genau so gut ein Schweizer sein könnte. Wenn es nicht rund läuft, sollten wir lieber versuchen zu verstehen, wie wir dorthin gekommen sind und uns dann einer Gewissensprüfung unterziehen, anstatt die Schuldigen außerhalb unserer Gemeinschaft zu suchen. Eine schädliche Stimmung und eine gewisse Paranoia haben sich breit gemacht, und die Straßen Luzerns sind nachts verlassen. Wir müssen diesen Schweigemarsch als Zeichen unserer Solidarität mit Steffi organisieren, aber auch, um einen Funken Hoffnung zu zeigen.«

Die Leute applaudierten und drängten sich um Beatriz herum.

»Eine Menge von uns sind der Meinung, dass die Polizei viel mehr Kräfte mobilisieren müsste«, erklärte Ruth. »Wir können das nicht nach außen kommunizieren, aber wenn man sieht, wie viel Zeit die Polizei mit der Suche nach Falschparkern oder Parksündern verschwendet, fragt man sich doch, ob sie jetzt nicht andere Prioritäten haben sollten.«

Immer mehr Gäste versammelten sich gebannt um den Tisch.

»Wie können wir helfen?«, fragte einer der Zuhörer.

»Wir erwarten noch jede Menge Leute«, erklärte Sébastien. »Es reicht schon, an der Versammlung heute Abend teilzunehmen, um die Bewegung zu unterstützen.«

Mehrere riefen: »Ich bin dabei.«

»Ich auch. Wo findet denn die Versammlung statt?«, fragte

der interessierte Zuhörer.

»Ursprünglich wollten wir sie hier abhalten, aber das Bistronomie ist zu klein«, erläuterte Beatriz und blickte sich dabei um. »Ich habe einen Kumpel, der die Schlüssel zu Räumlichkeiten hat, die demnächst abgerissen werden, gleich neben der Industriestraße. Diese alte Fabrik, in der ab und zu Konzerte und politische Versammlungen stattfinden. Ich habe nicht verstanden, ob der Eigentümer informiert wurde oder nicht, aber das ist uns eigentlich egal, das wird schon ein ganz schönes Getümmel werden. Zweifellos müssen wir ein Organisationskomitee benennen, damit es nicht zu chaotisch wird. Es wäre ja blöd, unsere Kräfte zu vergeuden.«

Just in diesem Moment betraten fünf indische Touristen das Restaurant. Da sich die Kellnerin gerade in der Nähe der Tür befand, fragte sie sie, was sie wünschten, verstand aber aufgrund des Geräuschpegels nicht genau, was das indische Familienoberhaupt sagte.

»Speisekarte? Möchten Sie die Speisekarte sehen?«

Er wiederholte seine Bitte, aber statt einen ganzen Satz zu formulieren, beschränkte er sich darauf, immer wieder das gleiche und für die Kellnerin unverständliche Wort zu wiederholen. Die Wirtin Claudia war hinter der Theke hervorgekommen und kapierte schließlich, was er wollte.

»McDo? Sie kommen aus Indien und wollen zu McDonalds? Entdecken Sie doch lieber die lokale Küche. Was bringt es, tausende von Kilometern zu reisen, um dann zu McDonalds zu gehen? Ich fahre doch auch nicht nach Indien, um dort Fondue zu essen.«

»Aber wir haben keine Zeit, unser Reisebus fährt in zehn Minuten.«

»Also gut, da es sich ja um höhere Gewalt handelt!«, beendete Claudia das Gespräch, zog die Schultern hoch und verdrehte die Augen.

Sie begleitete die Inder zur Tür und wies ihnen dort den richtigen Weg.

In der Bar lachten alle. Claudia erzählte, dass man häufig fettleibige Familien sah, die nichts anderes als diesen Fraß wollten und nur »chicken, chicken« sagen konnten. Das Gelächter wurde noch lauter.

»Man könnte vielleicht auch eine Petition gegen den Massentourismus starten«, schlug Beatriz vor. »Schließlich soll Luzern ja nicht zu einem zweiten Venedig mutieren oder gar so werden wie die Balearen.«

»Angeblich haben wir im Verhältnis zur Bevölkerung sogar noch mehr Touristen als Venedig«, führte eine Frau aus dem Publikum den Gedanken weiter.

»Ja, das habe ich auch gehört«, erwiderte Beatriz.

»Wenn ich durch unsere Stadt schlendere, weißt du, woran ich dann denke?«, mischte sich Sébastien ein.

»Nein, nicht wirklich. An eine internationale Hauptstadt?«

»Sogar noch internationaler. Heute Morgen sah ich, wie zwischen dem Schwanenplatz und dem Nationalquai eine Menge Asiaten aus zwei Reisebussen ausstiegen und auf eine Gruppe Araber mit verschleierten Frauen stießen. Dazu kam eine deutsche Rentnergruppe mit Kopfhörern. Das Ganze erinnerte irgendwie an eine Szene aus *Krieg der Sterne*, in der sich verschiedene mehr oder weniger humanoide Wesen aus dem ganzen Universum in einer Bar treffen.«

»Du hast aber viel Fantasie«, machte sich Beatriz über ihn lustig. »Handelt es sich nicht eher um eine der bislang verkannten Folgen des Klimawandels: Die Migration der Touristen im Winter?«

Beatriz hatte so laut gesprochen, dass die meisten Leute, die um ihren Tisch standen, über ihre Bemerkung laut lachten. Ruth ergriff das Wort:

»Wir schweifen ab. Didier, es wäre toll, wenn du mit uns zu dieser Versammlung gehen könntest. Und am Sonntag wird dein Platz dann an der Spitze des Marsches sein, zusammen mit deiner Freundin Catherine und an der Seite der Familie von Steffi.«

»Dabei fühle ich mich nicht wohl. Hört auf zu glauben, ich sei ein ...«

»Ein Held? Aber natürlich, mein Held«, neckte ihn Beatriz. »Könntest du Catherine Bescheid sagen, damit sie auch an der Aktion teilnimmt?«

Dann erhob sie sich, um zu allen Umstehenden zu sprechen:

»Meine Freunde, jetzt beginnt die zweite Phase des Abends. Wir treffen uns alle in der Fabrik, um den Schweigemarsch am Sonntag zu organisieren.«

Nach und nach leerte sich die Bar. Didier steckte sich Kopfhörer in die Ohren, um aus einer ruhigen Ecke des Raumes heraus mit Catherine zu telefonieren. Ihr Mobiltelefon war ausgeschaltet, daher beschloss er, es später noch einmal zu versuchen.

Erneut wurde Luzern von einer Kältewelle heimgesucht. Sie alle liefen in kleinen Gruppen durch den Schnee zur Kantonalbank, um dort den Bus zu nehmen. Die Atmosphäre war vom Arbeitseifer geprägt. Zwei Leute zogen spontan Notizblöcke hervor, um die Ideen aufzuschreiben, die von allen Seiten geäußert wurden. Als Beatriz, die auf einem Klappsitz saß, die Gelegenheit nutzen wollte, um ihre Theorien zur Demokratie der Meinungsumfragen kundzutun, wurde sie von der Gruppe freundlich daran gehindert.

Didier wählte erneut Catherines Nummer. Da ihr Mobiltelefon immer noch ausgeschaltet und es noch nicht sonderlich spät war, probierte er es auf dem Festnetz. Julie, die Ältere, hob ab. Er konnte die Panik in ihrer Stimme hören, sich aber nicht mit ihr unterhalten, denn Julie verstand Didiers gebrochenes Deutsch nicht, und ihm verschlug es angesichts ihres Dialekts die Sprache. Julie und Alina hatten jedoch ihren Vater zu Hilfe gerufen und dieser übernahm das Gespräch. Er erklärte in einer Mischung aus Englisch und Französisch, dass seine Exfrau nicht nach Hause gekommen sei und sich ihre Töchter, nach allem was passiert sei, sofort Sorgen gemacht hätten. Unglücklicherweise konnte Didier ihn nicht beruhigen. Er erzählte, dass Catherine ihn in der Stadtmitte abgesetzt hatte und schon seit über einer Stunde zu Hause sein müsste. Angst überkam ihn. Er bat Catherines geschiedenen Mann, die Polizei zu informieren. Sie versprachen sich gegenseitig, sich auf dem Laufenden zu halten, sollte einer von ihnen etwas Neues erfahren.

Didier glitt an der Bustür, gegen die er sich gelehnt hatte, hinab. Er war blass und seine Augen wurden feucht. Beatriz setzte sich sofort neben ihn und bot ihm ein Taschentuch an:

»Was ist passiert?«

Didier trocknete sich das Gesicht und kam wieder zu sich.

»Catherine ist nicht zu Hause. Bevor sie mich in Luzern vor fast einer Stunde abgesetzt hat, meinte sie, dass sie sofort heimfahren würde. Sie reagiert weder auf meine noch auf die Anrufe ihrer beiden Töchter. Ich stehe mit deren Papa in Kontakt, der mir sofort Bescheid gibt, wenn er etwas Neues weiß. Ich habe Angst, dass ihr etwas zugestoßen ist.«

»Mein Gott. Hoffen wir, dass sie nur eine Freundin getroffen hat und die beiden irgendwo bei einem Glas Wein plaudern.«

»Statt zu warten, möchte ich lieber etwas tun. Ich kehre

jetzt sofort zum Pilatusplatz zurück und gehe von dort zu Fuß bis zu ihrer Wohnung. Vielleicht hat sie einfach ein technisches Problem, und die Batterie ihres Mobiltelefons ist leer«, meinte Didier, ohne wirklich daran zu glauben.

»Ich begleite dich. Komm schnell. Die nächste Haltestelle ist Bundesplatz, da steigen wir aus.«

»Liebe Freunde!«, wandte sich Beatriz an die kleine Gruppe, wobei es mehrere Ansätze brauchte, bis sie die Aufmerksamkeit aller hatte.

»Liebe Freunde, niemand kann Catherine Bucher erreichen, und seit einer Stunde geht sie nicht mehr ans Telefon. Zusammen mit Didier werde ich den Weg nachgehen, den sie genommen haben muss. Ihr fahrt wie geplant zur Fabrik und wir werden dort zu euch stoßen.«

Als sich die Bustüren öffneten, ertönte von hinten eine Stimme:

»Wir kommen mit euch. Je mehr wir sind, desto besser.«

Gemeinsam diskutierten sie, was wohl die erfolgversprechendste Strategie sei und einigten sich auf zwei Optionen. Entweder würden so viele von ihnen wie möglich den Schweigemarsch organisieren oder alles daransetzen, Catherine zu finden. Jedes Mal, wenn sich die Türen schließen wollten, drückte Beatriz auf den roten Knopf und strapazierte damit die Geduld des Busfahrers, der sie genervt bat, sich zügig zu entscheiden.

Beatriz und Didier stiegen in Gesellschaft von Ruth und Sébastien aus, während der Rest der Gruppe seinen Weg zur Fabrik fortsetzte. Im Schutz des Dachs des Kleintheaters fasste Beatriz die Situation zusammen:

»Wir sind jetzt etwa auf halber Strecke zwischen dem Ort, an dem Catherine Didier abgesetzt hat und dem Viertel, in dem sie wohnt. Ich schlage vor, dass wir uns in zwei Gruppen aufteilen.«

Ihre drei Komplizen erklärten sich einverstanden.

»Ihr zwei geht bis zur Bushaltestelle am Pilatusplatz«, sagte sie in Ruths und Sébastiens Richtung. »Dort hat sie dich doch rausgelassen, oder?«, erkundigte sie sich bei Didier, der dies bestätigte.

»Ihr müsst also nur die Winkelriedstraße kontrollieren …«

»Es sei denn, sie wäre einen Umweg gefahren«, unterbrach sie Didier.

»Ja, du hast recht, aber lass uns erst mal meiner Hypothese folgen, sonst kommen wir nicht weiter.«, sagte sie und wandte sich an Didier. »Uns bleiben zwei mögliche Straßen – entweder die Neustadtstraße, wo du wohnst, oder die Parallelstraße.«

»Ich nehme meine Straße und du die andere. Wir treffen uns vor dem alten Schwimmbad und gehen dann zusammen weiter ins Sternmatt-Viertel, in dem sie lebt. Was hältst du davon?

Sie nickte und alle machten sich auf die Suche nach Catherine.

Die eisigen Temperaturen zwangen Didier zur Eile, doch sein Gehirn befahl ihm, die Schritte zu verlangsamen und alles gründlich abzusuchen. Er ließ seinen Blick über die Straße und die Bürgersteige schweifen, in der Hoffnung, irgendein Indiz zu entdecken. Er ging unter der riesigen Betonkonstruktion hindurch, die seit einiger Zeit am Beginn der Neustadtstraße stand, und konnte nichts Ungewöhnliches feststellen, bis er rechts ein kleines Sträßchen entdeckte, das entlang der alten Eisenbahnschienen verlief. Dort an der Kreuzung bemerkte er Glassplitter, die schon beinah vollständig vom Schnee bedeckt waren. Er bog in einen Durchgang ein und stieß auf den Wagen seiner Freundin, der vor einem blauen Gebäude abgestellt war. Die Motorhaube war eingedrückt, die Fensterscheibe auf der Fahrerseite eingeschlagen. Didier besaß die Geistesgegenwart, in seinen eigenen Spuren ein paar Schritte zurückzugehen, um mehrere Fotos von den Reifenspuren und den Fußabdrücken zu machen, bevor diese für immer unter der weißen Schneedecke verschwinden würden. Danach rief er Beatriz an, die sich am anderen Ende der kleinen Gasse befand. Sie war sogleich zur Stelle und verständigte die Polizei. Anschließend gab sie ihren beiden Freunden Bescheid, die in die entgegengesetzte Richtung losgegangen waren. Die Ordnungskräfte benötigten keine fünf Minuten, um zu Stelle zu sein und die beiden Zugänge zu der kleinen Straße abzuriegeln. Der Polizist, der zwei Tage zuvor von Didier überwältigt worden war, parkte ein wenig schlingernd direkt vor seinen Kollegen, lief auf Didier zu und nahm ihn zur Seite.

»Schrecklich, was passiert ist. Ich bin direkt hierher geeilt, nachdem ich die Bestätigung hatte, dass es sich um das Fahrzeug von Catherine Bucher handelt. Haben Sie irgendetwas gesehen?«

»Nein, ich habe alles so vorgefunden, wie Sie es hier sehen.«

Didier kam der nächsten Frage zuvor:

»Sie hat mich vor knapp zwei Stunden vor der Kantonalbank abgesetzt. Als ich erfahren habe, dass sie immer noch nicht zu Hause angekommen ist, haben wir beschlossen, sie zu suchen.«

»Wir? Von wem sprechen Sie?«

»Von Dona Quichotte, die Sie doch sicherlich kennen.«

Didier machte eine Kopfbewegung in Beatriz' Richtung, worauf der Polizist ihre Anwesenheit überhaupt erst bemerkte und sie anlächelte.

»Zwei weitere Freunde stoßen gleich noch zu uns«, ergänzte Didier.

Der Polizist schien in Gedanken versunken:

»Dieses Mal ist dem Schwein vermutlich seine üble Tat gelungen. Wenn man doch nur auf mich gehört hätte, aber nein.«

Angesichts Didiers fragendem Blick erklärte er:

»Ich habe vor ihrer Haustür gewartet, da ›man‹ es nicht für nötig erachtet hat, sie auf den Fahrten zwischen Arbeitsplatz und Wohnung zu bewachen. Das Risiko für diese Wegstrecken wurde als unbedeutend eingestuft.«

Als er bemerkte, welchen Schnitzer er begangen hatte, korrigierte er sich sofort:

»Es wäre zweifellos besser, wenn Sie diese Bemerkung für sich behalten würden. Ich bin sauer und habe das Gefühl, dass ich wieder eins drauf kriegen werde.«

»Wofür denn?«, fragte Didier.

»Jemand muss ja zur Verantwortung gezogen werden …«

»Keine Sorge. Es wird sicherlich eine interne Ermittlung geben, um herauszufinden, wer gegen die Regeln verstoßen hat. Momentan gilt meine Sorge dem Verschwinden Catherines.«

»Sie haben recht. Wie blöd von mir, mich zu bemitleiden, während jemand in Gefahr schwebt. Rühren Sie sich nicht von der Stelle, ich werde meine Kollegen über die Situation informieren.«

Die Spuren ließen darauf schließen, dass die Entführung bereits so lange zurücklag, dass der Täter die Möglichkeit gehabt hatte, Luzern zu verlassen. Die Polizisten baten um sofortige Verstärkung, um die Umgebung absuchen zu können. Ruth und Sébastien trafen zusammen mit Kriminalkommissar Armin Oetterli ein, der die Suche nach dem Serienkidnapper leitete. Dieser entschied, die Zeugenaussagen sofort aufzunehmen und nahm die vier Freunde mit auf seine Dienststelle. Außerdem bat er zwei Kollegen, die Bilder der Überwachungskameras in der Stadt unverzüglich auszuwerten.

Didiers Befragung dauerte wesentlich länger als die seiner Freunde, die das Kommissariat recht schnell wieder verlassen konnten. Ganz offensichtlich hatte Kriminalkommissar Oetterli von Didier die Nase voll und gab ihm deutlich zu verstehen, dass er, hätte er sich am Reussufer nicht so heldenhaft verhalten, längst vorsorglich in Polizeigewahrsam genommen worden wäre.

Nach dieser Verwarnung verließ Didier völlig erschöpft und niedergeschlagen den Polizeiposten. Kurz überlegte er, ob er überhaupt zu der Gruppe dazustoßen sollte, die den Schweigemarsch vorbereitete, und hielt dies dann trotz der zahlreichen Alarmsignale seines Körpers für wichtiger, als sich etwas Ruhe zu gönnen.

Didier stieß die Tür der Fabrik auf, in der ein fröhliches Stimmengewirr herrschte und das, obwohl ein Schweizer Klischee Glauben machen wollte, dass man immer hübsch nacheinander redet. Die angestaute Müdigkeit überkam ihn wie ein Schlag, sodass er sich an einen Tisch neben den Eingang setzte. Beatriz eilte sofort auf ihn zu.

»Alles gut, Didier? Du bist ja ganz blass. Du musst dich unbedingt ausruhen, aber vorher besorge ich dir einen Muntermacher.«

Während sie in verschiedenen Einkaufstüten wühlte, entspannte sich Didier. Er beobachtete Ruth und Sébastien, die sich bemühten, die allgemeine Debatte nicht ausufern zu lassen. Beatriz kehrte mit zwei Flaschen Tonic Water in der

Hand zurück und hielt die ihre hoch:

»Tchin, tchin! Wie man bei uns sagt.«

»Zum Wohl! Wie man hier sagt und danke!«

Nach einem kräftigen Schluck fragte ihn Beatriz:

»Was wollte denn Oetterli von dir? Er hat dir doch hoffentlich keinen Ärger gemacht? Wenn er will, kann er ganz schön ätzend sein.«

»Er wollte noch ein paar zusätzliche Informationen. Außerdem hat er mich gewarnt, mich nicht mehr weiter in diese Ermittlung einzumischen, aber das ist mir scheißegal. Catherine ist verschwunden und ich werde sicherlich nicht nur rumsitzen und Däumchen drehen.«

»Richtig so!«, sagte Beatriz verschmitzt. »Er ist kein einfacher Mensch. Er übt auf jeden Druck aus, und mein Polizistenfreund muss das ausbaden. Übrigens kennst du ihn ja, das war Bruno, mit dem du heute Abend geredet hast. Gestern habe ich erfahren, dass er es war, den du in der Altstadt zu Boden geworfen und überwältigt hast. Du hast Glück, dass du auf ihn getroffen bist, denn die sind hier längst nicht alle so cool bei der Polizei. Vor seinen Kollegen tue ich immer so, als ob ich ihn nicht kenne, um ihm nicht noch mehr Unannehmlichkeiten zu bereiten.«

»Wieso?«

»Ich glaube nicht, dass es seiner Karriere zuträglich wäre, wenn seine Vorgesetzten erführen, dass wir uns regelmäßig sehen.«

»Ach so.«

»Didier, du musst dich unbedingt auf den Heimweg machen. Du siehst mitleidserregend aus. Wir brauchen dich in Bestform, ein Zombie nützt uns herzlich wenig.«

Als ihr Freund protestieren wollte, fügte Beatriz hinzu:

»Keine Sorge, ich bringe dich morgen auf den neusten Stand.«

Auf der Rückbank des Taxis, das ihn nach Hause fuhr, versuchte sich Didier genau an die letzten Momente zu erinnern, die er mit Catherine verbracht hatte. Ihm fiel wieder ihre besorgte Bemerkung ein, wonach sie sich in Gegenwart ihres Chefs zusehends unwohler fühlen würde. Immer noch unter Schock verspürte Didier das dringende Bedürfnis, mit jemandem zu sprechen. Natürlich dachte er dabei sofort an die Person, mit der er sein Leben teilte.

Sonya war völlig verdattert, als sie auf ihrem Telefon seine Nachricht las: Catherine ist verschwunden, wir haben ihr Auto mit eingeschlagener Scheibe gefunden. Kann ich dich noch anrufen? Küsschen.

Auch wenn Sonya sie nicht kannte, bedauerte sie diese Frau. Während sie kurz darüber nachdachte, übermannte sie große Sorge, denn sie wusste, dass ihr Liebster absoluter Weltmeister darin war, sich in komplizierte Situationen zu verstricken.

Sonya kam ihrem Freund mit dem Anruf zuvor. Didier war auf der Rückbank des Taxis zusammengesunken und begann das Gespräch. Sie tauschten einige Zärtlichkeiten aus, bevor Didier die Unterhaltung in eine andere Richtung lenkte:

»Ich weiß nicht, ob es eine direkte Verbindung zu der Entführung gibt, aber als wir uns getrennt haben, schien Catherine besorgt zu sein. Sie hatte mir von Walters merkwürdigen Verhalten erzählt. Morgen wollte sie mir mehr sagen, aber was? Wir müssen uns beeilen, bevor der Kidnapper ihr etwas antun kann. Nach allem, was ich heute über ihren Chef erfahren habe, müssen wir seine Mails lesen, um sicherzustellen, dass er nicht irgendetwas mit dem Ganzen zu tun hat.«

»Du hältst das wirklich für möglich? Wenn ich dich richtig verstehe, möchtest du, dass ich Thomas bitte, das Computersystem zu hacken?«

Während sie das aussprach, erinnerte sich Sonya daran, wie sie vor fast einem Jahr, alle Hebel in Bewegung gesetzt hatte, um eine Spur von Didier zu finden. Sie hatte sehr viel Energie dafür aufgewendet, weil sie seinem Charme erlegen war. Sie konnte nicht umhin, sich in ihn hineinzuversetzen und wurde plötzlich von einem leichten Zweifel überkommen, was die Beziehung von Catherine und ihm betraf.

»Ja, bitte. Das ist wichtig.«

»Ich werde Thomas kontaktieren, aber versprich mir, gut auf dich aufzupassen. Dieser Typ, der in den Medien der Serienkidnapper von Luzern genannt wird, ist sicherlich ein Irrer, und ich habe Angst, dass dir etwas passiert, wenn du seine Pläne durchkreuzt.«

»Momentan hat noch niemand eine Spur.«

»Er weiß vermutlich, wer du bist. Er hat bestimmt in den Zeitungen von deiner Heldentat am Reussufer gelesen. Vergiss nicht, dass du beim zweiten Versuch im Parkhaus auch dabei warst. Bitte sei vorsichtig.«

Dann vergaßen sie das Ganze für einen Moment und konzentrierten sich aufeinander. Sonya erzählte, dass sie glücklich sei, Zeit mit ihrer Familie und Freunden in Deutschland verbringen zu können, aber sie auch so schnell wie möglich zu Didier in die Schweiz zurückkehren wolle. Didier senkte die Stimme und erklärte ihr, dass er sich in einem Taxi befände und dieses Gespräch gerne von zu Hause aus fortführen würde, wenn er es sich auf dem Sofa bequem gemacht hatte. Bevor er das Telefonat beendete, versprach er, sie in einer halben Stunde zurückzurufen.

Als Didier am nächsten Morgen aufwachte, entdeckte er in seinen Mails ein von Thomas vorbereitetes Tutorial. In diesem erklärte Sonyas Freund, dass es am einfachsten wäre, die

Malware mit einem USB-Stick in das globale Betriebssystem von Swiss Quality Extracts hochzuladen, sodass diese weder durch eine Firewall noch durch ein Virenschutzprogramm blockiert würde.

7. – Weitergehende Ermittlungen

Um halb zehn lief Didier auf dem Firmenparkplatz Walter über den Weg, und sein Chef zeigte sich stinksauer über diese Verspätung und forderte auf der Stelle eine entsprechende Erklärung. Seine Wut, einen Franzosen eingestellt zu haben, der von Hause aus nicht pünktlich sein konnte, verflog auf der Stelle, als er von Catherines Verschwinden erfuhr. Didier erzählte ihm mit wenigen Worten, was er wusste, ohne dabei gewisse Details wie die Abschiedsfeier von Tobias zu erwähnen. Danach wollte Didier niemanden mehr treffen und ging direkt über einen äußeren Zugang zu seinem Arbeitsplatz.

Als er Priska von den tragischen Vorkommnissen des Vortags berichtete, schlug sie vor, mit ihm in die Cafeteria zu gehen, um dort gemeinsam den Kollegen die schlimme Nachricht zu überbringen. Sie unterstützte ihn bei dieser schwierigen Aufgabe als Dolmetscherin und achtete darauf, ihn so selten wie möglich zu unterbrechen. Die anderen Mitarbeiter teilten Didiers Emotionen. Nachdem er alles erzählt hatte, herrschte Schweigen in der Cafeteria. Ein Kollege aus der Produktion legte ihm die Hand auf die Schulter, und Priska flüsterte ihm ein paar tröstende Worte ins Ohr.

Zurück im Warenlager machten sich Priska und Didier unverzüglich an die Arbeit. Als sie gerade die erste Lieferung abgearbeitet hatten, bat Patrick, Priska in die Produktion zu kommen und dort an der Lösung eines technischen Problems mitzuarbeiten. Didier nutzte ihre Abwesenheit, um die von Thomas vorbereitete Software hochzuladen und seiner Lebensgefährtin sofort eine Nachricht zu senden.

Sonya las die Mail erst, als sie um 11 Uhr aufgestanden war. Sie ging kurz unter die Dusche, zog sich warm an und trank in der Küche einen Kaffee.

»Monatelang sehe ich dich nicht und wenn du uns besuchen kommst, bis du nie zu Hause. Wo gehst du denn dieses Mal hin?«, beschwerte sich ihre Mutter.

Sonya erklärte ihr in ein paar Sätzen die Lage in Luzern.

»Wir brauchen Thomas' Kompetenzen als Informatiker. Ich flitze schnell bei ihm vorbei, bevor er aufwacht und in die Stadt fährt.«

»Alles dreht sich um Thomas. Und was ist mit deinem Partner? Wer verbirgt sich denn überhaupt hinter dem ›wir‹?«, fragte ihre Mutter.

»Aber es geht ja um Didier. Eine seiner Freundinnen ist verschwunden. Ich weiß, dass du Thomas nicht magst und seine Lebensweise nicht nachvollziehen kannst, aber er wird uns eine große Hilfe sein.«

»Wenn du es sagst«, erwiderte sie grummelnd.

Sonya umarmte ihre Mutter und rief ihr im Weggehen zu, dass sie zum Abendessen wieder zu Hause sei.

Thomas war ein Sandkastenfreund. Er wohnte immer noch dort, wo sie aufgewachsen waren, auch wenn sich ihre anderen Freunde in alle Winde verteilt hatten. Sonya ging an der Bäckerei vorbei, um ihn beim Aufstehen mit Schokocroissants zu überraschen.

Während sie zwei Tassen Kaffee zubereitete, räumte Thomas die Papierberge auf seinem Schreibtisch zusammen, schob einen zweiten Stuhl vor den Computer und lud sie ein, sich zu setzen.

»Perfekt! Didier hat mein Programm installiert. Jetzt müssen wir nur noch durch das Netz von Swiss Quality Extracts schlendern. Folge mir!«, erklärte er stolz. »Siehst du das da auf dem linken Bildschirm? Das ist das zentrale Betriebswirtschaftsprogramm. Dort könnten wir Lohnabrechnungen und viele andere spannende Informationen runterladen, aber das interessiert uns ja gar nicht.«

»Zumindest nicht im Moment, aber ich würde mir diese Option gerne für später offenhalten. Wie kommen wir in Walters E-Mail-Account?«

»Das geht sicher über das SAP-HR-System, aber mit der Software kenne ich mich nicht aus. Weißt du, ob Didier in der Firma schon einen eigenen E-Mail-Account hat?«

»Keine Ahnung, aber ich frage ihn sofort.«

Während Sonya ihrem Verlobten eine Nachricht schrieb, lud Thomas die Listen mit den Kundendaten und die mit den größten Umsätzen herunter. Er verfolgte noch keinen genauen Plan, dachte sich aber, dass dies nützlich sein könnte.

Didier war online. Seine Antwort ließ nicht auf sich warten. »Nein, habe ich nicht, aber der Computer meiner Kollegin ist in Betrieb. Ich kann auf ihren Account zugreifen, wenn du willst.«

»Sehr gut«, antwortete Thomas auf Französisch. Frag sie nach ihrer E-Mail-Adresse. Ich werde ihr eine Datei schicken, die man nur öffnen muss. Danach kann man sie wieder löschen.«

Fünf Minuten später hatten Thomas und Sonya Zugriff auf Priskas Mails. Mit ein paar Klicks konnten sie auch Walters Mail-Postfach öffnen. Sofort entdeckten sie eine Mail, die Catherine ihm am Vorabend geschrieben hatte.

Lieber Walter,
gerade habe ich etwas entdeckt, das sich als problematisch für unser Unternehmen herausstellen könnte: Die Extrakte, die wir nach Indien geliefert haben, befinden sich jetzt in Lausanne und entsprechen überhaupt nicht mehr den ursprünglichen Extrakten. Sie wurden komplett gepanscht. Wenn du willst, sprechen wir morgen darüber.
Grüße,
Catherine

Der Text stachelte Thomas' Neugier weiter an, und er beschloss den gesamten E-Mail-Verkehr aller dazugehörigen Postfächer runterzuladen.

»Wir sprechen nur noch über Walter, ich wüsste gerne, wie dieser Typ aussieht.«

»Kein Problem«, meinte Sonya. »Der ist doch bestimmt bei Facebook.«

Sie gaben »Walter Murer« ins soziale Netz ein und entdeckten einen Familienvater mit fröhlichem Gesichtsausdruck, der so gar nicht der von Didier beschriebenen Person entsprach. Danach suchten sie nach Profilen der Angestellten, deren Namen sie kannten und fanden auch das Facebookprofil von Andrea. Sie stöberten weiter und entdeckten einen Mann, einen gewissen Walter, mit dem sie regelmäßig korrespondierte. Der Inhalt der Textnachrichten ließ nicht die geringsten Zweifel aufkommen, dass es sich um Walter Murer handelte, auch wenn sich dieser unter falschem Familiennamen angemeldet hatte. Sonya und Thomas hegten gegen ihn sofort solche Vorurteile, dass sie ihn ziemlich abstoßend fanden.

»Es wäre interessant, noch ein bisschen mehr über ihn herauszufinden«, meinte Sonya abschließend.

»Warum nicht?«

Sie gingen sein Profil durch. Leider waren nur wenige Posts

für die Öffentlichkeit zugänglich.

»Schau mal!«, schlug sie Alarm. »Er ist online. Wie viele Manager kennst du, die während der Arbeitszeit auf Facebook unterwegs sind?«

»Keine Ahnung, ich kenne keinen. Aber das bringt mich auf eine Idee. Ist dir aufgefallen, dass ein gutes Drittel seiner fünfzig virtuellen Freunde junge asiatische Frauen sind? Eine Information, die uns sehr nützlich sein wird.«

Keine fünf Sekunden später hatte Thomas das Bild einer blutjungen Thailänderin runtergeladen, das er im Netz gefunden hatte. Er legte für sie ein falsches Profil an, das er noch in Reserve hatte und stellte Walter eine Freundschaftsanfrage. Dieser antwortete sofort. Thomas überflog die bisherigen Posts von Walter, fand sie jedoch äußerst uninteressant. Dennoch wollte er verstehen, wie weit dieser Mann wirklich gehen würde, um eine sehr junge und hübsche Asiatin kennenzulernen und machte weiter.

Sonya wiederum wurde von einem gewissen Gefühl der Eifersucht getrieben. Sie vertraute Didier, wollte aber mehr über diese Catherine erfahren. Bislang hatte sie sie nur auf einem sehr unvorteilhaften Foto in der Luzerner Zeitung gesehen und war daher neugierig, wie sie wirklich aussah. Auf der Webseite von Swiss Quality Extracts entdeckte sie mehrere Aufnahmen der hübschen Frau mit dem langen braunen Haar. Sie hatte einen flachen Po und ihre kleinen Brüste wölbten sich kaum unter ihrer Kleidung. Sie meinte Catherine auf Thomas' Computer gesehen zu haben, bevor sie in die Küche gegangen war. Sonya ging zu ihrem Freund zurück, der inzwischen dabei war, sich mit Walter anlässlich eines in vier Wochen stattfindenden, internationalen Kongresses der Kosmetikbranche in Bangkok zu einem Date zu verabreden.

»Du verschwendest keine Zeit. Offensichtlich hast du ja

schon eine Verabredung mit diesem perversen Miststück. Was hast du dir denn dafür aus den Fingern gesaugt?«

»Nur, dass ich eine Freundin von Eva sei und mich freuen würde, wenn er mich auf seiner nächsten Thailandreise zum Essen einlädt.«

»Wer ist denn diese Eva?«

»Keine Ahnung, ich habe den Namen willkürlich ausgewählt.«

»Raffiniert, Thomas. Immerhin nimmt das Ganze jetzt Gestalt an. Ich für meinen Teil habe ein paar Informationen zu Catherine zusammengetragen. Es ist komisch, aber ich meine, ich hätte sie eben auf deinem Computer gesehen«, sagte sie und zeigte dabei auf den Bildschirm. »Kannst du nochmal Walters Freunde aufrufen?«

»Wenn du willst. Ich glaube aber, du täuschst dich. Ihr Name wäre uns doch sofort ins Auge gesprungen.«

»Es sei denn, auch sie hätte ein Pseudonym oder würde den Mädchennamen benutzen.«

Thomas öffnete nacheinander die Fotos der Freunde und hielt überrascht bei einem Porträt von Sandra Murer inne.

»Du hast recht, hier ist sie. Nein, einen Moment ... nein, das ist nicht Catherine, aber die beiden sehen sich verdammt ähnlich.«

Er las einige Nachrichten und rief:

»Das ist die Ex-Frau von Walter. Wie konnte sie nur so einen Typen heiraten? Sie wirkt so strahlend und er ist einfach zum Kotzen. Besser, wir versuchen das gar nicht zu verstehen. Du hast mir gar nicht gesagt, dass es noch eine andere Entführung gab.«

»Doch, sie heißt Stefanie, an den Familiennamen erinnere ich mich nicht mehr genau. Irgendwas mit »man«. Aber weder Baumann noch Geissmann ... jetzt fällt es mir wieder ein, sie heißt Gassmann. Es wäre interessant, ein Foto von ihr zu finden.«

»Nichts einfacher als das! Schau mal in den Schweizer Online-Zeitungen nach.«

Die Suchmaschine spuckte sofort mehrere Porträtaufnahmen von ihr aus. Sonya und Thomas waren sprachlos: Trotz der Altersunterschiede besaßen Sandra, Catherine und Stefanie alle ein sehr ähnliches jugendliches Erscheinungsbild.

»Ist dir klar, was wir gerade entdeckt haben!«, rief Sonya aus. »Glaubst du an Zufälle? Ich nicht! Von diesen drei Frauen, die sich frappierend ähneln, war eine mit Walter verheiratet und die anderen beiden sind verschwunden. Es ist schon unheimlich, dass Catherine für Walter gearbeitet hat und es vielleicht im Falle von Stefanie eine Verbindung gibt, die wir noch nicht kennen. Ich werde Didier sagen, dass er diskrete Nachforschungen im Umfeld seines neuen Chefs anstellen soll.«

»Vergiss nicht diese Geschichte mit den Pflanzenextrakten auf dem indischen Markt. Ich glaube, dass beides irgendwie zusammenhängt.«

Sonya tauschte ein paar Sätze mit Didier über WhatsApp aus. Er beendete die Unterhaltung jäh, als Priska gereizt ins Warenlager zurückkam.

»Manchmal habe ich den Eindruck, dass ich in diesem Laden als Mädchen für alles herhalten muss. Es wäre schön, wenn meine Kollegen etwas eigenständiger würden. Es nervt mich, dass man sich bemüht, die Firma am Laufen zu halten, und ich auf meinen Urlaub verzichte, während Christian für zwei Monate nach Mikronesien reist. Angeblich konnte er die Reise nicht mehr stornieren, weil …«

»Entschuldige«, unterbrach Didier sie. »Wohin will er reisen?«

»Mikronesien, ich weiß nicht mal, wo das liegt. Angeblich gibt es dort hammermäßige Tauchplätze. Er hat gerade noch gebucht, bevor Walter die Urlaubsanträge auf Eis gelegt hat. Aber warum bist du so überrascht? Kennst du die Gegend?«

Wenn Didier eins wollte, dann diesen verfluchten Ort vergessen. Seine wiederkehrenden Albträume reichten ihm völlig. Nur eine Handvoll Leute kannten sein Geheimnis, und das sollte auch so bleiben. Er machte einen Rückzieher:

»Ich habe vor kurzem eine Reportage gesehen. Es muss sehr schön dort sein. Aber wo wir schon vom anderen Ende der Welt sprechen, arbeitet das Unternehmen eigentlich auch für exotischere Länder als Deutschland, Frankreich und die Schweiz?«, erkundigte sich Didier mit unschuldiger Miene.

»Nicht oft und wenn es so läuft, wie beim letzten Mal, verzichte ich lieber auf die Exotik. Vor ein paar Monaten hat uns ein indisches Unternehmen mit Firmensitz in Mumbai um Warenproben gebeten. Es interessierte sich für unsere kalten Mazerationen, die einen Gegenpol zu den weit verbreiteten Extraktionen unter Zuhilfenahme hoher Temperaturen darstellen. Wir verwenden dafür eine handwerkliche Verfahrenstechnik ohne Hitzezufuhr und können so auch die flüchtigsten Bestandteile erhalten. Zumindest nach Walters Worten. In Wahrheit erhitzen wir die Stoffgemische auf vierzig Grad, damit das Prozedere nicht drei bis vier Tage dauert, sondern nur achtundvierzig Stunden, wie es derzeit der Fall ist. Dennoch sind unsere Extrakte qualitativ hochwertig und das ist auch bekannt. Wir haben die Pflanzen von dieser indischen Firma geliefert bekommen und wenn ich mich recht entsinne, waren es dreihundertfünfzig. Walter und das Unternehmen einigten sich darauf, dass wir sie extrahieren, um unsere Fähigkeiten unter Beweis zu stellen. Da mir dieser Auftrag nicht geheuer erschien, habe ich unsere Verantwortliche für Forschung und Entwicklung gewarnt, dass es sicherlich keine gute Idee sei, wie sonst üblich, Gratisproben in Einlitergebinden zu verschicken. Walter und sie waren sich jedoch einig, dass es eine einmalige Gelegenheit sei, die man sich nicht entgehen lassen dürfe. Was für eine Idiotie! Ich habe mich zwei Monate ausschließlich damit abgerackert. Und soweit ich weiß, ist daraus nie ein Geschäft entstanden. Manchmal habe ich echt das Gefühl, hier für Amateure zu arbeiten. Aber sag mal Didier, macht es dir etwas aus, wenn ich dir eine persönliche Frage stelle?«

»Ich bitte dich, mal sehen, ob ich sie beantworten kann.«

»Ich bin immer noch über Catherines Verschwinden geschockt und da du ihr viel näher stehst, muss es doch für dich noch viel härter sein, oder? Falls du heute Nachmittag früher nach Hause willst, bleibt das unter uns.«

»Es ist wirklich hart, aber um Catherines Willen darf ich mich nicht unterkriegen lassen. Zweimal war ich zur richtigen Zeit am richtigen Ort. Ich war wie ihr Schutzengel, bis … Danke für dein Angebot, das ich gerne annehme. Seit mein Weg den des Kriminellen gekreuzt hat, stellen wir mit ein paar Freunden gründliche Nachforschungen an und ermitteln auf eigene Faust. Leider geht meine ganze Energie dabei drauf, und meine Batterien sind leer. Hinzu kommt, dass ich in meinen kurzen Nächten von Albträumen heimgesucht werde.«

»Du solltest wirklich deine Gesundheit im Auge haben. Du gehst einfach, wann es dir passt und falls Walter dich sucht, lasse ich mir eine Ausrede für deine Abwesenheit einfallen.«

»Danke, Priska. Das ist sehr lieb von dir.«

Der Klingelton des Telefons unterbrach ihr Gespräch. Wieder einmal musste Priska einem Fahrer ihres Hauptlieferanten die schnellste Anfahrt ab der Autobahn erklären.

»Kann der nicht einfach sein Navi einschalten?« schimpfte sie, nachdem sie aufgelegt hatte. »Um auf unsere Diskussion zurückzukommen, ich frage mich trotzdem, wie es möglich sein kann, dass solche Entführungen hier in der Zentralschweiz passieren.«

»Ich glaube, dass es überall Irre gibt, und wenn ihr bis jetzt davon verschont wurdet, dann nur, weil es eine Frage der Demographie ist. Dass man mehr über solche Fälle in den USA hört als in der Schweiz, liegt das vermutlich an der jeweiligen Größe des Landes. Ist die Bevölkerungsdichte dreißig bis vierzigmal höher, sind die Chancen auf einen Wahnsinnigen zu treffen mathematisch gesehen eben auch entsprechend höher.«

»Aber bei uns ist es anders ...«

»Meinst du wirklich? Ich bin noch nicht lange hier und habe schon von dem Attentat im Parlamentsgebäude von Zug gehört. Außerdem kenne ich den Film *Ein Jude als Exempel*, der von einem Viehhändler erzählt, der während des Zweiten Weltkrieges bestialisch ermordet und zerstückelt wurde und zwar gar nicht weit von hier in Payerne.«

»Da zitierst du aber extrem seltene Fälle und eine Tat, die vor siebzig Jahren geschehen ist.«

»Es sind die Fälle, die ich kenne und ich bin überzeugt, dass es noch viel mehr gibt.«

»Und in Frankreich ist natürlich alles besser! Tatsächlich habe ich auch schon von schrecklichen Geschichten gehört, die sich in deinem Land zugetragen haben«, regte sich Priska auf.

»Ich behaupte doch nicht, dass die Franzosen weniger irre sind als die Schweizer, aber ab und zu habe ich das Gefühl, ihr lebt in der Schweiz auf einem anderen Stern.«

Didier musste daran denken, dass er in etwa die gleiche hitzige Debatte schon mit seiner Freundin Beatriz geführt hatte und sagte sich, dass er in Zukunft in dieser Richtung etwas vorsichtiger sein musste. Er versuchte, Priska zu beschwichtigen:

»Lass uns lieber auf Catherine zurückkommen. Ich hoffe, die Polizei findet schnell eine Spur von ihr. Mit etwas Glück hat vielleicht jemand ein verdächtiges Verhalten bemerkt. Aber sag mal, du arbeitest doch schon so lange hier, glaubst du, dass Walter eine Versammlung oder ein Essen organisieren wird, um sein Team angesichts dieser Tragödie zusammenzuschweißen?«

»Schon möglich. Er besitzt ein Chalet am Pilatus. Bevor ihn seine Frau verlassen hat, hat er uns dort ein-, zweimal pro Jahr eingeladen, um uns für unser Engagement für die Firma zu danken. Danach gab es allerdings nie wieder eine Einladung. Wir haben zusammen gegrillt, das war wirklich nett. Sein Garten ist riesig und das Haus total abgelegen. Ein idealer Ort für große Partys. Wir haben dort unvergessliche Momente erlebt. Ich finde allerdings, dass Walter sich verändert hat. Ich weiß nicht, was los ist. Vielleicht ist er einfach nur schlecht drauf. Warte. Ich sollte auf der Festplatte noch ein paar Fotos haben.«

Priska zeigte die im Sommer und Winter aufgenommenen Bilder in Form einer Diashow. Die Atmosphäre wirkte entspannt, alle lachten. Sie selbst mussten lächeln, als sie einige männliche Kollegen mit nacktem Oberkörper entdeckten, die gerade das Feuer vorbereiteten oder einfach damit beschäftigt waren, ein paar Bierdosen zu leeren. Eine Handvoll Fotos zeigte die Mitarbeiter beim Fondue dicht gedrängt um einen Tisch sitzen. Didier entdeckte eine große Familie, die nicht mehr zu existieren schien. Eine Aufnahme beschäftigte ihn: Das ganze Team hatte sich darauf im Sommer vor dem Chalet versammelt. Er kannte den Ort, da er schon ein paar Mal daran vorbei gewandert war, allerdings konnte er sich nicht mehr an die genaue Lage erinnern. Didier gab vor, sich für dieses Bild als Erinnerung besonders zu interessieren, worauf Priska es ihm sofort zumailte

»Das ist ja komisch, ich habe das Gefühl, das Chalet zu kennen. Befindet es sich nicht oberhalb von Kriens?«

»Ja genau. Man kann dort mit dem Auto hinfahren oder mit der Seilbahn, wenn man an der ersten Station Krienseregg aussteigt. Wenn ich es richtig verstanden habe, will Walter dort künftig wohnen, obwohl er eine tolle Villa nah bei Luzern besitzt. Vermutlich braucht er etwas Einsamkeit, aber ich hoffe, dass er dort nicht verschimmelt und bald wieder mehr unter Leute geht.«

Ein schriller Klingelton erklang.

»Oh, wir müssen einen LKW entladen. Also los, an die Arbeit.«

Der Vormittag hatte so ruhig angefangen, aber der Rest des Tages brachte Didier an den Rand der Erschöpfung. Nach siebzig Fässern hörte er auf zu nachzurechnen, wie viele Waren er schon von A nach B geräumt hatte. Zum ersten Mal in seinem Leben zählte er die Stunden bis zu seinem mit Priska vereinbarten Arbeitsende um 14 Uhr. Zum seit Wochenbeginn angesammelten Schlafdefizit kamen jetzt auch noch die Sorgen und die Arbeitsbelastung hinzu. In einer freien Sekunde telefonierte er mit Sonya, um die neusten Informationen ihrer Nachforschungen auszutauschen. Auch wenn sie dafür keine Beweise hatten, waren sie beide und Thomas davon überzeugt, dass Walter irgendwie in diese Affäre verstrickt war.

Anschließend beeilte sich Didier, nach Hause zu fahren, um sich warm anzuziehen und sich auf zum Pilatus zu machen. Die Dunkelheit war bereits hereingebrochen und die Seilbahn hatte längst den Betrieb eingestellt. Nachdem er eine halbe Stunde gewandert war, wurde er sich der Absurdität seines Unterfangens bewusst. Er kannte nur die ungefähre Lage des Chalets und seine Lampe würde ihm bei der Suche keine große Hilfe sein. Er kehrte um, bevor der Schnee ihm bis zu den Waden reichte.

8. – Ein hübsches kleines Chalet

Die alte japanische Uhr, die Didier seit mehr als zehn Jahren überall mit hin folgte, klingelte leise kurz vor Sonnenaufgang. Die Batterien würden bald ihren Geist aufgeben, und das schwache Geräusch reichte nicht aus, um ihn aus seinem tiefen Schlaf zu reißen. Erst seinem Smartphone, dessen Wecker er vorsichtshalber mit zehn Minuten Verzögerung programmiert hatte, gelang es, ihn zu wecken.

Seine Wandersachen hatte Didier bereits am Vorabend bereitgestellt. Im Handumdrehen war Sonyas Auto bepackt. Zu dieser frühen Stunde waren die Straßen menschenleer. Die Schwierigkeiten begannen am Fuß des Pilatus, wo ihn die vereiste Schneedecke am Weiterfahren hinderte. Didier parkte das Fahrzeug an einer im Winter kaum benutzten Nebenstraße.

Er schaute auf die Uhr. Die Sonne würde erst in einer Stunde aufgehen. Er hoffte, den größten Teil der Strecke in der Dunkelheit zurücklegen zu können, daher schaltete er seine Kopflampe ein und ging zügigen Schrittes auf den Wald zu. Die Bise blies frisch. Ihm war kalt. Er beschleunigte seine Schritte und befand sich plötzlich auf einer Hochebene.

Die gelben, auf die Baumrinden gemalten Rauten, die die Wanderwege markierten, waren vermutlich unter dem Schnee verschwunden. Didier versuchte sich zu erinnern, dass der Weg über den Kamm der Ebene verlief. Er ging am Waldrand entlang und suchte nach Fußspuren, denn er wusste, dass er sich in der Nähe eines häufig benutzten Pfades befand. Die

Schneedecke war bereits ein paar Tage alt, doch er war sich sicher, den Weg wiederzufinden, auch wenn ihn seitdem nur wenige Wanderer genommen hatten. Er schaltete die Lampe aus und versuchte vergeblich, im vorherrschenden Dämmerlicht die richtige Strecke zu finden. Erst zehn Minuten später setzte er seine Wanderung fort. Schon bei den ersten Schritten versank er knietief im Schnee. Didier ging ein paar Meter zurück und zog sich die Gamaschen und die Schneeschuhe an, die er in seiner Bergausrüstung mit sich trug. Beschwingt ging er erneut los. Mit jedem Schritt stieg sein Adrenalinspiegel. Seine Müdigkeit war wie weggeblasen, als im Schein der aufgehenden Sonne das erste Vogelgezwitscher einsetzte.

Nach einer Stunde hatte Didier erst einen Teil der Wegstrecke hinter sich gebracht. Mit großen Schritten durchquerte er einen Wald und eilte an dessen Rand weiter, bis er eine Bank fand. Inzwischen hatte er seine Orientierungspunkte wiedergefunden. Zur Linken begann ein Wanderweg und vor ihm lag eine gefährliche Abkürzung, die er aufgrund der Schneemassen nicht nehmen konnte. Er wischte den Schnee von der Bank, stellte seinen Rucksack darauf ab und holte eine mit Kaffee gefüllte Thermoskanne heraus. Danach zog er die Schneeschuhe wieder aus und wartete bis 7.30 Uhr, um das letzte Stück der Strecke in Angriff zu nehmen. Wenn die Lage von Walters Chalet mit der übereinstimmte, die er im Kopf hatte, dann würde er es jetzt bei Tagesanbruch in etwa 200 Metern in einer Senke erblicken. Didier folgte einem seit langem ausgetrockneten Flusslauf und versuchte dabei, den Wurzeln auszuweichen. Der Boden war extrem rutschig und er stürzte mehrfach, ohne sich jedoch dabei zu verletzen. Auf halber Strecke bemühte er sich kurz, wieder zu Kräften zu kommen. Plötzlich brach der Stein, auf dem er sein ganzes Gewicht abstützte, unter seinem Fuß weg. Didier fiel auf den Rücken und rutschte bergab. Vergeblich versuchte er sich an einem Baumstamm oder an einer Wurzel festzuhalten. Immer schneller glitt er hinab, bis er seine irre Fahrt schließlich bremsen konnte, indem er sich an einem Ast festklammerte. Die Bremswirkung war fatal. Sein Körper drehte sich um die eigene Achse, worauf er mit der Stirn gegen einen Felsen prallte. Er konnte einen Aufschrei nicht verhindern. Die Bänder seines Handgelenks, die bereits bei dem Sturz im Parkhaus gelitten hatten, schienen endgültig gerissen. Didier blieb liegen, um sich zu sammeln. Er steckte die Hand in den Schnee. Nachdem die Kälte den Schmerz ein wenig gelindert hatte, setzte er sich auf und suchte in seinem Rucksack nach einem Verband. In was für eine Lage habe ich mich gebracht? Ich habe die Schnauze gestrichen voll, wozu das alles?, dachte er. Er war so durchgefroren, dass er es kaum schaffte, sich einen Kaffee einzuschenken. Der fest gewickelte Verband beruhigte ein wenig den stechenden Schmerz im Handgelenk, dafür wurden die Kopfschmerzen immer stärker.

Didier machte sich wieder auf in Richtung des Chalets. Als er es zwanzig Minuten später im ersten Tageslicht erblickte, trat er vorsichtig unter dem Schutz der Bäume hervor. Er hätte seine Zeit wohl anders einteilen müssen, um früher anzukommen und damit das Risiko, Walter plötzlich gegenüberzustehen, auf null zu reduzieren. Äußerst wachsam und in Alarmbereitschaft schlich er sich näher heran und umrundete das Chalet, um es aus der Entfernung zu beobachten. Sein Herz schlug ihm bis zum Hals. Fast alle Fenster waren erleuchtet, aber nichts rührte sich. Nachdem Didier das Chalet eine Viertelstunde lang beobachtet hatte, fragte er sich, wie er weiter vorgehen sollte. Sollte er gewaltsam eindringen oder warten, bis sich irgendetwas regte? Die Antwort kam ganz von selbst, denn nach und nach erloschen die Lichter.

Didier erblickte seinen Chef, der auf der Eingangstreppe stand und die Tür abschloss. Er versteckte sich hinter einem Strauch.

Walter eilte die ersten Stufen hinab und hielt dann plötzlich inne. Er ging zurück und verschwand wieder im Haus. Didier konnte durch ein Fenster erkennen, wie er drinnen wild gestikulierte, ohne sich einen Reim darauf machen zu können. Dann tauchte Walter wieder auf, drehte den Schlüssel zweimal im Türschloss um und ging vorsichtig den verschneiten Weg zur Garage entlang.

Kaum hatte Didier das Starten des Motors vernommen, schlich sich er zur Tür, geduldete sich aber noch damit, sein Versteck zu verlassen, bis das Auto hinter der ersten Kurve verschwunden war. Hektisch und ohne sich zu fragen, ob das Haus von einer Alarmanlage geschützt wurde, schlug er eine Wohnzimmerfensterscheibe ein, öffnete die Glastür und betrat das Haus. Nach dem Geräusch des berstenden Glases machte sich eine bleierne Stille breit.

Didier wartete, bis sich sein Herzschlag beruhigte, als ihn ein leises kratzendes Geräusch aus dem Nachbarzimmer zusammenfahren ließ. Er drehte sich um und blieb auf der Hut. Er hörte ein merkwürdiges Wimmern aus dem Schlafzimmer. Er zögerte kurz, denn er hatte Angst vor dem, was er entdecken würde. Plötzlich wurde ihm bewusst, dass er keinerlei Waffe besaß. Er suchte nach einem stumpfen Gegenstand und fand lediglich einen Schirmständer, den er mit beiden Händen umklammerte. Vor lauter Aufregung hatte er völlig vergessen, dass sein Handgelenk verletzt war. Als ihn ein heftiger Schmerz durchzuckte, stellte er den Schirmständer sofort wieder ab. Didier bemerkte einen flüchtigen Schatten, sprang darauf zu und stand plötzlich einer Katze gegenüber, die ihn fauchend begrüßte. Er lachte nervös. Nachdem er das Tier verjagt hatte, begann er das Chalet zu erkunden.

Sorgfältig durchsuchte Didier Zimmer für Zimmer und schaute unter dem Bett und in den Schränken nach. Er öffnete die Kellertür, stieg vorsichtig die Stufen hinab und entdeckte unten nichts außer ein paar Kartons und einen mit mehreren hundert Flaschen gefüllten Weinkeller. Hätte er etwas Muße gehabt, hätte er sich zweifellos in die Etiketten der hier versammelten edlen Tropfen vertieft. Er verließ das Chalet, ging zur Garage und fand dort eine kleine Werkstatt, Sommerreifen, einen Anhänger und jede Menge altes Zeugs. Seine Niederlage wollte er sich noch nicht eingestehen. Er suchte nach versteckten Hohlräumen. Die Garage war auf gestampfter Erde gebaut worden und konnte daher keinesfalls ein Verließ haben. Er suchte das gesamte Grundstück ab, fand aber keine weiteren Gebäude. Danach kehrte er in das Chalet zurück, ging erneut von Zimmer zu Zimmer und klopfte die Wände ab, ohne jedoch auf irgendetwas Ungewöhnliches zu stoßen. Es gab auch keine Falltür, die zu einem Dachboden hätte führen können. Jetzt konnte er nur noch den Keller ein weiteres Mal gründlich inspizieren. Didier ging nach unten und räumte alles zur Seite, was auf dem Boden lag, ohne jedoch auf dem Beton irgendeinen Hinweis auf eine Abdeckung zu finden. Als letzte Möglichkeit blieben ihm nur die Kartons neben dem Weinkeller. Didier zog seinen Pullover aus, besann sich dann aber anders, als er versuchte den ersten Stapel hochzuheben. Ein stechender Schmerz im Rücken erinnerte ihn an seine erste harte Arbeitswoche. Auch sein Handgelenk machte ihm so arg zu schaffen, dass er beschloss, so bald wie möglich einen Arzt aufzusuchen.

Er änderte seine Strategie und begann die Stapel einzeln wegzuräumen. Der erste ließ sich mühelos ein paar Meter verschieben. Der zweite Stapel erwies sich als deutlich schwerer. Trotz mehrfacher Versuche gelang es ihm nicht, ihn auch nur einen Zentimeter von der Stelle zu rücken. Es war, als sei er am Boden festgeklebt. Er fragte sich, ob er mit seiner Suche nicht vielleicht gerade einen Treffer erzielt hatte. Dann erinnerte er sich an den Sportunterricht auf dem Gymnasium in Clermont-Ferrand, wo sie Rugby gespielt hatten, und warf sich mit aller Kraft gegen die Kartons, um herauszufinden, was sich darunter verbarg. Der Stapel schwankte. Erneut nahm er all seine Kräfte zusammen und warf sich dagegen, worauf der oberste Karton herunterfiel und seinen Inhalt über den Boden verteilte: eine Sammlung pornografischer Zeitschriften.

Didier gab sich geschlagen. Es war zwar nicht das, was er gesucht hatte, aber es passte zu dem, was er über Walters perverse Neigungen gehört hatte. Er betrachtete die Umschläge und stellte fest, dass sie ursprünglich sorgfältig nach Datum sortiert worden waren und den Zeitraum von Juni 1991 bis Februar 1996 abdeckten. Didier stürzte sich auf den Karton darunter, in dem er die Jahrgänge davor fand. Insgesamt zählte er fünfunddreißig Kartons. Über diesen Fund vergaß er sogar seinen schmerzenden Rücken und das verstauchte Handgelenk und untersuchte den Inhalt eines jeden Kartons. Die Pornohefte ließen ihn dabei gleichgültig, während ihn eine Sammlung von Versandhauskatalogen, die er ebenfalls ans Tageslicht beförderte, ziemlich aufbrachte. Die Kleider, welche die Models auf den Titelblättern trugen, erinnerten ihn an die 1970er Jahre. Ein Großteil der Seiten war herausgerissen worden. Ihm kam ein Verdacht, der sich sofort bestätigte, als er den ersten Katalog durchblätterte. Übrig waren nur noch die Seiten, auf denen Kinder in Unterwäsche abgebildet waren.

Als hätte er sich daran verbrannt, räumte Didier den Katalog sofort dorthin zurück, wo er ihn gefunden hatte. Er bemerkte, dass er eine Sammlung von Frühjahrskatalogen aus dem Jahr 1974 vor Augen hatte und schloss nach kurzem Nachrechnen, dass Walter damals ein Jugendlicher gewesen war. Vermutlich der Beginn dieser ekelerregenden Sammlung, dachte er. Er schloss den Karton und widmete sich einem weiteren, der deutliche Gebrauchsspuren trug. Didier wusste zwar von der Existenz dieser widerlichen Dinge, hätte sich aber niemals ausmalen können, was er dort unter dem Pappdeckel entdeckte. Zum Vorschein kamen pädopornografische Zeitschriften, auf deren Hochglanzseiten sehr junge Kinder von Erwachsenen missbraucht wurden. Er war so geschockt, dass er sie nicht mal berühren konnte. Mit feuchten Augen sagte er sich, dass dieser Dreck dort bleiben sollte, wo er war. Sorgfältig schloss er den Karton wieder.

Wie in Trance räumte Didier die Kartons an ihren ursprünglichen Platz zurück, setzte sich auf den Boden und fragte sich, ob er nicht erneut in einen Albtraum hineingeraten war. Er musste zugeben, dass ihn dieses Mal nicht die Schreie seines Freundes John wecken würden. Seine Gedanken irrten zwischen Niedergeschlagenheit und blankem Entsetzen hin und her, als er die Katze hörte, die sich offensichtlich durch die geöffnete Tür hereingeschlichen hatte. Didier streckte seinen Arm nach hinten aus, um sie zu streicheln, starrte dabei aber weiter vor sich hin. Als die Katze nicht näher kam, drehte er sich langsam um, konnte jedoch die Bewegung nicht mehr vollenden. Der Lauf eines Jagdgewehrs drückte gegen seine Stirn. Walter, verschwitzt und rot vor Wut, den Mund zu einer Grimasse verzerrt, hatte den Finger am Abzug und starrte ihn hasserfüllt an.

»Was für eine Schweinerei! Als ich dieses entlang des Waldweges geparkte Auto gesehen habe, habe ich mich sofort gefragt, was es dort wohl zu suchen hat. Gestern Abend stand der Wagen nämlich noch nicht da. Ich habe einen Blick hineingeworfen und auf der Rückbank einen unserer Werbeprospekte und einen Stoffbeutel mit unserem Logo entdeckt. Du bist echt der Abschaum.«

Didier war wie gelähmt und wusste nur, dass er diesen Irren nicht unterbrechen durfte, bevor dieser sich beruhigt hatte.

»Das konnte kein Zufall sein. Ich bin so schnell wie möglich zurückgefahren und dachte erst, dass sich ein Wildschwein vor meinem Haus gewälzt hätte. Ihr Franzosen seid nicht sehr diskret! Ein echtes Scheißvolk! Was musstest du herkommen, um in meinen Sachen rumzuschnüffeln? Ich könnte dich auf der Stelle umlegen und es als Notwehr deklarieren.«

Didier hörte überhaupt nicht mehr zu, sondern suchte nach einer Möglichkeit, sich aus dieser Klemme zu befreien. Der hasserfüllte Monolog schien auf Walter offensichtlich wie eine Therapie zu wirken. Seine rote Gesichtsfarbe verblasste wieder etwas, und seine rechte Hand lag nicht mehr am Abzug, sondern auf dem Gewehrkolben.

»Hey, Walter. Du wirst mich doch nicht wegen einer eingeschlagenen Fensterscheibe erschießen?«

»Was hast du hier bei mir zu suchen?«

»Das war nicht sehr schlau von mir, in dein Chalet einzudringen, aber wenn du dein Gewehr runternimmst, könnten wir darüber reden. Deine Waffe jagt mir Angst ein. Ich selbst habe keine, außerdem kennst du mich. Falls dir also auch nur der geringste Zweifel kommt, kannst du ja immer noch zur Polizei gehen.«

»Ich wiederhole meine Frage, was hast du bei mir zu suchen?«

Didier konnte nicht länger nach Ausflüchten suchen, vielmehr musste er sich rasch eine Geschichte ausdenken, die ihm Walter von Anfang an abnehmen würde.

»Du weißt, dass ich Catherine sehr nahe stehe, auch wenn wir uns noch nicht lange kennen. Ich gehe allen Spuren nach, um sie wiederzufinden und als ich erfahren habe, dass du ein einsam gelegenes Chalet in den Bergen besitzt, habe ich sofort gedacht, dass es jemand ohne dein Wissen benutzt haben könnte, um sie dort zu verstecken.«

»Er soll sie bei mir versteckt haben, ohne dass ich es merke? In diesem Keller? Du hältst mich ja wirklich für blöde!«

»Ich wusste nicht, dass du auch in der Woche hierher kommst, sondern dachte …«

Walter hörte ihm nicht mehr zu, sondern überlegte, dass oben im Haus alles in Ordnung war und Didier auch hier offensichtlich keinen der Kartons geöffnet hatte. Er musste sich beruhigen. Mit Sicherheit hatte Didier irgendwem erzählt, wo er hingehen wollte, also durfte ihm nichts zustoßen.

Plötzlich hatte er genug von diesem ungebetenen Gast.

»Hast du genug rumgeschnüffelt? Konntest du dich mit eigenen Augen davon überzeugen, dass ich weder sie noch irgendjemand anderen hier gefangen halte? Und jetzt mach, dass du hier fortkommst, bevor ich meine Meinung ändere. Wage es ja nicht, noch mal zur Arbeit zu erscheinen, weder heute noch Montag. Du bist mit sofortiger Wirkung gefeuert. Falls du damit auch nur das geringste Problem hast, kannst du ja gerne zur Polizei gehen.«

Sofort leistete Didier den Anordnungen seines Ex-Chefs Folge und stieg ohne Eile die Treppe hinauf, um sich seine Nervosität nicht anmerken zu lassen. Oben angekommen warf er einen Blick über seine Schulter, um festzustellen, dass Walter aufgehört hatte, bedrohlich mit seiner Waffe herumzufuchteln. Draußen vor der Tür floh Didier so schnell er konnte von diesem Ort. Er fiel ein paar Mal in den Schnee, rappelte sich wieder auf und rannte weiter, bis er aus der Schusslinie war. Er war erschöpft und alles tat ihm weh. Als er endlich sein Auto erreichte, mischte sich auch noch Niedergeschlagenheit unter seine Erschöpfung, denn alle vier Reifen waren zerstochen worden. Didier atmete tief durch und lehnte sich gegen seinen Wagen, um sich ein wenig zu sammeln. Der offensichtliche Rachefeldzug Walters verwunderte ihn nicht sonderlich, die Kraft, mit der die Reifen mit bis zu zehn Zentimeter langen Schnitten aufgeschlitzt worden waren, machte ihn hingegen sprachlos.

Didier setzte sich hinters Lenkrad, ließ den Motor laufen und drehte die Heizung so hoch wie möglich. Danach trank er einen Kaffee, verspeiste einen Müsliriegel und versuchte, einen klaren Gedanken zu fassen, auch wenn es dafür noch zu früh war. Aufgrund seiner Entdeckungen stand er immer noch unter Schock und konnte sich nicht einmal auf das Naheliegende fokussieren. Er überlegte, über die Straße ins Tal zu gehen und per Anhalter zurück in die Stadt zu fahren, entschied dann aber doch, lieber im Warmen darauf zu warten, dass jemand vorbeifuhr. Eine halbe Stunde später hielt Didier ein Allradfahrzeug an und erklärte der spöttisch grinsenden Fahrerin, dass sein Wagen auf dem Waldweg im Schnee stecken geblieben sei. Sie ließ ihn in Kriens an der Talstation der Pilatusbahn aussteigen, um dann ihre Fahrt in die entgegengesetzte Richtung von Luzern fortzusetzen. Im Bus überlegte Didier kurz, ob er eine Werkstatt oder lieber einen Polizeiposten aufsuchen sollte. Er folgte seinem Instinkt und entschied sich für die zweite Option.

Zutiefst erschüttert konnte Didier an nichts anderes denken als an die Zeitschriften, die er bei Walter gefunden hatte und an die vielen Fragen, die ihn deswegen quälten. Wo versteckte der Kerl Stefanie und Catherine? Was tat er ihnen an? Was ging im Kopf dieses kranken Typen vor sich?

Ich hatte wirklich Glück, dass er mich hat laufen lassen, dachte Didier. Ich hätte vorsichtiger sein sollen, aber hatte ich die Wahl? Catherine ist seit mehr als vierundzwanzig Stunden verschwunden, je länger wir warten, desto mehr Misshandlungen muss sie …

Sofort verjagte er diese Gedanken aus seinem Kopf, aber die Erinnerung an das Cover des pädopornografischen Magazins, das er nur kurz gesehen hatte, ließ ihn nicht los. Was vermochte ein Monster, das durch den Anblick Erwachsener, die sich an Kindern vergingen, Erregung verspürte, wohl Frauen anzutun? Mein Gott! Hatte er womöglich auch Minderjährige entführt? All diese Gedanken prallten in seinem Gehirn aufeinander. Er fühlte sich so leer, dass er lautlos weinte und sich die anderen Passagiere zu ihm umdrehten. Als er sich von seinem Sitz erhob, um vor dem Bahnhof von Luzern auszusteigen, fuhr ihm ein stechender Schmerz in den Fußknöchel, der als Kettenreaktion auch den von der Beule an der Stirn und in seinem Handgelenk wieder entflammte. Er hielt es daher für angebracht, vor dem Besuch im Polizeikommissariat eine Apotheke aufzusuchen.

Bruno, der Polizist, dem Didier inzwischen sympathisch war, stand am Tresen und ging schon bei der Begrüßung automatisch zum Du über.

»Du bist ja in einem jämmerlichen Zustand, was ist dir denn schon wieder passiert? Und was machst du hier?«

»Die Frage wie und warum ich schon wieder in solch ein Schlamassel geraten konnte, stelle ich mir schon seit heute Morgen. Ich habe aber Neues über den Fall herausgefunden.«

»Oh, oh. Das klingt nicht gut. Dass ich hier hinter dem Tresen stehe, ist nicht als Beförderung zu werten. Mein Chef hat mir ganz schön den Marsch geblasen, weil ich angeblich beim Personenschutz versagt habe.«

»Aber du solltest Catherine doch gar nicht auf dem Heimweg von der Arbeit überwachen!«

»Darüber machen sich alle lustig, und ich muss die Suppe auslöffeln. Übrigens hat mein Chef theoretisch noch nicht einmal das Recht, mich hierher abzustellen. Doch auch das ist allen egal.«

»Aber das ist doch ungerecht!«

Der Polizist lachte lauthals, bevor er sich wieder zusammenriss und mit gesenkter Stimme fortfuhr:

»Kennst du irgendetwas, was in diesem Leben gerecht ist? Das muss man nicht verstehen, aber ich gebe dir einen Rat: Nimm dich in Acht, denn mein Chef kann dich wirklich ganz und gar nicht mehr leiden.«

»Apropos, ich würde gerne Kriminalkommissar Armin Oetterli sprechen.«

»Ich habe dich gewarnt.«

Der Ermittler ließ ihn eine halbe Stunde warten, doch zu Didiers Erstaunen setzte sich die Dolmetscherin Christine plötzlich neben ihn.

»Oetterli hat mich gebeten, sofort zu kommen. Sein Kollege, der mich angerufen hat, hat erklärt, dass der Kriminalkommissar eine wichtige Mitteilung für dich habe und sicherstellen wolle, dass du sie verstehst. Das ist ein sehr ungewöhnliches Procedere, daher glaube ich, dass es eine ernste Angelegenheit ist.«

Didier und Christine betraten das Büro des Kommissars, der dabei nicht einmal von seiner Akte aufblickte. Didier fragte sich, ob diese Haltung wohl eine besondere Strategie darstellte. Wie auch immer, auf jeden Fall hatte Oetterli damit eine bedrückende Atmosphäre geschaffen, die seine folgenden Worte unterstreichen sollte.

Fünf Minuten später legte er die Unterlagen in eine Mappe zurück und schaute zu Didier auf.

»Da ist ja schon wieder unser Hobby-Detektiv, der meint, es genüge an der Tür des Kriminalkommissariats zu klopfen, um sich in unsere Ermittlungen einzumischen. Sie lesen zu viel Schundliteratur, mein Lieber! Im wahren Leben läuft das nämlich so nicht, weder hier, noch in Amerika.« Er ließ Didier kurz darüber nachdenken, bevor er fortfuhr:

»Angeblich haben Sie neue Hinweise. Ich bin ganz Ohr, danach werde ich dann allerdings Klartext reden, aber zunächst erteile ich Ihnen das Wort.«

Didier hatte die ganzen Warnhinweise durchaus vernommen und überlegte, wie er seinen Bericht wohl am besten beginnen sollte. Er entschied sich, zunächst von den Gerüchten in Bezug auf Walter zu erzählen, doch der Kommissar wurde sehr schnell ungeduldig. Didier wurde etwas genauer:

»Mir war klar, dass die Hinweise für eine Hausdurchsuchung Ihrerseits nicht ausreichen würden, daher bin ich selbst zum Chalet.«

Oetterli schaute ihn mit großen Augen an und wartete auf eine Fortsetzung.

»Wissen Sie, je mehr Zeit verstreicht, desto höher sind die Risiken für Catherine.«

»Ja, dessen sind wir uns absolut bewusst. Kein Grund also, mich daran zu erinnern. Jetzt kommen Sie mal zu den Fakten.«

Um gleich zum entscheidenden Detail zu kommen, erzählte Didier ihm von den pädophilen Magazinen, doch selbst das schien das Interesse des Kommissars nicht zu wecken. Didier hatte nicht damit gerechnet, dass dieser so ungerührt dasitzen würde. Vielmehr hatte er erwartet, dass Oetterli sofort zum Telefon greifen und seine Kollegen mit ein, zwei Streifenwagen bei Walter vorbeischicken würde. Er lieferte daher weitere Einzelheiten und schloss seinen Bericht mit den Worten:

»Als ich wieder zurück bei meinem Auto war, konnte ich nicht losfahren, da alle vier Reifen zerstochen worden waren.«

Didier erwartete alle möglichen Vorhaltungen, doch Oetterlis Bemerkung brachte ihn völlig aus der Fassung:

»Und jetzt wollen Sie Anzeige erstatten?«

»Äh ...nein.«

»Sehr gut! Umgekehrt haben Sie großes Glück, wenn Walter Murer wegen des Einbruchs nicht strafrechtlich gegen Sie vorgeht.«

»Aber das wäre ja eine verkehrte Welt.«

»In Ihrem Heimatland mag man ja bei Leuten einbrechen und Fensterscheiben einschlagen dürfen, aber hier in der Schweiz ist das verboten. So, und jetzt habe ich das Wort. Sie waren beim ersten Entführungsversuch dabei, bei dem merkwürdigen Geschehen im Parkhaus und haben das verlassene Fahrzeug von Catherine Bucher gefunden. Für meinen Geschmack sind das etwas zu viele Zufälle. Sagt Ihnen der Name Markus Zihlmann etwas?«

Natürlich erinnerte er sich an diesen Mistkerl.

»Der Name sagt mir nichts. Hat er etwas mit dem Verschwinden von Catherine zu tun?«

»Nein er steht in keinerlei Verbindung zu Catherine Bucher, aber zu einer anderen, Ihnen ebenfalls nahestehenden Frau. Es handelt sich bei ihm um den Ex-Freund von Sonya Weber.«

»Jetzt, wo Sie es erwähnen, sagt der Vorname mir irgendetwas. Aber wie kommen Sie auf ihn?«

»Angeblich wurde Ihre Freundin von ihm gestalkt, als Sie gerade frisch in der Schweiz angekommen waren. Er wurde auf einem unbebauten Gelände in Zürich brutal zusammengeschlagen oder besser gesagt beinah massakriert und hat aufgrund der Schwere der Verletzungen sein Gedächtnis verloren. Vermutlich werden wir nie erfahren, wer diese schändliche Tat begangen hat, und wir wollen auf keinen Fall, dass sich ein derartiger Vorfall bei uns wiederholt.«

»Das sind schwerwiegende Unterstellungen. Beschuldigen Sie mich?«

»Nein, das ist nur eine Parabel. Interpretieren Sie diese, wie es Ihnen passt, doch Rache hat hier bei uns nichts zu suchen. Merken Sie sich Folgendes: Ich möchte nicht mehr hören, dass Sie sich auch nur im Entferntesten weiter in die Entführungsfälle einmischen. Sollten Sie weiter herumschnüffeln, verbringen Sie eine Nacht in Gewahrsam bei uns auf dem Hauptposten mit all den damit verbundenen Unannehmlichkeiten. Habe ich mich klar ausgedrückt?«

»Absolut.«

»Sehr gut. Dann geben Sie sich einfach damit zufrieden, der Held zu bleiben, der Sie in den Augen aller sind.«

Er wandte sich an die Dolmetscherin:

»Vielen Dank, Frau Amstad, dass Sie uns so schnell zur Verfügung stehen konnten. Diese Ermittlung hat, wie Sie wissen, bei uns oberste Priorität. Ich wünsche Ihnen ein schönes Wochenende.«

Als Didier ebenfalls den Raum verlassen wollte, hielt ihn der Kommissar zurück.

»Für das, was ich noch zu sagen habe, reicht meine Englisch durchaus, und es gibt keinen Grund, Frau Amstads Zeit weiter in Anspruch zu nehmen. Kollege Kaufmann, mit dem Sie ja bereits zu tun hatten, wird Sie ins Untergeschoss begleiten. Es wird den Ablauf der Dinge sicherlich erleichtern, dass er Ihrer Sprache mächtig ist.«

»Um was zu machen?«

»Um unsere Datenbank zu vervollständigen.«

Angesichts dieser Anweisung traute sich Didier nicht, weiter nachzufragen, aber eine Sache brannte ihm schon seit dem Morgen auf der Zunge:

»Und was ist mit Walter und seinen pädophilen Zeitschriften? Werden Sie ihn festnehmen?«

»Ich habe diese Informationen notiert, Herr d'Orville. Seien Sie unbesorgt, wir machen unsere Arbeit, und wir werden aktiv, wie es sich geziemt. Auf Wiedersehen, wobei ich Sie fürs Erste lieber nicht mehr sehen würde.«

Im Aufzug erklärte Bruno, dass Didier eine Speichelprobe abgeben müsse, um seine DNA zu ermitteln und auch seine Fingerabdrücke gespeichert würden. Didier hatte dagegen gewisse Vorbehalte, doch der Polizist riet ihm, der Anordnung Folge zu leisten und fügte hinzu, dass man auch ein Foto von ihm in die Datenbank aufnehmen werde.

Bruno hatte die Anweisung, die Speichelprobe sofort ins Labor zu bringen, damit sie so schnell wie möglich ausgewertet würde. Da sich Didiers Autowerkstatt in der Nähe befand, bot er ihm an, ihn dort abzusetzen, damit er sich um die Reparatur kümmern könnte. Beide schwiegen während der Fahrt. Es war immer noch sehr kalt, aber auf den Straßen lag kein Schnee mehr. Erst als Didier aussteigen wollte, brach der Polizist das Schweigen:

»Ich hab dir ja gesagt, der Druck ist enorm. Ich selbst lasse das Gewitter über mich ergehen in der Hoffnung, dass wir diesen Saukerl bald ausfindig machen.«

»Ich kann das nicht verstehen. Ich könnte so wichtige Hinweise liefern! Catherines Chef ist ein Pornofan, was unerheblich sein mag, aber er ist verdammt nochmal auch ein Pädophiler. Hätte ich diese Information etwa für mich behalten sollen?«, erregte sich Didier. »Während man sich bemüht, die Persönlichkeitsrechte eines Schweins zu wahren, schwebt Catherine in Gefahr.«

»Beruhig dich. Auf den ersten Blick mag Oetterli zwar etwas schwerfällig wirken, aber er ist sehr professionell. Er wird die Informationen, die du ihm geliefert hast, auswerten. Du darfst nur nicht wieder deine Nase in diesen Fall stecken. Ich denke, du täuschst dich. Wir suchen jemanden, der Frauen entführt und keinen Pädophilen, das ist ein riesiger Unterschied.«

»Inwiefern?«

»Der Trieb ist ein völlig anderer. Aber glaub mir, wir setzen alle Hebel in Bewegung, um Stefanie und Catherine wiederzufinden.«

»Ich bilde mir ein, das schon einmal irgendwo gehört zu haben«, murrte Didier.

Armin Oetterli hatte schon aus Prinzip Didier nicht recht geben wollen und daher auch vor ihm nicht zugegeben, wie ernst er diese Sache mit den pädophilen Zeitschriften nahm. Er glaubte nicht eine Sekunde, dass Walter und der Kidnapper ein und dieselbe Person sein könnten. Doch er zweifelte auch nicht an der Aufrichtigkeit des Franzosen. Warum sollte dieser lügen? Didier stand einem der beiden Opfer nahe und versuchte um jeden Preis, die Wahrheit ans Licht zu bringen. Was sollte daran nicht normal sein? Doch genau darin lag das Problem: Das Ego des Kriminalkommissars war angekratzt.

Innerlich musste er sich gestehen, dass Didier effizient gewesen war, sogar verdammt effizient. Er kontaktierte Swiss Quality Extracts und bemühte sich vergeblich, Walter zu sprechen. Obwohl er seinen Namen und seine Funktion genannt hatte, musste Oetterli am Empfang mehrfach nachfragen, um schließlich die Mobilfunknummer des Firmenchefs zu erhalten. Er hinterließ eine Nachricht auf der Mailbox und forderte Walter auf, sich umgehend bei ihm zu melden. Gleichzeitig schwor Oetterli sich, Didier im Auge zu behalten, denn er war überzeugt, dass der Verlobte von Sonya auf die eine oder andere Weise in den körperlichen Angriff auf Markus Zihlmann verwickelt gewesen war. Gleichzeitig wollte der Kommissar allerdings auch die Geschichte von dem Gedächtnisverlust des Opfers nicht glauben und vermutete eher eine Form der Erpressung, ohne dabei Opfer und Täter benennen zu können.

Vier Stunden später meldete sich Walter auf dem Polizeiposten. Er schien Oetterli, der ihn wegen Catherine befragte, extrem nervös zu sein. Der Ermittler wollte so viel wie möglich über die Tätigkeit des Entführungsopfers bei Swiss Quality Extracts herausfinden. Zudem war er neugierig, mehr über das Privatleben und die politischen Ansichten Catherines zu erfahren, aber auch wie ihr Tag vor der Entführung verlaufen war. Eine halbe Stunde lang sprachen sie über die verschwundene Frau. Walter war sehr redselig, was Catherines Stellung in seinem Unternehmen betraf. Er erwähnte einige Meinungsverschiedenheiten, betonte aber immer wieder, wie sehr er die Arbeit der jungen Frau schätzte. Er entspannte sich langsam immer mehr, bis ihn der Polizist fragte, was er am Abend der Entführung und während der beiden Kidnappingversuche gemacht habe. Aufgrund der wenig überzeugenden

Antworten hakte der Ermittler nach:

»Und heute Morgen? Wo waren Sie da? Wir hatten verdammt große Probleme, Sie zu erreichen?«

Einen Moment lang glaubte Walter, dass Didier direkt nach dem Einbruch zur Polizei gegangen war. Schnell wischte er diesen Gedanken jedoch weg und sagte sich, dass dieser so blöd nicht gewesen sein könne.

»Catherines Verschwinden hat mich sehr berührt oder vielmehr belastet, daher musste ich raus an die frische Luft. Ich bin den ganzen Morgen in den Bergen gewandert und hatte dabei mein Mobiltelefon ausgeschaltet, um allein zu sein. Erst bei meiner Rückkehr habe ich Ihre Nachrichten entdeckt.«

»Ist es angesichts Ihrer geschäftlichen Verpflichtungen nicht problematisch, nicht erreichbar zu sein?«

»Wissen Sie, meine Firma ist klein und meine leitenden Angestellten autonom. Ich kann durchaus ein, zwei Tage fernbleiben, ohne dass dies Auswirkungen hätte.«

»Kommt es denn häufig vor, dass Sie sich unerreichbar machen?«

»Seit meine Frau weg ist, passiert das schon ab und zu.«

»Wann genau haben Sie denn entschieden, sich diese Auszeit zu gönnen? Gestern Abend vor dem Schlafengehen oder erst heute Morgen beim Frühstück?«

Plötzlich machte es bei Walter Klick. Was zum Teufel hat dieses Arschloch in meinem Keller gesehen? Hatte er etwa einige Kartons geöffnet und wieder verschlossen?

»Warten Sie, ich muss kurz darüber nachdenken ...«

Je länger er überlegte, desto wahrscheinlicher erschien es ihm, dass der Schnüffler etwas gesehen hatte, das er niemals hätte entdecken dürfen. Ganz zu schweigen von dem Rauswurf seines ehemaligen Angestellten, der sich als sehr unangenehm erweisen konnte.

»Ich habe schon beim Frühstück darüber nachgedacht, aber dann hatte ich einen sehr unangenehmen Besuch. Erst nachdem dieser ungebetene Gast fort war, habe ich die Entscheidung getroffen.«

Walter erzählte von dem, was ihm widerfahren war, und der Ermittler notierte sich die diversen Abweichungen von Didiers Version. Müsste er wählen, würde er instinktiv zu der Version des Franzosen neigen, die ihm glaubwürdiger erschien. Bevor der Kommissar Rechtsmittel ergriff, bat er Walter um die Erlaubnis, einen Blick in sein Chalet werfen und eine DNA-Probe nehmen zu dürfen. Murer willigte ein und bot dem Ermittler sogar an, zu tun, was dieser für richtig hielt, da er nichts zu verbergen hätte. Das werden wir sehen, mein Lieber. Um eine lupenreine weiße Weste zu haben, bist du meiner Bitte etwas zu schnell nachgekommen, dachte Oetterli bei sich.

Als die Polizisten mit zwei Einsatzfahrzeugen, die mit Schneeketten ausgestattet waren, gerade das letzte Stück zum Chalet hinauffahren wollten, kam ihnen der Abschleppwagen, der Didiers Auto zur Werkstatt brachte, entgegen. Kriminalkommissar Oetterli stoppte den Pannendienst, um sich selbst ein Bild von den tiefen Schlitzen in den Reifen zu machen, die Didier beschrieben hatte. Auch ihn überraschte die Kraft, mit der auf das Gummi eingestochen worden war.

Beim Chalet angekommen, fiel den Polizisten sofort auf, dass der Schnee rund um das gesamte Anwesen weggeschaufelt worden war. Die Männer machten sich an die Arbeit. Ein Team kümmerte sich um Garten und Garage, während Oetterli, begleitet von zwei Kollegen und geführt von Walter, das Haus unter die Lupe nahm. Im Wohnzimmer entdeckte einer der Polizisten ein Jagdgewehr. Danach gingen sie hinab in den

Keller, allerdings hatten sich die Kartons, wie Oetterli befürchtet hatte, in Luft aufgelöst. Nur die Abdrücke auf dem Boden verrieten, dass hier etwas lange am gleichen Ort gestanden haben musste. Walter hatte offenbar den Nachmittag genutzt, um eine Antwort vorzubereiten, die er nun selbstsicher vortrug:

»Die Spuren hier stammen von Kartons, in denen Dokumente gelagert wurden, aus der Zeit, als mein Vater noch Swiss Quality Extracts leitete. Letzte Woche habe ich mich von dem ganzen alten Zeug getrennt.«

»Und gibt es einen Zeugen, der Ihre Aussage bestätigen kann? Wird das Altpapier hier oben überhaupt abgeholt?«

»Nein, ich habe es in mein Auto gepackt und bin damit zur Mülldeponie gefahren.«

»Bei so vielen Dokumenten wird Ihnen doch sicherlich einer der Leute dort vor Ort geholfen haben?«

»Wissen Sie, dort, wo ich es hinbringe, gibt es immer drei, vier Mitarbeiter, aber die taugen nicht viel. Sie sitzen in ihrem kleinen Büro, hören Radio und wenn sie mal jemandem zur Hand gehen, dann sicherlich nicht einem Fünfzigjährigen wie mir, der mit einigen hundert Kilo Papierkram ankommt, sondern eher einer hübschen Dreißigjährigen mit ein paar Kartons.«

Oetterli wusste sehr gut, von welchem Luzerner Abfallzentrum er sprach und musste ihm daher beipflichten.

Da die Beweislage keine Hausdurchsuchung am Hauptwohnort des Firmenchefs in Kriens zuließ, bat er Bruno, Walter zu einem DNA-Speicheltest zu begleiten, damit dieser anschließend noch auf einen Sprung bei der Arbeit vorbeischauen konnte.

Beatriz irrte mit nassen Füssen durch den geschmolzenen

Schnee um den Bahnhof herum und dachte über all diese entsetzlichen Vorfälle nach, die Luzern heimgesucht hatten. Sie fragte sich, wann wohl das nächste Drama geschehen würde. Sie spürte, wie die Atmosphäre stetig bedrückender wurde und sich die Angst immer mehr in die Köpfe der Leute schlich. Beatriz glaubte, dass Didier sicherlich recht hatte mit seiner Äußerung, dass solche Entführungen in der Schweiz aufgrund der geringen Bevölkerungsdichte rar waren und nicht etwa aufgrund der vermeintlichen Tugendhaftigkeit der lokalen Bevölkerung.

Die *Diamant*, das neuste Passagier-Motorschiff, fuhr vorbei und ließ zweimal ihr Signalhorn ertönen. Beatriz blieb vor dem Kongresszentrum stehen, um die Bucht von Luzern zu bewundern und ihre Gedanken einen Moment mit den kleinen Wellen auf der Wasseroberfläche herumschweifen zu lassen, als sie von einem jungen, auf einer Bank sitzenden Mann angesprochen wurde:

»Hallo, Dona Quichotte, grüßt du uns jetzt nicht mehr?«

Im Tonfall des jungen Mannes, der dort im Kreis seiner Kumpel saß, schwang Verbundenheit und sogar Respekt mit. Beatriz kannte diese Clique, die oft im Umkreis von einigen hundert Metern rund um den Bahnhof abhing.

»Oh, die Jugend, seid gegrüßt! Zählt ihr die vorbeifahrenden Boote? Hoffentlich ermüdet es euch nicht allzu sehr«, scherzte sie.

»Und du? Bist du schon für die Fasnacht verkleidet?«, erwiderte eine Punkerin.

Ihre Freunde lachten. Lächelnd fuhr Beatriz fort:

»Schön, dass ihr euch amüsiert, aber sollten wir uns nicht besser über die Demokratie der Meinungsumfragen unterhalten? Meiner Meinung nach wäre das ein deutlich spannenderes Thema. Ich möchte einen Politiker zitieren, dessen Namen ich vergessen habe. Allerdings weiß ich noch, was er gesagt hat, das ist die Hauptsache: Der Meinungskult schadet der Demokratie. Was meint ihr dazu?«

»Du hast recht, Dona Quichotte. Ein spannendes Thema«, erwiderte derjenige, der sie angesprochen hatte und der sich bemühte, dabei ernst zu klingen. »Aber es ist schwierig, sich mit leerem Magen auf eine so wichtige Sache zu konzentrieren. Vor allem, wenn man sich dabei den Arsch abfriert.«

Alle stimmten ihm lauthals zu und zählten anschließend diverse Speisen auf.

»Gut, einverstanden. Ich werde ein paar Döner besorgen und danach sprechen wir darüber, wie die demographische Umfragen unsere Wahl und sogar unsere Persönlichkeit beeinflussen.«

Alle hielten das für einen perfekten Handel. Beatriz wählte denjenigen, der die Idee vom Zuhören mit vollem Bauch gehabt hatte, aus, sie zu einer Imbissbude zu begleiten. Auf dem Weg zum Bahnhof fragte sie ihn nach seinen Ansichten zu der Affäre, über die alle Welt sprach.

»Weißt du, für diese Gesellschaft zählen wir einfach nicht. Es ist zwar schlimm, aber es berührt uns nicht sonderlich. Wären Obdachlose verschwunden, hätten die Gutmenschen vermutlich nicht so einen Wirbel darum gemacht. Natürlich würde die Polizei den Schuldigen suchen, aber die Erregung wäre längst nicht so groß.«

»Wie heißt du?«

»José, warum?«

»Hör zu, José. Glaubst du, dass es mich interessiert, was in den Köpfen der Gutmenschen vorgeht, wie du sie nennst?«

»Nein, du bist anders. Du gehörst ein bisschen zu uns.«

»Wenn das so ist, warum hilfst du mir oder vielmehr uns dann nicht, diesen Mistkerl zu erwischen?«

»Ich arbeite nicht für die Bullen.«

»Der ist gut! Eben weil wir sie für inkompetent halten, haben wir uns zu einer kleinen Gruppe formiert, die ihre eigene Ermittlung durchführt. Das Einzige, was mich interessiert, ist, dass die Freundin eines Kumpels verschwunden ist und ein Mädchen in deinem Alter hier in Luzern entführt wurde.«

José dachte über Beatriz' Bemerkung nach, während diese ihre Bestellung aufgab.

»Das ist nicht mein Kampf, Dona Quichotte«, rechtfertigte er sich, als sie mit den Armen voller Döner zum Europaplatz zurückkehrten. Aber da du mich darum gebeten hast, will ich dir gerne helfen, unter einer Bedingung.«

»Und die wäre?«

»Du redest mit keinem meiner Freunde darüber.«

»Versprochen. Ich schwöre es«, rief sie und tat, als wolle sie ihre rechte Hand heben.

»Was kann ich tun?«

»Wenn du Sonntag am Schweigemarsch teilnimmst, wäre das schön. Ist das okay?«

»Einverstanden, ich komme mit meiner Freundin«, erklärte er und zeigte dabei auf eine junge Frau, die ein wenig abseits der Gruppe saß. »Es tut ihr gut, sich ein bisschen zu bewegen, denn momentan hat sie komplett einen an der Waffel.«

Auf Beatriz' fragenden Blick hin, fuhr José fort:

»Sie nimmt heimlich alle möglichen Tablettencocktails. Keine Ahnung, wo sie sich die beschafft. Ich muss unbedingt mit ihrer Mutter sprechen, damit wir versuchen, sie davon abzubringen. Wenn sie kein Geld hat, um einen Entzug zu bezahlen, bringe ich sie zu einem Freund, der ein kleines Haus auf dem Land hat, und da kümmere ich mich dann selbst um sie.«

»Komisch, ich habe das Gefühl, als hätte ich sie schon mal getroffen, aber nicht mit euch, sondern woanders. Wie heißt sie?«

»Lea. Wir sind seit letztem Sommer zusammen«, erklärte José stolz. »Seit es ihr so schlecht geht, bleibe ich lieber in ihrer Nähe. Ich habe Angst, dass sie eine Dummheit macht.«

Alte Erinnerungen stiegen in Beatriz hoch. War es möglich, dass es sich um das vorwitzige Mädchen handelte, das sie hatte aufwachsen sehen, als sie vier Jahre in einem Kinderhort etwas außerhalb von Luzern gearbeitet hatte? Danach hatte sie das Schicksal an andere Ufer geführt, weit entfernt vom ruhigen Fluss des Lebens. Offensichtlich hatte Lea eine ähnliche Reise hinter sich, dachte sie traurig. Sie jagte diese bittersüßen Gedanken fort und ohne, dass sie danach gesucht hatte, fiel ihr plötzlich der Familienname dieser jungen Frau wieder ein.

»Heißt sie Lea Brunner?«

»Kennst du sie?«

»In gewisser Weise, ja. Unsere Wege haben sich vor gut zehn Jahren mal gekreuzt.«

Lea war zu ihren Freunden getreten, um sich anschließend mit ihrem Teil des Festmahls in eine Ecke zurückzuziehen. Während alle ihre Döner aßen und entspannt auf den Vortrag über die Demokratie der Meinungsumfragen warteten, ging Beatriz zu der jungen Frau, um die sie sich schon im Kindesalter gekümmert hatte.

»Hallo Lea, erkennst du mich wieder?«

Bei der Erwähnung ihres Namens blickte die junge Frau traurig auf und schaute Beatriz lange, aber völlig emotionslos an. Am Ende zeigte sich ein Lächeln auf ihrem Gesicht.

»Beatriz?«

»Es freut mich, dass du dich an mich erinnerst. Allerdings siehst du so aus, als ginge es dir nicht gut. Was hast du seit damals gemacht? Ich habe dich noch nie in Luzern gesehen. Bist du umgezogen?«

Lea schien verwirrt, mobilisierte aber all ihre Energie, um ihr Gehirn in Gang zu bringen. Zögernd erklärte sie:

»Ganz schön viele Fragen. Ich habe eine kaufmännische Ausbildung begonnen. Und nein, ich bin nicht umgezogen, ich wohne immer noch in Kriens.«

Beatriz hatte das Gefühl, der verängstigt wirkenden Frau mit der stockenden Stimme helfen zu müssen.

»Gut, auf jeden Fall sollten wir beide uns wiedersehen und uns dann länger unterhalten. Jetzt muss ich erst mal los. José hat mir gesagt, dass er mit dir zum Schweigemarsch kommen möchte. Es würde mich wirklich freuen, dich dort wiederzusehen.«

Die Antwort ließ auf sich warten. Beatriz hatte plötzlich Mitleid mit der Frau, die vor ein paar Jahren noch so vorlaut gewesen war.

»Ihr wollt eine Wanderung machen? Mitten im Winter?«

»Lea, hör mir gut zu. Es handelt sich nicht darum, die Wanderstiefel zu schnüren, sondern darum, dass wir gemeinsam marschieren, um angesichts des Serienkidnappers unsere Entschlossenheit und unseren Zusammenhalt zu demonstrieren.«

Die junge Frau sah sie mit großen Augen und offenem Mund an. Beatriz begriff, dass sie noch nichts von den Dramen gehört hatte, die Luzern erschütterten. So einfach und so knapp wie möglich erklärte sie ihr die Situation, worauf beide lange schwiegen. Sie umarmte sie und beschloss zu der Gruppe zurückzukehren, um ihre Theorie in Bezug auf die Notwendigkeit der Abschaffung der Meinungsumfragen kundzutun. Bevor sie wegging, rief Lea ihr zu:

»Das ist ein bisschen so, wie der ekelige Typ, der mich verfolgt hat.«

Beatriz blieb sofort stehen, ging zurück und legte ihren Arm schützend um die Taille der jungen Frau.

»Willst du mir deine Geschichte erzählen? Lass dir Zeit dabei.«

Lea spürte, wie wichtig ihr Erfahrungsbericht war und bemühte sich, ihre Erinnerungen zu bündeln.

»Das war lange nach der Zeit im Kinderhort. Ich bin auf dem Sonnenberg spazieren gegangen. Es war ein heißer Spätnachmittag. Ich war allein. Ich weiß nicht mehr, was ich gemacht habe, aber ich erinnere mich gut an dieses Auto, das neben einem Bauernhof geparkt war. Ein ungewöhnlicher Ort, denn da gibt es sonst nichts. Ich bin an diesem großen Schwein vorbei, das hinter dem Lenkrad saß. Das Fahrzeug ist mir auf dem Feldweg hinterhergefahren. Das sehe ich wieder vor mir. Ich habe trainiert und bin gejoggt. Als ich schneller gelaufen bin, wurde das Auto auch schneller. An einer Kreuzung bin ich rechts abgebogen, um zurück zum Hof zu laufen. Der Typ ebenfalls. Ich hatte Angst. Da lag dieser große Stein auf dem Weg. Den habe ich aufgehoben und bin noch schneller gelaufen. Der Boden war uneben, ich war schneller«, sagte sie lächelnd. »Beim Bauernhof bin ich direkt auf die Häuser zugelaufen.«

Beatriz wartete auf den Rest des Berichts, zögerte und fragte dann:

»Das Auto? Kannst du es beschreiben?«

»Habe ich Auto gesagt? Das war falsch. Es war ein Kastenwagen.«

»Erinnerst du dich an die Farbe?«

»Nur sehr vage.«

»Kannst du es etwas genauer sagen?«

»Ein weißer Lieferwagen, glaube ich.«

»Und wann ist das Ganze passiert?«

»Wann? Im Sommer.«

»Ja, aber wie viele Jahre ist das her?«

»Das weiß ich nicht mehr ... drei, vier Jahre, vielleicht sogar schon fünf.«

Beatriz war wie gelähmt. Hatte sie eine der ersten Frauen vor sich stehen, die dem Kidnapper entkommen waren? War er schon so lange zugange?

»Und der Typ, hast du ihn gesehen? Würdest du ihn wiedererkennen?«

»Diesen Mistkerl werde ich nie vergessen. Schon als kleines Kind konnte ich ihn nicht riechen. Sein perverser Blick verfolgt mich immer. Wenn ich ihn sehe, wechsle ich die Straßenseite. Lauter negative Schwingungen ... Jetzt, wo ich mit José zusammen bin, verstehe ich, dass ich die Dinge anders sehe wie ihr. Da, wo die meisten Menschen nichts bemerken, nehme ich die Masken auf den Gesichtern wahr und die dieses Arschlochs ist furchteinflößend.«

»Hast du mit irgendwem darüber gesprochen?«

»Damals habe ich meinen Eltern davon erzählt. Mein bescheuerter Vater hat mir eine Ohrfeige verpasst und mir erklärt, dass man Nachbarn nicht auf diese Weise beleidigen soll. Zum Glück ist er abgehauen und hat meiner Mutter und mir dadurch eine schöne Zeit verschafft.«

Nach und nach wurde Lea redseliger.

»Schon merkwürdig, dass wir jetzt von ihm reden.«

»Warum?«

»Neulich bin ich ihm in Luzern begegnet. Dort trug er mehrere furchteinflößende Masken. Er hat mich wiedererkannt und ich hatte Angst. Seit einer Woche umkreise ich jetzt sein Haus und spüre, dass da etwas nicht stimmt. Im Wohnzimmer sind die Rolladen die ganze Zeit runtergelassen Das Fenster des Garagentors wurde gegen eine Sperrholzplatte ausgetauscht. Ich habe gelauscht. Da läuft immer Musik. Ein Radio mit Fernbedienung.«

In diesem Moment erhob sich die ganze Gruppe und José rief:

»Entschuldige Dona Quichotte, wir müssen los. Aber versprochen, das nächste Mal hören wir uns alles an, was du uns zu sagen hast. Lea, kommst du?«

»Einen Moment, ich komme.«

»Nenne mir die Adresse dieses Kerls. Jede Stunde, die verstreicht, verlängert das Leiden der Opfer.«

»So einfach ist das nicht, ich muss dir noch mehr darüber erzählen. Morgen nehme ich mir Zeit dafür. Treffen wir uns gegen Mittag?«

»Gut, kommst du jetzt endlich?«, fragte José ungeduldig.

Sie erhob sich und verschwand über die Rolltreppe, ohne Beatriz' Antwort abzuwarten.

9. – Drei, vier …

Mittags kehrte Beatriz zum Bahnhof zurück. Letzte Nacht hatte sich auf den Oberleitungen Eis gebildet und für ein solches Chaos gesorgt, dass der Schienenverkehr immer noch gestört war. Die Bahnhofshalle war schwarz vor Menschen und die allgemeine Lautstärke übertönte die Ansagen der Bahnhofsmitarbeiterin. Beatriz schlängelte sich durch die verschiedenen Ströme der Zugreisenden. Sie schaute auf allen Bahnsteigen nach, suchte alle Ecken des Gebäudes ab und ging sogar die Unterführung zum Kongresszentrum entlang. Es erschien ihr sonderbar, dass Lea nicht zu ihrer Verabredung gekommen war. Sie hatte überlegt, ihre Ermittlungen in der Tiefgarage fortzusetzen, in der Catherine und Didier auf diese unheimliche Person gestoßen waren. Doch plötzlich machte sie sich Sorgen und bedauerte, nicht darauf bestanden zu haben, die Unterhaltung, die sie am Vortag mit der jungen Frau geführt hatte, beendet zu haben.

Dicht gedrängt standen die Fahrzeuge in den verschiedenen Parkebenen. Ihre Nachforschungen wurden immer komplizierter. Im dritten Untergeschoss flackerten einige der Neonröhren. Beatriz warf einen Blick hinter eine Reihe an einer Wand entlang geparkter Autos, als sie das Zuschlagen einer Wagentür aufschreckte. Sie konnte nicht erkennen, woher das Geräusch kam, aber sie hörte Frauenschritte, die sich entfernten. Nachdem sie alle Stockwerke gründlich abgesucht hatte, musste sie sich damit abfinden, dass Lea und ihre Freunde unauffindbar blieben.

Besorgt ging Beatriz zum Landungssteg zurück, auf dem sich bei gutem Wetter Menschengruppen versammelten, um eine Schifffahrt über den See zu unternehmen. Gedankenverloren kreuzte ihr Blick, ohne dass sie es bemerkte, den von José, der in einem Café saß. Dieser stürzte nach draußen und rief:

»Dona Quichotte!«

Beatriz drehte sich um, und José lud sie mit an seinen Tisch ein. Beim Anblick der heißen Schokolade, die vor dem jungen Mann stand, beschloss Beatriz, das Gleiche zu bestellen.

Nachdem sie sich kurz über die Störungen des Zugverkehrs ausgetauscht hatten, gestand José, dass er sich Sorgen mache, da er seit dem vergangenen Abend nichts mehr von seiner Freundin gehört hatte. Sie hatten sich gegen 22 Uhr getrennt, als Lea zu ihrer Mutter heimfahren wollte. Beatriz berichtete ihm von dem Gespräch, dass sie mit ihr am Vortag geführt hatte und schätzte, dass das Mädchen vermutlich ihre eigenen Ermittlungen anstellte.

»Sie hat mir schon von diesem perversen Nachbarn berichtet, aber vermutlich habe ich Lea genervt, weil ich ihr andauernd gesagt habe, dass sie vorsichtig sein soll, denn seit einem Monat hat sie mir nichts mehr erzählt«, meinte José.

»Vielleicht machst du dir ganz unnötig Sorgen«, versuchte Beatriz ihn zu beruhigen, obwohl sie selbst nicht davon überzeugt war.

»Das glaube ich nicht. Ich hab mich hier ins Warme verzogen, um besser nachdenken zu können. Ich hab bei Messenger nachgeschaut – das letzte Mal war sie online, kurz nachdem wir uns getrennt haben.«

»Mach dich nicht wahnsinnig, vielleicht musste sie überstürzt irgendwohin.«

»Vielleicht.«

José dachte weiter nach und trank seinen Kakao aus, bevor er fortfuhr:

»Ich weiß nicht, wo der Typ haust, aber wir müssen ihn finden. Wir könnten zu Lea fahren und ihre Mutter befragen. Sicher kann sie uns weiterhelfen.«

»Deine Idee gefällt mir. Bevor wir uns auf den Weg machen, muss ich aber noch zwei Telefonate führen. Entschuldige mich kurz«, sagte Beatriz und entfernte sich vom Tisch.

Zunächst telefonierte sie mit Bruno, ihrem Freund bei der Polizei. Er hatte gerade seine Markteinkäufe erledigt und trank mit seiner Frau einen Kaffee im Bistronomie. Der dort herrschende Geräuschpegel zwang ihn, raus auf die Straße zu gehen, um zu verstehen, was Beatriz ihm sagen wollte. Da sie Informationen aus erster Hand erbat und sich nur ein paar hundert Meter von ihm entfernt aufhielt, schlug er ihr vor, dass sie so schnell wie möglich zu ihm kommen solle.

Didier bemühte sich gerade, den fehlenden Schlaf der letzten Woche nachzuholen und sich von den Emotionen des Vortages zu erholen, als ihn das Klingeln seines Telefons aus seinen Träumen riss. Er war so tief weg gewesen, dass er erst gar nicht richtig verstand, was ihm Beatriz zu erklären versuchte. Er gähnte derart stark, dass er sich fast den Kiefer verrenkte und bat sie dann, ein paar Croissants zu kaufen und bei ihm vorbeizukommen, um ihm zu berichten, was in Luzern vor sich ging. Als er sein Mobiltelefon zurück auf den Nachtisch legte, verzog er aufgrund des stechenden Schmerzes in seinem Handgelenk unwillkürlich das Gesicht und beschloss, bis zum Eintreffen seiner Freundin wieder unter die Daunendecke zu kriechen.

Beatriz ging zu José zurück, grüßte im Vorübergehen einige

Bekannte und nahm den Gesprächsfaden wieder auf:

»Bevor wir zu Leas Mutter fahren, muss ich wegen dieser Entführungsserie zwei Freunde treffen. Bleib auf jeden Fall in der Nähe, ich rufe dich an, sobald ich fertig bin.«

»Dann beeil dich aber, diese Situation gefällt mir ganz und gar nicht. Ich kann doch auch alleine zu ihr fahren, oder?«

»Nein, warte bitte auf mich. Es dauert nicht lange. Wir treffen uns spätestens ... lass mich nachdenken ... in einer Stunde wieder und machen uns dann auf den Weg.«

»In Ordnung.«

Im Bistronomie herrschte ziemliche Hektik. Beatriz wechselte ein paar Worte mit der Wirtin Claudia und mit einigen Stammgästen, bevor sie sich neben ihren Freund an die Theke setzte. Bruno fragte sie ohne Umschweife:

»Bist du heute etwa nicht mit deinem kleinen Schützling zusammen?«

»Oh, und du? Hat dich deine Frau Hals über Kopf verlassen?«, konterte Beatriz spöttisch.

»Sie hat ein Kostüm in einer Boutique in der Neustadt gesehen und ist los, um es anzuprobieren. Aber gut. Scherz beiseite, ich muss dich vor allem warnen«, flüsterte er.

Beatriz horchte auf.

»Viktor, unser großer Boss, ist stinksauer. Ihm gefällt dieser Schweigemarsch nicht, auch wenn er genehmigt ist. Außerdem ist er wegen all der Leute, die sich in die Ermittlung einmischen, ziemlich genervt. Pass auf dich auf, doch vor allem muss sich dein Freund Didier in Acht nehmen, denn den haben sie total auf dem Kieker. Nicht nur, dass er mehrfach am Tatort war, er ist auch noch bei seinem Chef eingebrochen und hat ihn beschuldigt, der Serienkidnapper zu sein.«

»Nachdem, was er mir gesagt hat, hat er ihn nicht beschuldigt, sondern nur verdächtigt. Das ist ein großer Unterschied«, erwiderte Beatriz.

»Wie du willst. Das sind Wortklaubereien.«

»Habt ihr das Ergebnis der DNA-Analyse?«

»Ich weiß nicht, ob ich das an dich weitergeben darf?«

»Warum nicht? Ich kann mich revanchieren, denn in ein paar Stunden habe ich vielleicht neue Indizien, die ich dir exklusiv verrate. Denk an deine Karriere oder besser gesagt an deine Rehabilitation.«

»Die diesen Fall betreffen?«

»Vielleicht ... also, zuerst das Ergebnis.«

»Versprichst du, es für dich zu behalten?«

»Ja, natürlich. Du kennst mich doch.«

»Eben.«

Bruno dachte kurz darüber nach und fuhr dann fort:

»Auf jeden Fall wird es bald auch offiziell bekannt werden: Die auf der Kappe gesicherte DNA stimmt nicht mit der von Walter Murer überein.«

»Verdammt.«

»Das kannst du laut sagen. Auch nicht mit der von Didier, aber dessen waren wir uns ja bereits sicher. Wir verfolgen einige Spuren, die momentan jedoch nirgends hinführen. Aber du hast eben angedeutet, ein paar Informationen in der Hinterhand zu haben. Kannst du mir mehr darüber sagen?«

»Eine delikate Angelegenheit, weil ich noch nichts mit absoluter Sicherheit weiß und du mir gerade gesagt hast, dass ich mich von den Ermittlungen fernhalten soll. Unter diesen Bedingungen will ich mir erst hundertprozentig sicher sein, bevor ich mit irgendetwas herausrücke.«

»Gib mir einfach einen Hinweis.«

»Also gut. In gut einer Stunde fahre ich mit einem jungen Freund nach Kriens.«

»Macht keinen Blödsinn. Ich hoffe, dass ihr nicht zum Chalet von Walter Murer wollt …«

»Hältst du mich für bescheuert?«

Beleidigt, dass Bruno diese dämliche Hypothese geäußert hatte, verzog Beatriz ihr Gesicht.

»Wir brechen bestimmt nicht bei Walter ein, aber bohr bitte nicht weiter nach. Momentan haben wir noch nichts in der Hand. Ich verspreche dir, dass du der Erste bist, der davon erfährt, sollte sich diese Spur für die Ermittlungen als interessant erweisen.«

Nach diesen rätselhaften Worten klopfte Beatriz Bruno auf den Rücken und verließ eiligen Schrittes das Bistronomie.

Didier hatte nur einen Wunsch: sein warmes Bett nicht verlassen zu müssen. Er konnte sich nicht durchringen aufzustehen. Er zählte bis zehn, sprang dann auf und ließ sich direkt wieder auf der Bettkante nieder. Sein ganzer Körper schmerzte; er hatte ihn am Vortag auch arg gepeinigt. Er zwang sich, direkt unter die Dusche zu gehen und schluckte auf dem Weg dorthin ein Schmerzmittel. Während ihm das heiße Wasser wohltuend über die Haut rann, zog er Bilanz aus allem, was er seit Sonyas Abreise erlebt hatte. Er hatte Catherine das erste Mal am Flussufer und sicherlich auch ein zweites Mal im Parkhaus davor gerettet, entführt zu werden. Mitten auf einer verschneiten Gasse in der Altstadt hatte er einen Polizisten überwältigt. Mit Hilfe seiner Freunde waren sie in das Computersystem eines Unternehmens eingedrungen. Und als Krönung des Ganzen war er in Walters Chalet auf pädopornografische Zeitschriften gestoßen.

Sein Handgelenk und sein Fußknöchel waren verstaucht und auf seiner Stirn prangte eine taubeneigroße Beule, was ihm das Aussehen eines Straßenkämpfers verlieh. Ganz zu schweigen von dem Hämatom, das sich um seine geschwollenen Lider gebildet hatte. All das in weniger als zehn Tagen, dachte er.

Didier schaffte es nicht, seine Gedanken, die sich wie ein Strudel in seinem Kopf drehten, in gerade Bahnen zu lenken. Doch es gab auch positive Seiten: er hatte neue Freunde gefunden, allen voran Beatriz, auf die er sich verlassen konnte. Vor allem aber Catherine spukte ihm in vielerlei Hinsicht im Kopf herum. Ihr Verschwinden verstörte ihn mehr, als es für ihre kurze Freundschaft angemessen war, denn sie hatte sehr schnell einen sehr wichtigen Platz in seinem Leben eingenommen. Er erinnerte sich an die schönen Momente, die sie noch vor kurzem miteinander verbracht hatten. Von ihrer ersten Begegnung in der Boîte de Nuit an hatten sie eine große Nähe zueinander verspürt. Die Vorstellung, dass ihr in irgendeiner Form Gewalt angetan werden könnte, machte ihn wahnsinnig. Während er sich fragte, was mit ihm los war, lief ihm ein kalter Schauer über den Rücken. Er stieg aus der Dusche, wickelte sich in ein Handtuch und schluckte eine zweite Schmerztablette, als es an der Haustür klingelte.

Beatriz präsentierte durch den Spion ihre Croissants und betrat grinsend Didiers Wohnung.

Bei einem Kaffee fasste sie die Unterhaltungen mit José und Bruno zusammen und betonte dabei die Warnung, die der Polizist ausgesprochen hatte. Didier wiederum berichtete haarklein von seinem Besuch bei Walter und fügte dann hinzu:

»Ich habe dort weder Spuren von Lea noch von Catherine gefunden, aber du kannst mir nicht ausreden, dass dieser Mistkerl schuldig ist, auch wenn seine DNA nicht mit der des Kidnappers übereinstimmt. Vielleicht hat er einfach einen Komplizen.«

»Ja, das ist eine Hypothese. Aber welche Rolle würde dann

dein Ex-Chef dabei spielen?«

»Er ist niemand, der den starken Mann markiert, und ich bete, dass er kein Mittelsmann in irgendeinem Netzwerk ist. Vielleicht stellt er ja nur das Versteck zur Verfügung? Ich habe das Chalet gründlich durchkämmt, mehr finden wir dort nicht. Bevor er sich auf den Pilatus zurückgezogen hat, hat er in Kriens gewohnt, und ich glaube, dass sich dort immer noch sein Hauptwohnsitz befindet. Wir sollten uns seine anderen Immobilien vornehmen.«

»Wir können unsere Nachforschungen in Kriens beginnen, denn dort wollte ich mich eh mit José hinbegeben. Ob das ein Zufall ist?«

»Das werden wir sehen. Wir müssen alles daran setzen, Catherine zu finden.«

»Und Stefanie.«

»Ja, natürlich auch Stefanie und gleichzeitig hoffen, dass das Verschwinden Leas ein falscher Alarm ist. Jetzt, da wir wissen, was zu tun ist, müssen wir behutsam vorgehen, ansonsten werden wir sofort wegen Behinderung laufender Ermittlungen eingelocht. Wir geben den Bullen erst Bescheid, wenn wir Beweise haben.«

»Ich tendiere dazu, sogar noch vorsichtiger vorzugehen: je nachdem, was wir entdecken, rufe ich Bruno an und bitte ihn um Rat, wie wir weiter vorgehen sollen«, erklärte Beatriz.

»Lieber Gott, bitte lass Catherine nichts zugestoßen sein.«

»Bist du jetzt plötzlich gläubig?«

»Wenn es mir gerade passt, dann schon«, erwiderte Didier mühsam lächelnd.

Schweigend und mit ernster Miene tranken sie ihren Kaffee aus.

Draußen auf der Straße versuchte Beatriz sofort, José anzurufen.

Sie konzentrierte sich so sehr auf das Display ihres Telefons, dass sie eine vereiste Stelle nicht bemerkte und ausrutschte. Zum Glück erwischte sie den Arm eines Passanten, der ebenfalls das Gleichgewicht verlor, sich aber trotz ihres Gewichts auf den Beinen halten konnte.

»Also, Dona Quichotte! Schon am frühen Nachmittag betrunken?«

»Zum Glück bin ich gegen einen Mordskerl wie dich gefallen. Wärst du nur eine halbe Portion, lägen wir jetzt beide auf der Erde. Danke!«, erwiderte sie scherzend.

»Gern geschehen«, rief ihr der Unbekannte zu, während er davonging.

Plötzlich merkte sie, dass ihr Telefon verschwunden war. Misstrauisch sah sie dem Mann hinterher, bevor sie bei sich dachte, dass das nicht sein könne. Sie senkte den Blick und entdeckte das Handy im Rinnstein nur wenige Zentimeter vom Gully entfernt. Schwein gehabt, sagte sie sich, während sie es aufhob. Um ein Haar wäre ich auf die Fresse gefallen und hätte mein Telefon verloren, ich muss wirklich besser aufpassen. Wie stünde ich denn mit meinen Ermittlungen da, wenn ich niemanden mehr erreichen könnte.

Beatriz atmete tief durch, um ihren Herzschlag zu beruhigen und rief dann José an. Sie verabredeten sich an der Haltestelle der Kantonalbank und fuhren zehn Minuten später mit dem Trolleybus nach Kriens.

Inzwischen schneite es wieder dicke Flocken. Schweigend gingen sie eine gute Viertelstunde bis zu Leas Wohnung. Sie klingelten, aber niemand machte auf. Beatriz und José blickten sich an und klingelten ein weiteres Mal vergeblich. Sofort malten sich die beiden Hobby-Kommissare das Schlimmste aus, denn zweifellos musste etwas Gravierendes passiert sein. José wählte die Festnetznummer. Sie hörten den Apparat leise klingeln, ohne dass jemand abhob.

»Was machen wir jetzt?«, fragte der junge Mann aufgeregt.

»Zunächst einmal müssen wir Ruhe bewahren.«

»Seit gestern Abend erreiche ich Lea nicht mehr, und ihre Mutter ist auch nicht zu Hause. Ich finde das schon sehr beunruhigend. Warte! Erik, ein Kumpel von Lea, wohnt hier auch irgendwo, ich kenne nur seine genaue Adresse nicht. Ich war mit ihm in einer Klasse und erinnere mich gut, dass er sich um Zébulon gekümmert hat, wenn niemand zu Hause war.«

»Wer ist Zébulon?«, fragte Beatriz

»Leas Katze. Bestimmt hat Erik einen Schlüssel. Ich werde ihn anrufen. Mal sehen, wer seine Nummer hat.«

Während José seine Adressliste durchscrollte, inspizierte Beatriz die Nachbarschaft.

Gründlich rasiert und angezogen machte sich Didier daran, Walters Adresse ausfindig zu machen. Er suchte im Telefonbuch, auf das er kurz zuvor seine Tasse Kaffee abgestellt hatte, unter »Murer«, fand dort jedoch keinen »Walter«. Er dachte kurz nach und kam zu dem einfachen Schluss, dass Walter keinen Festnetzanschluss besaß oder diesen geheim hielt. Also dachte er an Thomas, der es bereits geschafft hatte, in das Computersystem von Swiss Quality Extracts einzudringen und rief deshalb Sonya an. Er fasste für sie die Ereignisse des Vortages zusammen und hätte beinah vergessen zu erwähnen, dass Lea in der Nacht verschwunden war. Seinen lädierten körperlichen Zustand verschwieg er jedoch absichtlich.

»Pass auf dich auf, Didier. Ich finde diese Geschichte immer beunruhigender und möchte nicht, dass du all diese Risiken eingehst. Warum machst du dir überhaupt so viel Mühe? Ich will auf keinen Fall, dass du Probleme mit der Polizei kriegst oder in die Hände dieses Irren fällst.«

»Keine Sorge, ich stehe diesem Mistkerl kampfbereit entgegen und lasse mich nicht von ihm überraschen. Mit der Polizei hast du allerdings recht, sie lassen mir keine Ruhe. Aber gut, das ist weder das erste Mal, noch wird es das letzte Mal sein. Es würde mich nicht wundern, wenn sie unser Telefon abhören. Sie haben mich schon zu meiner Vorgeschichte befragt und ich denke, es wäre sicherer, beim nächsten Mal eine verschlüsselte Verbindung zu benutzen. Wenn es Ärger gibt, dann eher aus dieser Richtung und nicht von Seiten Walters und seiner Komplizen.«

»Jetzt unterschätzt du deine Gegner, das ist neu. Außerdem möchte ich betonen, dass Walter vielleicht gar nicht in die Entführungen verwickelt ist.«

»Das glaube ich nicht eine Sekunde. Es gibt einfach zu viele Indizien, die du zum Teil ja selbst zutage gefördert hast. Aber du tust gut daran, mich zu erinnern, dass die sicherste Form, sich nicht überrumpeln zu lassen, darin besteht, mit allem zu rechnen. Ich verspreche dir aufzupassen, wenn ich mich auf vermintes Gebiet begebe.«

»Ich freue mich, wenn du inzwischen auf der Hut bist und hoffe, dass das nicht nur leere Worte sind.«

»Ehrenwort!«

»Gut, aber kommen wir zu den Fakten zurück. Ich spüre doch, dass du nur um den heißen Brei herumredest. Warum hast du mich angerufen?«

»Ich möchte dich um einen Gefallen bitten.«

»Das habe ich mir irgendwie schon gedacht. Ich höre.«

Didier ignorierte diese Bemerkung und fuhr fort:

»Also, da Thomas bereits einen Teil der Daten von Swiss Quality Extracts abgegriffen hat, wollte ich fragen, ob er auch die Adresse von Walter herausfinden könnte.«

»Das nennst du vorsichtig sein und aufpassen? Machst du

dich über mich lustig?«

»Ich dringe ja nicht bei ihm ein, sondern beobachte das Haus von außen. Ich werde mir eine ruhige Ecke suchen und sein Anwesen mit dem Fernglas observieren. Die Dunkelheit bricht zu dieser Jahreszeit so schnell herein, dass mich niemand bemerken wird.«

»Es fehlt noch, dass du dich dabei erwischen lässt. Also gut, ich werde Thomas kontaktieren. Falls er gerade ein Laptop zur Hand hat, gibt er uns die Adresse in null Komma nichts durch. Hab bitte einen Moment Geduld.«

Während Sonya ihren Hackerfreund kontaktierte, zog sich Didier warm an, um der Kälte draußen trotzen zu können. Als er gerade die Schuhe zuband, erhielt er die gewünschte Information. Didier versprach seiner Freundin, sie abends anzurufen, um sie auf dem Laufenden zu halten, und ging zur nächsten Bushaltestelle. Während der Fahrt studierte er auf dem Smartphone den Stadtplan von Kriens.

Nach zahlreichen Anrufen hatte José es schließlich geschafft, Erik zu erreichen, der sofort angelaufen kam:

»Hallo, José. Aber das ist ja Dona Quichotte in Person«, sagte er ironisch. »Was macht ihr beiden denn hier in dieser Ecke?«

Ohne eine Antwort abzuwarten, fuhr er fort:

»Ihr müsst euch keine Sorge machen, nur weil niemand zu Hause ist. Weder Lea noch ihre Mutter haben mich gebeten, mich um die Katze zu kümmern. Falls sie unterwegs sind, dann nur kurz. Vielleicht sind sie von ihrer Familie zum Essen eingeladen worden.«

»Ich habe jetzt seit beinah achtzehn Stunden nichts mehr von Lea gehört.«

»Mmh, nun gut. Aber ich kann doch nicht einfach so ungefragt in die Wohnung gehen.«

»Warum nicht?«, fragte Beatriz. »Brauchst du etwa einen Durchsuchungsbefehl?«

»Nein, natürlich nicht.«

»Dann, los. Worauf wartest du?«, forderte José ihn auf.

Nachdem sich Erik selbst vergewissert hatte, dass niemand auf das Klingeln an der Haustür reagierte, schloss er die Tür zu dem Gebäude auf und ließ José und Beatriz im Flur stehen.

»Hallo, ist da wer? Lea? Frau Brunner?«

Nur Zébulon kam auf sein Rufen hin angelaufen und forderte seine Streicheleinheit. Der Katze fehlte es an nichts, in den Schälchen waren noch ausreichend Trockenfutter und Wasser. Da alles in Ordnung schien, verließ Erik die Wohnung wieder. José und Beatriz bestanden darauf, gründlicher nachzuschauen, was Erik jedoch kategorisch ablehnte und sich damit rechtfertigte, dass sie niemals hätten einfach so eintreten dürfen.

José bat Beatriz um etwas zu schreiben. Sie holte einen Notizblock aus ihrer Umhängetasche, riss ein Blatt ab und reichte es ihm zusammen mit einem Kugelschreiber. José schrieb eine Nachricht und schob sie unter der Tür durch:

Hallo Lea,
ich erreiche weder dich noch deine Mutter. Ich mache mir Sorgen. Ruf mich bitte sofort an, wenn du diesen Zettel findest. Egal, wie spät es ist.
Ich umarme dich –
José

P.S. Madame Brunner, falls Sie diese Nachricht finden, kontaktieren Sie mich bitte sofort.

Beatriz beschloss, ihre Nachforschungen fortzusetzen. Lea konnte sie zwar nicht zum Haus des perversen Nachbarn führen, aber sie hatte durch die junge Frau eine wichtige Information erhalten: Das Fenster der Garagentür war durch eine Sperrholzplatte ersetzt worden. Sie zog es vor, sich allein weiter umzuschauen und bedankte sich bei Erik. Dann bat sie José, zum Bahnhof zu fahren, um sich bei seinen Freunden zu erkundigen.

»Man kann nie wissen«, argumentierte sie. »Vielleicht haben sie ja etwas von Lea gehört.«

Anschließend machte sich Beatriz daran, das Viertel auszukundschaften.

Didier traf in Kriens ein, als die Kirchturmuhr um die Ecke gerade sieben schlug. Mühelos fand er die Straße, in der Walter wohnte. Allerdings musste er sie ein paarmal auf und abgehen, bis er das Haus Nummer 25 gefunden hatte, denn das Einfamilienhaus war von einem Garten umgeben und nur über eine Zufahrt erreichbar. Didier umrundete es und sah von einer Parallelstraße aus die Garage. Er beschloss, nichts zu versuchen, was ihn verraten konnte, bemerkte aber zwischen eng beieinander stehenden Koniferen und dem benachbarten Spielplatz eine kleine Erhebung. Er wischte den Schnee von einem der Steine und machte es sich darauf so bequem wie möglich. Mit seinem Fernglas inspizierte Didier das Haus und lächelte kurz bei dem Gedanken, dass Sonya es sicherlich schätzen würde, wie vorsichtig er war. Im ersten Stock waren zwei Zimmer erleuchtet, aber nichts bewegte sich. Die Kälte kroch ihm unter die Kleidung. Nach einer halben Stunde verlor er die Geduld und schlich vorsichtig die Garagenauffahrt entlang. Um nicht den Fehler vom Vortag zu wiederholen, benutzte er die schon vorhandenen Fußspuren im Schnee. Als

Didier entdeckte, dass die Tür schöne Fenster besaß, war er beinah enttäuscht. Er war so überzeugt von Walters Schuld, dass er weiter nach Anhaltspunkten dafür suchte, ohne zu wissen, wie diese aussehen mochten. Er drückte sein Ohr gegen die Tür und meinte ein Radio zu hören. Seine Aufmerksamkeit richtete sich erneut auf die Fensterscheibe. Er fuhr mit dem Finger über die Abdichtung und stellte fest, dass der Kit zwar hart war, aber ein wenig nach Leinöl roch. Didier holte sein Mobiltelefon aus der Tasche und sagte sich, dass es ohne Beweise sicherlich die schlechteste Option sei, die Polizei anzurufen. Daher entschied er sich ganz selbstverständlich dafür, diejenige zu verständigen, die mit ihm Ermittlungen vor Ort durchführte.

Beatriz hatte keine Ahnung, wo sie anfangen sollte. Anfangs grenzte sie das zu inspizierende Gebiet ein und entschied sich, es in immer größeren konzentrischen Kreisen abzugehen, um ihre Ermittlungen auf die größeren Verbindungsachsen auszudehnen. Als die Kirchenuhr bereits viertel nach sieben anzeigte, wurde ihr bewusst, welche Arbeit ihr noch bevorstand. Beatriz schätzte, dass sie mindestens zwei Stunden brauchen würde, um das ganze Viertel zu erkunden.

Sie bemühte sich, unbemerkt zu bleiben, doch die beiden ersten Personen, die ihr entgegenkamen, drehten sich direkt nach ihr um. Schnell kapierte sie, dass sie die Passanten offensichtlich mit ihrem Äußeren erstaunte. Dabei hatte sie sich doch unifarben gekleidet und fand, dass der kräftige Rosaton ihr ausgesprochen gut stand.

Sie verlor viel Zeit, um sicherzugehen, dass sie niemand beobachtete, wenn sie sich einer Garagenausfahrt näherte, brauchte letztlich aber nur dreißig Minuten, um das Einfamilienhaus zu finden, bei dem die Fensterscheibe durch ein Sperrholzbrett ersetzt worden war. Es schien ihr, als würde Licht durch die geschlossenen Rollladen im ersten Stock dringen. Sie schaute sich nach möglichen Nachbarn um, doch sie war ganz allein. Sie schlich um das Haus auf der Suche nach einer unverschlossenen Tür, die sie einen Spaltbreit öffnen wollte, um zu hören, was im Inneren des Gebäudes vor sich ging, doch ihre aufwendige Suche blieb ergebnislos. Erneut stand sie vor der Garage, konnte aber nichts Verdächtiges erkennen.

Während sie über die Lage nachdachte, hörte sie einen Schrei, der jedoch sofort wieder verstummte. Sie war überzeugt, dass es sich um eine weibliche Stimme gehandelt hatte. Sie zückte ihr Telefon und während sie unter ihren Kontakten nach der Nummer von Bruno suchte, ertönte der Klingelton ihres Handys. Sofort bereute sie, dass sie dafür am Vortag *Anarchy in the UK* von den Sex Pistols gewählt hatte. Nachdem Johnny Rotten die ersten Worte »I am an anti-Christ, I am an anarchist« gebrüllt hatte, schaltete sie es sofort aus. Ihr Display zeigte einen Anruf von Didier an. Beatriz drückte gerade die Rückruftaste, als sie ein Knirschen im Schnee hörte. Ihr blieb keine Zeit, sich umzudrehen, bevor alles um sie herum schwarz wurde.

José wartete eine Ewigkeit an der Bushaltestelle und nutzte die Zeit, um zahlreiche Anrufe zu tätigen. Immer wieder hörte er jedoch die gleiche Leier: »Nein, tut mir leid. Ich habe Lea weder gesehen, noch weiß ich, wo sie ist.« Eine Variante ärgerte ihn besonders: »Nein. Ist sie denn nicht bei dir?«

Am Bahnhof traf José schließlich seine Freunde. Auch wenn Lea erst seit kurzem dazugehörte, machten sich alle Sorgen. Ihr Mitgefühl berührte ihn. Sie beschlossen, sich auf die Suche nach ihr zu machen und vor allem die Plätze abzugehen, an denen sie sich häufig aufhielt. Die Obdachlosen teilten sich daher auf die verschiedenen Viertel von Luzern auf und suchten sie sogar an den unwahrscheinlichsten Orten.

Trotz der pulvrigen Schneedecke, die den Boden bedeckte und die Geräusche absorbierte, hörte Didier eine ungewöhnliche Musik. Er konnte sie nicht genau erkennen, meinte aber, dass es Hard Rock sein könne. Irritiert steckte er sein Telefon ein. Dann wieder Stille, noch drückender als zuvor. Erneut wählte er Beatriz' Nummer und hielt das Telefon von seinem Ohr weg. Wieder hörte er kurz den Klang einer E-Gitarre. Er war überzeugt, dass Beatriz ganz in der Nähe sein musste. Mit hastigen Schritten kehrte Didier auf die Straße zurück und rief ein paar Mal den Namen seiner Freundin. Mitten auf der Straße hielt er inne. Auch sein dritter Versuch, sie zu erreichen, blieb erfolglos. Er fragte sich, wie er reagieren sollte. Plötzlich meinte er, dass diese Musik aus der Garage kommen müsse. Didier wirbelte herum und wurde von einem Blitz geblendet. Für einen Moment war sein Augenlicht getrübt, doch dann erkannte er Walter mit einem Fotoapparat in der Hand. Trotz seines hasserfüllten Blicks sagte dieser kühl:

»Verfolgst du mich immer noch, du Mistvieh? Morgen werde ich dich bei der Polizei anzeigen und jetzt mach, dass du hier fortkommst.«

Didier gehorchte wortlos, obwohl er sich mehr um das Wohlergehen seiner Freunde sorgte als um den Befehl seines Ex-Chefs. Er entfernte sich langsam vom Grundstück und drehte sich dann nochmal um – Walter beobachtete ihn vom Hauseingang wie ein braves Hündchen. Jetzt, wo der alarmiert ist, werde ich mich hier nicht weiter umsehen oder gar ins Haus eindringen können, dachte Didier bekümmert. Während er weiterging, versuchte er einen neuen Plan zu entwickeln.

Als Beatriz ein paar Minuten später aus der Ohnmacht erwachte, saß sie auf einem Stuhl und hatte fürchterliche Kopfschmerzen. Ihre Arme waren an die Rücklehne gefesselt. Während ihr Entführer auch ihre Füße zusammenband, zuckte sie ein paarmal krampfartig vor Angst. Sie konnte lediglich den Nacken und die Sturmhaube des »Monsters von Luzern« erkennen, wie er in einigen Medien genannt wurde. Beatriz hatte seine Pläne gestört und spürte, dass sie dafür einen hohen Preis würde zahlen müssen. Nachdem der Mann sie fertig gefesselt hatte, entfernte er sich schlurfend und verschwand im angrenzenden Zimmer.

Obwohl Beatriz ihren Kopf kaum bewegen konnte, gelang es ihr, ihn ein wenig nach rechts zu drehen und dort in einer Ecke des Raums einen riesigen Computerbildschirm zu erblicken. Das einem Spionageroman würdige Überwachungssystem beeindruckte sie. Vier Fenster auf dem Monitor spielten Videos ab, die von zahlreichen Kameras aufgenommen wurden. Beatriz konzentrierte sich auf die trotz der Dunkelheit deutlich erkennbaren Schwarzweißaufnahmen. Ein vom Wind verwehter Ast löste einen Bewegungsmelder aus. In der unteren Ecke eines der Fenster leuchtete ein grünes Licht auf. Danach löste ein Fußgänger das Signal und einen leisen Alarmton aus, der wieder verstummte, als er aus dem Bild verschwand. Der Passant folgte ihrer Spur und schaute neugierig zum Haus. Jedesmal, wenn er sich bewegte, wurde der Alarm lauter. Der Kidnapper kam zurück, setzte sich an seinen Schreibtisch und zoomte sich das Gesicht des Spaziergängers heran.

Didier entfernte sich von Walters Haus. Zum x-ten Malversuchte er Beatriz zu erreichen und überlegte sogar, Bruno anzurufen und um Rat zu bitten. In Gedanken versunken bemerkte er nicht sofort, dass er auf frischen Fußspuren im Schnee lief. Er blieb stehen und betrachtete sie. Größere Schritte als die seinen und Abdrücke mit einer Lücke zwischen Absatz und Sohle. Ob sie vielleicht von Beatriz stammen?, überlegte er. Auf jeden Fall hatte er nichts zu verlieren, wenn er diesen Spuren folgte. Er ging um eine Straßenecke, an einem Haus vorbei und wieder zurück. Auf dem Bürgersteig zögerte Didier ratlos und ging die Zufahrt hinab, bis er plötzlich ein mit Sperrholz geflicktes Garagenfenster sah und sehr viele Fußspuren entdeckte, die in unterschiedliche Richtungen wiesen. Ein roter Ohrring in Form eines Hummers, der zur Hälfte im Schnee steckte, weckte seine Aufmerksamkeit. Er hob ihn auf und erschauderte, als er sich entsann, dass er ihn noch am Morgen an Beatriz' Ohr gesehen hatte. Hastig dachte er nach. Sollte er die Tür aufbrechen und dadurch riskieren, in eine verzwickte Lage zu geraten oder sollte er direkt die Polizei verständigen? In beiden Fällen waren Probleme vorprogrammiert. Er entschied sich für die zweite, vernünftigere Option, hatte aber keine Zeit mehr zu telefonieren, da ein Auto mit laufendem Motor direkt vor dem geöffneten Tor hielt. Didier gelang es nicht, den Fahrer zu erkennen. Da er sich beobachtet fühlte, ging er entschlossen auf den Unbekannten zu, worauf das Fenster auf der Fahrerseite heruntergelassen wurde. Überrascht sah Didier, dass Walter hinter dem Steuer saß. Wortlos starrten sie sich beide an. Ein weiteres Fahrzeug bog in die kleine Straße ab, und der Fahrer betätigte ungeduldig die Lichthupe. Langsam fuhr Walter los, um dem anderen Platz zu machen. Beide Wagen entfernten sich. Didier fragte sich, was das zu bedeuten hatte, denn er verstand nicht, welche Rolle sein ehemaliger Boss spielte. Waren die beiden Nachbarn Komplizen?

Vom Adrenalin gepuscht näherte sich Didier der Eingangstür. Sie war nicht verriegelt. Er wusste sofort, dass er eine Dummheit beging, dennoch betrat er das Haus. Vorsichtig schlich er vorwärts und hielt nach jedem Schritt den Atem an. Vor der Bürotür blieb er stehen, um einen eventuellen Schatten zu erkennen. Plötzlich wurde ihm bewusst, dass er sich nicht verteidigen konnte, sollte sich der Kidnapper auf ihn werfen. Didier blickte sich um und entdeckte auf einer Anrichte einen spitzen Schlüssel, der zu einem Vorhängeschloss zu gehören schien. Er ergriff ihn und umschloss ihn wie einen Schlagring fest mit seiner rechten Hand. In seinem Wintermantel spürte er, wie die Hitze in ihm hochstieg. Er zog den Mantel aus und band ihn sich um die Hüfte. Der Klang eines Fernsehers aus dem angrenzenden Zimmer ließ ihn innehalten. Kein anderer Laut war zu hören. In Habachtstellung schaute er flüchtig durch den Türrahmen. Das Zimmer war leer. Er beschloss, den Flur weiter entlangzugehen. Aus einiger Entfernung weckte der vertraute Klang einer laufenden Dusche seine Aufmerksamkeit. Vermutlich wäscht er sich gerade. Nackt kann ich ihn einfacher überwältigen, sagte er sich. Jetzt oder nie! Er ging näher heran. Dampf quoll aus der Tür hervor, die einen Spaltbreit offen stand. Auf der Schwelle zum Badezimmer riss er sich zusammen. Verdammt! Ich muss einen klaren Kopf bewahren. Ich will nur Beatriz befreien, die Polizei wird sich dann um die Verhaftung dieses Abschaums kümmern. Als er einen metallenen Hocker sah, entschied er, dass dieser als Waffe effektiver sein würde als sein improvisierter Schlagring. Er ergriff ihn, um ihn zu verwenden, sollte die Situation eskalieren. Die Dusche lief immer noch. Er ging am Badezimmer vorbei und konzentrierte sich auf den Keller. Er fand die Tür, die nach unten führte. Sie war jedoch verschlossen und er versuchte vergeblich, sie mit dem Schlüssel zu öffnen, den er auf der Anrichte gefunden hatte. Sein Gehirn nahm ein Geräusch wahr, das er nicht identifizieren konnte. Alle Sinne in Alarmbereitschaft blieb er reglos stehen. Erst fünf Sekunden später begriff er, dass sich etwas hinter seinem Rücken bewegt hatte, ein leises Geräusch, das für den Bruchteil einer Sekunde jenes der Dusche übertönt hatte. Er atmete tief ein, drehte sich um, schwang dabei den Hocker und hatte keine Zeit mehr, es sich anders zu überlegen, denn in diesem Moment traf ein Holzscheit seinen Schädel.

Als Didier das Bewusstsein wiedererlangte, war er gefesselt. Er wusste nicht, wie viele Stunden vergangen waren. Eine Augenbinde verhinderte, dass er irgendetwas um sich herum wahrnehmen konnte. Er hatte den Eindruck, den Albtraum von Utopia noch einmal zu erleben, nur dass er dieses Mal nicht in einem goldenen Käfig hockte. Ohne Zeit zu verschwenden, nutzte Didier die Erfahrung seiner letzten Gefangenschaft. Er atmete tief aus und erzeugte für einige Minuten eine Leere in seinem Kopf, um danach klarer zu denken. Der vage Geruch von Erde und die Eiseskälte unter seinem Hintern verrieten ihm, dass er vermutlich in einem Keller oder in einer Hütte gefangen gehalten wurde. Der Mief von Schimmel und ranzigem Öl schwebte durch die feuchte Luft. Dieser Raum war lange nicht gelüftet worden. Didier vermutete, dass er sich im Keller des Wohnhauses befand. Er saß mit hochgezogenen Knien und mit dem Rücken an einer Wand. Die Fesseln um seine Füße und Hände ließen seine Schmerzen wieder aufflackern. Absolute Stille, bis auf … er atmete tief ein, hielt die Luft an und lauschte. Tatsächlich nahm er ein leichtes Atmen wahr.

»Hallo. Ist da wer?«, flüsterte er behutsam.

Er wartete auf eine Antwort. Der langsame Rhythmus der Atmung, die er hörte, hatte sich nicht verändert. Didier beschloss, es auf Englisch zu versuchen:

»Can you hear me? Beatriz?«

Keine Reaktion. Er beschloss, sich dieser Person zu nähern. Als Didier sich mit dem Rücken gegen die Wand abstützte, um auf die Beine zu kommen, merkte er, dass seine Arme und Beine zusammengebunden waren. Eine Welle der Angst überkam ihn, doch er sagte sich, dass Sonya die Polizei alarmieren würde, sobald sie merkte, dass etwas Schlimmes vorgefallen war. Allerdings wusste sie nicht, wo er sich befand. Er wurde etwas zuversichtlicher, als ihm einfiel, dass er dieses Haus aufgrund des Garagenfensters entdeckt hatte, doch die Angst kam wieder zurück, denn er vermutete, dass die einzigen Personen, die über diese Geschichte mit dem Sperrholz Bescheid wussten, seine Mitgefangenen waren. Die Hoffnung, dass sie durch Hilfe von außen gerettet würden, löste sich in Luft auf. Didier konnte also nur auf sich und auf Beatriz zählen, falls diese noch am Leben war. Der Kidnapper hatte Stefanie, Catherine und wahrscheinlich auch Lea entführt, doch er und Beatriz hatten dessen makabren Pläne gestört. Er musste sich jetzt rasch zusammenreißen, bevor der Verbrecher seinen Plan weiter in die Tat umsetzte. Didier legte sich auf den Rücken und rollte um die eigene Achse, wobei er sich mit dem Fuß an der Wand abdrückte, um sich im Raum zurechtzufinden. Als er eine Ecke erreichte, positionierte er sich senkrecht zur Wand und schob sich weiter. Dann hielt er inne, um wieder zu Atem zu kommen. Nachdem er ein, zwei Meter vorangekommen war, berührte er einen Körper. Er tastete ihn unbeholfen ab und erkannte an der Kleidung und den Haaren, dass es sich um Beatriz handeln musste. Auch sie war gefesselt. Er zwickte sie, ohne dass sie eine Reaktion zeigte. Er machte weiter, bis sie sich rührte. Beatriz stöhnte und sackte wieder zusammen.

»Beatriz, hörst du mich? Ich bin es, Didier.«

Die Zeit spielte gegen sie, doch wenn es ihm gelang, sie zu wecken, könnte sie ihm die Augenbinde abnehmen, und das wäre ein erster Schritt, um die Freiheit wiederzuerlangen. Auch wenn es ihm zuwider war, seiner Freundin weh zu tun, wusste er, dass nur ein Schmerz sie aus dem Schlaf holen würde.

10. – Der Schweigemarsch

Mit einer kleinen Gruppe bereiteten Ruth und Sébastien eine Strategie für den Schweigemarsch am Nachmittag vor. Die Meinungen über den Zweck der Veranstaltung gingen auseinander. Ruth sah darin hauptsächlich eine Unterstützung für die beiden entführten Frauen und deren Familien, während für einige Leute der Sinn des Marsches darin bestand, die Stadtbevölkerung für mehr Wachsamkeit zu sensibilisieren. Momentan war das Paar jedoch mit den verschiedenen Aufgaben, die noch gelöst werden mussten, überfordert, zumal es auch galt, die Energien der Demonstranten zu kanalisieren. Ruth und Sébastien hatten sich sogar von einem merkwürdigen Typen trennen müssen, der sich ins Organisationskomitee eingeschlichen hatte, um das Denunzieren aller verdächtigen Personen zu fordern, wobei er sich dabei ausschließlich auf Ausländer bezog.

Erschöpft seufzte Ruth:

»Warum ist Beatriz nicht hier? Sie würde das ganze Durcheinander in null Komma nichts in die richtigen Bahnen lenken.«

»Das ist tatsächlich ungewöhnlich. Sie verspätet sich nie, vor allem nicht bei einer so wichtigen Zusammenkunft. Selbst Didier ist nicht gekommen. Ich hoffe, dass sie einer heißen Spur folgen und uns vielleicht gute Neuigkeiten bringen«, erwiderte ihr Freund.

»Bevor du Luftschlösser baust, lass uns lieber Beatriz' Theorie wieder aufgreifen.«

»Über die Meinungsumfragen, welche die modernen Zivilisationen zerstören?«

»Nein, natürlich nicht. Beatriz geht davon aus, dass es sich der Kriminelle nicht nehmen lassen wird, an dem Marsch teilzunehmen, und ich halte das für durchaus nachvollziehbar. Wir müssen so viele Menschen wie möglich zusammentrommeln, um die Demo aus nächster Nähe zu beobachten. Didier glaubt, ihn an seinem speziellen Gang erkennen zu können, aber dafür müsste er sich erst mal wieder blicken lassen.«

»Was machen die beiden bloß?«, fragte Sébastien verzweifelt. »Ich glaube, dass Beatriz die Obdachlosen auf den Plan gerufen hat. Wir sollten bei ihnen vorbeischauen, vielleicht haben sie wichtige Informationen für uns. Wie heißt noch gleich dieser Straßenmusiker, der durch die ganze Stadt zieht? Ich glaube, er ist mit Beatriz befreundet und kennt auch Didier.«

»Sami«, meinte einer der Umstehenden. »Er wohnt in der Baselstraße, aber seine genaue Adresse kenne ich nicht.«

»Wir finden bestimmt jemanden am Bahnhof, der uns zu diesem Sami führen kann.«

»Ich gehe dorthin«, schlug Ruth vor. »Organisiert ihr weiter den Marsch, und ich melde mich, sobald ich etwas Neues weiß.«

Die Zeit drängte. Statt zu Fuß zu gehen und wie gewöhnlich etwas frische Luft zu tanken, fuhr Ruth mit dem Bus zum Bahnhof. Sie wechselte einige Worte mit den Obdachlosen, die sie traf, aber niemand konnte ihr Auskunft geben. Eine Person, die sie ab und zu auf der gleichen Uferpromenade herumirren sah wie Beatriz, griff sie sogar verbal an. Die Äußerungen waren unzusammenhängend, aber er schien etwas gegen Sami zu haben. Schließlich traf Ruth einen Streetworker, der den Musiker gut kannte. Er nahm sich Zeit, mit ihr zu reden, brachte sie bis vor Samis Haustür in der Baselstraße und ging zurück zum Bahnhof, nachdem er die beiden einander vorgestellt hatte.

In dem Zimmer herrschte ein unglaubliches Chaos. Auf dem Küchenboden standen mehrere Abfallsäcke. Ruth kam die ganze Behausung wie eine Mülldeponie vor … auf welcher der Müll jedoch nicht getrennt wurde. Ganz offensichtlich war es Sami nicht gewohnt, Besuch zu haben. Er schmiss ein paar Zeitschriften von einem Stuhl auf den Boden, wischte mit seinem Unterarm den Dreck vom Tisch und bat Ruth, sich zu setzen.

»Sag mal, es ist 10 Uhr, das ist noch sehr früh. Ich hoffe, du weckst mich aus gutem Grund. Na, du wirst mir das alles bei einem Kaffee erzählen. Schau! Ich mache extra für dich ein neues Paket auf.«

Sami leerte den zweifelhaften Inhalt eines alten Papierfilters aus und reinigte einen Topf, um Wasser aufzusetzen. Während der Kaffee durchlief, zündete er sich eine Zigarette an und fragte:

»Also, was macht eine schöne Frau wie du an einem Sonntagmorgen bei einem Kerl wie mir?«

Kaum hatte Sami seinen Satz beendet, musste er kräftig husten. Er ging kurz raus, kehrte mit einer Flasche Hustensaft in der Hand wieder zurück und trank ein paar Schluck direkt aus der Flasche, als müsse er seinen Durst löschen.

»Gut, ich sollte wohl besser heute nicht mehr rauchen.«

Behutsam drückte der Musiker seine Zigarette aus und steckte sie zurück ins Paket. Ruth kam direkt zur Sache und erzählte ihm von Catherines und Leas Verschwinden. Sie hielt sofort inne, als sie sah, dass dem Musiker Tränen herunterliefen. Nicht eine Sekunde hätte Ruth gedacht, dass Sami so sensibel sein könnte. Er erklärte, dass er Lea schon aus der Zeit kannte, in der Beatriz noch im Kinderhort gearbeitet und sporadisch auf sein musikalisches Talent zurückgegriffen hatte.

»Aber das war lange, bevor Beatriz ihre Probleme hatte und ich mit Drogen in Berührung kam«, erläuterte er in einem unergründlichen Tonfall.

Danach besann er sich wieder auf die Gegenwart und erinnerte sich, wie er Catherine und ihrem Retter vor einem Restaurant begegnet war:

»Das war dramatisch. Ich werde mich immer daran erinnern, wie der Franzose den Bullen zu Boden geworfen hat, weil er dachte, er hätte es mit dem Serienkidnapper zu tun …«

Plötzlich hatte Ruth eine makabre Idee. Was, wenn Didier und Beatriz selbst Opfer des Verbrechers geworden waren? Während ihr diese Vorstellung durch den Kopf ging, goss sie den Kaffee in zwei alte Senfgläser, die sie in der Spüle gefunden hatte. Sie wurde immer unruhiger und erklärte Sami, dass sie Beatriz nicht erreichen konnte, die offensichtlich gerade eine Spur verfolgte. Detailliert erläuterte sie den genauen Grund ihres Besuchs.

»Bea hat mich und ein paar Kumpel gebeten, die Augen offen zu halten. Sie hat sogar eine WhatsApp-Gruppe gegründet. Warte mal kurz …«

Er wühlte in einem Kleiderstapel auf dem Sofa und fand zu Ruths großem Erstaunen in nicht mal zehn Sekunden sein Smartphone. Er ging die Liste der zwölf Gruppenmitglieder durch und merkte an, dass er sie alle kannte. Vergeblich bemühte sich Sami, Ruth hinzuzufügen.

»Das liegt daran, dass du nicht der Admin der Gruppe bist.«

»Ach, weißt du, Technik ist nicht meine Stärke.«

»Du kannst nachschauen, ob du eine Nachricht gekriegt hast, die unseren Ermittlungen weiterhilft.«

»Hier, besser, du kontrollierst es selbst«, schlug er vor und hielt ihr das Telefon hin.

In nur wenigen Tagen waren mehrere Textnachrichten eingegangen, aber keine schien einen brauchbaren Hinweis zu bergen.

»Auf jeden Fall geben sich deine Freunde Mühe. Habt ihr heute Nachmittag Zeit, um uns während des Schweigemarsches etwas zu unterstützen?«

»Warum nicht. Was springt denn für uns dabei raus?«

»Meine Anerkennung«, erwiderte Ruth.

»Das ist uns natürlich eine Freude, aber vielleicht doch ein bisschen wenig.«

»Sagen wir, dass ihr es für Beatriz macht.«

»Das klingt schon besser. Aber weißt du, meine Freunde können sich häufig nicht satt essen. Wenn ihr etwas zu beißen anbietet, kann ich sie bestimmt schnell davon überzeugen.«

»Abgemacht. Nach der Demo kochen wir etwas für alle, die uns geholfen haben. Und vorher treffen wir uns alle gegen Mittag an der Fabrik zu einer guten Suppe.«

»Dann kannst du auf jeden Fall auf uns zählen.«

Ruth beschloss, sofort zu Didier zu gehen. Sie klingelte und klopfte an der Tür, aber niemand machte auf. Sie befragte eine alte Dame, die sie auf dem Flur traf. Diese erklärte, dass sie Didier eigentlich immer am Sonntagmorgen sehe, wenn er Croissants kaufen gehe und sie zu ihrem Spaziergang aufbreche, ihn aber heute noch nicht getroffen habe. Sie empfahl Ruth, sich bei den Nachbarn in der darunterliegenden Wohnung zu erkundigen. Da die Wohnungen über eine schlechte Schallisolierung verfügten, hätten diese vielleicht etwas gehört. Ruth ging die Treppe hinab, traf dort aber ebenfalls keinen an. Die einzige Antwort auf ihr Klingeln war die eines

Hundes, der allein gelassen jämmerlich heulte.

Besorgt rief Ruth Sébastien an und machte sich schnurstracks auf zum Polizeiposten.

In der Nähe des Theaters, genauer in der Straße, in der Stefanie entführt worden war, stieß Ruth unverhofft auf José.

»Sag mal, habe ich dich nicht schon mit Lea zusammen gesehen? Bist du nicht ihr Freund?«

»Ja«, antwortete er misstrauisch. »Kennst du sie?«

»Nicht direkt, aber Freunde von mir kennen sie. Sie weiß etwas, das uns interessiert. Ich kann nicht sagen, was das ist und meine Freunde sind gerade nicht erreichbar.«

»Das klingt ganz schön mysteriös. Von wem sprichst du?«

»Von Dona Quichotte und einem Franzosen namens Didier. Kennst du sie?«

»Klar weiß ich, wer Dona Quichotte ist. Wer kennt sie nicht? Was den Franzosen betrifft, so hat Beatriz mir erklärt, dass sie gemeinsam wegen der Entführungen ermitteln würden.«

»Und deine Freundin? Weiß sie etwas darüber?«

»Beatriz zufolge ja … glaube ich. Aber ich habe zum letzten Mal vorgestern Abend mit ihr gesprochen. Seitdem habe ich nichts mehr von ihr gehört. Sie antwortet nicht auf meine Nachrichten und hat zwei Nächte nicht zu Hause geschlafen. Deswegen war ich bei der Polizei, aber ihre Mutter ist mir zuvorgekommen. Sie haben noch nicht mal meine Aussage aufgenommen. Ich habe insistiert, aber da Lea und ich schon mal mit denen zu tun hatten, haben die freundlich abgewunken.«

»Wenn ihre Mutter der Polizei schon alles erzählt hat, warum hast du dann darauf bestanden?«

»Um sie zu bitten, sich bei Beatriz zu erkundigen, da die

ihnen sicherlich Hinweise geben könnte.«

»Das verstehe ich nicht. Wovon sprichst du?«

»Gestern Abend war ich mit Beatriz zusammen. Wir haben Lea gesucht, da diese den Verdacht geäußert hatte, ein ekeliger Nachbar könne womöglich der Kidnapper sein. Wir haben Lea nicht gefunden, aber Beatriz wollte sich dort trotzdem noch etwas umschauen. Deswegen muss sie wiss…«

»Heiliger Strohsack! Seit gestern haben wir nichts mehr von Beatriz und Didier gehört.«

»Scheiße!«

»Das kannst du laut sagen. Komm mit, wir müssen unbedingt die Polizei darüber informieren. Glaub mir, die werden uns zuhören.«

Langsam erwachte Beatriz. Ihr Kopf war völlig vernebelt und ihr war, als sei ihr Körper nicht mehr mit dem Gehirn verbunden. Als erstes meldete sich der Geruchssinn zurück, denn der Gestank von ranzigem Öl, Benzin und Abgasen um sie herum verursachte ihr Übelkeit. Ein ganz schwaches Licht drang zu ihren Pupillen vor. Nachdem sie sich ein paar Minuten an die Dunkelheit gewöhnt hatte, erkannte Beatriz, dass sie sich in einer Wartungsgrube befand und dass direkt über ihrem Kopf ein Auto stand. Didier rückte näher heran:

»Beatriz, hörst du mich?«

Sie konzentrierte sich darauf, ein paar Worte zu sprechen:

»Ja. Wo sind wir?«

»In der Garage des Serienkidnappers.«

Beatriz brauchte ein paar Sekunden, um die Antwort in sich aufzunehmen. Didier fuhr fort:

»Ich habe es geschafft, unsere Augenbinden abzustreifen. Wir müssen uns beeilen, wenn wir fliehen wollen, bevor er zurückkommt. Entweder jetzt oder nie.«

Didier benutzte seine Knie als eine Art Hebel, um seiner Freundin zu helfen, sich aufzusetzen. Rücken an Rücken gaben sie sich gegenseitig Halt. Ihre Fesseln waren hastig verknotet worden. Alles wirkte improvisiert. Beatriz und Didier mobilisierten all ihre Energie, um die Knoten nacheinander zu lösen.

Eine Stunde vor dem Start des Schweigemarsches kam Ruth zurück und erzählte ihren Freunden von den schlechten Neuigkeiten im Zusammenhang mit dem Verschwinden von Lea, Beatriz und Didier in den letzten achtundvierzig Stunden. Kriminalkommissar Oetterli hatte aufgrund der Informationen, die Ruth und José ihm geliefert hatten, entschieden, richtig Gas zu geben. Ruth glaubte verstanden zu haben, dass er einen Großeinsatz in dem Viertel plante, in dem Lea und ihre Mutter lebten. Außerdem verfolgte der Ermittler als eine weitere Spur einen Typen, den Catherine im Internet kennengelernt hatte. Die kleine Gruppe verließ den Raum und gesellte sich zum Rest der Truppe, der gerade eine Suppe aß. Sami hatte neun seiner Freunde mobilisiert. Insgesamt würden gut zwanzig Leute die Aktion tatkräftig unterstützen. Sie meldeten sich alle in einer neuen WhatsApp-Gruppe an und machten sich auf den Weg zum Verkehrshaus, wo der Schweigemarsch starten würde.

Als sich der Zug in Bewegung setzte, gingen Stefanies Eltern, Leas Mutter und der Ex-Mann von Catherine, der seine beiden Töchter bei einer Tante untergebracht hatte, voran. Die Demonstranten hielten sich an die Anweisungen der Familien der Verschwundenen: keine Transparente und keine Parolen. Die Straße, die am See entlangführte, war für den Verkehr gesperrt worden und mehrere tausend Menschen zogen auf ihr entlang. Am meisten beeindruckte Ruth und Sébastien die beinah religiöse Stille, die trotz des großen Interesses an dieser Kundgebung herrschte. Sami und seine Freunde verteilten sich am Rande der riesigen Menschenschlange und suchten die Teilnehmer minutiös mit Blicken ab. Ruth überprüfte immer wieder ihre Internetverbindung, aber die Telefone blieben stumm.

Nach einer halben Stunde ging die Spitze des Zuges an der Hofkirche vorbei. Eine Nachricht von Sami leuchtete auf: *Gegenüber von mir ist ein merkwürdiger Typ, der gerade erst aus Richtung Pavillon dazugestoßen ist. Ich folge ihm.* Zwei Minuten später die zweite Nachricht: *Er hat sich in den Marsch eingereiht. Ich hab den Kerl schon mal irgendwo gesehen. Er sieht aus wie ein Wüstling, da bin ich sicher.* Ruth antwortete sofort: *Bleib an seiner Seite. Wer in der Nähe vom Nationalhotel oder dem Casino ist, soll so schnell wie möglich aufschließen.* Dann dachte sie darüber nach, wie sie sich wohl dem Typen gegenüber verhalten sollten, der, solange es keine Beweise gab, nichts mit der Affäre zu tun hatte.

Sami versuchte sich durch die an dieser Stelle dichten Menschenmenge zu schlängeln. Zwanzig Meter trennten ihn noch von dem Unbekannten, der nervös wirkte und gehetzt nach rechts und links schaute. Als Sami heftig husten musste, drehte ihm der Mann den Kopf zu und ihre Blicke trafen sich kurz, bis sich Sami blitzschnell abwandte. Verdammt, im Vergleich zu diesem Mann bin ich nur eine halbe Portion, außerdem kann ich mich nicht grundlos auf ihn werfen, dachte er. Er wollte gerade wieder eine Nachricht schreiben, als ihm Sébastien und Ruth auf die Schulter tippten. Sami senkte den Kopf und flüsterte:

»Verhaltet euch unauffällig. Ich glaube, er hat mich entdeckt.«

»Ausgerechnet du sprichst von Diskretion, dabei haben wir dich schon husten hören, bevor wir dich gesehen haben. Aber gut, wo ist er?«

»Ich kann nicht auf ihn zeigen, sonst fliege ich auf. Er ist genau vor dem Schiff, der Schiller. Ein kräftiger Kerl mit Armeejacke und blauer Mütze.«

»Da ist niemand, auf den deine Beschreibung passt.«

»Was?«, rief Sami und wirbelte herum. »Aber er war da! Schaut, da geht er in Richtung Zürichstraße.«

Die drei Komplizen hängten sich ihm an die Fersen. Der Unbekannte wurde von einer etwa fünfzigköpfigen Gruppe chinesischer Touristen ausgebremst, die vom Löwendenkmal zurückkamen und den gesamten Bürgersteig sowie eine Straßenhälfte blockierten. Nur mit Mühe schlängelte er sich in Gegenrichtung durch diese kompakte Masse. Auf der Straße herrschte dichter Verkehr. Sébastien hatte Angst, den Verdächtigen aus den Augen zu verlieren, daher lief er zwischen den Autos hindurch und wedelte mit den Händen, um sie zu bremsen. Es gelang ihm, sich im Slalom durchzukämpfen, da die meisten Autofahrer beim Anblick des scheinbar verrückten Mannes auf die Bremse traten. Schnell hastete er an der Touristengruppe vorbei und stand plötzlich direkt vor dem Unbekannten, der sich entrüstete:

»Geht's noch? Was wollen Sie von mir?«

»Wenn du jetzt höflich mitkommst, wird alles gut.«

»Du spinnst wohl. Ich kenne dich nicht und weiß nicht, warum ich dir folgen sollte. Oder bist du ein Bulle?«

»Nein.«

»Na also, und wer bist du, dass du meinst, mir Anweisungen erteilen zu können?«

»Einer der Organisatoren des Schweigemarsches. Wenn du dir nichts vorzuwerfen hast, dann sag mir einfach, warum du weggelaufen bist, und wir belassen es dabei.«

Der Unbekannte dachte einen Moment nach. Als sich der Touristenstrom verzogen hatte, kamen Sami und Ruth atemlos angelaufen. Er hielt es für vernünftiger, eine Erklärung abzugeben:

»Ich habe an dem Schweigemarsch teilgenommen, bis ich dieses Arschloch von Straßenmusiker gesehen habe«, sagte der Mann und zeigte mit dem Finger auf Sami.

»Verdammt, für wen hält sich dieser Idiot eigentlich?«

»Sei ruhig und lass ihn ausreden«, befahl Ruth in einem Ton, der keine Widerrede duldete. »Schließlich haben wir nichts gegen ihn in der Hand, außer deinen Mutmaßungen.«

»Aber …«

»Klappe«, warf Sébastien ein, »und du, red bitte weiter.«

Sie merkten gar nicht, wie sich ein Kreis von Schaulustigen um sie herum bildete.

»Geht das nicht in eure Köpfe? Euer Kumpel da hat mich hasserfüllt angeschaut und da ich keinen Bock auf Probleme habe, bin ich meiner Wege gegangen. Alles klar? Kann ich jetzt weiter?«

Als er sich aufmachen wollte, stellten sich ihm Sami und Sébastien in den Weg. Zwischen den vier Protagonisten entspannte sich ein heftiges Wortgefecht. Inzwischen hatten sich mehrere Leute von der Kundgebung entfernt, um zu diesem kleinen Menschenauflauf zu stoßen. Schließlich verbreitete sich ein Gerücht über den Passanten wie ein Lauffeuer und ohne, dass jemand darauf achtete, warf ein Mann dem Unbekannten eine kleine Wasserflasche ins Gesicht und schrie dabei:

»Verdammtes Schwein!«

Danach geriet die Situation völlig außer Kontrolle; Die Menge fiel über den Mann her. Zunächst nur mit hasserfüllten

Worten, doch schnell auch mit physischer Gewalt. Er ging zu Boden und rollte sich zusammen. Es hagelte Tritte gegen den Rücken und einige zielten sogar auf Kopf und Bauch. Ruth und ihre Freunde versuchten ihn zu schützen und wurden ebenfalls verletzt. Der Mob hatte seinen Schuldigen gefunden und wollte, dass er für das bezahlte, was er angeblich Schreckliches getan hatte. Als sich der Unbekannte schon nicht mehr regte, kam aus der Gegenrichtung ein Streifenwagen mit Blaulicht und eingeschalteter Sirene angerast. Vier Polizisten stiegen aus und schafften es mehr schlecht als recht, etwas Ruhe herzustellen und den Mann dieser wahnsinnig gewordenen Menschenhorde zu entreißen. Parallel fuhren Verstärkung und ein Rettungswagen vor. Einige der Schaulustigen filmten die Szene mit ihren Handys. Die Ordnungskräfte richteten eine Sicherheitszone ein. Der bewusstlose Unbekannte wurde zusammen mit Sébastien und Sami, die beide zahlreiche Blutergüsse erlitten hatten, ins Krankenhaus gebracht, während die nur leicht verletzte Ruth vor Ort behandelt wurde.

Serge hatte vorgehabt, an dem Schweigemarsch teilzunehmen, aber sein Analysegerät hatte anders entschieden. Die Sequenz wollte nicht in Gang kommen. Für ihn war es außer Frage, sein Institut zu verlassen, ohne eine Bestätigung der merkwürdigen Resultate zu erhalten, die er auf den Haaren des Kidnappers beobachtet hatte. Serge ging seinen Werkzeugkoffer holen, der in einem Labor am Ende des Flurs stand. Unterwegs traf er einen chinesischen Studenten, der am Vortag ein Experiment gestartet hatte, bei dem er in regelmäßigen Zeitabständen Proben entnehmen musste.

Nach einer minutiösen Suche mit Hilfe seines Spannungsmessgeräts hatte Serge den Verursacher der Panne gefunden. Eine Mini-Sicherung, die direkt mit der Platine in Verbindung stand, war durchgebrannt. Zum Glück stand Serge diesem Problem nicht zum ersten Mal gegenüber und hatte daher vorsorglich für den Fall der Fälle bereits mehrere dieser Sicherungen gekauft. Nachdem er sie ausgetauscht und den Startknopf gedrückt hatte, rechnete er sich kurz aus, dass die Resultate in etwa drei Stunden vorliegen müssten.

Serge fuhr mit dem Bus nach Luzern und erreichte den Europaplatz gleichzeitig mit den tausenden Teilnehmern gegen Ende der Kundgebung. Als er sich unter die Menge mischte, erblickte er flüchtig mehrere kleine Spruchbänder, auf denen der Name Stefanie oder Catherine stand. Sofort überkam den Chemiker eine ungute Ahnung. Er fragte bei den Umstehenden nach; jemand holte einen Zeitungsartikel aus der Hosentasche. Serge wurde blass und sagte kein Wort mehr, als er auf dem Foto seine Freundin erkannte. Er schwankte leicht. Sein Gegenüber packte ihn an der Schulter, schüttelte ihn und rief ein paarmal:

»Hey, alles gut?«

»Ja, ja, keine Sorge«, antwortete er und kam wieder zu sich.

»Wenn Sie möchten, begleite ich Sie zum Bahnhof. Dort können Sie sich auf eine Bank setzen.«

»Das ist wirklich sehr nett von Ihnen, aber es geht schon. Es ist nur, weil ich Catherine persönlich kenne.«

»Das tut mir leid …«, erwiderte der Mann sichtlich betrübt. »Ich hoffe, dass die Polizei alles daran setzt, diesen Mistkerl zu erwischen.«

»Ja, das hoffe ich auch.«

Während sich Serge bei dem Mann bedankte, fiel ihm auf, dass er wie immer nicht auf dem Laufenden war. Allerdings verfügte er über Daten, die die Ermittlung in die richtige Richtung führen konnten. Er schob sich durch die Menschenmenge, die auf dem Platz wartete. Wie die anderen hörte auch er die Gerüchte, der Kidnapper sei nach einer brutalen Schlägerei festgenommen worden. Serge hielt nach den Organisatoren Ausschau und traf auf eine Menschenansammlung, der ein Mann gerade sehr detailliert berichtete, was nur ein paar hundert Meter von ihnen entfernt geschehen war. Der Chemiker niemanden fand, an den er sich wenden konnte, beschloss er den nächstbesten Ordnungshüter zu fragen.

Die Nervosität in der Einsatzleitzentrale war spürbar. Der Chef der Kriminalpolizei – Hansruedi Lichtsteiner – hatte persönlich die Leitung der Ermittlungen übernommen. Die drei neuen Vermisstenfälle warfen sämtliche Pläne der Polizei über den Haufen. Hinzu kam, dass er gerade von der heftigen Prügelei am Rande der Kundgebung erfahren hatte. Einigen Zeugenaussagen zufolge war der Kidnapper dort dingfest gemacht worden, aber noch war alles viel zu konfus, als dass man sich über einen Fortschritt in den Ermittlungen hätte freuen können. Nur zwei Sachen waren sicher: dieser Mann lag im Koma und er trug einen Ausweis bei sich. Die Daten waren an die zentrale Datenbank der Polizei geschickt worden.

Kriminalkommissar Oetterli war seinerseits nach Kriens gefahren, wo er von Leas Mutter sehnsüchtig erwartet wurde. Bei einer Tasse heißen Tee erklärte sie ihm, dass sie das Zimmer ihrer Tochter gründlich durchkämmt habe, ohne darin irgendwelche Informationen gefunden zu haben. Oetterli befragte sie informell, schob seine leere Tasse zurück und begab sich in das Zimmer, um es etwas professioneller zu durchsuchen. Er hoffte ihr Tagebuch zu finden, das ihm hätte verraten können, wo Lea in der Nacht von Freitag auf Samstag hinwollte, gab die Suche jedoch schnell auf. Er nahm sich vor, in Zukunft nicht mehr an Wunder zu glauben. Während er über die Lage nachdachte, erhielt er einen Anruf von Bruno:

»Armin, es gibt Neuigkeiten. Ich bin gerade vor dem Kongresszentrum, wo sich der Marsch aufgelöst hat. Ein Mann ist auf mich zugekommen. Das ist alles ziemlich verwirrend, aber offensichtlich hat er die Haare des Serienkidnappers analysiert.«

»Und du belästigst mich wegen eines Irren, der sich für Sherlock Holmes oder für sonst einen dieser bekloppten Serienhelden im Fernsehen hält? Du solltest dich ernsthaft fragen, was du bei der Polizei zu suchen hast.«

Bruno schluckte seinen Stolz hinunter und fuhr fort:

»Du hast mich ja nicht ausreden lassen.«

»Dann komm mal zum Punkt.«

Bruno hatte die Nase voll von den ungerechtfertigten Zurechtweisungen seines Vorgesetzten. Er setzte sich mit ganzer Kraft für seine Arbeit ein und litt unter Oetterlis permanenten Vorhaltungen. In der unbequemen Situation eines Passagiers auf dem Schleudersitz befand er sich vor allem aufgrund der Lügen, die über seinen Einsatz bei Catherines Personenschutz in Umlauf waren. Oetterli hatte explizit die Fahrten zwischen Swiss Quality Extracts und ihrem Wohnort davon ausgenommen, doch jemand musste für diesen Fehler bezahlen, und da war Bruno gerade recht gekommen. Er atmete tief durch und fuhr fort:

»Dieser Zeuge ist ein französischer Chemiker. Catherine Bucher hatte ihn kontaktiert, kurz bevor sie entführt worden war. Ich weiß nicht, wie sie in den Besitz der Haare ihres Angreifers gekommen ist, aber auf jeden Fall hat sie sie diesem Mann anvertraut. Er hat Untersuchungsergebnisse, die er uns gerne mitteilen würde. Er sagt, es sei sehr wichtig und dass man damit sicherlich den Serienkidnapper identifizieren könnte.«

»Was hält ihn denn davon ab, uns seine Resultate zu geben?«

»Ihm zufolge ist das alles sehr technisch. Er möchte das mit unserem kriminaltechnischen Dienst diskutieren, um eine zweite Meinung einzuholen, bevor er uns auf eine falsche Spur lockt. Ich weiß, dass du kein großes Vertrauen zu mir hast, aber ich glaube, es wäre falsch, ihn nicht anzuhören. Er klang sehr seriös und überzeugend.«

»Einverstanden. Komm mit ihm zur Einsatzleitzentrale und zwar schnell. Ich gebe Hansruedi und dem Leiter der Kriminaltechnik Bescheid.«

»Noch eine Sache: Er spricht nur Französisch und Englisch.«

»Kein Problem, wir sind die French Connection ja schon gewohnt, zumindest, was diesen Fall betrifft.«

Julie schaute einen Film, während ihre jüngere Schwester Alina ihrer Tante half, die Wäsche in der hauseigenen Waschküche im Keller aufzuhängen. Alle bemühten sich, die beiden Mädchen vor dem sich im Umlauf befindlichen, immer gruseligeren Tratsch über das Verschwinden ihrer Mutter zu schützen. Das ältere Mädchen saß nur scheinbar ruhig vor dem Fernseher. Schwindelerregende und düstere Gedanken spukten dem Teenager im Kopf herum. Ihre Tante hatte ihr Mobiltelefon konfisziert und die WiFi-Verbindung unterbrochen, doch die beiden Mädchen überboten sich gegenseitig mit den irrwitzigsten Hypothesen. Eines hatten sie inzwischen begriffen: Ihre Mutter war von dem Mann gekidnappt worden, der auch den ersten Entführungsversuch unternommen hatte. Julie sah ihre Mutter als Gefangene im Verlies des Monsters von Luzern und bekam dieses Bild nicht mehr aus dem Kopf. Während eine Werbeeinblendung die Vorteile eines Waschmittels pries, klingelte es an der Haustür. Sie stellte den Ton leiser und ging langsam über den Flur, um ihrer Tante die Tür zu öffnen, die sicherlich den Schlüssel vergessen hatte. Ein zweites Klingeln riss sie aus ihrer Lethargie. Warum wartete ihre Tante nicht? Julie legte eine Hand auf den Türgriff, als sie sich entsann, dass sie gehört hatte, wie sich der Schlüssel im Schloss umgedreht hatte, als ihre Tante mit Alina die Wohnung verlassen hatte. Wer kann das sein, fragte sie sich. Sie hielt den Atem an und schaute durch den Spion. Durch die Tür erklang eine kehlige Stimme, die ihr Angst einjagte:

»Hier ist die Polizei. Wir haben gute Neuigkeiten, die deine Mutter betreffen.«

Julie lächelte und öffnete das Drehschloss. Plötzlich fiel ihr ein, dass sie ja bei ihrer Tante war. Warum hatte er nicht Ihrer Schwester, sondern deiner Mutter gesagt? Er hat mich angesprochen. Woher weiß er, dass ich hier bin? Sie wollte die Tür wieder verriegeln. Zu spät!

Zwanzig Minuten nachdem Serge mit Bruno vor dem Kongresszentrum diskutiert hatte, befand er sich auf dem Kommissariat. Er wartete auf den Leiter der Kriminaltechnik, der eine halbe Stunde später eintraf. Serge stellte ihm Rohdaten der ersten Ergebnisse als Excel-Diagramm dar und beschrieb die von ihm angewendete wissenschaftliche Methode. Er erklärte, dass die Analyse, die seine Hypothese bestätigte oder für ungültig erklärte, jetzt abgeschlossen sei. Der Kriminaltechniker hatte seinem Gegenüber aufmerksam zugehört, während Hansruedi Lichtsteiner sich während des ganzen Gesprächs gefragt hatte, in was für einer unverständlichen Sprache sich die beiden austauschten.

Anschließend eilten die beiden Chemiker mit dem Dienstwagen, den ihnen Hansruedi Lichtsteiner zur Verfügung gestellt hatte, zum Institut für Wasserforschung. Beim Betreten des Gebäudes wurden sie vom ohrenbetäubenden Lärm einer Alarmsirene begrüßt. Serge blieb ruhig und schien diese Situation zu kennen. Er begab sich sofort zur Gefrierkammer, in der die entnommenen Sedimente aus aller Welt und die Fische aus den Schweizer Seen lagerten. Die Tür war nicht richtig geschlossen worden. Serge versicherte sich, dass niemand bewusstlos auf dem Boden lag, deaktivierte die Alarmanlage und schloss die Tür der Kammer sorgfältig.

Die beiden Männer geduldeten sich zwanzig Minuten, die ihnen unendlich lang erschienen, bis auch die letzte Analyse schließlich Ergebnisse lieferte. Jetzt gab es nicht mehr den leisesten Zweifel. Bei der merkwürdigen Substanz, die in winziger Menge nachweisbar gewesen war, handelte es sich um Albendazol. Sie überprüften die Substanz sofort im Internet und entdeckten, dass dieser Wirkstoff in einem Arzneistoff gegen Parasiten verwendet wurde. Da es auf der gesamten Haarlänge feststellbar war, schlossen sie daraus, dass sich der Kidnapper von Luzern einer Langzeitbehandlung gegen eine besonders hartnäckige Bandwurmart unterzog. Je weiter sie sich durch die riesige Bibliothek, die das Internet darstellte, wühlten, desto sicherer waren sie, dass es sich um die seltene parasitäre Infektion durch den Fuchsbandwurm handeln musste, von der sie allerdings schon gehört hatten. Als sie nach weiteren Informationen zu dieser Infektionskrankheit suchten, entdeckten sie, dass diese im Westen Frankreichs und in der

Schweiz grassierte. Angesichts der Tatsache, dass es oft zehn Jahre bis zu den ersten Symptomen dauerte, kam der Leiter der Kriminaltechnik zu dem Schluss, dass der Verdächtige vermutlich Schweizer oder vor langer Zeit aus dem Ausland zugewandert war. Die zweite Möglichkeit ließ Serge innerlich lächeln.

Didier und Beatriz hatten sich der meisten ihrer Fesseln entledigt, als sie entfernt Schritte hörten. Mit schmerzenden Fingern und angestachelt vom Mut der Verzweiflung beeilten sie sich noch mehr. Der Kidnapper näherte sich schlurfend der Grube, öffnete die Tür des Autos, das genau über ihnen stand, und setzte sich ans Steuer. Der Unbekannte ließ den Motor an und fuhr den Wagen ein paar Meter zurück. Als er wieder ausstieg nahm Beatriz im Halbdunkel einen Schatten wahr, der sich entfernte. Es gelang ihnen, den letzten Knoten zu lösen. Mit einer Räuberleiter half Didier seiner Freundin, sich mühsam aus dem Loch hochzustemmen. Auf dem Boden kauernd sah Beatriz, dass der Täter mit einer Gasmaske über dem Gesicht zurückkam und mit einem Stock in ihre Richtung zeigte. Sie hörte ein leises Zischen und nahm einen beißenden Geruch wahr. Ihr blieb gerade noch Zeit, ihren Freund vor der Gefahr zu warnen, bevor sie das Bewusstsein verlor und zurück in die Grube fiel.

Didier wusste, dass er schnell handeln musste. Er hielt die Luft an, wich an die gegenüberliegende Seite zurück und schwang sich mit einem Satz die Mauer empor, um blitzschnell seinem Angreifer gegenüberzustehen. Ein Nahkampf entbrannte zwischen den beiden Männern. Didier versuchte vergeblich, dem Unbekannten, der sich zusammenkrümmte, die Maske vom Gesicht zu reißen. Während er ihn mit dem Ellbogen auf den Boden drückte und mit der anderen Hand eine Werkbank abtastete, gelang es ihm einen Cutter zu ergreifen. Er fuhr die Klinge aus und näherte sich damit den Halteriemen der Maske, als er einen heftigen Tritt zwischen die Beine bekam. Er stieß einen kurzen Schrei aus und atmete dadurch unwillkürlich ein. In seinem Kopf drehte sich alles, bevor er in eine tiefe Ohnmacht fiel. Der Mann erhob sich langsam mit dem Cutter in der Hand. Von Rache getrieben zog er die Klinge von oben nach unten über den Oberkörper Didiers und beförderte ihn danach mit einem Tritt zurück in die Grube an die Seite seiner Freundin, während in der Ferne eine Klingel zu hören war.

Auf dem Kommissariat mussten die Polizisten eine Vielzahl an Informationen auswerten, die wie ein Feuerwerk in alle möglichen Richtungen wiesen. Immer noch hatten sie keinerlei Spur von Didier und Beatriz gefunden, dafür waren zwei neue Ereignisse hinzugekommen: Die beim Serienkidnapper nachgewiesene Parasitose und die Entführung Julies.

Die Tante des jungen Mädchens hatte gehört, wie sich eine Tür schloss. Sie hatte ihren kühlen Kopf bewahrt und sofort die Polizei verständigt, die sowieso schon Teams an allen Hauptachsen des Schweigemarsches postiert hatte. Am Fuß der Berge gelegen wird die Stadt Luzern von einem rauschenden Fluss durchzogen und im Sommer vom Vierwaldstättersee erfrischt. Diese besondere Lage verursachte zu Stoßzeiten zahlreiche Staus, was für die Polizei bedeutete, dass sie das Kommen und Gehen nur an einem Dutzend Ausfallstraßen überwachen musste. Bevor der Entführer das Viertel verlassen konnte, in dem er sein Verbrechen begangen hatte, wurde die Ortsumgebung bereits mit Unterstützung aus den angrenzenden Kantonen von der Polizei kontrolliert. Auch wenn sie vor allem nach einem weißen Lieferwagen Ausschau hielten, wurde der Kofferraum jedes Fahrzeuges peinlich genau durchsucht.

Bruno und seine Kollegin Cornelia gaben sich große Mühe, sämtliche Spezialisten für parasitäre Erkrankungen in der Umgebung ausfindig zu machen. Sie kontaktierten alle nationalen Krankenhäuser, doch an einem Sonntagabend einen Parasitologen zu erreichen, stellte sich als ein Ding der Unmöglichkeit heraus. Dafür gelang es ihnen schnell, Statistiken über die fünfzig bis hundert neuen Infektionen in der Schweiz ausfindig zu machen, ohne jedoch die Identität der Patienten zu erfahren. Ihre Vorgesetzten waren außer sich, denn sie hatten es für selbstverständlich erachtet, dass der Name des Serienkidnappers irgendwie in den Unterlagen auftauchen würde. Nun versteiften sie sich auf den morgigen Tag, sobald die Arztpraxen öffnen würden, allerdings wollte sich niemand die schrecklichen Konsequenzen all dieser verlorenen Stunden ausmalen.

Julies Entführung hatte sich genau in dem Moment zugetragen, als der im Herzen von Luzern von der aufgebrachten Menschenmenge zusammengeschlagene Mann vom Krankenwagen ins Kantonsspital gebracht wurde. Diese zeitliche Koinzidenz entlastete den Verdächtigen natürlich. Sämtliche Polizeiteams, die dafür abgestellt worden waren, den Serienkidnapper zu schnappen, verstärkten ihre Wachsamkeit und ihre Bemühungen, sich nicht von einer falschen Fährte irreführen zu lassen. Das Rennen gegen die Zeit hatte begonnen.

11. – Die Luzerner Vororte

In aller Herrgottsfrühe machte sich die Polizei bereit zum Gefecht. Sie hatte die Mobiltelefone von Beatriz und Didier in Kriens orten können. Beide hatten sich eine Viertelstunde lang am gleichen Ort aufgehalten, bevor ihre Telefone gleichzeitig ausgeschaltet worden waren. Sofort wurden Armin Oetterli und der Kripochef Hansruedi Lichtsteiner in die Einsatzleitzentrale gerufen. Sie begaben sich umgehend ins Konferenzzimmer, wo bereits sich überlagernde Bilder vom Katasteramt, von Luftbildaufnahmen und von einer Straßenkarte von Kriens an die Leinwand geworfen wurden. Die genaue Ortung der Telefone war mit einer Abweichung von bis zu 20 Metern möglich und wies auf eine Zone hin, in der sich zwei Einfamilienhäuser und die Nordseite eines fünfgeschossigen Mehrfamilienhauses befanden.

Kriminalkommissar Oetterli bereitete mit einer für diesen Zweck gegründeten Einsatzgruppe einen Interventionsplan vor. Er machte eine Bestandsaufnahme aller Zufahrtswege, die abgeriegelt werden mussten, angefangen von der Hauptstraße, die im Zickzack zu den Häusern hinaufführte bis zu den kleinen Wegen, die dem Entführer ebenfalls die Flucht ermöglichen konnten. Während Oetterli eine Liste der Orte zusammenstellte, an denen Polizisten postiert werden mussten, kontaktierte Hansruedi Lichtsteiner seine Kollegen aus den angrenzenden Kantonen, um möglichst schnell Verstärkung vor Ort zu haben.

Der Ermittler schickte umgehend Bruno nach Kriens, der

darin für sich eine Chance sah, sein Ansehen gegenüber seinem Vorgesetzten wieder aufzubessern. In Begleitung seiner Partnerin Cornelia sondierte er minutiös die Umgebung des geplanten Einsatzgebietes.

In einer guten Stunde würde der Berufsverkehr beginnen. Fußgänger bemühten sich auf dem Weg zu den Bushaltestellen, nicht auszurutschen. Noch lief der Verkehr störungsfrei. Bruno und Cornelia konnten keine verdächtigen Bewegungen erkennen. Auch wenn sich die beiden von den Zielgebäuden fernhielten, um nicht entdeckt zu werden, konnten sie wertvolle Informationen ans Hauptquartier übermitteln.

Der Chef der Kriminalpolizei wollte fortlaufend über den Stand der Dinge informiert werden. Er entschied, an Oetterlis Seite zu bleiben. Die Gefährlichkeit der gesuchten Person verlangte ein knallhartes Durchgreifen. In weniger als einer Viertelstunde mussten die Häuser von oben bis unten komplett durchsucht werden.

Gerade als die Mitarbeiter mit einem Briefing für ihren Einsatz das Konferenzzimmer verließen, traf Viktor Kipfer auf dem Kommissariat ein, um sich über den Stand der Dinge aus erster Hand zu informieren. Damit sie die Arbeit des Kommissars nicht störten, nahm Hansruedi Lichtsteiner ihn zur Seite und gab ihm eine detaillierte Zusammenfassung. Der Kommandant der Luzerner Polizei bestand darauf, im Konferenzzimmer zu bleiben, das de facto für die Ermittler zum neuralgischen Knotenpunkt der Einsatzleitzentrale geworden war. Er setzte sich, schaltete sein Laptop ein und erklärte sehr zum Missfallen von Kommissar Oetterli, der es vorgezogen hätte, sich nicht überwacht zu fühlen, dass ihm diese Ecke des Tisches während der Aktion des Sondereinsatzkommandos als Büro dienen würde.

Ab acht Uhr bekamen die Ermittler Unterstützung von Kollegen aus anderen Abteilungen, die mit sämtlichen Arztpraxen des Ballungsraums Luzern telefonierten, um Patienten ausfindig zu machen, die mit Albendazol behandelt wurden. Sie wurden an die Zentren für Parasitologie verwiesen. Aufgrund der Anweisungen, die sie erhalten hatten, klapperten sie alles in einem Radius von zwanzig bis dreißig Kilometer um Luzern herum ab. Die Datenbanken waren nicht dafür konzipiert, Menschen mit einer präzisen Krankheit wie dem Fuchsbandwurm herauszufiltern und unterschieden auch nicht nach kurzer oder langer Behandlungsdauer. Die Suche nach der Nadel im Heuhaufen hatte gerade erst begonnen.

Im Laufe des Vormittags war die geforderte Verstärkung in Form der Sondereinheit »Luchs« vor Ort eingetroffen und in vier Teams eingeteilt worden, die simultan intervenieren würden: je ein Team für die beiden Einfamilienhäuser und zwei Teams für das mehrgeschossige Gebäude. Die Fahrzeuge wurden in einiger Distanz an strategischen Punkten abgestellt. Kaum waren alle auf ihren Posten, riegelte die Verkehrspolizei sämtliche Zugänge für Autofahrer und Fußgänger ab. Zum Glück befand sich um diese Tageszeit kaum jemand auf der Straße. Von der Einsatzleitzentrale aus gab Hansruedi Lichtsteiner dem von der Energiezentrale Luzern einbestellten Techniker die Anweisung, die Stromversorgung der Gebäude, die durchkämmt werden würden, zu unterbrechen. Kriminalkommissar Oetterli legte wiederum den Beginn des Zugriffs auf 10.15 Uhr fest. Die Sondereinheit näherte sich lautlos den verdächtigen Gebäuden, die bereits die ganze Zeit von Bruno und Cornelia überwacht worden waren.

Das Tageslicht drang nur mühsam durch den dichten Nebel. Im ersten Haus wurden die Einsatzkräfte von einer Mutter empfangen, die ihr kleines Kind auf den Armen hielt. Der

Anblick der schwarz gekleideten und bis an die Zähne bewaffneten Männer, die bei ihr eindrangen, versetzte sie in Angst und Schrecken. Der kleine Junge begann zu schreien, während die Spezialkräfte die Zimmer durchkämmten, ohne darin irgendetwas Verdächtiges zu finden. Das zweite Kommando hatte bereits zwei Etagen des Mehrfamilienhauses durchsucht, als die ersten Funksprüche übereinstimmend bekannt gaben: »Alles sauber!«

Die Inspektion der anderen Wohnungen war noch nicht abgeschlossen, als sich die Aufmerksamkeit der Polizei auf das zweite Einfamilienhaus richtete. Das Team der Einheit »Luchs« machte an der Haustür wiederholt auf sich aufmerksam, doch niemand öffnete die Tür. Sämtliche Zugänge wurden überwacht. Der Leiter des Kommandos gab den Befehl, die Tür aufzubrechen. Das Schloss explodierte förmlich unter der Wucht der Ramme. Mit Hilfe ihrer Nachtsichtgeräte durchforstete die Spezialeinheit nacheinander die Zimmer. Einer verängstigten Frau in der Küche wurde sofort befohlen, sich absolut ruhig zu verhalten. Das Luchs-Team fand keine weiteren Personen. Einer der Männer hörte plötzlich vom Dachboden her ein leises Knarzen. Die Polizisten verharrten unter einer Falltür, streiften sich Gasmasken über und versuchten vergeblich die Klappe zu öffnen.

Einer von ihnen ergriff die Leiter, mit deren Hilfe man auf den Dachboden klettern konnte und stieß damit gegen die Klappe. Etwas Schweres rollte weg, und ein Fluch war zu hören. Ein Polizist warf eine Tränengasgranate. Ein Mann hustete und klappte die Holzplatte hoch. Die Polizisten waren bereit, bei der geringsten Gefahr von ihren Schusswaffen Gebrauch zu machen. Mühsam formulierte der Unbekannte die Worte:

»Nicht schießen! Ich bin unbewaffnet.«

Im durch das Gas entstandenen Nebel tauchten zwei Füße auf. Einer der Polizisten sprang hoch, ergriff einen der Knöchel und zog den Mann vom Dachboden herunter. Er fiel mit einem dumpfen Schlag auf den Boden und wurde sofort fixiert. Während er wimmerte, durchsuchte das Team bereits den Dachboden. Sie öffneten eine große Dachluke, um den Raum zu belüften und besser erkennen zu können, was sich darin befand: Eine Sammlung von Kriegswaffen, einen Haufen Munition und Dolche, auf denen das Hakenkreuzsymbol prangte.

Schnell wurde den Polizisten klar, dass dieses Waffenarsenal in keinerlei Zusammenhang mit den Entführungen stand. Kriminalkommissar Oetterli wollte sich die Niederlage nicht eingestehen. Er vermutete, dass die Ortung der Telefone eventuell doch nicht so präzise gewesen war, wie er angenommen hatte und vergrößerte den Aktionsradius um zwanzig Meter. Erneut schwärmte die Sondereinheit aus. Zwei weitere Mehrfamilienhäuser wurden durchsucht, ohne eine Spur von den verschwundenen Personen zu finden.

Oetterli hielt es nicht mehr aus, mit seinen beiden Vorgesetzten im Nacken in der Einsatzleitzentrale eingesperrt zu sein.

»Hansruedi, ich fahre nach Kriens. Ich glaube, dort werde ich nützlicher sein.«

»Du wirst doch deinen Posten nicht verlassen?«

»Es geht nicht darum, meinen Platz zu verlassen. Ich muss einfach vor Ort verstehen, was da nicht stimmt. Ich kümmere mich weiter um die Koordination. Wenn irgendetwas von außen zu dir dringt, dann kontaktiere mich bitte sofort. Ich werde dich meinerseits informieren, sobald ich etwas Neues weiß, und das sollte hoffentlich schnell der Fall sein«, sagte er, während er sich den Mantel anzog.

Als Oetterli in Kriens eintraf, fuhren gerade die Kampfmittelbeseitiger bei dem Haus vor, in dem die Spezialeinheit die Kriegswaffen entdeckt hatte. Aus Sicherheitsgründen ließ der Kommissar die Umgebung evakuieren, versuchte sich aber in erster Linie auf die Mobiltelefone zu konzentrieren. Wenn wir sie hier geortet haben, dachte er, während er sich umschaute, dann haben wir eine wichtige Information übersehen. Wir müssen zum Ursprung zurückkehren und nach den Objekten anstatt nach deren Besitzern suchen. Er bat seine Kollegen jeden Quadratzentimeter Asphalt und Grünfläche unter die Lupe zu nehmen. Zehn Minuten später rief Bruno:

»Schau mal, was ich gefunden habe, du wirst es nicht glauben!«

Bruno zeigte mit dem Finger auf eine Stelle neben dem Fuß eines Baumes.

»Das ist verrückt. Und obendrein macht er sich auch noch über uns lustig!«

Er bemühte sich, die zerstörten Gehäuse zweier Mobiltelefone, die gegen eine Mauer lehnten, auf die mit Kreide eine Faust mit gestrecktem Mittelfinger gemalt worden war, nicht zu berühren.

In der Einsatzleitzentrale sammelte der Kripochef alle Informationen, die er von seinen Kollegen erhielt, während sich der Kriminalkommissar um das Waffenarsenal kümmerte. Am Telefon zogen sie gemeinsam Bilanz:

»Das Waffendepot ist gesichert. Die Munition wird bereits abtransportiert, aber es gestaltet sich recht schwierig herauszufinden, mit wem wir es hier zu tun haben. Handelt es sich um einen nationalistischen Extremisten, der den Führer anhimmelt und jetzt einen Terrorakt vorbereitet? Mit der Inschrift *Alles für Deutschland* auf den Dolchen und den Fahnen des

Dritten Reichs kapiert man jedenfalls sofort, welche Gesinnung der Typ hat.«

»Aber was glaubst du? Was sagt dir deine Intuition?«

»Ich tendiere dazu, ihm das zu glauben, was er ständig wiederholt, nämlich, dass er nur ein Sammler ist. Natürlich ist er auch irgendwie ein Nazi, und langsam habe ich das Gefühl, das die Ermittlungen kompliziert werden. Momentan würde ich es aber für gut befinden, wenn wir uns nicht zu sehr verzetteln. Habt ihr in der Einsatzleitzentrale neue Informationen sammeln können, die für uns relevant sind?«

»Ja, das Team kommt gut voran. Der Mann, der gestern in der Nähe der Zürichstraße zusammengeschlagen wurde, hat das Bewusstsein wiedererlangt. Die Mediziner denken, dass er nicht mehr in Lebensgefahr schwebt. Allerdings scheint er absolut unschuldig zu sein, was wir ja seit der Entführung der kleinen Julie bei ihrer Tante auch vermutet haben. Sozusagen ein Kollateralschaden in dieser menschlichen Tragödie.«

»Besser gesagt, noch einer.«

»Du sagst es. Gerade erreicht mich immerhin eine Information, die uns hoffentlich voranbringt, denn das Ganze artet langsam in eine Schlammschlacht aus. Die Politiker fallen über uns her, von der Presse ganz zu schweigen, sogar die ausländischen Medien wollen uns ...«

»Komm zur Sache«, unterbrach Oetterli seinen Vorgesetzten.

»Gut! Du wirst nochmal zu Walter Murer fahren müssen, dem Chef von Swiss Quality Extracts. Und dieses Mal darf er nicht mit Samthandschuhen angefasst werden. Er wohnt nur fünfzig Meter von eurem Standort entfernt, und mein Gefühl sagt mir, dass dies kein Zufall ist.«

»Alles klar. Falls er zu Hause ist, lasse ich ihn sofort auf das Präsidium bringen. Ansonsten fahre ich zu seiner Firma. Bis später.«

Während Oetterli mit einem Interventionsteam sprach, konnte er nicht umhin zu denken, dass dies zu einfach war.

Catherines ehemaliger Boss war zu Hause. Er wurde in Handschellen abgeführt und zum Verhör in die Zentrale gefahren, während sein Haus von oben bis unten auf den Kopf gestellt wurde. Parallel schickte der Ermittler ein paar Männer zum Chalet, um auch dieses erneut gründlich zu durchsuchen.

Nach der Befragung von Walter fuhr Oetterli am späten Nachmittag nach Hause, um sich ein wenig auszuruhen, bevor er seine Arbeit am Abend wieder aufnehmen wollte.

Nachdem endlich Ruhe in der Einsatzleitzentrale eingekehrt war, ging Bruno, vom Koffein der zahllosen Kaffees, die er im Laufe des Tages getrunken hatte, befeuert, unermüdlich Akten durch. Er hatte die Worte seines Chefs im Ohr und wurde ebenfalls vom Gefühl geplagt, dass hier irgendetwas faul war. Eine Reihe von Informationen beschäftigten ihn. Er griff zum Telefon und zögerte dann. Er legte den Hörer zurück auf die Station und hielt es für klüger, erst Fakten zu sammeln, bevor er allzu hastig Schlussfolgerungen zog. Nachdem er eine weitere halbe Stunde recherchiert hatte, druckte er einige Dokumente aus und griff erneut zum Telefon. Sollte er seinen Vorgesetzten wirklich privat stören? Wie war diesem wohl gerade zu Mute? Er entschied, sich direkt an den großen Boss zu wenden und klopfte daher zaghaft an dessen Bürotür, die einen Spalt offen stand.

»Herein!«

»Hansruedi, ich glaube, ich habe etwas Wichtiges entdeckt. Da es ja ein Wettlauf gegen die Zeit ist, wollte ich nicht warten, bis Armin zurückkehrt, um mitzuteilen, was ich herausgefunden habe.«

»Wenn du deiner Sache sicher bist, hast du richtig gehandelt. Es gefällt mir, wenn meine Leute Initiative ergreifen. Und du hast recht, wir müssen alles daransetzen, den Mistkerl so schnell wie möglich zu fassen. Jede gewonnene Minute erhöht die Überlebenschancen der Opfer. Leider haben wir die Krankenakten der Patienten, die dieses Medikament nehmen, immer noch nicht. Wie heißt es noch gleich?«

»Zentel, der Hauptwirkstoff ist Albendazol.«

»Ach, ja. Schon verrückt, dass man so lange braucht, um diese Liste zu erstellen. Aber gut. Und du? Was hast du herausgefunden?

Ermutigt von der Nachfrage des Kripochefs präsentierte Bruno zwei Karten, auf denen jeweils eine Wegstrecke eingezeichnet war.

»Hier. Ich habe eine Funkzellenabfrage der Telefone von Beatriz Frey und Didier d'Orville ausgewertet, und zwar für die letzten 12 Stunden, bevor sie ausgeschaltet wurden. Was meinst du dazu?«

»Ich weiß nicht, worauf du hinauswillst?«, erwiderte der Kripochef und legte die beiden Blätter nebeneinander. »Die Bewegungsprofile beweisen, dass ihr Weg an genau der gleichen Stelle geendet hat.«

»Ich bin ich mit der Software noch nicht so vertraut«, erklärte Bruno, zog es aber vor, nicht weiter darauf rumzuhacken, dass er immer noch keine entsprechende Ausbildung erhalten hatte, sondern fuhr fort:

»Daher konnte ich die Wegstrecken nicht in einem einzigen Dokument ausdrucken. Aber leg die beiden Blätter doch einfach wie in guten alten Zeiten übereinander und halte sie unter eine Lampe.«

Neugierig folgte Hansruedi Lichtsteiner den beiden Bewegungsmustern, die in Luzern begannen, mit dem Zeigefinger.

Kurz vor dem Ende der beiden Spuren hielt er inne. Seine Miene erhellte sich.

»Gut gemacht! Saubere Arbeit!«

»Das ist noch nicht alles. Leg mal das dritte Blatt darüber.«

»Handelt es sich wieder um GPS-Daten? Von welchem Telefon stammen sie?«

»Von Lea Brunners Mobiltelefon.«

»Aber ich dachte, sie hätte es zu Hause vergessen oder dort gelassen, um es zu laden.«

»Das stimmt. Ihr Mobiltelefon ist intakt, und ihr Anbieter hat uns ein ultragenaues Bewegungsprofil zur Verfügung gestellt. Ich habe mich an eine Äußerung ihres Freundes José erinnert, der uns erzählt hat, dass sie bereits die Umgebung des Wohnortes inspiziert habe, wo nach ihren Worten das ›ekelhafte Schwein‹ wohnt Auf dieser Karte siehst du alle Orte, an denen sie eine Woche vor ihrem Verschwinden war.«

Das Papier war zu dick, als dass Lichtsteiner hätte alle drei Bewegungsprofile gleichzeitig betrachten können. Er zog ein Blatt weg und fuhr hoch. Er legte es wieder dazu, ging zu der hellsten Lampe und rief:

»Wieso hat das bis jetzt noch niemand bemerkt, das ist ja unglaublich. Dona Quichotte und d'Orville waren an der gleichen Stelle, bevor sie sich in unterschiedliche Richtungen aufgemacht haben, um dann in der Nähe der Mauer anzukommen. Und Lea Brunner hat diese Stelle ebenfalls mehrfach umrundet.«

»Ich habe es überprüft und dieses Mal wird es schnell gehen. Es gibt dort nur ein einziges Haus im Umkreis von dreißig Metern. Hier sind die Adresse und der Name des Mannes, der dort wohnt. Er heißt Martin Koch und ist geschieden«, erklärte Bruno triumphierend, während er dem Kripochef einen Zettel von seinem Notizblock reichte.

Er klopfte mit dem Finger auf die Karte und sagte:

»Genau hier müssen wir zuschlagen.

Just in diesem Moment stürmte Cornelia ins Büro:

»Endlich! Wir haben jetzt die Patientenliste.«

Ihr Chef riss sie ihr aus der Hand und überflog sie, um bei der Adresse, die Bruno ihm genannt hatte, innezuhalten:

»Bingo! Dieses Mal haben wir ihn! Ruft das ganze Team so schnell wie möglich zusammen.«

Hansruedi Lichtsteiner verständigte sofort Kommissar Oetterli, während ein Mitglied der Ermittlergruppe die Sondereinheit wieder einbestellte. Oetterli, der in der Stadtmitte Luzerns wohnte, war bereits zehn Minuten später wieder in der Einsatzleitzentrale, um sämtliche Kräfte der Kriminalpolizei zu bündeln und um seinen Vorgesetzten sowie dem Chef der Einsatztruppe »Luchs« einen Gesamtüberblick zu geben:

»Wir befinden uns seit gestern in Alarmbereitschaft. Insgesamt sind innerhalb eines Monats sechs Personen verschwunden. Zunächst wurde Stefanie Gassmann Mitte Januar vor den Augen eines Freundes gekidnappt. Dann nehmen wir an, dass Catherine Bucher vor einer Woche einem Entführungsversuch entkommen ist. Wir können uns nicht absolut sicher sein, aber angesichts der nachfolgenden Entwicklungen erscheint dies die wahrscheinlichste Hypothese. Am Tag darauf traf Frau Bucher im Untergeschoss eines Parkhauses erneut mit einer verdächtigen Person zusammen. Beide Male war sie in Gesellschaft von Didier d'Orville, einem seit acht Monaten in Luzern lebenden Franzosen. Es ist wichtig, dieses Detail zu unterstreichen. Seit Mittwoch reiht sich ein Ereignis an das nächste. Catherine Buchers Auto wurde mit zerschlagener Fensterscheibe und Blechschaden von eben jenem Didier d'Orville aufgefunden. Seitdem fehlt jede Spur von ihr. Wir haben diesen Franzosen genauer unter die Lupe genommen. Unsere Zürcher Kollegen glauben, dass er in eine Prügelei verwickelt gewesen war. Zweifellos ein Racheakt, doch aufgrund einer Amnesie des Opfers lässt sich dies nicht beweisen. Zwischen Freitagabend gegen 20 Uhr und gestern Nachmittag sind dann vier weitere Personen verschwunden. Zunächst Lea Brunner, danach Didier d'Orville, der parallel auf eigene Faust Ermittlungen angestellt hat, zusammen mit einer Luzernerin, die Dona Quichotte genannt wird und die jetzt ebenfalls verschwunden ist. Und schließlich wurde die kleine Julie, die ältere Tochter von Catherine Bucher, aus der Obhut ihrer Tante entführt. Das Ganze nimmt immer mehr Fahrt auf. Heute Morgen haben wir bei unserem Einsatz in Kriens die Überreste der Mobiltelefone von Didier d'Orville und Dona Quichotte, sowie die Kreidezeichnung eines Stinkefingers gefunden, der sicherlich uns gewidmet war. Auch wenn der Serienkidnapper, wie ihn die Presse nennt, in die Enge getrieben wurde, macht sich dieser Schweinehund noch über uns lustig. All diese Informationen sind euch bereits mehr oder weniger bekannt. Doch es gibt auch Neuigkeiten. Die Funkzellenabfrage der Mobiltelefone hat ergeben, dass sie, bevor sie an dem Fundort abgelegt wurden, nur ein paar hundert Meter entfernt eingeloggt waren. Besonders interessant ist, dass sie dort eine gewisse Zeit geblieben sind. Die Auswertung des Mobiltelefons von Lea Brunner war sogar noch aufschlussreicher. In den Tagen vor ihrem Verschwinden war es schon mal in der genau gleichen Funkzelle eingeloggt.«

»Wir werden sicherlich nicht noch einmal nur auf der Grundlage dieser Information eine Reihe von Wohnungen durchsuchen, wie wir es heute Morgen getan haben. Dieser Mistkerl hält uns doch nur wieder zum Narren«, unterbrach ihn der Chef des Sondereinheit.

»Lass mich erstmal ausreden, denn das ist ja noch nicht alles! Einer externen Analyse zufolge, die von unseren Kriminaltechnikern geprüft wurde, macht der Typ, der Freitagabend versucht hat, Catherine Bucher zu entführen, eine medikamentöse Langzeittherapie. Ich lasse euch die Details zukommen, aber es handelt sich um eine eher seltene Parasitose. Meine Kollegen haben unermüdlich die entsprechenden Informationen zusammenzutragen, und dreimal dürft ihr raten, aber eine Person, die sich dieser Behandlung unterzieht, wohnt genau dort, wo die drei Mobiltelefone zuletzt auf Empfang waren. Und bei der Person handelt es sich um einen Mann. Außerdem befindet sich dort nur ein einziges Haus. Hier ist kein Zweifel möglich. Habt ihr noch Fragen?«

Angesichts der Eindeutigkeit dieser Darlegung rührte sich niemand.

»Also los. Wir ergreifen die gleichen Maßnahmen wie heute Vormittag.«

Die Männer übernahmen wieder ihre Posten. Die Polizei sicherte das Viertel ab, indem sie Ordnungskräfte auf den Straßen postierte. Dieses Mal würden sie nicht zimperlich sein. Die Luchs-Teams umstellten das Haus, um es auf den Befehl ihres Einsatzleiters hin zu stürmen. Leise verteilten sie sich auf die Eingänge und drangen gleichzeitig über die Garage und den Hauseingang in das Gebäude ein, indem sie die Türen aufbrachen.

»Scheiße!« war das Einzige, das einer der Männer, der die Garage gestürmt hatte, gerade noch ausrufen konnte. Ein Sprengsatz explodierte, kaum hatte er die Schwelle überschritten und die Nylonschnur mit dem Fuß berührt. Die Wucht der Detonation katapultierte ihn zusammen mit einem Kameraden aus dem Anbau heraus, was ihnen vermutlich das

Leben rettete. Das sich ausbreitende Feuer verströmte einen starken Benzingeruch. Die Männer, die sich Meter für Meter in die Garage vorarbeiteten, wurden zur Vorsicht angehalten, während sich ihre Kollegen mit den Feuerlöschern aus ihren Fahrzeugen bemühten, den Brand zu bekämpfen. Solange das Gebäude nicht gesichert war, wollte man auf die Intervention der Feuerwehr verzichten. Ein Team der Spezialeinheit drang durch die Flammen vor und entdeckte Beatriz und Didier in Zwangsjacken und mit Augenbinden in einer Werkstattgrube liegend. Einer der Männer sprang in die Grube hinab, wo er sofort das Bewusstsein verlor. Nachdem die Gefahr gebannt schien, dass die Garage in die Luft fliegen würde und Feuerwehrleute inzwischen die Flammen bekämpften, gelang es mehreren mit Gasmasken ausgerüsteten Polizisten, die drei reglosen Körper ins Freie zu schaffen.

Das zweite Team, das inzwischen die erste Etage durchkämmte, konnte gerade noch, die mit Sprengstoff verbundene Schnur umgehen. Inzwischen breitete sich das Feuer durch die Holzdielen aus. Im Erdgeschoss konnte niemand mehr die Flammen durchdringen. Ein Team durchsuchte die zweite Etage des Gebäudes, während sich die anderen über eine Treppe ins Untergeschoss zurückzogen. Die Flammenwand in ihrem Rücken war inzwischen unpassierbar. In einer Ecke der Garage entdeckten sie einen Raum, der offensichtlich nachträglich angebaut worden war. Die schwere Tür war verschlossen und ließ sich zunächst auch nicht gewaltsam öffnen. Zwei Männer holten eine Ramme aus ihrem Fahrzeug und brachten Verstärkung mit. Zusammen schafften sie es, die Tür schon beim ersten Stoß aus den Angeln zu reißen. Dahinter entdeckten die Einsatzkräfte die an die Wand gekettete und zusammengesunkene Lea. Ihr kurzes Lächeln verzog sich schnell zu einer Grimasse. Ihr Körper verkrampfte sich, bevor sie in Tränen ausbrach. An den Wänden, aber auch an der Decke waren zahlreiche Blutspuren zu sehen. Mit Hilfe eines Bolzenschneiders befreiten sie die junge Frau von ihren Ketten. Überall im Raum war Blut, doch der Körper der jungen Frau wies keine Verletzungen auf, welche die zahlreichen Spuren hätten erklären können. Als ein zweiter Sprengsatz im Obergeschoss explodierte, wurde das gesamte Gebäude evakuiert. Die Feuerwehr bemühte sich nun, den Brand von außen zu löschen. Obwohl das Haus trotz des Feuers von oben bis unten auf den Kopf gestellt worden war, wurden drei Personen immer noch vermisst.

Einem Luchs-Team fiel eine kleine Hütte am anderen Ende des Gartens auf. Mit ihrer schweren Ausrüstung auf dem Rücken und einem Knie auf dem Boden warteten die Männer auf weitere Befehle und beobachteten derweil die Schutzhütte, die sich in bemitleidenswertem Zustand befand – die wurmstichigen Holzbretter waren durch Metallbleche verstärkt worden und die Öffnung, die als Fenster diente, war mit Holzlatten vernagelt worden. Auf den Einsatzbefehl hin robbte sich das Team vorsichtig weiter auf die Hütte zu. Erneut befürchteten sie eine Falle. Einer der Polizisten befestigte eine Schnur am Türgriff, während sein Kollege das Vorhängeschloss mit dem Bolzenschneider aufschnitt. Alle gingen auf Abstand. Langsam zog der Polizist die Tür auf. Das Feuer, das nebenan wütete, reichte nicht aus, um den Innenraum zu erleuchten. Im gebündelten Lichtstrahl ihrer Taschenlampen drangen die Einsatzkräfte in die Hütte vor. Außer Werkzeug stand nur ein über ein Meter hohes Kunststofffass mitten im Raum. Die Polizisten schauten sich besorgt an. Einer der Männer rüttelte ein wenig an dem Behälter und stellte fest, dass er voll war. Er zögerte einen Moment, bevor er den Deckel zur Seite schob. Sofort machte sich ein unerträglicher

Gestank breit. Hals über Kopf eilte der Polizist nach draußen, um sich zu übergeben, während seine Kollegen im Fass die Überreste einer zerstückelten Leiche entdeckten, die in ihrem Blut badete. Sie überzeugten sich, dass nirgends Sprengstoff angebracht worden war, und verließen den Schuppen, um die Kollegen von der Spurensicherung zu verständigen.

Gegen Ende des Einsatzes verließ Armin Oetterli das Kommissariat, um sich nach Kriens zu begeben. Der Brand war unter Kontrolle und die Kampfmittelbeseitiger sicherten das Wohnhaus. Der Kriminalkommissar ging direkt zu den Krankenwagen. Auch wenn dieses merkwürdige Paar ihn anfangs zur Weißglut gebracht hatte, freute er sich jetzt doch, ein paar Worte mit Beatriz und Didier wechseln zu können. Nicht nur, dass die beiden noch am Leben waren, sondern sie machten trotz des erlittenen Schocks auf Oetterli einen gesundheitlich zufriedenstellenden Eindruck und waren ansprechbar. Mit seinem blutgetränkten Hemd schien es Didier jedoch härter getroffen zu haben. Medizinisches Fachwissen gehörte zwar nicht zur Ausbildung eines Polizisten, dennoch glaubte Oetterli, dass die zwei mit den richtigen Maßnahmen schnell wieder auf die Beine kommen würden.

Trotz seiner Schmerzen quälte Didier eine einzige Frage:

»Wie geht es Catherine?«

»Und Lea und Stefanie?«, ergänzte Beatriz die Frage.

Da Oetterli nur bruchstückhafte Informationen besaß, konnte er nur wiederholen, was man ihm über Funk mitgeteilt hatte. Dabei zog er es vor, weder den makabren Fund in der Hütte noch das Verschwinden von Catherines älterer Tochter zu erwähnen.

»Lea Brunner ist auf dem Weg ins Krankenhaus. Sie ist in guten Händen. Vor allem braucht sie sehr viel Ruhe. Allerdings suchen wir immer noch Stefanie Gassmann und Catherine Bucher.«

Einer der Polizisten, der das Fahrzeug seines Chefs bemerkt hatte, näherte sich dem Wagen, blieb ein paar Schritte entfernt stehen und winkte Oetterli zu sich heran. Dieser verabschiedete sich entschuldigend bei Didier und Beatriz und ging zu seinem Untergebenen, um sich von diesem die Situation schildern zu lassen:

»Die Kollegen von der Spusi sind in der Hütte und in dem Garagenanbau beschäftigt. Wir müssen sicherlich eine psychologische Betreuung bereitstellen. Um es mit ihren Worten zu sagen, haben wir es hier mit einem Schlächter zu tun. Sie haben das Fass bereits kurz untersucht und darin einen Unterarm, einen Schenkel und zwei Füße gefunden.«

Mit einem Blick auf Oetterlis verzerrtes Gesicht beendete er die schaurige Aufzählung und fuhr fort:

»Kurz gesagt haben sie darin die Überreste einer zerstückelten Frau gefunden. Sie haben es vorgezogen, den Inhalt nicht weiter zu überprüfen, um keine eventuellen Spuren zu verwischen. Das Fass ist auf dem Weg in die Rechtsmedizin. Vermutlich enthält es nur eine einzige Leiche.«

Der Polizist zögerte einen Moment, bevor er fortfuhr:

»Dieses Schwein hat den Kopf so verunstaltet, dass unsere Kollegen nicht erkennen konnten, um wen es sich handelt. Ich hoffe, dass wir ihn jetzt schnell erwischen. Bei solchen Scheißkerlen bedaure ich, dass die Todesstrafe abgeschafft wurde.«

Oetterli schien ihm mit einem Kopfnicken zuzustimmen, bevor er das Schweigen brach, das für kurze Zeit entstanden war:

»Wir konnten die Identität dieses Mistkerls feststellen. Er heißt Martin Koch und wir werden ihn nicht mehr aus den

Augen lassen. Der Chef hat bereits das Bundesamt für Polizei und Europol verständigt. Die Grenzkontrollen werden gerade verschärft – er kann uns nicht mehr entkommen. Gleichzeitig haben wir eine Frau, die unter Schock steht und eine zweite, die brutal umgebracht wurde, aber wo sind die beiden anderen?«

»Bislang haben wir keinerlei Spuren gefunden. Wir müssen abwarten, was das Labor über die Blutspuren sagt, die an den Wänden des Raums gefunden wurden. Vielleicht liefert uns Lea Brunner wertvolle Informationen, sobald ihr Zustand eine Befragung erlaubt.«

»Konzentrieren wir uns erstmal auf diese Fahndung. Wir müssen extrem vorsichtig sein. Schließlich können wir nicht ausschließen, dass der Serienkidnapper die beiden Frauen als Geiseln genommen hat.«

»Du hast recht. Ich werde die Anweisung an alle Mannschaften weitergeben.«

»Wissen wir, wie er uns entwischt ist?«

»Wir sind auf ein sehr ausgeklügeltes Überwachungssystem gestoßen. Um das Wohnhaus sind mehrere Kameras installiert, daher nehmen wir an, dass er unseren Einsatz am Vormittag mitbekommen hat, denn der hat ja keine zweihundert Meter von seinem Grundstück entfernt stattgefunden. Wir haben Reifenspuren gefunden, die zu einem Lieferwagen gehören könnten, und nach unseren Informationen besitzt er einen.«

»Und der Kollege, der ohnmächtig wurde?«

»Er konnte das Krankenhaus bereits wieder verlassen. Dona Quichotte und ihr französischer Freund haben uns erzählt, dass sie mit Gas außer Gefecht gesetzt wurden. Vermutlich hat der Kollege dort in der Grube irgendein Dreckszeug eingeatmet.«

»Versuch herauszufinden, was man von den beiden noch erfahren kann, ohne sie zu brüskieren. Und dann schick sie ins Krankenhaus.«

Didier und Beatriz lagen Seite an Seite im Krankenwagen. Didier schaffte es nicht, die Bruchstücke eines Gesprächs, das er im Eingang zur Garage mit angehört hatte, aus seinem Kopf zu bekommen. Sein Englisch half ihm manchmal, die Lücken seiner rudimentären deutschen Sprachkenntnisse zu überbrücken. Die Worte der beiden Polizisten Blut und Raum hallten in ihm wider wie *blood* und *room*. Didier grübelte unaufhörlich über diese Wörter nach. Hatte er sie richtig interpretiert? Er malte sich das Schlimmste aus: Catherine hatte vor ihrem Tod die fürchterlichsten Qualen erleiden müssen. Didier machte sich Vorwürfe, den Mörder nicht aufgehalten zu haben, obwohl er zweimal die Gelegenheit dazu gehabt hatte. Eigentlich dreimal, wenn er nur nicht ausgestiegen wäre, als ihn Catherine von der Arbeit aus mitgenommen hatte. Jetzt war alles aus, und sämtliche Bemühungen waren vergeblich gewesen. Eine große Müdigkeit breitete sich in ihm aus. Welches Schicksal hatte sich dieses Monster für Catherine und Stefanie ausgedacht? Hatte es vor ihnen bereits andere Opfer gegeben? Er sah sich wieder hilflos in dieser Autogrube hocken und verstand gar nicht, durch welches Wunder er noch lebte. Didier versank in tiefe Melancholie.

Als die beiden in der Notaufnahme eintrafen, kümmerte sich umgehend ein Team des Kantonsspitals um sie. Bei Didiers erster Untersuchung wurden auch die Verletzungen, die er sich vor der Gefangenschaft zugezogen hatte, festgestellt, mit anderen Worten die Verstauchungen und Blutergüsse. Der Schnitt auf der Brust musste genäht werden, doch der diensthabende Arzt sorgte sich vor allem um Didiers psychische Gesundheit, da er so abwesend wirkte und aufgrund des Schockzustandes völlig verstummt war. Beatriz hingegen erschien dem Mediziner trotz des erlittenen Traumas erstaunlich redselig und in guter Verfassung zu sein. Die beiden Freunde wurden auf derselben Etage in Einzelzimmern untergebracht, die nur durch einen langen Flur voneinander getrennt waren. Die Nachtschwester überwachte vor allem Didiers Zustand und fand ihn kurz darauf mit angezogenen Knien auf dem Bett sitzend vor. Er schaukelte vor und zurück und summte eine merkwürdige Melodie. Als die Schwester daraufhin sofort dem Bereitschaftsarzt Bescheid gab, verschrieb dieser dem Patienten eine Dosis Valium.

12. – Das Kantonsspital

Zum großen Kummer ihrer Mutter, die gerne länger ihre Tochter bei sich zu Besuch gehabt hätte, sah sich Sonya nach Didiers Verschwinden dazu gezwungen, ihren Urlaub abzubrechen.

»Da haben wir's mal wieder! Kaum angekommen, reist du schon wieder ab.«

»Aber, Mama! Ich bin doch schon seit zehn Tagen in Kiel und nicht erst gerade angekommen.«

»Das mag ja sein, aber ich habe dich trotzdem kaum gesehen, weil du ständig mit deinen Freunden oder mit Thomas zusammen warst.«

»Genau, trotzdem solltest du doch zufrieden sein. Schließlich hast du mir vorgeworfen, mich nicht genug um meinen Verlobten zu kümmern. Wenn ich jetzt nach Luzern zurückfahre, dann nur seinetwegen. Und du übertreibst ein wenig, ich fahre ja nur ein paar Tage früher zurück. Ich habe dir versprochen, diesen Sommer mit Didier nochmal vorbeizukommen. Und du weißt am besten, dass ich immer Wort halte.«

»Ja, natürlich. Aber manchmal fehlst du mir einfach. Ich wünsche dir eine gute Reise und sag mir Bescheid, wenn du wieder heil in Luzern bist«, beeilte sie sich zu sagen, bevor die Emotionen sie überwältigten.

Seit einigen Tagen wurden die Ereignisse nicht nur von den Zentralschweizer Medien aufgegriffen, sondern verbreiteten sich auch in den angrenzenden Ländern, die sich mit einer beinah krankhaften Neugier für den Luzerner Fall interessierten. Auf diese Weise hatte Sonya stündlich der Tragödie folgen können, die sich in ihrer neuen Heimat abspielte.

Nachdem sie um 8 Uhr in den Zug gestiegen war und sofort die Online-Zeitungen durchblätterte, erfuhr sie noch vor Hamburg von Julies Entführung und dem grausigen Fund in dem Horrorhaus. Nach ihrer Berechnung war Catherines Tochter das sechste Opfer des Serienkidnappers. Plötzlich hatte sie große Angst um Didier.

Nach der zehnstündigen Zugfahrt erschien ihr die fünfzehnminütige Verspätung aufgrund eines Unwetters in der Schweiz unendlich lang. In Luzern angekommen, sprang sie sofort in ein Taxi, obwohl sie in der Nähe des Bahnhofs wohnte. Der Taxifahrer verweigerte ihr aufgrund der kurzen Strecke die Fahrt, die ihm angesichts der Tatsache, dass er sich danach wieder hinten in die Schlange einreihen musste, als nicht lukrativ genug erschien. Sie blieb hartnäckig und motivierte ihn schließlich mit der Aussicht auf ein verlockendes Trinkgeld.

In ihrer Wohnung schaltete Sonya sofort das Radio und einen Nachrichtensender im Fernsehen ein. Parallel kontaktierte sie einige von Didiers Freunden, die immer über alles auf dem Laufenden waren. Den Abend verbrachte sie zunächst damit, durch das Internet und die sozialen Netzwerke zu surfen, bevor sie beschloss, eine Journalistin anzurufen, die sie bei einer Buchvorstellung kennengelernt hatte. Zum Glück fand sie schnell ihre Visitenkarte wieder. Die Frau arbeitete bei der Schweizer Nachrichtenagentur beziehungsweise bei dem, was nach der Zerschlagung durch den Verwaltungsrat davon noch übriggeblieben war. Denn dieser hatte dabei mehr an den Profit als an seine Mission, qualitativ hochwertige Informationen zu liefern, gedacht. Gleich nach der

Informationsübergabe an das Büro der Schweizer Nachrichtenagentur in Sydney rief die Journalistin sie auf dem Heimweg aus dem Zug zurück. Durch sie erfuhr Sonya, dass Beatriz und Didier wohlbehalten aufgefunden worden waren. Was sie jedoch nicht in Erfahrung bringen konnte, war, ob sie in die Klinik St. Anna oder ins Kantonsspital eingeliefert worden waren. Sie zögerte kurz, um dann noch mitten in der Nacht ins Krankenhaus zu fahren, wo sie jedoch mit dem Hinweis, am nächsten Tag zur Besuchszeit zurückzukommen, abgewiesen wurde. Zurück in der Wohnung fiel Sonya in einen unruhigen Schlaf.

Gleich in der Frühe, wechselte Beatriz mit der Krankenschwester, die ihr eine Blutprobe entnahm, ein paar Worte:

»Darf ich Sie nach dem Zustand von Didier d'Orville fragen? Als wir eingeliefert wurden, ging es ihm gar nicht gut.«

»Da Sie befreundet sind, darf ich Sie zumindest beruhigen. Nachts wurde ihm eine hohe Dosis Tranquilizer verabreicht und auch wenn er nicht gerade in Bestform ist, verbessert sich sein Gesundheitszustand zumindest langsam. Ich habe im Radio gehört, dass Sie beide der Hölle entkommen sind. Ein Schockzustand ist daher ganz normal. Der Journalist hat sie als echte Helden bezeichnet, und ich glaube, dass er damit recht hat.«

Beatriz verstand nun, warum Didier sich so an diesem Ausdruck störte.

»Helden? Wir haben uns wie Anfänger gefangen nehmen lassen.«

»Das mag ja sein, aber ohne Sie beide wäre die arme Lea sicherlich nicht mehr unter uns.«

»Und Stefanie? Und Catherine? Gibt es über die zwei auch etwas Neues?«

»Ihre Namen hat der Journalist nicht erwähnt. Ein Freund einer Kollegin arbeitet allerdings in der Leichenhalle und …«

Die Krankenschwester zögerte einen Augenblick, bevor sie damit herausplatzte:

»Offensichtlich hat man am Tatort auch eine schrecklich verstümmelte Leiche gefunden.«

»Um wen handelt es sich dabei?«

»Das weiß ich nicht. Aber ich hatte heute Morgen schon eine Besprechung mit der Oberschwester. Sie hat mir gesagt, dass ein gewisser Kommissar Oetterli Sie im Laufe des Tages besuchen wird, den können Sie ja dann fragen.«

Plötzlich wurde sich die Krankenschwester ihrer Äußerungen bewusst:

»Entschuldigen Sie, dass ich mich verplappert habe. Ich hätte Ihnen niemals all diese Details nennen dürfen.«

»Das war schon richtig. Früher oder später hätte ich es eh von irgendjemandem erfahren.«

Die Krankenschwester bemühte sich, die Sache wieder gut zu machen, indem sie das Gespräch in eine andere Richtung lenkte:

»Wenn sie spätestens in ein paar Tagen wieder auf den Beinen sind, können Sie auf den Nationalquai zurückkehren, um die Bevölkerung vor den Meinungsumfragen mit ihren schädlichen Auswirkungen auf die Demokratie zu warnen.«

»Sie kennen mich?«

»Wer kennt denn nicht Dona Quichotte?«

Beatriz verzog das Gesicht.

»Ich verabscheue diesen Spitznamen. Nennen Sie mich lieber Beatriz.«

»Offensichtlich trete ich von einem Fettnäpfchen ins nächste. Jeder in Luzern hat schon von Ihren Theorien gehört, die ich übrigens sehr einleuchtend finde.«

Aufgrund der Ereignisse war Beatriz in den letzten Tagen nicht mehr dazu gekommen, ihre Argumente weiterzuentwickeln, daher sprang sie sofort darauf an:

»Seit einiger Zeit kursieren neue Ideen, mit denen man uns überzeugen möchte, dass die Meinungsumfragen der Beweis für eine gesunde Demokratie seien. Aber das stimmt nicht...«

»Vermutlich werden Sie mich für unhöflich halten, aber ich möchte Sie hier unterbrechen, da ich mich noch um die anderen Patienten kümmern muss. Ich schlage vor, dass wir später weiter darüber diskutieren. Während meiner Dienstzeit wird es schwierig sein, aber ich schaue dann in meiner Pause nach Ihnen, wenn ich überhaupt eine machen kann.«

Ihr Lächeln, mit dem sie das Zimmer verließ, war keinesfalls geheuchelt.

Beatriz war enttäuscht, wusste aber, dass sich ihre Hartnäckigkeit eines Tages auszahlen würde. Immerhin hatte es ein Bauer geschafft, die Schweizer an die Urnen zu schicken, damit die Kühe und Ziegen ihre Hörner behalten durften, da werde ich es doch schaffen, eine Initiative zur Abschaffung der Meinungsumfragen in die Wege zu leiten, dachte sie.

Auch wenn Beatriz' Körper von Blutergüssen übersät war, zeigte sich der Arzt mit ihrem Allgemeinzustand zufrieden und erklärte ihr, dass ihre kurze Gefangenschaft offensichtlich ohne gravierende Folgeerscheinungen geblieben sei. Sie müsse allerdings weiter auf sich achten. Sollte ihr Umfeld bei ihr die kleinste Verhaltensänderung entdecken, müsse man ihn unverzüglich konsultieren. Der Mediziner versprach im Laufe des Nachmittags die endgültigen Untersuchungsergebnisse zu liefern, wollte sie aber vorsichtshalber noch eine Nacht im Krankenhaus behalten. Anschließend würde sie dann auf jeden Fall nach Hause entlassen werden.

Beatriz wartete noch ab, bis der Arzt den Raum verlassen hatte, um sich zum Zimmer ihres Freundes am anderen Ende des Flurs zu begeben. Sie fand ihn auf dem Bett sitzend und an die beiden Kopfkissen gelehnt vor. Er wirkte wie erschlagen, lächelte aber zaghaft, als er sie sah.

»Nun, mein Held?«, foppte sie Didier zärtlich. »Da sind wir noch einmal davongekommen. Wie geht es dir?«

»Mir tut alles weh. Dieser Mistkerl ist nicht gerade zimperlich gewesen. Eigentlich muss die Frage lauten, was mir nicht weh tut. Es geht aber immerhin schon etwas besser als heute Nacht. Ich habe die Krankenschwester wohl dermaßen erschreckt, dass der diensthabende Arzt angeordnet hat, mir ein Beruhigungsmittel zu spritzen. Du hingegen scheinst dich ja wie gewöhnlich gut zu halten. Hast du etwas Neues über Catherine gehört?«

»Nein, nicht wirklich. Scheinbar gibt es keine Neuigkeiten, zumindest keine guten.«

»Ich mache mir Sorgen. Ich habe gehört wie die Polizisten von Blut in einem Raum gesprochen haben.«

»Bist du sicher, dass du das richtig verstanden hast?«, versuchte Beatriz ihn zu beruhigen. »Schließlich warst du in einem Schockzustand und da macht das Gehirn schon mal, was es will. Und seit wann verstehst du eigentlich Deutsch?«

»Vielleicht habe ich das, wie du sagst, falsch interpretiert, aber auf jeden Fall habe ich einiges mitbekommen. Rate, wen ich gesehen habe, als ich vor der Garage stand?«

»Catherine?«

»Das wäre zu schön gewesen, aber nein, nicht sie, sondern ich habe Walter in seinem Auto vorbeifahren sehen. Du kannst dir vorstellen, was das für ein Schock war, dort auf meinen Ex-Chef zu treffen.«

Didier war so müde, dass er tief ausatmete, bevor er fort-fuhr:

»Er hat am Tor angehalten und wir haben uns einen Moment angestarrt. Nur ein paar Sekunden lang, aber mir ist es wie eine Ewigkeit vorgekommen. In seinem Blick konnte ich eine Mischung aus Hass und Angst erkennen. Danach ist er einfach weitergefahren, denn er hat den Verkehr behindert. Kurz darauf habe ich den Schlag auf den Kopf bekommen.«

»Willst du damit sagen, dass dieses Schwein Walter und der Serienkidnapper ein und dieselbe Person sind?«

»In meinem Kopf ist alles durcheinander, aber wenn man mal darüber nachdenkt … Konntest du das Gesicht unseres Angreifers erkennen? Ich habe ihn nur mit einer Gasmaske gesehen.«

»Das stimmt, ich habe keine Ahnung, wie er aussieht. Wir waren jedoch nicht bei Walter eingesperrt, wie hätte er das anstellen sollen?«

»Keine Ahnung. Ich denke, es gibt einfach zu viele Koinzidenzen, als dass dies alles Zufälle sein könnten. Walter liebt Pornos und hat während seiner Reisen nach Südostasien Sex mit sehr jungen Frauen. Und er reist in diese Region, sobald dort ein Kongress stattfindet, der mehr oder weniger mit der Kosmetikindustrie verknüpft ist und nutzt das dann als Anlass, seine kranken Bedürfnisse zu befriedigen. Vor allem aber ist er ein Pädophiler, der nur einen Steinwurf von dem Ort entfernt wohnt, an dem wir gefangen gehalten wurden.«

»Wenn man es so betrachtet …«

Didier und Beatriz hatten keine Zeit, ihr Gespräch zu beenden. Der Arzt klopfte an die Tür, betrat das Zimmer, ohne eine Antwort abgewartet zu haben und bat Beatriz, sie alleine lassen.

»Nun, Herr d'Orville, wie fühlen Sie sich heute Vormittag?«, fragte der Arzt auf Englisch. »Gestern Nacht haben Sie uns einen großen Schrecken eingejagt. Immerhin haben Sie ja

Ihre Stimme wiedergefunden, wie ich höre.«

»Vor allem werden nicht mehr so viele schwarze Gedanken in einer Endlosschleife in meinem Gehirn abgespult. Gestern habe ich mich so leer gefühlt, dass ich nicht klar denken konnte. Ich hatte den Eindruck, mich in einem riesigen Loch zu befinden. Als würde ich die Ereignisse, die ich durchlebt habe, von außen betrachten. Ich weiß nicht, was Sie mir da gespritzt haben, aber das Zeug ist auf jeden Fall sehr wirkungsvoll.«

»Das ist ein magischer Cocktail, der Sie in einen tiefen Schlaf versetzt hat. Vor allem benötigen Sie Ruhe. Schmerzen Ihre Verletzungen noch?«

»Ja! Mein Knöchel, mein Handgelenk und die Narbe auf meinem Oberkörper tun verdammt weh.«

»Ich werde Ihnen ein Schmerzmittel verschreiben, und Sie müssen sich ein paar Tage gedulden, bis wir die Fäden ziehen. Auch wenn es schwerfällt, versuchen Sie sich auf eine Bauchatmung zu konzentrieren. Ich ordne für morgen eine Generaluntersuchung an.«

»Herr Doktor, in einer Sache würde ich gerne Ihre Meinung hören.«

»Nur zu.«

»Seit mehreren Wochen werde ich von Albträumen heimgesucht, die mit der Zeit immer intensiver geworden sind. Ich wache schweißgebadet auf und habe wohl schon ein paarmal nachts geschrien.«

»Wenn ich dem lokalen Käseblatt Glauben schenken darf, dann haben Sie in den letzten zehn Tagen mehr erlebt als die meisten von uns in ihrem ganzen Leben. Ich schlage vor, zunächst Ihren Kopf und Ihren Körper zu heilen und uns dann um Ihr Unterbewusstsein zu kümmern.«

»Ich habe noch eine Frage. Wissen Sie etwas Neues in Bezug auf Catherine und die anderen Opfer dieses Monsters?«

»Nein, leider nicht. Sie müssen sich jetzt ausruhen. Wir werden Sie noch ein oder zwei Nächte hierbehalten. Helden müssen verwöhnt werden«, beendete der Mediziner das Gespräch und verließ das Zimmer.

Didier hatte das Gefühl, dass ihn alle anlogen. Der Arzt, die Krankenschwester, Beatriz; irgendjemand musste doch wissen, was seiner Freundin zugestoßen war. Wenn sie mir nichts sagen, dann ist wohl das Schlimmste eingetroffen. Was ich im Krankenwagen gehört habe, ist sicherlich nicht meiner Fantasie entsprungen, dachte er für sich.

Er war immer noch in seine morbiden Gedanken versunken, als ihm die Schwester ein Schmerz- und ein Beruhigungsmittel spritzte.

Im Laufe des Nachmittags kehrte Beatriz in das Zimmer ihres Freundes zurück. Auf ihr Klopfen erhielt sie keinerlei Reaktion, daher trat sie einfach ein. Didier lag ausgestreckt auf seinem Bett. Sie näherte sich vorsichtig. Er schlief. Als sie sich gerade wieder leise davonschleichen wollte, bemerkte sie, wie unruhig der Schlaf ihres Freundes war. Er krümmte sich, schnitt Grimassen, stöhnte und äußerte Worte in einer Sprache, die sie nicht verstand. Unruhig und schwitzend wälzte er sich hin und her und schrie immer wieder »nein!«. Beatriz gelang es erst nach mehreren Versuchen, ihn zu wecken. Er öffnete erstaunt die Augen, richtete sich auf und starrte Beatriz an, als säße er einer Fremden gegenüber. Erst ein paar Sekunden später kam er wieder richtig zu sich.

»Du bist es. Ich hatte schon wieder einen Albtraum. Ich war in einem Krankenhaus in Double Bay, einem schicken Vorort von Sydney. Warum ich dort aufgenommen wurde, weiß ich nicht. Meine australische Freundin Anna und ihre Eltern haben mich besucht. Merkwürdig ist nur, dass ich letztes Jahr genau diese Situation umgekehrt erlebt habe, aber der Traum war absolut realistisch. Es ist unglaublich, aber die drei haben mich beinah angeschrien und mir verboten aufzugeben. Als du mich geweckt hast, haben sie mich geschüttelt, damit ich mich bewege. Es gab noch andere Bilder, aber die sind jetzt verschwommen und ich kann mich nur noch an eine Art Dunkelheit erinnern.«

»Ich verstehe ja nicht alles, aber immerhin hast du deinen Elan wiedergefunden.«

In diesem Moment klopfte es an der Tür.

»Ja, herein.«

Kommissar Armin Oetterli steckte seinen Kopf durch den Türspalt und ging auf die beiden Freunde zu.

»Guten Tag. Frau Frey, ich komme gerade aus Ihrem Zimmer. Da Sie nicht dort waren, habe ich mir schon gedacht, dass ich Sie in Gesellschaft Ihres Freundes finden würde. Es freut mich, Sie beide gesund und munter zu sehen. Außerdem muss ich mich bei Ihnen bedanken, denn ohne Sie wären wir nicht den entscheidenden Schritt weiter gekommen, und Lea Brunner wäre vielleicht nicht mehr unter uns. Aber jetzt sind wir auf der Zielgeraden. Ich habe eine gute und eine schlechte Nachricht … eigentlich ist sie dieselbe und … eher schlecht. Daher brauche ich Ihre Hilfe.«

Der Ermittler verlor sich in weitschweifigen Erklärungen, während ihn Beatriz besorgt beobachtete. Er schwieg kurz und fuhr dann fort:

»Also, ich werde nicht länger um den heißen Brei herumreden. Wir haben die Leiche von Stefanie Gassmann gefunden, aber nicht den geringsten Hinweis auf Catherine Bucher. Sie bleibt spurlos verschwunden. Wir setzen alles daran, sie zu finden, daher benötigen wir Ihre beiden Zeugenaussagen.

Egal wie unbedeutend Ihnen einige Details erscheinen mögen, für diesen Fall könnten sie sich trotzdem als äußerst wichtig erweisen.«

»Dann ist Catherine also nicht tot?«, fragte Didier zögernd. »Ich meine, einen Polizisten gehört zu haben, der von einem Zimmer voller Blut sprach.«

»Dabei handelt es sich nur um Spuren«, log der Kriminalkommissar. »Die junge Lea Brunner wurde in diesem Raum festgehalten, hat aber keinerlei ernsthafte Verletzungen erlitten. Nach ihrer Aussage stammt das Blut von Stefanie Gassmann, die vor ihren Augen getötet wurde. Ehrlich gesagt sind wir sehr beunruhigt, was das Schicksal von Catherine Bucher betrifft. Ich bitte Sie, mir alles zu erzählen und zwar von dem Moment an, wo Sie in diese Affäre hineingezogen wurden bis zu Ihrer jeweiligen Entführung.«

Armin Oetterli nahm die detaillierten Aussagen auf und kehrte in seine Dienststelle zurück. Er war überzeugt, dass seine Kollegen beim Durchstöbern der Kontobewegungen und Steuererklärungen des Mörders inzwischen entscheidende Informationen gefunden hatten. Leider wurde er enttäuscht. Obwohl sein Team bei anderen Gelegenheiten bereits äußerst effizient gewesen war, hatte es dieses Mal nichts aufdecken können, was auf eine vielversprechende Spur hingedeutet hätte. Es gab in diesem Falle zwar regelmäßige Überweisungen, die er jeweils zum Monatsende tätigte, aber den Polizisten gelang es nicht, diese Information weiter zu verfolgen.

Am Morgen hatte Sonya bei der Auskunft des Krankenhauses, in das Didier eingeliefert worden war, die Besuchszeiten erfragt. Die Krankenschwester hatte ihr zu verstehen gegeben, dass ihr Freund sich ausruhen müsse und niemanden sehen könne. Statt sich eine zweite Absage einzufangen, beschloss sie daher einige Stunden später, direkt zum Kantonsspital zu fahren.

In Anbetracht des riesigen Medieninteresses für diesen ungewöhnlichen Fall hatte die Krankenhausdirektion einen Sicherheitsdienst angefordert, denn man konnte sich noch gut an das Mikrofon im Blumenstrauß erinnern, mit dem jemand die Gespräche eines berühmten Notfallpatienten hatte belauschen wollen. Zudem befand sich auch Lea, eines der Opfer des Serienkidnappers, und die während des Schweigemarsches zusammengeschlagene Person im gleichen Krankenhaus.

Selbstbewusst ging Sonya zur Rezeption. Normalerweise wurden die Anweisungen des Arztes, Krankenbesuche zu verbieten oder auf ein Minimum zu beschränken, nicht ins Computersystem eingegeben. Doch die Situation war eben außergewöhnlich. Sonya versuchte daher vergeblich Didiers Zimmernummer zu erfragen und regte sich darüber so auf, dass sie schließlich von einem Mitarbeiter des Sicherheitsdienstes zum Ausgang begleitet wurde.

Didier und Beatriz standen immer noch unter dem Schock der Enthüllungen des Kommissars.

»Wann werden sie den Mistkerl endlich schnappen?«, fragte sich Didier laut. »Momentan weiß nur Gott allein, wo sich Catherine befindet. Außerdem mache ich mir schreckliche Sorgen um Sonya. Sie muss von unserem Verschwinden erfahren haben, und mein Telefon liegt noch irgendwo in diesem Haus.«

»Sei nicht beunruhigt. Wenn deine Freundin die Online-Zeitungen liest, kennt sie sicherlich auch die neusten Entwicklungen. Hab noch etwas Geduld. Mein Kumpel Bruno hat mir versprochen, dass wir unsere Sachen schnellstmöglich wiederbekommen.«

»Was mich betrifft, habe ich keine Lust, hier die ganze Nacht mit verschränkten Armen zu warten, so lange Catherine nicht gefunden wurde«, erklärte Didier.

»Was willst du denn sonst machen? Was können wir tun? Wir haben alles versucht. Es ist jetzt an der Zeit, das Zepter den Bullen zu übergeben.«

»Irgendein Detail müssen wir übersehen haben. Wir müssen unsere Ermittlungen fortsetzen, ich kann jetzt nicht aufgeben.«

»Du liest zu viele Krimis. Du bist kein Kommissar Maigret und ich keine Miss Marple. Morgen werden wir sicher erfahren, dass Catherine wohlbehalten gefunden wurde. Aber sag mal Didier, darf ich dir eine persönliche Frage stellen? Eigentlich ist es eher eine Beobachtung.«

»Natürlich«, antwortete er neugierig.

»Du sprichst ständig von Catherine, eigentlich erwähnst du fast ausschließlich sie, daher habe ich den Eindruck, dass du darüber deine Verlobte vergisst. Dabei hast du großes Glück eine Frau zu haben, die dich liebt. Wenn ich dir einen Rat geben darf, dann pass auf, dass du deine Beziehung nicht kaputt machst.«

»Aber Catherine ist doch nur eine Freundin.«

Didier klang so wenig überzeugend, als könne er seine eigene Behauptung selbst nicht glauben.

»Hör zu, ich lasse dich jetzt allein. Ruh dich aus und denk darüber nach, was ich dir gesagt habe. Morgen ist ein neuer Tag.«

An der Tür drehte sich Beatriz noch einmal um.

»Im Grunde genommen geht es uns hier drin doch gar nicht

so schlecht. Es ist praktisch fast wie in einem Hotel, und ich muss die Rechnung nicht bezahlen. Außerdem habe ich das Gefühl, dass ich hier vor einem neuen Publikum über die Demokratie der Meinungsumfragen sprechen kann«, sagte sie mit einem triumphierenden Lächeln.

Als Beatriz das Zimmer verließ, hatte Didier seine Entscheidung bereits getroffen: Er würde keine weitere Nacht im Krankenhaus verbringen. Er war nicht in der Verfassung, sich um die Formalitäten zu kümmern und irgendwelche Entlassungspapiere zu unterschreiben, daher überlegte er, wie er am besten heimlich verschwinden konnte. Bei seiner Ankunft hatte man ihm seine Kleidung weggenommen und ihm lediglich einen Standardschlafanzug beziehungsweise ein Hemd mit nur einem Knopf auf der Rückseite gegeben. Er konnte sich nicht vorstellen, mitten im Winter damit durch die Straßen zu wandeln und seinen Hintern zur Schau stellen. Auf gut Glück schaute er im Wandschrank nach, ohne jedoch darin irgendetwas Passendes zu finden. Spontan überlegte er, wie er sich ein Smartphone besorgen konnte. Er erinnerte sich, wie ihn eine Pflegerin auf einen Stuhl gesetzt und ihm eine Zeitschrift in die Hand gedrückt hatte, um das Bett zu machen. Zur gleichen Zeit war eine Physiotherapeutin ins Zimmer gekommen. Auf Didiers Bitte hin, hatte sie ihm geholfen ein paar Schritte zu gehen und ihm dafür vorher eine Decke über die Schultern gelegt, die sie aus einem der Schränke im Flur geholt hatte. Er entsann sich, dass diese danach ein paar Worte mit der gut fünfzigjährigen Patientin im Nachbarzimmer gewechselt hatte. Didier überlegte, sich ihr Telefon zu leihen, wusste aber nicht, wie er das anstellen sollte. Als er ihren Fernseher hörte, beschloss er es auf direktem Wege zu versuchen und klopfte an ihre Tür. Er stellte sich vor, entschuldigte sich für die Störung und setzte danach all seinen Charme ein, um das Objekt seiner Begierde zu erhalten.

Nachdem er den Code eingetippt hatte, den die Dame ihm genannt hatte, kam er sich wie ein Idiot vor, denn er stellte fest, dass er nicht eine einzige Telefonnummer auswendig kannte.

Er beschloss, die Internetseite der amerikanischen Dichterin Melinda zu suchen, die regelmäßig im Bistronomie anzutreffen war. Von ihr erhielt er die Nummer ihres gemeinsamen Freundes Sébastien. Die Nachbarin machte Didier ein Zeichen, dass er das Mobiltelefon mitnehmen dürfe, um von seinem Zimmer aus in Ruhe zu telefonieren. Er ließ sich nicht lange bitten und rief seinen Landsmann an, der auch sofort dranging:

»Hallo!«

»Hallo Sébastien. Ich bin's, Didier.«

»Mein Gott, wo steckst du? Ich habe gehört, dass man euch gefunden hat, also dich und Beatriz. Geht es euch beiden gut?«

Dann rief er:

»Ruth, komm schnell, ich hab Didier am Telefon.«

»Wie geht es ihm?«

»Macht euch keine Sorgen. Wir sind noch zur Beobachtung im Krankenhaus. Angesichts der Umstände halten wir uns ganz gut.«

Didier hatte keine Zeit für Höflichkeitsfloskeln.

»Du musst mir einen Gefallen tun. Die wollen mich einige Tage hier behalten, aber ich kann nicht im Krankenhaus verschimmeln, während Catherine noch in Gefahr ist.«

»Was können wir für dich tun?«, fragten Ruth und Sébastien einstimmig.

»Die Besuchszeit ist noch nicht vorbei, ihr müsst mir hier raus helfen. Sébastien, könntest du einen Mantel, eine Hose und ein Paar Schuhe in einen Rucksack packen. Was hast du für eine Größe?«

»Einundvierzig.«

»Das müsste gerade so passen, denn ich muss bis zu eurem Auto gehen, ohne Aufmerksamkeit zu erregen.«

Didier gab das Stockwerk und seine Zimmernummer durch und wartete anschließend fieberhaft auf seine Freunde.

Zwanzig Minuten später trafen sie bei ihm ein, nachdem sie zuvor einfach an der Rezeption vorbeigegangen waren und so nicht die Aufmerksamkeit der Sicherheitsbeauftragten auf sich gezogen hatten. Während Ruth eine Krankenschwester ablenkte, indem sie sie nach Beatriz' Befinden fragte, ging Sébastien direkt in Didiers Zimmer. Didier zog sich mit Sébastiens Hilfe an. Da die Krankenschwestern gerade ihre Mails durchschauten, um die Krankenakten ihrer Patienten auf den neusten Stand zu bringen, nutzten die beiden Männer die Gelegenheit und machten sich aus dem Staub.

Sie fuhren zur Wohnung der beiden Freunde. Didier musste sich erst etwas ausruhen, bevor er ihre Fragen beantworten konnte. Bei einer Tasse Tee tauschten sie sich über alles aus, was sie in den letzten vierundzwanzig Stunden erlebt hatten. Auf diese Weise erfuhr Didier, dass Catherines Tochter bei ihrer Tante ebenfalls entführt worden war. Anstatt sich jedoch von dieser schrecklichen Nachricht entmutigen zu lassen, rüttelte sie Didier eher auf. Er bat Sébastien, ihn zu seiner Wohnung zu fahren, damit er sich noch seine Schlüssel vom Nachbarn besorgen könnte, bevor er einschlief.

Didier steckte den Schlüssel ins Schloss, doch die Tür ließ sich nicht öffnen. Er versuchte es erneut und begriff, dass Sonya zurückgekehrt sein musste. Lächelnd eilte sie ihm auf dem Flur entgegen, versteinerte jedoch angesichts des miserablen

Zustands ihres Lebensgefährten.

»Mein Gott. Was hat er mit dir gemacht?«

»Man könnte sagen, es steht fifty-fifty«, erwiderte er ironisch. »Die Beule auf der Stirn sowie das verstauchte Hand- und Fußgelenk gehen auf meine Kappe.«

Sie warf sich ihm in die Arme. Didier streckte sofort den Arm aus, um sie daran zu hindern.

»Was ist los? Warum stößt du mich zurück?«

»Weil der Saukerl mir eben auch ein Andenken verpasst hat«, sagte Didier, zog seinen Mantel aus und knöpfte das Hemd auf.

Sie näherte sich vorsichtig und strich zärtlich über die Verbände. Sie küssten und umarmten sich. Sonya nahm Didiers Gesicht in ihre Hände.

»Du hast mir einen gehörigen Schrecken eingejagt, ich dachte schon, dass ich dich verliere. Zum Glück ist diese ganze Geschichte jetzt beendet. Komm, ich werde dich pflegen«, sagte sie.

Nachdem sie es sich auf dem Sofa bequem gemacht hatten, erzählte Didier von seinen Nachforschungen, die ihn zu dem Horrorhaus geführt hatten. Er beschrieb seine Entführung, seine Wunden und das, was Kommissar Oetterli noch am Nachmittag erzählt hatte. Sonya legte Didier den Zeigefinger auf die Lippen und murmelte:

»Jetzt werde ich dich erstmal massieren, denn das hast du nötig.«

»Aber …«

»Pst, lass mich einfach machen.«

Sie führte ihn zum Bett, wo er sich vorsichtig auf den Bauch legte. Sonya rieb sich die Hände mit Kokosöl ein und verpasste ihm eine sanfte Massage, wobei sie sorgfältig die schmerzenden Körperpartien vermied und sich hauptsächlich auf Rücken, Schultern und Oberschenkel konzentrierte. Mit der Zeit verwandelte sich die Massage in ein zärtliches Streicheln, während Didier mehrfach beinah einnickte. Sonya zog die Daunendecke über ihre Körper. Dann bedeckte sie die erogenen Zonen ihres Freundes mit zärtlichen Küssen, doch zu ihrer großen Enttäuschung zeigte dieser keinerlei Anzeichen einer Erregung. Sonya konzentrierte sich auf Didiers Glied, das jedoch einer Schnecke glich, die sich in ihr Haus zurückziehen wollte.

»Was ist los, Didier? Hast du keine Lust mehr auf mich?«

So ist es, dachte er, während ihm die Augen zufielen.

»Das hat nichts mit dir zu tun, mein Liebling. Nach allem, was ich durchgemacht habe, bin ich einfach todmüde. Das ist alles. Entschuldige. Morgen Abend bin ich bestimmt besser in Form.«

»Seit zehn Tagen verlangt mein Körper nach dir. Ich war immer offen für all deine Begehren, und wenn ich jetzt mal etwas von dir will, dann weist du mich ab.«

»Das hat nichts mit Wollen, sondern mit Können zu tun. Das ist ein großer Unterschied.«

»Unterschied? Das Ergebnis ist das gleiche.«

»Es tut mir wirklich leid, Sonya«, entschuldigte er sich und rückte näher an sie heran, um sie zärtlich zu küssen.

Sie stieß ihn sanft mit der Hand zurück.

»Lass uns schlafen. Das ist vermutlich das Beste.«

Beleidigt drehte sie sich um und hoffte, Didier ein schlechtes Gewissen gemacht zu haben.

Der Schmerz ließ Didier mitten in der Nacht aufwachen. Er drehte eine Runde durch die Wohnung, ohne die Bilder vom Horrorhaus aus seinem Kopf vertreiben zu können. Auf dem Sofa mit einem Glas Whisky in der Hand überkam ihn schließlich erneut der Schlaf.

In einem Parkhaus durchsuchte Didier die Mülleimer. Er stellte sie nacheinander auf den Kopf, bis er einen Mann unter einem Auto liegen sah, der sich leicht bewegte. Didier ging näher heran und entdeckte, dass drei Frauen in einer riesigen Blutlache unter diesem Mann lagen, der ihm grinsend entgegensah. Didier riss die Augen auf, als habe er einen Stromstoß erhalten. Er spürte eine Gegenwart an seiner Seite, presste sich gegen sie und strich ganz natürlich mit der Hand über die Haut seiner Lebensgefährtin. Gedankenverloren begriff er nicht sofort, dass etwas nicht stimmte. Plötzlich zog er seine Hand zurück, denn er hatte bemerkt, dass ihr Körper eiskalt war. Er schrak aus seinem Albtraum hoch und fiel dabei fluchend vom Sofa.

Trotz des Schnees ging Didier barfuß ein paar Schritte raus auf den Balkon, bevor er wieder neben Sonya unter die warme Bettdecke schlüpfte.

13. – Das Netz zieht sich zu

Beim Frühstück verzichteten Sonya und Didier darauf, ihren gestrigen Zwist fortzuführen. Dennoch war die Atmosphäre angespannt. Didier kontrollierte seine Nachrichten auf dem Laptop, während Sonya gerade etwas in ihr Smartphone eintippte, als sie einen Anruf erhielt. Sie sah Thomas' Namen auf dem Display und beschloss, sich in ihr Zimmer zurückzuziehen. Sie hörte sich die wertvollen Informationen an, die ihr Freund herausgefunden hatte, antwortete jedoch immer nur mit ja oder mmh, ohne in ein Gespräch einzusteigen.

Als sie an den Küchentisch zurückkehrte, war sie immer noch entschieden dagegen, dass sich Didier weiter in diese Affäre einmischte. Ohne, dass er danach gefragt hatte, erklärte sie geradeheraus:

»Das war meine Mutter. Sie wollte wissen, ob ich eine gute Reise hatte. Auch sie hat sich Sorgen um dich gemacht. Ich habe ihr gesagt, dass es dir den Umständen entsprechend gut geht.«

»Das ist sehr nett von ihr. Richte ihr bitte meinen Dank aus, wenn du das nächste Mal mit ihr telefonierst.«

»Es gibt noch etwas anderes, worüber ich mit dir sprechen möchte.«

Didier nickte ihr aufmunternd zu.

»Also, dann komme ich direkt zur Sache. Ich möchte nicht, dass du dich weiter an diesem Fall beteiligst. Du hast für diese Frau dein Leben riskiert, das reicht. Dieses Arschloch von einem Kidnapper wird bald gefasst werden. Thomas werde ich bitten, seine Nachforschungen einzustellen, denn ich habe keine Lust, mir bis an den Rest meiner Tage Sorgen um dich zu machen. Man könnte meinen, dass du die Probleme anziehst, um die andere mit ein bisschen Grips in der Birne einen weiten Bogen machen.«

»Mit welchem Recht entscheidest du, was ich machen darf oder nicht?«

»Ganz einfach, weil ich dich liebe und du schließlich auch bei mir wohnst.«

»Catherine und ihre Tochter sind immer noch in Gefahr, da halte ich doch jetzt nicht die Füße still. Solltest du vermisst werden, dann würdest du doch auch nicht wollen, dass ich aufgebe, oder?«

»Natürlich nicht. Wenn es mich beträfe, dann wäre es etwas anderes.«

»Inwiefern?«

»Sie ist eine Unbekannte, die du gerade erst kennengelernt hast. Ich hingegen bin deine Lebensgefährtin. Siehst du denn nicht, was das für ein Unterschied ist? Ich bin sicher, dass du ihrer Tochter noch nicht mal begegnet bist.«

»Das glaube ich jetzt nicht. Du bist eifersüchtig?«

»Didier, du wirst dich irgendwann zwischen ihnen und mir entscheiden müssen.«

»Sie ringen vielleicht irgendwo mit dem Tode und du verlangst, dass ich wähle? Ich glaub, ich spinne.«

»Ich rate dir, gründlich darüber nachzudenken. In der Zwischenzeit gehe ich unter die Dusche.«

Das ist doch schon längst entschieden, dachte er, während Sonya die Badezimmertür hinter sich zuwarf.

Didier streckte sich auf dem Sofa aus. Er versuchte gerade seinen Körper etwas zu entspannen, als ihn die Türklingel hochfahren ließ. Auf dem Weg zur Haustür stolperte er über einen Karton mit alten Zeitschriften, der im Weg stand. Bruno und seine Kollegin Cornelia warteten im Treppenhaus.

»Hallo Bruno. Grüezi wohl«, bemühte er sich beide standesgemäß zu begrüßen. »Kommt rein. Kann ich euch einen Kaffee anbieten?«

»Nein, das geht nicht, Didier. Wir sind im Dienst.«

»Machst du dich über mich lustig? Ich weiß, ich bin Franzose, aber ich biete euch ja keinen Weißwein an, und bei einem Kaffee lässt es sich doch besser reden, oder?« Bruno schaute zu seiner Kollegin, die lächelnd nickte.

In diesem Moment ging die Badezimmertür auf und Didier stellte alle einander vor. Sonya setzte sich zu ihnen an den Esszimmertisch. Bruno kam direkt zum Thema:

»Die Oberschwester hat uns über dein Verschwinden informiert, daher wollten wir nachsehen, ob alles in Ordnung ist. Und das scheint es ja zu sein. Du hast Glück, dass die Ermittlungen mit deiner Hilfe vorangekommen sind, sonst wäre Oetterli außer sich. Didier, man kann nicht einfach so aus einem Krankenhaus verschwinden, vor allem nicht, wenn man der Hauptzeuge ist. Auch wenn dich der Hauptkommissar gestern schon befragt hat, möchte er dir noch weitere Fragen stellen. Wir haben Catherine und ihre Tochter immer noch nicht gefunden, aber da du sehr gut informiert scheinst und in einigen Punkten sogar besser als wir, hat uns unser Chef beauftragt, dich mit auf das Kommissariat zu nehmen. Ich muss dir nicht sagen, dass uns die Zeit davonläuft. Aber unser Besuch hat auch noch einen anderen Grund. Sämtliche Medien versuchen, die drei Überlebenden zu kontaktieren. Oetterli will euch keinen Maulkorb anlegen, aber zumindest klare Anweisungen geben in Bezug auf das, was ihr machen dürft. Es wäre schade, wenn alle unsere Anstrengungen umsonst gewesen wären. Auf jeden Fall freut es mich, dass du wieder in guter Verfassung bist. Du hast uns Angst gemacht, das weißt du! Also gut, brechen wir auf?«, fragte er, während er hinausging, um seine und Cornelias leeren Tassen direkt in die Spülmaschine zu stellen.

»Gib mir fünf Minuten. Ich dusche nur schnell und komme dann mit.«

Thomas war fassungslos. Was er gerade herausgefunden hatte, erschien ihm absolut wesentlich für die Ermittlung, und Sonya hatte beinah wortlos aufgelegt. Die Sache hatte ihn jetzt so gepackt, dass er sie nicht einfach drangeben wollte. Er machte eine Kaffeepause, um besser nachdenken zu können und warf dabei ein Auge auf seine beruflichen E-Mails. Das hätte er wohl besser gelassen, denn es regte ihn auf zu lesen, dass ihn ein Kunde zum x-ten Mal bat, den Text eines Posters zu ändern, obwohl er die Druckfreigabe erwartet hatte. Er nahm sein Telefon und versuchte Didier anzurufen, um ihm von seiner Entdeckung zu erzählen.

In der Einsatzleitzentrale wandte sich Oetterli auf Englisch direkt an Didier, behielt aber Bruno an seiner Seite, falls sich die Kommunikation als schwierig erweisen sollte.

»Mein lieber Herr d'Orville, ich freue mich, Sie wieder in unseren Räumen empfangen zu dürfen. Wir hatten uns Sorgen gemacht, nachdem wir von Ihrem Verschwinden aus dem Krankenhaus gehört hatten. Aber das Wichtigste ist ja, dass sie wieder fit sind. Ich muss zugeben, dass mich Ihre Ermittlungen, die Sie parallel zu unseren geführt haben, etwas irritiert haben. Jedoch muss ich ebenfalls gestehen, dass Sie dabei viel wettgemacht haben. Sie haben diese Affäre schnell geregelt. Bravo! Ohne Ihre Sturheit und die Hartnäckigkeit Ihrer

Freunde, wäre Martin Koch – der Kidnapper von Luzern – nicht so schnell identifiziert worden. Gerade habe ich die Ergebnisse aus unserem Labor erhalten: Die DNA der Haare aus der Kappe stimmt mit der überein, die wir im Haus gefunden haben. Außerdem unterzieht er sich tatsächlich einer Behandlung gegen den Fuchsbandwurm. Wenn Sie Ihre Deutschkenntnisse verbessern würden, Herr d'Orville, könnten wir durchaus Ihre Dienste bei der Luzerner Polizei gebrauchen.«

Didier war noch nicht gut genug mit dem lokalen Humor vertraut, um beurteilen zu können, ob der Kommissar Witze machte oder es ernst meinte.

»Ich werde darüber nachdenken«, bedankte er sich.

»Allerdings«, fuhr Oetterli fort. »Hatte Stefanie Gassmann, wie ich es gestern bereits erwähnte, nicht so viel Glück. Da Sie es ohnehin aus den Zeitungen erfahren werden, kann ich Sie auch selbst darüber unterrichten. Dieser Mistkerl hat diese arme Frau wortwörtlich massakriert. Ich erspare Ihnen die Details, denn das hilft uns nicht weiter. Was uns jetzt Sorge bereitet, ist das Schicksal von Catherine Bucher und ihrer Tochter. Wo könnte er sie gefangen halten? Wir haben diesbezüglich keinerlei Hinweise in seinem beruflichen Umfeld gefunden. Seinen Arbeitskollegen zufolge ist er ein unauffälliger kaufmännisch-technischer Mitarbeiter. Wir überprüfen gerade seine Kunden, um nützliche Informationen über mögliche regelmäßige Aufenthaltsorte zu gewinnen, aber es gestaltet sich wie die Suche nach der Stecknadel im Heuhaufen. Zweifellos müssen wir einen unserer IT-Beauftragten hinzuziehen. Der Zeitaufwand, all diese Daten einzupflegen, könnte uns jedoch zum Verhängnis werden. Hier zeichnet sich gerade ein echter Wettlauf gegen die Uhr ab. Deswegen möchte ich auch unsere Unterhaltung von gestern fortsetzen. Ich habe zahlreiche Fragen und wenn Sie gestatten, werden wir versuchen, in die Tiefen Ihrer Erinnerung einzutauchen. Wir werden Ihre Zeugenaussage mit der Ihrer Freundin Dona Quichotte und jener von Lea Brunner abgleichen, sobald diese in der Lage ist, unsere Fragen zu beantworten. Mit ihr müssen wir jedoch sehr behutsam vorgehen.«

»Ist das nicht zu hart für sie?«

»Frau Brunner steht komplett unter Schock. Sie hat den Mord, besser gesagt, das Abschlachten mitangesehen und ist durch diesen Horror nicht nur schwer traumatisiert, sondern wird auch von Schuldgefühlen geplagt. Dieser verdammte Mörder hat mehrfach wiederholt, dass sein Liebesnest zu klein sei und er Platz für sie schaffen müsse. Wir haben versucht, sie in Anwesenheit eines Psychologen zu befragen, doch ihr Zustand gestattete es ihr ganz offensichtlich nicht, zusammenhängend zu antworten. Dem Arzt zufolge können wir es in zwei, drei Tagen erneut versuchen. Wir versprechen uns jedoch viel von Ihrer Zeugenaussage und nehmen uns die nötige Zeit, sämtliche Spuren zu verfolgen. Unsere Dolmetscherin Frau Amstad wird in gut zehn Minuten hier sein.«

Bruno erhob sich und schenkte allen Anwesenden Kaffee ein, um die Wartezeit zu verkürzen.

Nachdem Didier das Kommissariat verlassen hatte, ging er direkt zu dem Geschäft, wo er sein Smartphone gekauft hatte. Der Verkäufer half ihm, ein neues Telefon zu konfigurieren und mit seinem Konto zu verbinden. Kaum war er wieder auf der Straße, erhielt er einen Anruf von Thomas, der im Laufe der Zeit ein Freund geworden war.

»Hallo, Didier. Ich habe etwas echt Verblüffendes entdeckt. Da kommst du nie drauf!«

»Wenn das so ist, dann komm direkt zur Sache«, erwiderte Didier seufzend.

»Versuch wenigstens, es zu erraten.«

»Thomas, nach allem, was ich momentan durchmache, fehlt mir dafür gerade der Sportsgeist.«

»Entschuldige. Manchmal benehme ich mich wohl wie ein kleines Kind.«

»Ich wollte dich nicht beleidigen, vielmehr muss ich mich bei dir entschuldigen. Also, was hast du herausgefunden?«

»Halt dich fest. Ich habe beschlossen, ein wenig in den Mails von Walter herumzuschnüffeln. Die meisten sind vom Server gelöscht worden, was an sich schon ungewöhnlich ist. Zum Glück hatte ich mir bei meinen vorherigen Besuchen jedoch schon Kopien gemacht, daher konnte ich sie wiederfinden…«

»Und?«

»Du wirst es nicht erraten, aber Walter und Martin Koch, der Serienkidnapper, kennen sich schon sehr lange und haben zahlreiche Mails ausgetauscht. Ich habe sie alle überflogen, ohne jedoch auf irgendetwas über die Entführungen zu stoßen, aber ich werde sie nochmal gründlich durchlesen.«

»Ich wusste es!«, jubelte Didier. »Jetzt muss die Polizei meinen Ex-Chef zum Sprechen bringen. Wenn wir uns etwas gedulden, wird er schon mit der Sprache rausrücken.«

»Ich suche weiter und halte dich auf dem Laufenden«, versprach Thomas, bevor er auflegte.

Der Chef der Kriminalpolizei Hansruedi Lichtsteiner hatte die Mannschaft, die mit dem Fall des Serienkidnappers betraut war, zusammengetrommelt. Ein Dutzend Personen saßen um ihn herum, und er wandte sich direkt an Hauptkommissar Oetterli:

»Armin, ich möchte alles erfahren, was es seit gestern Neues gibt. Jedes noch so kleine Detail.«

»Das geht schnell. Martin Koch ist bei uns nicht aktenkundig. Es gibt nichts, außer ein paar kleineren Geschwindigkeitsüberschreitungen, allerdings nie mehr als zwanzig Stundenkilometer. Er hat noch nie mit dem Gericht oder mit uns etwas zu schaffen gehabt. Man könnte meinen, ein idealer Bürger. Laut seinen Steuerunterlagen besitzt er außer dem Haus keine weiteren Immobilien, wobei das ja schon nicht so schlecht ist, würde ich meinen.«

»Halt dich bitte an die Fakten.«

»Auch die Befragung der Nachbarschaft hat nichts ergeben. Sie beschreiben ihn als sympathisch und hilfsbereit. Momentan überprüfen wir Kochs Telefonlisten und sein Bewegungsprofil, allerdings scheint er sehr misstrauisch zu sein. Auch konnten wir sein Mobiltelefon noch nicht orten.«

»Und was ist mit regelmäßigen Kontobewegungen?«

»Gegen Monatsende hebt er immer tausend zweihundert Franken vom Bankomaten ab.«

Oetterli machte eine Pause und fuhr dann fort:

»Ich weiß nicht, ob es von Bedeutung ist, aber ...«

Hansruedi Lichtsteiner forderte seinen Untergebenen mit einem Kopfnicken auf, weiter zu reden.

»Wir haben bislang in seinem Verhalten keinerlei Gewohnheiten festmachen können. Allerdings speist er am Tag nach dem Geldbezug immer im Kanton Obwalden zu Mittag, und zwar in Flüeli-Ranft, um genau zu sein. Er zahlt dort stets mit seiner Kreditkarte...«

»Warte mal kurz. Flüeli-Ranft!«, rief Cornelia und holte dabei ihr Notizheft aus der Tasche. »Hier, ich wollte diese Information noch überprüfen, um Fehler zu vermeiden, aber du kommst mir zuvor.«

»Wir hören dir zu«, unterbrach sie der Kommissar.

»Was mich genau wie uns alle hier übrigens beschäftigt, ist die Tatsache, dass Martin Koch und Walter Murer so nah beieinander gewohnt haben. Zumal Didier d'Orville ausgesagt hat, in Walter Murers Chalet pädophile Pornomagazine gesehen zu haben. Daher wollte ich ihre beide Daten abgleichen und tatsächlich haben die zwei Männer zur gleichen Zeit dieselbe weiterführende Schule besucht.«

Cornelia wartete lächelnd auf eine Reaktion, die auch aus dem Munde des Kripochefs kam:

»Das ist alles? Das ist zwar interessant, aber wie soll uns das helfen, die Verschwundenen zu finden? Ich erinnere dich daran, dass das unsere höchste Priorität ist. Wenn sie ein Jahrgang sind und in derselben Gegend gewohnt haben, dann ist es doch normal, dass sie auf dieselbe Schule gegangen sind.«

»Beim Durchstöbern von Walters Konten habe ich noch etwas entdeckt und das wird euch sicherlich alle interessieren: Er besitzt noch eine Liegenschaft, genauer gesagt eine Scheune bei Flüeli-Ranft. Alles überschneidet sich.«

»Verdammt!«, schimpfte Oetterli und sprang auf.

Er eilte zur Tür und ergriff unterwegs seinen Mantel. Bevor er den Raum verließ, erklärte er seinen sprachlosen Kollegen:

»Wir haben dieses Arschloch gerade wieder gehen lassen. Wir hatten nichts gegen ihn in der Hand. Mit etwas Glück, ist er noch in der Nähe, und ich kann ihn mir schnappen.«

Cornelia und Bruno folgten ihm auf dem Fuß.

Mit dem beschäftigt, was ihm sein Freund gerade enthüllt hatte, bummelte Didier den Bürgersteig entlang, als er vor sich eine ihm vertraute Silhouette bemerkte, die gerade um die Ecke bog. Vom Jagdinstinkt gepackt rannte er so schnell, wie es ihm sein schmerzendes Fußgelenk erlaubte, hinterher. Als er in eine neue Straße einbog, befanden sich Oetterli und seine beiden Kollegen plötzlich mit ihm auf gleicher Höhe. Bruno konnte sich das Duzen nicht verkneifen:

»Hast du Murer gesehen?«

»Ja, zumindest glaube ich, dass er es war. Er ist da lang«, erklärte er und wies mit der Hand nach vorn.

Die drei Polizisten setzten sofort zum Sprint an. An der nächsten Kreuzung teilten sie sich in drei unterschiedliche Richtungen auf. Nach einer Weile kehrten sie zu Didier zurück, der sich nicht von der Stelle bewegt hatte. Oetterli stellte ihm die Frage, die ihn die ganze Zeit gequält hatte:

»Warum haben Sie Walter Murer verfolgt?«

Dem Franzosen war die Frage peinlich, denn er wollte auf gar keinen Fall Thomas in diese Sache mit hineinziehen. Er bemühte sich um eine plausible Antwort:

»Ich könnte mit einer Gegenfrage antworten. Warum haben Sie ihn laufen lassen?«

»Hören Sie, Herr d'Orville. Sie sollten hier nicht die Rollen vertauschen. Verspielen Sie nicht das bisschen Sympathie, das sie bei mir gewonnen haben.«

»Vergessen Sie nicht, dass mich dieser Mistkerl in seinem Chalet mit dem Gewehr bedroht hat. Außerdem weiß ich, was ich in diesen Kartons gesehen habe, auch wenn es Ihnen schwerfällt, das zu glauben. Als ich ihn wiedererkannt habe, stockte mir das Blut in den Adern. Ich wollte sofort eine handfeste Diskussion mit diesem Dreckskerl führen.«

Genervt gab ihm der Kommissar einen Rat, den Didier jedoch als Befehl interpretierte:

»Sie gehen jetzt besser nach Hause und ruhen sich aus. Und vor allem mischen Sie sich nicht mehr in diese Ermittlungen ein.«

Der Kripochef war ungeduldig. Als er die niedergeschlagenen Gesichter seiner Kollegen erblickte, wusste er sofort, dass sie unverrichteter Dinge zurückkehrten.

»Und?«

»Wir haben Didier d'Orville getroffen, der ihn von Weitem erblickt hatte. Murer ist in eine andere Straße abgebogen und war plötzlich wie durch Zauberei verschwunden. Cornelia, hast du die Adresse von dieser Scheune?«

»Ja, hier ist sie«, erwiderte sie und riss eine Seite aus ihrem Notizheft.

»Perfekt!«, rief Hansruedi Lichtsteiner. »Ich werde unsere Kollegen in Obwalden bitten, mit ihnen zusammen in Flüeli-Ranft zugreifen zu dürfen. Armin, du begibst dich mit deiner Mannschaft vor Ort. Wir dürfen nicht eine Minute Zeit verlieren. Ihr habt meine Genehmigung, auch ohne Sondereinheit agieren zu dürfen.

Drei Luzerner Polizisten trafen mit drei Fahrzeugen auf dem Parkplatz in der Nähe des kleinen Büros der Touristeninformation von Flüeli-Ranft ein, wo sie bereits von Kollegen aus Obwalden erwartet wurden. Sofort studierten sie gemeinsam die Karte. Walter Murers Scheune war mit dem Auto erreichbar. Das Gebäude war vor einigen Jahren renoviert worden, und die nächsten Nachbarn wohnten über hundert Meter weit entfernt.

Ein idealer Ort, um jemanden gefangen zu halten, dachte Oetterli.

Sie beschlossen, die einzige Zufahrt zur Scheune abzuriegeln und den Ort zu umstellen. Einige Polizisten befanden sich bereits dort und hatten neben dem Haupteingang noch eine kleine Tür und ein Fenster ausfindig gemacht. Kriminalkommissar Oetterli und sein Amtskollege entschieden sich für einen sofortigen Zugriff. Die gut zwanzig Polizisten näherten sich der Scheune im Schutz eines kleinen Wäldchens bis auf dreißig Meter. In weniger als dreißig Sekunden verteilten sie sich, umzingelten das Gebäude und drangen dann auf ein Signal hin ein. Der Kontrast zwischen der renovierten Außenansicht und dem baufälligen Innenraum hätte nicht größer sein können. Ein paar Motoren und landwirtschaftliche Gerätschaften vergammelten hier zwischen alten Kisten und Strohballen. Doch vor allem die dem Eingang gegenüberliegende Ecke lenkte die Aufmerksamkeit der Luzerner Ermittler auf sich, denn dort befand sich – ähnlich wie im Horrorhaus – ein kleiner abgeschlossener Raum. Ein Anblick, der den Männern den bitteren Beigeschmack eines Déjà-vus bescherte. Langsam, aber bestimmt näherten sie sich ihm. Es graute ihnen vor dem, was sie dort entdecken würden. Die Tür war fest verriegelt. Ein auf dem Boden liegender dünner Stahlträger diente ihnen als Brechstange. Doch der Anblick, der sich ihnen bot, unterschied sich radikal von dem in Kriens. Der Raum war absolut leer. Die Suche nach den verschwundenen Frauen schien kein Ende nehmen zu wollen. Die Männer näherten sich den Holzkisten, die auf Paletten gestapelt überall verteilt standen. Plötzlich herrschte Totenstille. Die Polizisten sahen sich an. Schließlich hob einer eine Eisenstange in der Nähe der Tür auf und hebelte die Kisten nacheinander auf. Sie alle seufzten erleichtert, denn die Kisten enthielten nur Dachziegel, Backsteine, Hohlblocksteine und anderes Baumaterial.

Nachdem es offenkundig war, dass sie in der Scheune weder Catherine noch ihre Tochter lebendig oder tot finden würden, bat Kommissar Oetterli alle, das Gebäude zu verlassen. Er versiegelte die Scheune und ordnete seiner Mannschaft an, sich bis zum Eintreffen der Spurensicherung zu verstecken, da er befürchtete, dass Walter hier jeden Moment auftauchen könnte.

Währenddessen durchkämmten die Kollegen vor Ort die Nachbarschaft. Die einzige einigermaßen brauchbare Zeugenaussage stammte von einem Landwirt, der direkt hinter der Abzweigung von der Hauptstraße an dem Weg, der zur Scheune führte, wohnte und sich ganz unverblümt äußerte:

»Ja ich habe häufig zwei Männer zusammen an der ehemaligen Scheune von Beat gesehen. Den, der sie gekauft hatte und seinen Freund. Das waren bestimmt zwei Schwuchteln, aber das ist mir egal. Soll doch jeder nach seiner Fasson glücklich werden und mit seinem Schwanz machen, was er will. Stimmt doch, oder? Manchmal hatten sie Besuch, überwiegend Männer.«

Das einzig Spannende an dieser Aussage war, dass sie die Hypothese vom gemeinsamen Besuch Walter Murers und Martin Kochs an diesem Ort stützte und die beiden dort auch noch Besuch empfangen hatten. Der Ermittler beschloss mit Fotos des Flüchtigen und des Chefs von Swiss Quality Extracts zurückzukommen.

Nur wenig später trafen die Spurensicherung und eine Hundestaffel ein. Oetterli informierte über Funk regelmäßig seinen Chef im Kommissariat, doch die Ermittlungen zogen sich hin. Langsam fuhr ihm die Kälte unter die Haut. Gerade als er dachte, dass seine Kollegen sicherlich nicht vor morgen mit etwas Interessantem aufwarten würden, trat einer der Kriminaltechniker mit einem Gegenstand in der Hand an sein Auto.

»Schau mal, was ich gefunden habe, Armin.«

»Ich kann es nicht genau erkennen. Was ist das denn?«

»Eine externe Festplatte, die zwischen zwei Hohlblocksteinen versteckt war. Ich hätte Lust, sie direkt mit meinem Laptop zu verbinden, aber ich muss mich an die Vorschriften halten. Kannst du einen der Männer bitten, sie sofort ins Labor zu bringen?«

»Kein Problem. In einer halben Stunde ist sie da.«

»Danke. Angesichts der Art, wie sie dort versteckt war, glaube ich, wir haben einen Haupttreffer erzielt. Ich gehe jetzt in die Scheune zurück, aber vergiss nicht, mir sofort Bescheid zu sagen, sowie du etwas hörst.«

»Auf jeden Fall«, erwiderte Oetterli, während ein Hundeführer den Platz des Kriminaltechnikers vor dem Auto einnahm.

»Du musst mal kommen. Ich glaube, dass Rocket etwas gefunden hat.«

»Wer?«

»Rocket. Mein Hund«, antwortete der Polizist amüsiert.

Oetterli zog sich seinen Mantel über und begab sich in die Nähe des Zauns, der das große Grundstück umfriedete, wo zwei Männer im Schein einer Taschenlampe etwas ausgruben und dabei über den gefrorenen Boden schimpften.

»Was hat er denn gefunden?«, fragte der Ermittler.

»Momentan ist das noch schwer zu sagen, Rocket hat lange gezögert. Die Erde ist hier seit Jahren nicht umgegraben worden, wenn wir hier etwas finden, dann vermutlich nur Relikte. Vielleicht sollten wir Archäologen dazu bitten«, erlaubte er sich zu scherzen, um die angespannte Atmosphäre aufzulockern.

Zehn Minuten später hielt einer der beiden Polizisten inne:

»Leuchte mal bitte hierhin«, bat er und wies mit dem Finger auf eine bestimmte Stelle.

Im schwachen Lichtschein der Lampe gruben sie mit einer Kelle weiter und legten etwas frei, was nach einem menschlichen Knochen aussah. Als sie kurz darauf einen kleinen Schädel aushuben, der von einem Kind oder einem Jugendlichen stammen musste, war die Herkunft des Knochens geklärt.

»Perfekt«, erklärte Oetterli. »Wir sind also auf der richtigen Fährte. Niemand fasst mehr etwas an, wir decken alles mit einer Plane ab und morgen muss hier der ganze Grund untersucht werden, auch wenn das mit Sicherheit eine harte Arbeit ist.«

Didier räumte nach dem Essen gerade den Tisch ab, als er eine Textnachricht von Thomas erhielt, der wissen wollte, ob er Zeit für ein Telefongespräch hätte. Er erklärte Sonya, er wolle in den Keller gehen und dort nach Werkzeug suchen, um endlich den kaputten Kontakt der Deckenlampe zu reparieren. Kaum hatte er die Wohnung verlassen, rief er seinen Freund an.

»Hallo, Thomas. Was hast du herausgefunden? Hast du noch andere Informationen, die Walter mit dem Serienkidnapper in Verbindung bringen?«

»Hör zu, Didier. Ich spreche lieber direkt mit dir, weil Sonya von der ganzen Sache nichts mehr hören will. Was ich gerade herausgefunden habe, ist kaum zu glauben. Da der Server von Swiss Quality Extracts gesäubert wurde, habe ich in den Daten herumgeschnüffelt, die ich gesichert hatte ... Kurzum, erinnerst du dich an das, was Catherine ihrem Chef geschrieben hatte?«

»Na klar! Sie sprach von Manipulationen der Extrakte, die für den indischen Markt bestimmt waren.«

»Genau und jetzt wissen wir mehr! Erinnerst du dich auch an den Chemiker der Von Steiner Active Plants?«

»Ja, ein gewisser Marcel, wenn ich mich recht entsinne.«

»Exakt. Du hast ein sehr gutes Gedächtnis. Nimm dir die Zeit und lies mal die Mail, die ich dir gerade weiterleite. Catherine hatte sie am Tag ihres Verschwindens an Marcel geschickt. Sie ist auf Französisch. Ich musste ein Online-Übersetzungsprogramm und mein Wörterbuch bemühen, um den Inhalt zu verstehen. Für dich ist das einfacher.«

»Einverstanden, ich lese sie und rufe dich wieder an.«

Mit dem Werkzeug, das er benötigen würde, kehrte er nach oben zurück, schloss sich auf dem Klo ein und las seine Mails.

Hallo Marcel,

ich habe gerade die fünf Extrakte analysiert, die du mir mitgegeben hast. Es überrascht mich nicht, dir bestätigen zu können, dass der Wirkstoff zehnmal höher konzentriert ist als die anderen natürlichen Komponenten der jeweiligen Pflanze. Sie sind mit Produkten gedopt worden, die auf dem indischen und chinesischen Markt leicht zu finden sind. Das hat nicht mehr viel mit einem Pflanzenextrakt zu tun, der eben nur die Pflanzenbestandteile in angereicherter Form enthält. Für sich genommen ist das nicht schlimm, sondern einfach ein mit Ethanol verdünntes chemisches Produkt. Das ist nicht wirklich schön, aber der Haken an der Sache ist, dass diese fünf Extrakte aus einer Serie von dreihundertfünfzig Produkten stammen, die ihr in der Türkei eingekauft habt, und wir selbst dreihundertfünfzig Pflanzenextrakte für eine indische Firma hergestellt haben. Das kann kein Zufall sein, vor allem, wenn man weiß, dass dieses indische Unternehmen unsere Warenproben einen Monat früher bekommen hat als ihr eure Bestellung. Was wir geliefert haben, war komplett gepanscht: eine Lösung mit chemischen Zusätzen. Und obendrein bescheinigen die Analysezertifikate den Produkten bemerkenswerte Eigenschaften. Ich weiß nicht, wo der Betrug stattgefunden hat. In Indien? In der Türkei?

Gut, wir verarschen also die Kunden. Anscheinend ist noch kein Mensch gestorben, allerdings traue ich keinem der Zertifikate. Deswegen habe ich meine Analysen noch etwas ausgeweitet und dadurch auch Methanol in den Extrakten gefunden. Unser eigenes Ethanol ist absolut rein und enthält keine Spuren von Methanol. Daher muss es hier mit einem gepanschten Alkohol verschnitten worden sein.

Du hast mir erklärt, dass diese Tinkturen für Apotheken bestimmt waren, und da wird es ernst. Sehr ernst sogar, denn dann sind sie für den oralen Gebrauch bestimmt. Ich muss dir nicht erklären, dass Ethanol betrunken macht und Methanol sogar toxisch ist, denn es kann zur Erblindung führen und das zentrale Nervensystem angreifen. In hohen Dosen ist es sogar tödlich.

Es tut mir leid, aber davor kann ich meine Augen nicht verschließen. Solltest du nicht dafür sorgen, dass die Tinkturen zurückgerufen werden, muss ich die Behörden einschalten. Wir sollten uns schnellstmöglich treffen, um darüber zu reden.

Herzliche Grüße
Catherine

Didier rief seinen Hackerfreund zurück.

»Hallo, ich bin's.«

»Und? Wie denkst du darüber?«

»Ich habe die Mail dreimal gelesen, um sicherzugehen, dass ich sie richtig verstanden habe. Glaubst du, dass Walter irgendetwas damit zu tun hat?«

»Was ich definitiv weiß, ist, dass die Polizei diese Nachricht noch nicht gefunden hat, weil sie nicht mehr auf dem Server ist. Für die Tatsache, dass sie verschwunden ist, gibt es nur zwei mögliche Gründe. Entweder Swiss Quality Extracts hat den E-Mail-Account von Catherine gelöscht, was ich allerdings nicht glaube. Oder …«

»Walter hat die Sache selbst in die Hand genommen?«, unterbrach ihn Didier.

»Wer sonst? Aber diese Hypothese lässt sich überprüfen.«

»Wie? Ich bezweifele, dass Walter so schnell wieder auftaucht.«

»Das vielleicht nicht, aber ich bin überzeugt, dass er, wo

immer er ist, weiter seine Mails liest. Ich habe übrigens schon einen Köder ausgeworfen und etwas für ihn vorbereitet, dem er nicht widerstehen kann. Ein Geschenk, das seine Neugier weckt, zumindest hoffe ich das.«

Thomas machte eine Pause, um die Spannung zu steigern.

»Ich habe eine Malware mit Artikeln verknüpft, in denen es um das Verschwinden Catherines und um die Entführung ihrer Tochter geht. Da ich immer noch Zugang zum Server von Swiss Quality Extracts habe, habe ich das gleiche Konzept angewandt und Marcel eine Mail von Catherines Account geschickt.«

»Großartig! Wenn es sich tatsächlich um Walter handelt, wird er der Versuchung nicht widerstehen können. Und einmal geöffnet, breitet sich der Trojaner aus. Also, egal ob Tag oder Nacht – zögere nicht, mich anzurufen, wenn du etwas entdeckst.«

»Auf jeden Fall. Um die gesamten Umstände besser zu verstehen, müssen wir allerdings mit Marcel sprechen. Von Kiel aus dürfte das für mich schwierig sein. Außerdem beherrsche ich eure Sprache nicht und weiß auch nicht, ob sein Englisch so gut ist wie deins.«

»Kein Problem. Ich kümmere mich gleich morgen darum.«

»Okay, wir halten uns gegenseitig auf dem Laufenden. Viele Grüße an Sonya.«

»Mmh, ich habe mich gerade in der Toilette eingeschlossen und möchte nicht, dass sie weiß, worüber wir beide miteinander gesprochen haben. Ich umarme sie, ohne ihr zu verraten, dass du dabei an sie denkst.«

Lachend verabschiedeten sie sich.

Sonya wartete, bis die Toilettentür aufging, um ihn ins Gebet zu nehmen:

»Mit wem hast du geredet?«, fragte sie trocken.

»Mit niemandem. Warum?«

»Du machst dich wohl über mich lustig. Ich habe doch gehört, wie du dich mit Thomas auf Englisch unterhalten hast.«

»Ich glaub, ich spinne. Jetzt spionierst du mir schon vor der Klotür nach! Und wenn du weißt, mit wem ich gesprochen habe, warum fragst du dann noch?«

»Du bist absolut neben der Kappe, mein Armer, und wir müssen wohl mal ein paar Dinge klarstellen. Ich habe dich bei mir aufgenommen, damit du wieder zu Kräften kommst. Nach allem, was du in Mikronesien durchgemacht hast, war das bitter nötig. Wir hatten eine klare Abmachung: Du ruhst dich aus und wenn es dir besser geht, suchst du dir einen Job. Statt einer richtigen Arbeit hast du dir ein paar miserable Aufträge als Fotograf an Land gezogen. Du hast dich breitschlagen lassen, mitten im Winter auf den Bergen herumzuklettern, um ein paar Bilder von einem Ort zu machen, der angeblich die Hinterlassenschaften eines Gottesmörders birgt. Dabei ist das totaler Quatsch. Und das Ganze auch noch für ein mickriges Trinkgeld.«

Didier wollte auf die aus seiner Sicht unbegründeten Anschuldigungen antworten, aber Sonya ließ ihn nicht zu Wort kommen:

»Sei still, jetzt rede ich! Nicht nur, dass du nichts auf die Reihe kriegst, sondern, dass du, kaum fahre ich in Urlaub, gleich am ersten Tag eine andere Frau kennenlernst. Und natürlich reicht dir das noch nicht. Nein, du musst dich auch noch in eine Geschichte einmischen, in der es um versuchtes Kidnapping geht. Ich wiederum bin auch noch so bescheuert und helfe dir, kaum hat sich diese Catherine verdünnisiert. Und schwupps steckst du mitten in einer zwielichtigen Affäre, dein Körper ist von Wunden übersät, aber du ermittelst hübsch weiter in ihrem Entführungsfall, obwohl ich es dir untersagt hatte.«

»Jetzt hör du mir mal gut zu, Sonya. Du bist nicht meine Mutter, und ich muss niemanden um Erlaubnis fragen, was ich mit meiner Zeit tun oder nicht tun darf.«

»Doch, und zwar solange du unter meinem Dach lebst und mir auf der Tasche liegst!«, schrie sie ihn an.

Didier hatte genug von dieser Hysterie und dieser Eifersucht, die völlig fehl am Platze war. Wortlos packte er seine Unterlagen, sein Laptop und ein paar andere Sachen in seinen Rucksack. Sonya sah ihm dabei mit versteinerter Miene zu und hatte Mühe, ihre Stimme zu kontrollieren:

»Was machst du da?«

»Ich werde mir für eine Weile eine neue Bleibe suchen. Ich verlasse DEINE Wohnung, denn ich brauche viel Ruhe und ein wenig Mitgefühl«, rief er ihr vom Flur aus zu.

Die beiden Polizisten, die wegen eines Blechschadens in den nördlichen Teil des Kanton Obwalden gerufen worden waren, fuhren gerade auf die Autobahn auf. Da es sich an diesem Abend bereits um den dritten Vorfall handelte, wollten sie eilig den Schaden aufnehmen und dann ihren Dienst beenden. Der Jüngere von ihnen saß am Steuer, als ihnen ein weißer Lieferwagen entgegenkam und in hohem Tempo in der Dunkelheit verschwand. Sein Partner konzentrierte sich auf das Nummernschild, hatte aber in der Kürze der Zeit nur erkennen können, dass das Fahrzeug im Kanton Luzern zugelassen worden war. Sie überlegten kurz, den Fahrer wegen Geschwindigkeitsüberschreitung zu verfolgen, beschlossen aber, sich lieber der Unfallaufnahme zu widmen, um nach Hause fahren zu können.

Zum wiederholten Male wurde von der Zentrale eine Funkdurchsage abgespielt: »Achtung! Gesucht wird ein weißer VW-Lieferwagen mit dem amtlichen Kennzeichen LU 748 133. Der Fahrer steht im Verdacht, an einem Kidnapping und einem Mord beteiligt zu sein und hat vermutlich Geiseln genommen. Er gilt als äußerst gefährlich und ist vermutlich bewaffnet. Kontaktieren Sie uns umgehend, wenn Sie das Fahrzeug sichten. Dieser Fall hat oberste Priorität. Ich wiederhole: Gesucht wird …«

»Verdammt, wie konnten wir diese Durchsage vergessen? Wir haben gedacht, dass die Sache erledigt sei, weil die meisten unserer Kollegen in Flüeli-Ranft sind.«

»Wir hören jetzt auf zu philosophieren, und unsere beiden Unfallfahrer werden noch einen Moment warten müssen«, sagte der Fahrer und trat auf das Gaspedal.

Sie erreichten den Abschnitt der Autobahn, der nicht mehr durch einen Mittelstreifen getrennt war. Trotz des Schnees, der sich dank der Räumfahrzeuge der Straßenmeisterei auf den Seitenstreifen auftürmte, hielten sie kurz an, warteten darauf, dass von beiden Seiten kein Verkehr kam und vollzogen einen rasanten U-Turn über sämtliche Spuren, um den Lieferwagen in Gegenrichtung zu verfolgen. Die beiden Polizisten kontaktierten die Einsatzleitzentrale in Sarnen, um so viele Kräfte wie möglich zu mobilisieren und fuhren auf der linken Spur nach Kerns. Aufmerksam beobachteten sie die Querstraßen und entschieden, bis zum Kreisverkehr an der Post auf der Hauptstraße zu bleiben. Eine Straße führte zurück, während die anderen weiter den Hang nach oben führten. Die beiden Männer stiegen aus und stellten fest, dass die frischesten Reifenspuren in Richtung Flüeli-Ranft wiesen. Während sie so schnell es die Witterungsverhältnisse erlaubten, die Verfolgung aufnahmen, erhielten sie einen Anruf von der Leitstelle:

»Folgt ihm unauffällig. Ohne Blaulicht. Wenn es sich wirklich um den Kerl handelt, den wir suchen, dann vergesst nicht, dass er vermutlich zwei Geiseln hat – eine Mutter und ihre Tochter. Wir werden versuchen, ihn an der Scheune vorsichtig zu stellen, wenn das tatsächlich sein Ziel ist.«

Während Oetterlis Team die Grube mit einer Plane abdeckte, erhielt er selbst einen Anruf von seinem Chef:

»Armin, ein Fahrzeug, das dem gleicht, das wir suchen, wurde am Ausgang von Kerns gesichtet. Macht euch bereit, es in weniger als zehn Minuten zu stellen.«

»Okay, Nachricht erhalten.«

Oetterli machte sich nicht die Mühe, sein Mobiltelefon zurück in die Tasche zu stecken, sondern wandte sich in autoritärem Ton direkt an die Männer, die um ihn herumstanden:

»Wir löschen sofort das Licht und ergreifen umgehend die für heute Nacht vorgesehenen Maßnahmen.«

Angesichts der schweigenden Polizisten fügte er hinzu:

»Der Lieferwagen kann jede Minute hier sein. Los! Bewegt euch!«

Während sein Team die beiden noch sichtbaren Fahrzeuge versteckte, erhielt Oetterli einen Anruf von Bruno, der die Kreuzung überwachte, von der der Weg zu Scheune abging:

»Er ist gerade an mir vorbeigefahren.«

Oetterli konnte die Scheinwerfer sehen, die kurz darauf verlöschten. Der Wind stand so günstig, dass er den noch laufenden Motor hören konnte. Eine Minute lang bewegte sich nichts. Bruno war den Weg hinauf gekommen. Alle warteten darauf, dass Martin Koch noch fünfzig Meter weiterfuhr, um ihnen in die Falle zu gehen. Plötzlich setzte der Wagen zurück, wendete hastig und verschwand in der Richtung, aus der er gekommen war. Bruno versuchte ihn aufzuhalten, indem er sich mitten auf den Weg stellte. Der weiße Lieferwagen bremste kurz ab, um dann Vollgas zu geben. Bruno musste in einen Graben springen, um nicht überfahren zu werden. Oetterli nahm die Verfolgung auf, befand sich allerdings weit hinter dem mutmaßlichen Entführer.

Über Funk teilte ihm die Zentrale mit, dass zwei Polizisten gerade Kerns verließen. Sofort nahm der Kriminalkommissar Kontakt zu ihnen auf:

»Wir sind zwei Kilometer von euch entfernt. Er darf uns nicht entkommen. Verbarrikadiert die Straße, so gut ihr könnt.«

Ein paar Minuten später riefen die Polizisten Oetterli zurück:

»Wir haben die Hohe Brücke im Visier. Ein Wagen hat mit eingeschalteten Scheinwerfern angehalten.«

»Wir sind auch gleich an der Brücke, dann stellen wir ihn dort!«

Die Holzkonstruktion gehörte zu den Besonderheiten des Kantons und zog als die höchste gedeckte Holzbrücke in Europa zahlreiche Touristen an. Da sie über eine steile und hundert Meter tiefe Schlucht eines Flusses führte, zog sie allerdings auch ab und zu Selbstmörder an.

Die zwei Polizeifahrzeuge näherten sich dem Lieferwagen, der offensichtlich im Schnee feststeckte. Der Fahrer hatte keine Fluchtmöglichkeit mehr und trat verzweifelt auf das Gaspedal, was seine Situation nicht verbesserte. Als die Ordnungskräfte etwa zehn Meter von ihm entfernt anhielten, stieg er aus und brüllte:

»Kommen Sie nicht näher!«

Die Polizisten ignorierten seinen Befehl und stiegen aus. Der Verdächtige wirbelte herum und stieg hinten in seinen Lieferwagen ein. Die Kollegen erstarrten vor Angst um die Geiseln: Was würde er ihnen antun? Lebten sie noch? Plötzlich schrie er etwas Unverständliches und machte einen Satz auf die Brücke zu. Die Polizisten setzten zum Sprint an, hielten jedoch wieder inne, als er die Brüstung überwand und sich auf dem Sicherheitsgitter nach vorne bewegte. Oetterli versuchte den Mann zur Vernunft zu bringen, doch dieser wich in dem Maße zurück, in dem der Ermittler näherkam. In diesem Moment preschte die Verstärkung mit Blaulicht und Sirene heran. Der Mann wirkte in seiner Angst wie ein in die Falle gegangenes Tier. Er schaute nach rechts und links und bemerkte plötzlich den Abgrund unter seinen Füßen. Er machte einen Schritt auf den Polizisten zu, rutschte aus, verlor das Gleichgewicht und stürzte in die Schlucht. Sein Körper prallte mehrfach an den Felswänden ab, um hundert Meter tiefer zu zerschmettern.

Die Polizisten näherten sich dem Lieferwagen. Als sie die hintere Tür einen Spaltbreit öffneten, schlug ihnen ein ekelerregender Geruch entgegen. Sie zögerten einen Moment, bevor sie die Tür ganz aufmachten. Einer der Männer schaltete eine Lampe ein. Er entdeckte Julie geknebelt und an einen Ring gefesselt. Sie lag regungslos auf dem Boden. Die Innenwände wiesen zahlreiche Blutspuren auf. Ein weiterer Polizist kletterte in den Wagen hinein. Der Körper des Mädchens war warm. Sie atmete schwach, aber sie lebte. Schnell fanden die Männer einen Bolzenschneider, um das junge Mädchen zu befreien, und trugen sie bis zum Eintreffen des Krankenwagens in den Mantel von einem der Männer gehüllt zu einem der Polizeifahrzeuge. Leider fand sich nirgends eine Spur ihrer Mutter. Es sei denn … dachten die Polizisten angesichts der bräunlich roten Flecken.

Hansruedi Lichtsteiner versammelte die in Luzern verbliebenen Mitarbeiter, um Bilanz aus den Geschehnissen zu ziehen, als er vom Tode des Verdächtigen in einer Schlucht bei Flüeli-

Ranft erfuhr. Sofort kontaktierte er die Kollegen vom Kanton Obwalden, um sich die Erlaubnis einzuholen, den Lieferwagen nach Luzern bringen zu lassen, um ihn dort einer kompletten Prüfung durch die Spurensicherung zu unterziehen.

»Verdammte Scheiße!«, schnaubte er wütend. »Was für Idioten. Hätten sie ihn nicht lebend schnappen können? Jetzt sind wir wieder genauso weit wie vorher. Man hat das Mädchen gefunden, aber wo ist die Mutter? Wenn wir Walter Murer erwischen, erfahren wir zweifelsohne etwas mehr. Heute Nacht passiert wohl nichts mehr. Geht jetzt nach Hause und gönnt euch ein paar Stunden Schlaf. Morgen früh treffen wir uns um Punkt sieben Uhr wieder. Wir warten darauf, was die Techniker auf der Festplatte finden und hoffen auf brauchbare Spuren aus dem Lieferwagen. In der Zwischenzeit, erholt euch gut!«

14. – Das Geständnis

Marcel Combe schaltete seinen Computer ein und fuhr ihn hoch, nachdem er zuvor zehn Minuten lang sein neues Passwort gesucht hatte. Während das Betriebssystem im Schneckentempo die Programme öffnete, ging er ins Labor, um die Analysegeräte einzuschalten. Zurück an seinem Schreibtisch entdeckte er die Mails, die sich seit Donnerstagabend angestaut hatten. Marcel arbeitete auf Teilzeitbasis für die Von Steiner Active Plants und hatte daher genug Zeit, seiner Leidenschaft für Orchideen zu frönen. Am vergangenen Wochenende war er in Bayern gewesen, um zwei private Orchideensammlungen und eine internationale Blumenmesse zu besuchen. Er hatte sich sehr gefreut, nach seiner Rückkehr sein Gewächshaus um zwei seltene Arten bereichern zu können.

Während er die achtundfünfzig Mails überflog, die er während seiner Abwesenheit erhalten hatte, träumte er vor sich hin, doch das Klingeln seines Telefons holte ihn in die Gegenwart zurück.

»Hallo, Marcel Combe am Apparat.«

»Guten Tag, ich heiße Didier d'Orville. Mein Name sagt ihnen nichts, aber ich bin ein sehr guter Freund von Catherine Bucher.«

»Oh, mein Gott! Ich war die letzten Tage im Ausland und habe erst heute Morgen erfahren, was geschehen ist. Das ist schrecklich. Wissen Sie, ob man sie inzwischen gefunden hat?«

»Momentan hat die Polizei keinerlei Spur von ihr. Hier in Luzern sind wir verrückt vor Sorge. Vor allem seit wir wissen, was dieses Dreckschwein mit Stefanie angestellt hat.«

Das darauffolgende Schweigen lastete schwer auf den beiden Männern.

»Mit ein paar Freunden ermittele ich auf eigene Faust. Ich würde gerne wissen, was Sie von der E-Mail halten, die sie Ihnen letzten Mittwoch geschickt hat.«

»Könnten Sie mir die genaue Uhrzeit sagen? Ich bin gerade erst von einer Auslandsreise zurückgekommen und habe in dieser Zeit viele Mails erhalten.«

»Die wurde um genau 19.07 Uhr geschickt.«

»Einen Moment, bitte. Ich verifiziere das.«

In der Wohnung von Ruth und Sébastien, die ihn aufgenommen hatten, während er eine neue Bleibe suchte, ließ Didier eine Kapsel in die Kaffeemaschine gleiten und trank gerade den ersten Schluck seines Espressos, als sich sein Gesprächspartner wieder meldete:

»Ich kann für Mittwoch keine Mail von ihr finden.«

»Sind Sie sicher?«

»Absolut. Aber worum handelt es sich denn?«

»Das sollten wir sicherheitshalber nicht am Telefon besprechen. Hätten Sie heute Zeit, mit mir zu Mittag zu essen?«

»Für Catherine nehme ich mir gerne Zeit.«

»Ich wohne in Luzern. Ich schaue nur schnell die Abfahrtszeiten nach und melde mich dann wieder bei Ihnen, sobald ich im Zug sitze.«

Didier legte auf, nachdem er mit dem Chemiker noch die Telefonnummern ausgetauscht hatte.

Hauptkommissar Oetterli saß bereits an seinem Schreibtisch, als die Kirchturmglocken sieben Uhr schlugen. Auf seiner

Tastatur lag eine Nachricht, in der er darum gebeten wurde, im Labor der Kriminaltechnik anzurufen. Er vergeudete keine Sekunde:

»Guten Morgen, ich bin es, Armin. Irgendetwas Neues in den Entführungsfällen?«, fragte er, ohne sich auch nur im Geringsten dafür zu interessieren, mit wem er sprach.

»Hallo Armin. Hier ist Dany. Auch wenn wir rund um die Uhr an der Lösung dieser Sache arbeiten, hat uns der Lieferwagen von Martin Koch noch nichts Neues verraten. Das dauert womöglich mehrere Tage. Dafür war die Festplatte gesprächig. Ich habe mir gedacht, dass du noch vor dem offiziellen Bericht darüber Bescheid wissen willst.«

»Goldrichtig. Ich höre.«

»Die Festplatte selbst war nicht verschlüsselt, sondern nur passwortgeschützt. Der Zugriff war ein Kinderspiel, doch genauso schnell habe ich mich wieder abgemeldet.«

Der normalerweise redselige Kriminaltechniker schwieg kurz, bevor er fortfuhr:

»Sie enthält pädopornografische Fotos und Videos. Sogar 3D-Filme, das ist total abartig. Wir haben uns die Aufnahmen, beziehungsweise diesen Müll zu zweit angesehen. Mir fällt kein Wort ein, mit dem sich ausdrücken ließe, was wir da entdeckt haben. Vergewaltigungen von Jugendlichen und Kindern. Einige waren vermutlich nicht mal zehn Jahre alt.«

Erschüttert hielt der Kriminaltechniker erneut inne.

»Lass dir Zeit«, riet ihm der Kommissar.

»Das ist nett, aber es geht schon. Mein Kollege und ich dachten mehr oder weniger alle Sauereien auf der Festplatte gesehen zu haben, als wir einen Ordner entdeckt haben, der mit einem starken Verschlüsselungssystem geschützt war. Wir waren zunächst aufgeschmissen. Wir mussten Rechenleistungen mehrerer Server bündeln, um das Ganze zu entschlüsseln. Zunächst haben wir die Aufnahmeorte wiedererkannt – das Haus von Martin Koch und die Scheune. Es gab dort vermummte Männer, wobei ich eher von Monstern sprechen sollte, dem Abschaum der Menschheit, die immer wieder junge Frauen vergewaltigt haben. Wir haben abgebrochen, nachdem wir ansehen mussten, wie Nägel in Brüste geschlagen, Vaginas gedehnt und verstümmelt wurden... Es war schrecklich! In der Hölle dürfte es kaum schlimmer zugehen. Bis jetzt konnten wir keines der Opfer identifizieren. Wir müssen mehr Personal einsetzen, um die Daten feiner auszusieben. Das ist verdammt viel Arbeit, die uns da erwartet. Ich werde meinen Chef um psychologische Unterstützung bitten, denn die werden wir brauchen, wenn wir in den Tiefen dieses Drecks wühlen.«

Oetterli war tief betroffen von dem, was er hier vernahm.

»Vor allem, pass auf dich auf! Und danke für diese äußerst wichtigen Informationen. Was uns betrifft, so suchen wir immer noch Catherine Bucher. Wir werden alle Vermisstenfälle der letzten zehn Jahre wieder hervorkramen, vielleicht ist einer darunter, der uns auf die richtige Spur bringt. Und zögere bloß nicht, mich zu kontaktieren, sobald es etwas Neues gibt.«

Kaum hatte Oetterli aufgelegt, streifte er sich seinen Mantel über und machte sich auf nach Flüeli-Ranft.

Die Hundestaffel war schon seit über einer Stunde im Einsatz. Dank Rockets außergewöhnlich gutem Geruchssinn hatten sie weitere menschliche Überreste gefunden, die gerade exhumiert wurden.

»Bravo!«, rief der Kommissar dem Hundeführer zu.

»Der Dank gebührt nicht mir, sondern Rocket, denn der hat die ganze Arbeit gemacht.«

»Meinst du, wir sollten noch weitere Hunde als Verstärkung anfordern?«

»Rocket ist der Beste. Wir haben schon drei Teams auf dem Platz. Wenn Rocket und seine Freunde nichts finden, wird auch kein anderer Hund etwas aufspüren«, antwortete der Hundeführer gekränkt.

»Entschuldige, aber wir dachten, dass wir es erst seit einigen Monaten mit diesen Entführungen zu tun haben. Dabei hat die ganze Scheiße schon vor langer Zeit begonnen. Wir haben Fotos und Videos, die die hohe Zahl von Martin Kochs Opfern belegen. Wobei das nicht heißt, dass er sie alle ermordet hat. Rocket hat zwei Leichen aufgespürt, ich fürchte aber, es gibt noch weitere. Wie steht es mit den Grenzen deines … Freundes und seiner Kollegen? Können sie Knochen finden, die schon vor langer Zeit vergraben wurden?«

»Ich weiß, dass dazu wissenschaftliche Studien im Gange sind. Der Geruchssinn unserer Kameraden wird mittlerweile sogar vor Gericht als Beweis anerkannt und hat den gleichen Stellenwert wie ein Fachgutachten. Aber ganz genau kann ich dir das nicht sagen. Das hängt davon ab, wie dick die Erdschicht ist und wie oft an der Stelle gedüngt wurde. Die Niederschlagsmenge spielt auch eine gewisse Rolle.«

»Um es noch konkreter zu formulieren: Wenn ein Opfer vor fünf oder zehn Jahren vergraben wurde, könnte es sein, dass wir es nicht finden?«

»Ja.«

»Wie viel Zeit brauchen die Hunde noch, um das ganze Grundstück abzusuchen?«

»Ich schätze, in ein oder zwei Stunden sind sie fertig.«

»Sehr gut. Ein Bagger ist schon unterwegs. Sobald du mir dein Okay gibst, beginnen wir mit den Grabungsarbeiten der gesamten Fläche. Das muss vorsichtig geschehen, um nicht alles zu verwüsten. Ich frage mich sogar, ob es nicht besser wäre Archäologen anzufordern. Ich muss mich schlau machen.«

Zwei Stunden später begann der Baggerfahrer mit der Arbeit. Der Hundeführer trug seine Bedenken vor:

»Armin, glaubst du wirklich, dass das eine gute Methode ist? Auf diese Weise könnten doch Beweise zerstört werden.«

»Die Hunde haben ihr Bestes gegeben und Rocket hat alleine zwei Leichen entdeckt. Bravo, mein Hündchen!«, sagte er enthusiastisch und beugte sich zum Kopf des Hundes herab.

In Anbetracht der Unangemessenheit der Situation richtete er sich wieder auf und fuhr fort:

»Es wäre mir natürlich lieber gewesen, nur auf Wurzeln zu stoßen, aber wir müssen schnell vorankommen, um Indizien zu finden, die uns zu Catherine Bucher führen könnten. Ein Zürcher Archäologe, der bereits an ähnlichen Ausgrabungen beteiligt war, wird uns zur Hand gehen. Die Kriminaltechniker werden die beiden Leichen gründlich untersuchen. Da sie nackt vergraben wurden, fehlen uns jegliche Hinweise auf ihre Kleidung. Die Experten hoffen, dass uns der Zahnstatus der Leichen weiterbringt. Allerdings haben sie auch bestätigt, dass diese Körper schon vor Wochen, wenn nicht vor Monaten vergraben wurden.«

»Wieso können sie da so sicher sein?«

»Die Knochen weisen zahlreiche Brüche auf, an denen erste Zeichen der Heilung zu erkennen sind, daher können sie nicht post mortem entstanden sein. Dieser Martin Koch war total krank. Bleib auf jeden Fall in der Nähe, falls wir Rocket hier erneut brauchen.«

Marcel sagte seinen Kollegen Bescheid, dass er länger als gewöhnlich Mittagspause machen würde. Er traf Didier in einer

Bar in der Nähe des Universitätscampus, und sie duzten sich sofort. Als er den Inhalt des Textes erfuhr, den Catherine ihm geschickt hatte, war er völlig geschockt:

»Sie hat recht, wir können diese Produkte nicht in den Apotheken belassen. Wir müssen handeln. Aber warum in aller Welt habe ich diese Mail nie erhalten? Das ist schon merkwürdig, vor allem, da sie so wichtig ist. Wie bist du denn an dieses Dokument gekommen?«, fragte er aufgeregt.

»Das ist eine lange Geschichte. Um es kurz zu machen, solltest du wissen, dass uns ein Hacker geholfen hat«, erwiderte Didier.

»Wer ist denn uns?«

»Ich und ein paar Freunde. Wir versuchen die Wahrheit über die Kidnappingfälle in Luzern ans Licht zu bringen. Der Mistkerl ist tot, aber Catherine wird mit Sicherheit noch irgendwo gefangen gehalten … Vielleicht sogar von meinem ehemaligen Chef. Wir müssen absolut jeder Spur nachgehen, und diese hier hat mich zu dir geführt. Warum hat Catherine diese Proben analysiert?«

»Sie ist zu uns gekommen, um mir ein ganz besonderes Analyseverfahren zu erklären. Das hat mit einem Produkt zu tun, dass meine Firma von der ihren gekauft hat. Wir fanden uns sympathisch, und da sie sehr kompetent ist, haben wir einen Deal gemacht.«

»Worum ging es da?«

»Sie hilft mir, mein technisches Problem zu lösen und erhält dafür Zugriff auf meine Datenbank über Pflanzen und Pharmakologie. Wie du es ihrer Mail entnehmen kannst, hatte sie schnell eine Lösung gefunden. Und dein Hacker, wie steht es mit seinen Nachforschungen?«

»Bis jetzt hat er nichts Besonderes gefunden, aber das kommt schon noch.«

Gedankenverloren trank Marcel einen großen Schluck Bier. Die Kellnerin brachte ihnen das Tagesgericht.

»Glaubst du, es war ihr Chef, wie heißt er gleich nochmal?«, fragte Marcel.

»Walter Murer.«

»Glaubst du tatsächlich, dass dieser miese Walter Murer Catherine gefangen hält?«

»Wer käme deiner Meinung nach sonst dafür infrage? Es sei denn, es gäbe irgendwo noch einen dritten Schurken, und tatsächlich müssen wir mit allem rechnen. Fest steht, dass Walter in die Entführungen verstrickt ist und dabei nicht nur eine Nebenrolle spielt.«

Sie aßen schweigend. Didier hatte die Filets de Perche mit einem Risotto gewählt und überlegte, unter welchem neuen Gesichtspunkt er an diesen Fall herangehen konnte. Je intensiver er darüber nachdachte, desto unklarer erschien ihm alles. Er fragte sich, ob er nicht besser Leute suchen sollte, die Thomas helfen konnten, Walter Murers Mails durchzusehen, anstatt quer durch die Schweiz zu fahren, um Spuren zu verfolgen, die nirgendwo hinführten.

Marcel brach das Schweigen:

»Sie hat mir diese Nachricht um 19 Uhr geschickt an dem Abend, an dem sie verschwunden ist. Nur daran zu denken, verursacht mir Gänsehaut. Aber wie könnte man Walter überführen?«

»Selbst wenn wir seine Schuld beweisen, kommt Catherine dadurch nicht frei. Wir müssen sie finden, das ist alles.«

Im Zug versuchte Didier die Puzzlesteine zusammenzusetzen. Martin Koch war tot, und alle Spuren führten zu Walter Murer, der sich in Luft aufgelöst hatte. Ihm fehlten noch zu viele Informationen, um die Situation umfassend betrachten zu können. Die Polizisten hatten einfach die besseren Mittel, aber er schätzte, dass er alle Pfade dieser schmutzigen Geschichte verfolgen musste, wenn er Catherine rasch wiederfinden wollte.

Tief in Gedanken versunken erhielt Didier einen Anruf von Sonya. Er beschloss, ihn anzunehmen. Ohne jede Begrüßung kam sie sofort zur Sache:

»Ich entschuldige mich, Didier. Gestern Abend habe ich falsch reagiert. Ich denke, wir sollten in Ruhe darüber reden. Hast du heute Abend Zeit?«

Didier wusste nicht mehr, was er von seiner Beziehung zu Sonya halten sollte. Er war sich bewusst, was er ihr alles verdankte. Sie hatte nicht nur an ihn geglaubt, sondern auch seine höchst unwahrscheinliche Geschichte nie angezweifelt, die sich in Mikronesien zugetragen hatte. Momentan war er jedoch viel zu beschäftigt, als dass er Lust gehabt hätte, über ihre Paarbeziehung zu reden.

»Hör zu, Sonya. Ich bin mit den Gedanken woanders. Es ist, als würde mich ein Mosaik aus beunruhigenden Bildern verfolgen. Ich möchte erst klarer sehen und danach melde ich mich bei dir. Versprochen! Jetzt muss ich erst mal etwas verschnaufen.«

Sie tauschten noch ein paar Banalitäten aus, um beim jeweils anderen keinen zu negativen Eindruck zu hinterlassen, bevor sie das Gespräch beendeten.

Kaum hatte Didier das Telefon wieder in die Innentasche seiner Jacke gesteckt, vibrierte es erneut. Genervt ergriff er es wieder und sagte sich, dass er sich wohl Sonya gegenüber nicht klar genug ausgedrückt hatte, entdeckte auf dem Display jedoch eine Nachricht von Beatriz.

Hallo Didier, ich habe eine Überraschung für dich. Ich muss dich so schnell wie möglich treffen. Wo steckst du?

Neugierig schrieb Didier seiner Freundin, dass er demnächst mit dem Zug in Luzern eintreffe und verabredete sich mit ihr um kurz nach 18 Uhr unter dem Torbogen des Bahnhofs. Dank der leuchtenden Farben ihrer Kleidung erkannte Didier sie schon von Weitem. Sie schien in bester Verfassung zu sein, ganz im Gegensatz zu Didier, dem es nicht gelang, sich zu erholen. Noch am Morgen hatte er seine müden Gesichtszüge im Spiegel gesehen und spürte mittlerweile, dass er immer gebeugter ging. Er schwor sich so bald wie möglich im Krankenhaus einem Gesundheitscheck zu unterziehen.

»Also, mein Freund! Du siehst ganz schön blass aus, aber ich habe da etwas, das dich aufmuntern wird. Folge mir.«

Erschöpft gehorchte Didier ohne Fragen zu stellen.

Beatriz schleppte ihren Freund zu dem Teil des Seeufers, der gegenüber der Promenade lag. Sie gingen den Quai entlang, an dem nachts die Dampfschiffe lagen, verließen die Hauptstraße, bogen in Richtung der Abstellgleise ab und betraten das Gewerbegebiet. Der Schnee war nur stellenweise geschmolzen. Sie näherten sich den Werkstätten, vor denen Boote unter Planen auf wärmere Tage warteten.

Beatriz hielt vor einer Bootswerkstatt an und klopfte viermal an der Metalltür. Eine Stimme ertönte:

»Wer ist da?«

»Beatriz.«

»Wer?«

»Dona Quichotte, wenn dir das lieber ist.«

»Was für ein Idiot«, flüsterte sie Didier zu.

Ein Mann mit der Physiognomie eines Nachtclub-Rausschmeißers öffnete die ein wenig quietschende Tür, und Didier sah zwei auf Anhängern festgezurrte Motorboote, jede Menge Bootsausrüstung und Taue in unterschiedlichen Stärken, die auf dem Boden zusammengerollt lagen. Das andere

Ende des Raums wurde vom Schein einer Kerze schwach beleuchtet. Der Typ, der sie hereingelassen hatte, ging mit einer Taschenlampe voran. Didier hatte das Gefühl, ihm irgendwo schon mal begegnet zu sein. Er wühlte in seiner Erinnerung und hatte plötzlich ein ungutes Gefühl, ohne dass er hätte sagen können, woher das rührte. Der Mann wies auf zwei Autositze, die gegen eine Mauer lehnten und bat die beiden Neuankömmlinge, sich einen Moment zu gedulden.

»Was machen wir hier? Wer ist dieser Kerl?«, fragte Didier leise.

»Das werde ich dir erklären. Seit ich durch die Straßen ziehe, bin ich einer Menge Leuten in Luzern begegnet. Bis auf die Wirtschaftskriminellen kenne ich sie eigentlich alle.«

Didier verstand nicht ganz, worauf Beatriz hinauswollte.

»Dieser Dreckskerl Martin Koch kann nicht mehr reden, aber es bleibt ja noch Walter Murer. Eine Art unheilige Allianz hat sich zusammengeschlossen, um ihn zu finden. Ich verabscheue diese Nazis, aber manchmal muss man den eigenen Hass beiseite schieben. Diese Jungs hier waren sehr effizient. Walter ist in ihren Händen.«

»Wie bitte? Was haben sie denn mit ihm vor? Sie werden ihn doch wohl nicht umlegen, oder?«

»Davon spricht hier niemand. Sie wollen ihn nur befragen.«

»Warum können sie ihn dann nicht einfach der Polizei übergeben?«

»Ich muss mich berichtigen, sie wollen ihn nicht nur befragen, sondern ihn auch zum Reden bringen. Notfalls mit Gewalt.«

»Warte mal! Ich halte etwas Nachdruck durchaus nicht für unverhältnismäßig. Ich glaube sogar, dass Gewalt manchmal heilsam sein kann, aber deswegen heiße ich noch lange nicht jedes Mittel für gut.«

»Du vergisst, dass er vermutlich weiß, wo sich Catherine befindet.«

Als sie das Zuschlagen einer Tür hören, wandten sie beide unisono ihre Köpfe. Ein Mann, der ein Bruder der Person hätte sein können, die sie empfangen hatte, trat aus einem Büro und näherte sich den Gästen.

»Hallo, Dona Quichotte!«, rief er und schüttelte Beatriz kräftig die Hand.

»Hallo, Franz. Und, hat er geredet?«

»Die Party hat noch nicht begonnen. Wir haben extra auf dich gewartet.«

Franz streckte Didier die Hand entgegen und musterte ihn. Seine Augen blitzten kurz auf, bevor er Didier auf Englisch ansprach:

»Aber das ist ja mein Freund, der Franzose! Es ist zwar eine Ewigkeit her, aber ich wusste, dass wir uns wiedersehen.«

Sofort kapierte Didier, was ihn beim Betreten der Werkstatt beunruhigt hatte. Er hatte einen der Handlanger von Franz wiedererkannt, dessen Dienste er in Anspruch genommen hatte, um Sonyas ehemaligen Freund eine Tracht Prügel zu verpassen, nachdem dieser seine Freundin gestalkt hatte. Vermutlich hätte ihr Ex sie auch vergewaltigt, wenn diese Männer nicht rechtzeitig interveniert hätten.

»Hallo Franz, mir wäre es lieber gewesen, dich unter anderen Umständen wiederzusehen«, log er. Tatsächlich hätte er es vorgezogen, ihn nie wiederzusehen.

Neugierig verfolgte Beatriz das Gespräch.

»Ihr kennt euch?«

»Ich merke, dass die Gefangenschaft deine Kombinationsgabe geschärft hat. Bravo, Dona Quichotte! Sagen wir einfach, dass unsere Bekanntschaft aus einer anderen Zeit stammt. Jetzt interessiert uns allein der Freund des Monsters von Luzern. Ich kann dir sagen, dass er sich nicht sehr schlau angestellt hat, als wir ihn erwischt haben.«

»Das versteht sich von selbst«, unterbrach ihn Didier. »Nachdem ihm alle Welt auf den Fersen war. Immerhin ist er der meistgesuchte Mann der Schweiz. Wo hat er sich versteckt?«

»Er hatte sich in einem Chalet in den Bergen versteckt, in das er eingebrochen war. Dabei hatte er keine glückliche Hand, denn das Haus gehört einem unserer Kumpel, der dort seine Waren lagert. Er wollte sich Nachschub holen und ist quasi über ihn gestolpert. Er hat dieses Dreckschwein gefesselt und uns angerufen. Anfangs wollten wir ihn vor Ort befragen, um unsere Ruhe zu haben, aber unser Kumpel war dagegen. Er wollte seine Geschäfte nicht mit dieser Geschichte hier in Verbindung bringen. Irgendwie kann ich ihn verstehen. Wir haben ihn im Kofferraum eines Autos bis hierher in die Werkstatt geschleppt, die uns manchmal als Hauptquartier dient. Wir haben auf die Schnelle das Büro leergeräumt und besitzen nun einen richtigen Verhörraum«, erklärte er stolz.

Er lud sie ein, es sich selbst anzuschauen und einen Blick durch eines der zahlreichen Fenster des Büros zu werfen. Ihnen gegenüber saß Walter gefesselt auf einem Stuhl, das Gesicht von einer starken Handleuchte angestrahlt. Reflexartig wich Didier zurück, um nicht erkannt zu werden.

»Keine Sorge. Bei dem Licht, das ihm in die Fresse scheint, sieht er eh nichts«, beruhigte ihn Franz. »Er weiß nicht, wer wir sind, und dieser Raum hat eine perfekte Schallisolierung. Wir können anfangen. Patrick wird mir helfen«, erklärte Franz und zeigte auf den Mann, der sie reingelassen hatte.

Drei weitere Komplizen tauchten aus den Ecken des Lagerraums auf, die im Schatten lagen. Franz und Patrick streiften sich Sturmhauben über und setzten sich Walter gegenüber ins Büro. Franz leitete die Befragung:

»Gut! Dann wollen wir mal ein ernstes Wort reden.«

»Aber, was mache ich denn hier überhaupt? Ich habe mich gerade ausgeruht, als dieser Typ aus dem Nichts kam und über mich hergefallen ist«, sagte Walter.

»Okay, du hältst uns also für Idioten, das fängt ja schon mal gar nicht gut an. Du hast also nicht die geringste Idee, warum dein Arsch an diesem Stuhl klebt?«, fragte Franz.

»Nein. Lasst mich frei.«

Franz und Patrick lachten. Die Komplizen, die sich außerhalb des Büros befanden, schauten zu, ohne etwas zu verstehen. Einer der Männer zog sich eine Sturmhaube über, betrat den Raum und schaltete eine Kamera ein, die auf Walter gerichtet war. Bild und Ton wurden auf einem Bildschirm in der Werkstatt wiedergegeben. Franz beeilte sich, die Dinge klarzustellen. Er gab Patrick ein Zeichen, der daraufhin einen Knebel an Walters Hals befestigte, um diesem jederzeit in den Mund stopfen zu können. Angst spiegelte sich in Walters Augen wider. Franz näherte sich ihm und gab ihm eine kräftige Ohrfeige.

»Bis jetzt war ich freundlich, aber nun drängt die Zeit und glaube mir, du wirst uns schon sagen, wo Catherine steckt.«

»Ich weiß von nichts … Zweifellos wurde sie von Martin Koch entführt, mit dieser Geschichte habe ich nichts zu tun.«

»Also gut. Ich habe dich vorgewarnt. Die Spielregeln sind ziemlich einfach. Ich stelle dir Fragen. Auf jede Frage erwarte ich eine Antwort. Hast du das verstanden?«

Walter bejahte die Frage, indem er leicht mit den Augen blinzelte. Franz baute sich vor ihm auf:

»Ich fange ganz am Anfang an. Kennst du Martin Koch?«

»Ja, wir wohnen im selben Viertel. Wir sind zusammen zur Grundschule gegangen. Aber was genau wollen Sie von mir?«

»Wir stellen hier die Fragen! Capito?«

Walter nickte.

»Wie lange macht ihr diese Sauereien schon gemeinsam?«

»Ich kenne ihn, das ist alles. Mit den Entführungen habe ich nichts zu tun.«

»Das ist nicht die Antwort, die ich hören wollte.«

»Aber es ist die Wahrheit.«

»Zweiter Versuch! Wie lange macht ihr diese Sauereien schon gemeinsam?«

»Ich wiederhole, dass ich mir nichts vorzuwerfen habe. Lassen Sie mich gehen, ich habe genug. Zu Hilfe!«, schrie er.

Als er erneut rufen wollte, erhielt er einen kräftigen Kinnhaken von Franz.

»Du hast es nicht anders gewollt. Kommen wir jetzt also zur nächsten Stufe«, erklärte Franz und stopfte ihm den Knebel in den Mund. Dann zog er eine Packung Zigaretten aus seiner Tasche, zündete sich eine an und fuhr fort:

»Die Spielregeln haben sich jetzt leicht geändert. Jedes Mal, wenn du mich verarscht, wirst du dafür bezahlen.«

Er nahm einen Zug, hielt die Zigarette zwischen Daumen und Zeigefinder, betrachtete das glühende Ende und drückte es auf Walters Oberkörper. Der Schrei, der durch den Knebel nur wenig gedämpft wurde, drang sogar durch die Wände des Büros. Einer der Männer drehte die Lautstärke des Fernsehers leiser. Franz ergriff erneut das Wort:

»Du solltest eines verstehen. Ich bin kein Bulle. Du weißt es, aber du musst diesen Faktor wirklich verinnerlichen. Schreib dir ins Gedächtnis, dass ich meine eigenen Methoden verwende, und die stehen nicht in der Genfer Konvention.«

Er lachte laut auf und hörte nach ein paar Sekunden abrupt

wieder auf:

»Mit einem Arschloch wie dir müssen wir schon zu härteren Mitteln greifen. Du hast zwei baumelnde Eier, die du nie wieder benutzen darfst. Das wird wehtun«, sagte er und verzog dabei das Gesicht zu einer Grimasse.

Selbstbewusst stiefelte er in eine der Ecken des Raums, bückte sich und hob einen Werkzeugkasten hoch. Er stellte ihn auf den Tisch und nahm eine Kneifzange heraus.

Didier schaute Beatriz an:

»Er wird ihn doch wohl nicht kastrieren, oder?«

»Keine Ahnung. Er blufft vermutlich nur.«

Franz flüsterte seinem Kumpel etwas zu, der daraufhin in die Werkstatt ging und mit einer Lötlampe zurückkam.

Walter war leichenblass.

»Das geht zu weit, das können wir nicht zulassen«, rief Didier.

»Warte noch einen Moment. Erst muss er alles ausspucken, was er weiß«, antwortete Beatriz.

Absolut kaltblütig fuhr Franz mit der Befragung fort:

»Ich will nur wissen, in welcher Beziehung du zu dem Wichser standest, der von der Brücke gestürzt ist, und wo ihr Catherine Bucher versteckt habt. Ich rate dir auszupacken, und zwar schnell. Falls du mir weiterhin irgendwelche Lügenmärchen erzählst, werde ich mich um eines deiner Eier kümmern. Da ich jedoch entgegenkommend bin, darfst du dir die Seite aussuchen und die Methode – mit der Zange oder mit der Flamme. Was meinst du?«

Patrick entzündete die Lötlampe. Mit einer theatralischen Geste versicherte sich Franz, dass die Kneifzange nicht eingerostet war.

»Also? Kommt da noch was? Wir haben nicht den ganzen Abend Zeit.«

Walter war starr vor Entsetzen. Kein Laut kam ihm über die Lippen. Er verströmte einen ekelhaften Geruch, der sich im ganzen Raum ausbreitete.

»Ich persönlich ziehe ja die Flamme vor«, erklärte Franz. »Halte ihn gut fest«, wies er Patrick an.

Während sein Komplize Walter umklammerte, zog ihm Franz die Hose runter und näherte sich mit der Flamme den Genitalien. Walter heulte wie ein kleines Kind. Ein neuer Geruch machte sich breit. Dieses Mal roch es nach verbranntem Haar.

Aus Didiers Sicht ging Franz zu weit. Er eilte zur Tür, wurde aber von den anderen Gangmitgliedern zurückgehalten.

»Hört auf, das ist zu brutal!«, brüllte er.

»Sei still«, wurde er von einem der Typen angeherrscht. »Wir wissen, was wir tun.«

Ein markerschütternder Schrei ertönte, und dann versuchte Walter sich zu artikulieren. Franz drehte das Gas ab und zog den Knebel runter.

»Aufhören! Ich werde reden! Schließlich weiß ich nicht, warum ich für das Schwein bezahlen soll. Aber vorher will ich ein Glas Wasser.«

»Wie heißt das richtig?«

»Bitte.«

»Schau mal einer an, wie einsichtig er ist.«

Franz machte ein Handzeichen in Richtung der Glasscheibe. Einer der Männer ging zum Waschbecken in der Werkstatt, füllte ein großes Glas mit Wasser und reichte es Franz durch die Tür.

Nachdem Walter seinen Durst gelöscht hatte, bat er, losgebunden zu werden. Franz entfernte die Fesseln.

»Gut und jetzt wollen wir was hören, und du solltest lieber

gesprächig sein.«

»Wo soll ich anfangen?«

»Ganz einfach mit eurem Kennenlernen.«

Walter sammelte sich und begann mit einem langen Monolog:

»Wir haben uns in der Grundschule angefreundet. Während ihn alle anderen mieden, faszinierte er mich, auch wenn ich nicht sagen kann, warum. Ich glaube, ich war tatsächlich sein einziger Freund. Gemeinsam haben wir allerhand ausgefressen und hatten am meisten Spaß, wenn wir andere ausspionieren konnten. Die beste Zeit, unseren beginnenden Hang zum Voyeurismus zu befriedigen, war der Beginn des Herbstes, wenn es früh dunkel wurde, aber noch recht mild war. Wir stahlen uns in die Gärten, krochen über den feuchten Rasen und schlichen uns an die Fenster heran, vor denen oft nur eine dünne Gardine hing. Wir haben einigen, gelinde gesagt, schockierenden Szenen beigewohnt: heftige lautstarke Auseinandersetzungen, manchmal auch Prügeleien. Ich will nicht alles schwarzmalen. Wir wurden auch Zeugen berührender und harmonischer Szenen. Für mich und Martin war das ziemlich befremdlich, denn bei uns daheim zeigte sich die Liebe in Form von Ohrfeigen, die angeblich zu unserem Besten waren... Schließlich kamen wir in die Oberstufe. Wir setzten unsere Spiele fort, hatten aber inzwischen mehr Interesse daran, leicht bekleidete Frauen zu beobachten.«

Walter trank einen Schluck Wasser und fuhr fort:

»Eines Tages masturbierte Martin vor meinen Augen, ohne dass ich damit gerechnet hätte. Wir warfen gerade heimlich einem jungen Mädchen begehrliche Blicke zu, die nackt durch ihre Wohnung wandelte. Von diesem Moment wurde das Ausspionieren zur Selbstbefriedigung. Martin wurde immer unvorsichtiger und unkontrollierbarer. Mehrfach wurden wir beinah erwischt. Dann haben wir ein Paar entdeckt und wurden Zeugen von Liebesspielen, die unsere wildesten Fantasien übertrafen. Jedes Mal, wenn wir sie in ihrem direkt zum Garten hinausgehenden Wohnzimmer beobachteten, liebten sie sich beziehungsweise fickte er sie. Das war heftig. Er dominierte sie und sie verlangte nach ihm. Häufig drückte der Mann das Gesicht seiner Freundin gegen die Fensterscheibe und hielt sie an den Haaren fest, während er es ihr besorgte. Erst viel später haben wir kapiert, dass er sie von hinten nahm. Wir wurden süchtig nach diesen Szenen und dem Masturbieren, das darauf folgte. Bei einem Klassenausflug nach Lausanne ist uns dann alles entglitten. Eines Abends sind wir heimlich ausgebüxt, um uns die Waadtländer Frauen anzuschauen. Wir kannten uns dort nicht aus und dicke Vorhänge verhinderten, dass wir irgendetwas sehen konnten. Wir mussten unverrichteter Dinge zurückgehen. Als wir aus dem Gebüsch herauskletterten, sahen wir dieses hübsche braunhaarige Mädchen, das kaum älter war als wir. Gertenschlank und mit langem seidigem Haar. Eine absolute Schönheit. Mit einem Satz hat sich Martin lautlos auf sie gestürzt, sie ins Dickicht gezogen und sie wie ein Tier missbraucht.«

Walter verstummte. Auf der anderen Seite der Glasscheibe übersetzte Beatriz alles für Didier, machte aber eine kurze Pause, bevor sie von der Vergewaltigung berichtete.

Franz unterbrach Walters Schweigen, indem er ihm mit dem Handrücken eine Ohrfeige gab.

»Und du? Du hast natürlich nichts getan!«

»Nein, nein! Das war Martin. Ich war wie gelähmt.«

Franz versuchte seine Verärgerung in den Griff zu kriegen, indem er ein paar Sekunden lang die Augen schloss und dann tief einatmete. Er näherte sich Walter auf knapp einen Meter, fixierte ihn mit seinem Blick und verpasste ihm dann wie ein

Irrer eine Reihe von Kinnhaken und Boxhiebe, als hätte er einen Punchingball vor sich. Didier stand auf, um einzugreifen, doch Beatriz legte ihm eine Hand auf den Unterarm. Genau so plötzlich wie er angefangen hatte, hörte Franz auch mit dem Zuschlagen wieder auf. Didier setzte sich wieder hin. Walters Nase blutete. Franz hob einen Lappen auf, der auf einem Stuhl gelegen hatte und hielt ihn dem Gefangenen hin. Kaltblütig und als sei nichts gewesen fuhr er fort:

»Du willst mir einreden, dass du sie nicht angefasst hast?«

Walter dachte eine Weile nach, bevor er antwortete:

»Das Mädchen lag mit über die Taille hochgeschobenem Rock mitten in den Büschen auf der Erde und weinte lautlos. Martin schaute auf sie herab und warf mir dann einen verächtlichen Blick zu. Ich hatte keine Wahl ... ich war ihm hörig. Ich habe sie dann ebenfalls gefickt. Aber dieser Mistkerl hat mich gezwungen.«

Franz merkte, dass er Walter jetzt nicht mehr zu sehr anfahren durfte, um dessen Redefluss und die Welle von Geständnissen nicht zu unterbrechen.

»Was ist dann passiert?«

»Wir sind zurück auf unser Zimmer, ohne dass irgendjemand von unserem Ausflug Wind bekommen hätte. Am übernächsten Tag lasen wir dann in der Zeitung einen Artikel, der über den Vorfall berichtete. Das Mädchen hieß Patricia. Sie hatte uns weder gesehen noch gehört und wusste daher nicht, dass wir Deutschschweizer waren.«

Merkwürdigerweise schien Walter erleichtert. Er fuhr fort:

»Patricia war Jungfrau. Für Martin wurde Jungfräulichkeit daraufhin zur Obsession. Von diesem Moment an hätte ich mich von diesem Psychopaten, der er mit der Zeit geworden war, fernhalten sollen. Er hat immer weiter nach Frauen gesucht, die jener ähnelten, die er seine ›erste Liebe‹ nannte. Ich war sehr jung und leicht zu beeinflussen. Ich hatte meinen Fuß über eine Schwelle gesetzt, die ich vorher als unüberwindbar bezeichnet hätte. Zusammen sind wir immer tiefer abgerutscht. Seine entsetzlichen Taten sind mir durchaus bewusst und auch, dass ich sie zugelassen habe. Als Erwachsener habe ich dann auch einen Hang zu Frauen mit einem kindlichen Körper entwickelt. Martin hat später eine Art europaweites Business auf die Beine gestellt. Unter falschem Namen mietete er jeweils für ein paar Tage möblierte Luxusvillen. Dann schaltete er Anzeigen, um Personal zu rekrutieren. Von jeder Reise brachte er so ein oder zwei Mädchen mit und behielt diejenigen für sich, die Patricia ähnelten. Im Grunde genommen hatte er sie nie wirklich aus den Augen verloren.«

»Was hat er ihr noch angetan?«, fragte Franz wütend.

»Merkwürdigerweise nichts. Es war ein wenig so, als ob er sie verehrte. Ich habe das nie verstanden, denn mit den anderen Frauen …«

Walter zögerte einen Moment.

»Was hat er mit ihnen angestellt?«, hakte Franz nach.

»Er teilte sie in zwei Kategorien ein. Frauen, die Patricia ähnlich sahen, vergewaltigte er lediglich und hatte seinen Spaß mit ihnen«, erklärte Walter, als sei dies etwas ganz Natürliches. »Wenn er aber keinen Orgasmus hatte oder einfach keinen hochbekam, hatten sie es schwer. Er folterte sie und bot sie zusammen mit den anderen seinen Kunden an.«

»Warte mal kurz. Er hatte Kunden? Was ist das denn für eine Geschichte?«, fragte Franz.

»Das ist das Business, von dem ich gesprochen habe. Für sich behielt er die Kopien seiner großen Liebe. Die Scheune in Flüeli-Ranft war für die anderen Mädchen bestimmt«, erwiderte Walter.

Lange herrschte Schweigen im Raum. Selbst Franz war von diesen Enthüllungen geschockt. Er drehte Kreise und überlegte, wie er weitermachen sollte. Dann ging er zu Walter, der den Kopf senkte, um sich zu schützen.

»Diese Frauen, was ist aus ihnen geworden? Wie viele waren es?«, wollte Franz wissen.

»Er hat mir nicht alles erzählt.«

»Wie viele?«, wiederholte Franz ungeduldig.

»Ein Dutzend vielleicht. Genau weiß ich das nicht.«

»Und wo sind sie jetzt?«

»Ich weiß es nicht! Er hat sich erst in letzter Zeit auf Luzern fokussiert. Vorher hat er sie aus dem Ausland rangeschafft. Sie wussten nicht mal, dass sie sich in der Schweiz befanden. Er hat mir erzählt, dass er sie irgendwo in Europa freiließ, wenn er sie nicht mehr brauchte.«

»Und das hast du geglaubt?«

»Was hätte ich denn Ihrer Meinung nach glauben sollen? Ich habe durchaus versucht, ihn zu stoppen, aber er wurde immer bedrohlicher. Ich war in einem Teufelskreis gefangen.«, sagte Walter.

»Dieses Arschloch kann das jetzt nicht mehr bezeugen. Es ist nur noch ein Schwein übrig, und zwar du! Die Scheune gehört dir. Wer sagt mir, dass du hier nicht die Rollen vertauschst?«, fragte Franz.

»Ich habe sie ihm vermietet. Er hat mir erzählt, dass er sich dort ein Fotostudio einrichten wolle. Erst später habe ich verstanden, um welche Art von Fotos es sich handelte.«

Franz wurde zunehmend nervös. Die Anspannung war sogar auf der anderen Seite der Fensterscheibe spürbar.

Walter redete weiter:

»Übrigens kann ich das beweisen. Wenn dein Kumpel etwas besser aufgepasst hätte, als er mich gefunden hat, dann wäre ihm aufgefallen, dass ich eine Umhängetasche besaß. Ihr habt mich mitgenommen und sie dort oben liegen gelassen. In der Tasche sind Hefte, in denen Martin alles niedergeschrieben hat. Das gehörte zu seinen Ticks. Dieser Typ war wirklich eigenartig. Er notierte sich die Namen der Mädchen und welche Misshandlungen sie erleiden mussten. Er hatte ein Tarifsystem für die Vergewaltigungen und Folterungen. Unter dem Kategorienamen ›Penetration‹ hatte er zahlreiche, sehr bizarre Gegenstände aufgelistet, derer sich die Kunden bedienen konnten unter der einzigen Bedingung, die Mädchen nicht kaputtzumachen. Ich habe versucht, diese Tarifskala durchzulesen, aber ich habe es nie geschafft. Es war einfach zu widerlich. Der einzige Tarif, an den ich mich erinnere, ist, dass die Kunden für zehntausend Franken freie Hand hatten. Wenn Sie das Heft wiederfinden, können Sie mit eigenen Augen sehen, was Martin für ein total übergeschnappter Irrer war.«

»Wie kommt es, dass du derjenige bist, der diese Dokumente aufbewahrt hat?«, fragte Franz.

»Ich habe sie ganz einfach eines Morgens in meinem Briefkasten gefunden. Das war unmittelbar nach den ersten Polizeiaktionen in Kriens. Er muss gemerkt haben, dass es für ihn ziemlich eng wurde. Er konnte die Hefte nicht zerstören, denn er hing daran, als würde sein Leben davon abhängen. Er hat sie mir mit Sicherheit anvertraut, damit ich sie verstecke. Aber mir wurde es auch zu heiß, vor allem wegen dieses blöden Franzosen, der unbedingt in meinen Angelegenheiten herumschnüffeln musste.«

»Wenn man dich so hört, bist du ein armes Opfer. Aber, das reicht! Jetzt sag uns gefälligst, wo Catherine ist.«

»Wenn ich das wüsste. Er informierte mich nicht über all

seine neuen Eroberungen, wie er sie nannte, aber ich habe ihn trotzdem zu Catherine befragt. Der erste Kidnappingversuch entlang der Reuss, das war er. Und er war auch in der Tiefgarage unter dem Bahnhof. Er hat mir gestanden, dass er beim Einkreisen von Catherine deren Tochter Julie entdeckt hat. Er war sofort total in sie vernarrt, da sie Patricia so ähnlich sieht. Als Catherine verschwunden ist, hat er nicht begriffen, was los ist und sich dann auf deren Tochter gestürzt«, erklärte Walter.

»Ich wiederhole meine Frage: Wo ist Catherine?«, sagte Franz, holte ein Feuerzeug aus der Hosentasche und entzündete erneut die Lötlampe. Walters Blick wurde panisch:

»Ich habe alles gesagt, was ich weiß.«

»Gut. Es ist deine Wahl.«

Mit einer Kopfbewegung befahl Franz seinem Kumpel Patrick, Walters Beine zu spreizen. Er näherte sich mit der Flamme dem Genitalbereich. Walter schrie. Ruhig stellte Franz die Lötlampe auf dem Boden ab, knebelte Walter wieder und näherte sich mit dem Folterwerkzeug erneut Walters Schritt. Sofort sprangen Beatriz und Didier gleichzeitig auf und stürzten auf das Büro zu. Während Didier ein Ablenkungsmanöver startete, gelang es Beatriz die Tür zu öffnen und »Stop« zu brüllen. Genervt drehte Franz die Gaszufuhr ab und ging in Richtung der Werkstatt.

»Was soll der Mist?«, rief er.

»Nach allem, was er erzählt hat, hätte er längst damit rausgerückt, wenn er etwas über Catherine wüsste«, fuhr Beatriz dazwischen. »Ich kenne seine wahre Rolle nicht und habe den Eindruck, dass er alles auf Martin Koch abwälzen will. Das ist ja auch einfach, denn der kann sich nicht mehr verteidigen. Aber man kann sich doch nicht nur zum Vergnügen zum Schlächter machen.«

»Du sagst selbst, dass er lügt. Er muss es wissen«, sagte Franz.

»Er lügt vermutlich, was die Rollen angeht, aber ich glaube nicht, dass er die Fakten falsch wiedergibt. Übergeben wir ihn jetzt der Polizei.«

»Du gehst mir auf den Wecker, Dona Quichotte. Endlich haben wir ein bisschen Spaß, aber du hast ja recht. Wir werden die Aufnahme modifizieren und meine Stimme rausschneiden, um nur Antworten dieses Mistkerls zu behalten. Und ich habe auch schon eine Idee, wie es weitergeht ...«

Franz und seine Komplizen fuhren in Begleitung von Beatriz und Didier in einem SUV Richtung Kriens und transportieren den gefesselten und geknebelten Walter als sperriges Paket im Kofferraum. Auf einer sehr kurvigen Straße kapierten die beiden Freunde, wohin die Fahrt ging. Sie sahen sich an, während Franz ausstieg und sich umsah. Ein paar Minuten später kehrte er zurück:

»Alles gut, wir können weiterfahren. Kein Bulle in Sicht.«

Sie parkten etwa fünfzig Meter vom Horrorhaus entfernt. Alle beobachteten die Zufahrt, während der kräftigste Helfer zwei Holzbretter entfernte, die die Einfahrt versperrten. Als die Lücke groß genug war, um hindurchzuschlüpfen, fuhr einer der Männer den SUV im Schritttempo vor, und Franz schmiss Walter einfach aus dem rollenden Wagen raus. Der Chef von Swiss Quality Extracts wurde gewaltsam in die erste Etage gebracht und dort von Patrick an die Heizung gefesselt. Beim Verlassen des Zimmers entzündeten sie ein Windlicht in der Nähe des Fensters und ließen die Aufnahme mit dem Geständnis in der Nähe des Pädophilen liegen.

Danach fuhren sie in Richtung der Berge im Kanton Obwalden. Eine Dreiviertelstunde später erreichten sie das Chalet, in dem sich Walter versteckt hatte. Sie durchsuchten alles gründlich, fanden aber nicht die von Walter beschriebene Tasche, dabei hatte sich Patrick zunächst sogar daran erinnern können, sie gesehen zu haben. Franz schlug vor, nach Kriens zurückzufahren und zu versuchen, konkrete Antworten zu erhalten.

Sie waren noch nicht in dem Luzerner Vorort angekommen, da kamen ihnen schon zwei Polizeifahrzeuge mit Blaulicht und Sirene entgegen. Auf der Hauptstraße fuhr der Komplize von Franz langsam an der Abzweigung zu Martin Kochs Haus vorbei und drückte allerdings sofort wieder aufs Gas, als er dort eine Gruppe von Polizisten entdeckte.

Oetterli fuhr mit rasender Geschwindigkeit nach Kriens. Bruno war bereits vor Ort und ging auf seinen Chef zu, der sofort nach einem Lagebericht verlangte.

»Ich muss dich vorwarnen, Armin. Das hier wird dir ganz und gar nicht gefallen«, sagte Bruno.

»Anstatt zu raten, wie ich reagieren werde, komm einfach direkt zur Sache«, erwiderte Oetterli.

»Also, gut. Ich war direkt nach der Arbeit bei Freunden zum Essen eingeladen. Wir wollten noch ein paar Details regeln bezüglich einer Wanderung, die wir für diesen Sommer geplant haben. Ich bin nicht sehr lange geblieben, aber diese Pause inmitten dieser unruhigen Zeit, in die wir alle hineingeraten sind, hat mir gut getan.«

Da sein Chef offensichtlich immer ungeduldiger wurde, kam Bruno zum eigentlichen Thema zurück:

»Da die Freunde in Obernau wohnen, lag Kriens auf meinem Heimweg. Ich weiß, dass die Polizei regelmäßig am Tatort vorbeischaut, aber ich habe trotzdem das Bedürfnis verspürt, kurz hinzufahren. Anfangs ist mir nichts Verdächtiges aufgefallen, doch dann habe ich hinter dem Fenster des Horrorhauses Licht gesehen. Ich habe meinen Wagen abgestellt und bin den Zaun entlang gegangen, bis ich zwei Bretter gesehen habe, die auseinander gerückt worden waren. Ich habe mich hindurchgezwängt und in der Zentrale angerufen, um zu hören, ob Kollegen gerade vor Ort seien, doch das war nicht der Fall. Plötzlich habe ich das Schlimmste befürchtet. Ich bin in das Haus rein und direkt in die erste Etage hoch. Im Treppenhaus bin ich auf Walter Murer gestoßen. Der Winkel, in dem sich der Kopf zum Körper befand, ließ nichts Gutes vermuten. Während ich versuchte, seinen Puls zu fühlen, sah ich, dass er ganz bleich war und nicht mehr atmete. Die Temperatur im Haus liegt nur knapp über der Außentemperatur und ich hatte das Gefühl, dass seine Körpertemperatur keine 37 Grad mehr betrug. Um keine Spuren zu verwischen, habe ich nicht versucht, ihn wiederzubeleben.«

»Gut gemacht! Ist schon ein Mediziner vor Ort?«, fragte Oetterli.

»Er ist etwa zehn Minuten vor dir angekommen. Ich weiß nur, dass Walter Murer bei meinem Eintreffen bereits mausetot war. Das hat mir zumindest die Sicherheit gegeben, keinen schwerwiegenden Fehler gemacht zu haben«, antwortete Bruno.

»Haben die Männer vor Ort noch mehr entdeckt?«

»Bis jetzt nichts. Wir glauben, dass er sich hier verstecken wollte, was ja eigentlich ganz schön pfiffig von ihm gewesen wäre. Wenn es einen Ort gibt, wo wir ihn nicht vermutet hätten, dann doch hier in dem, was von diesem Haus noch übrig ist. Allerdings haben wir keinerlei Nahrung gefunden. Und wir können uns auch nicht vorstellen, dass er in einem Haus ohne Heizung geschlafen hat, durch das der kalte Wind nur so durchpfiff.«

In diesem Moment trat der Arzt vor das Haus und wandte sich gleich an Oetterli:

»Hallo, Armin. Ich habe gerade den Totenschein unterschrieben. Nach der Körpertemperatur zu urteilen, hat er etwa zwei Stunden, bevor er entdeckt wurde, seinen letzten Atemzug getan. Aber ich lasse das dein Team noch genauer bestimmen, denn es gibt einfach keine hundertprozentige Regel dafür. Da es in dem Haus sehr kalt ist, kann es sein, dass der Tod später eingetreten ist, als ich vermute. Und noch etwas, ich bin zwar kein Kriminaltechniker, aber man muss auch kein Experte sein, um zu erkennen, dass dieser Typ gefoltert worden ist. Ich bin jedenfalls hier fertig, den Rest werden deine Männer übernehmen.«

Während der Mediziner zum Krankenwagen ging, schimpfte Bruno:

»Was ist das denn für ein Mist? Wollten sich etwa irgendwelche Leute, die mehr wissen als wir, sich für die Opfer von Martin Koch rächen, in dem sie ihn am Ort seiner mutmaßlichen Schandtaten gefoltert und getötet haben?«

»Oder hat er sich von dem Ort, an dem er gefangen gehalten wurde, hierher geflüchtet und ist ganz einfach bei einem Unfall auf der Treppe gestorben? Auf jeden Fall ist das schon sehr nebulös. Wir müssen hier alles noch mal gründlich auf den Kopf stellen, um sicherzugehen, dass wir nicht irgendein wichtiges Detail übersehen haben«, erklärte Oetterli.

15. – Eine Lausanner Eskapade

Didier lag auf einer Matratze auf dem Boden des Arbeitszimmers von Ruth und Sébastien und ließ in Gedanken die Verkettung der Ereignisse Revue passieren. Er schämte sich, dass er bei der Folterprozedur erst so spät dazwischen gegangen war. Um sich zu beruhigen, entschuldigte er sein Verhalten damit, dass er einfach unfassbar wütend gewesen war und nahm sich vor, seine Emotionen besser in den Griff zu bekommen ... zumindest, sobald er dafür Zeit hätte. Martin Koch schmorte sicherlich in der Hölle, und Walter war ihm mehr oder weniger bei seinen niederen Arbeiten zur Hand gegangen, aber Didier musste immerzu an eine dritte Person denken, an den Chef. Alle Spuren führten in eine Sackgasse. Er konnte sich nicht dazu entschließen, Catherine aufzugeben, so lange es auch nur die geringste Chance gab, sie zu finden.

Er schaute auf sein Smartphone, um herauszufinden, wie spät es war. Ruth und Sébastien waren vermutlich schon zur Arbeit gefahren, denn es war bereits acht Uhr. Mühsam erhob er sich, denn sein Körper schmerzte immer noch überall. Auf dem Weg zur Kaffeemaschine sah er einen Zettel an der Kühlschranktür hängen.

Hallo Didier,
wir hoffen, dass du ein wenig geschlafen hast. Heute Morgen haben wir im Radio gehört, dass Walters Leiche im Horrorhaus gefunden wurde, die Polizei hat dazu aber keine weiteren Details verlauten lassen.

Du findest alles, was du brauchst, im Kühlschrank. Fühl dich wie zu Hause und ruh dich aus.
Bis heute Abend
Ruth

Sofort machte sich Didier Vorwürfe: War Walter an den Folgen der gestrigen Folter gestorben? Dann hegte er Zweifel und besann sich. Unmöglich! Franz war zwar brutal gewesen, aber er ging nicht so weit, jemanden umzubringen. Zudem war kein lebenswichtiges Organ in Mitleidenschaft gezogen worden. Vielleicht war er innerlich verblutet? Um Gewissheit zu haben, rief Didier Beatriz an, von der er vermutete, dass sie sicherlich interessante Informationen haben würde. Sie verabredeten sich im Bistronomie.

Normalerweise strahlte Beatriz, doch dieses Mal sah sie mitgenommen aus. Sie grüßte in die Runde und setzte sich neben Didier, der gerade den letzten Bissen eines Croissants aß. Er trank seinen Kaffee in einem Zug aus und gestand ihr:

»Ich will ja nicht paranoid erscheinen, aber ich glaube, wir sollten uns nicht mehr via Telefon austauschen. Angesichts unserer Verstrickung in den Fall wäre es schon ein Wunder oder unprofessionell, wenn wir nicht bereits von der Polizei abgehört würden.«

Beatriz nickte.

»Bist du auf dem Laufenden, was Walter betrifft?«, flüsterte Didier.

»Ja, natürlich. Als ich gestern Abend all diese Polizeiautos gesehen habe, wusste ich schon, dass etwas Schlimmes passiert sein musste. Daheim habe ich erst überlegt, Bruno anzurufen, es dann aber nicht getan. Das einzig Schlaue schien, vor seiner Wohnung auf ihn zu warten. Ich habe mir eine Thermoskanne Kaffee gemacht, aber nachdem ich mir eine Stunde die Beine in den Bauch gestanden hatte, habe ich mich gefragt, was ich ihm erzählen würde. Ich konnte mir nicht vorstellen, ihm mitzuteilen, dass wir Walter ein bisschen in die Mangel genommen haben. Je mehr Zeit verstrich, desto sicherer war ich, gerade eine Dummheit zu begehen. Was würde Bruno denken, wenn er mich mitten in der Nacht vor seiner Haustür fände? Also bin ich weggegangen und dachte, es sei leichter, ihn heute Morgen auf dem Weg zum Kommissariat abzufangen. Ich muss dir wohl nicht sagen, dass ich kaum geschlafen habe. Kurz vor sieben Uhr bin ich in eine Bar gegangen, von der aus ich das Kommen und Gehen auf der Straße überblicken konnte. Ich weiß, dass der jeden Morgen auf seinem Weg zur Bushaltestelle an dieser Bar vorbeikommt. Angesichts des ganzen Tamtams in der vergangenen Nacht war ich sicher, dass das gesamte Kripoteam direkt am frühen Morgen zu einer Dienstbesprechung antreten müsste. Und es hat funktioniert. Sobald Bruno um die Ecke kam, habe ich gegen das Fenster geklopft, und wir haben uns kurz unterhalten. Dieses Mal war er nicht gesprächig. Ich habe lediglich erfahren, dass er es war, der Walter tot auf der Treppe gefunden hat.«

»Wie kann das sein? Meinst du, dass er die Stufen runtergefallen ist, nachdem er es geschafft hatte, sich von den Fesseln zu befreien?«, fragte Didier.

»Das scheint mir unwahrscheinlich. Und das ist noch nicht alles. Sie haben in der Scheune in Flüeli-Ranft auch kinderpornografisches Material entdeckt. Nachdem, was Bruno gehört hat, müssen die Bilder unerträglich sein.«

»Also ist es noch schlimmer, als es uns dieses Schwein weismachen wollte. Weißt du, ob sie das Video mit dem Geständnis gefunden haben?«

»Keine Ahnung und wie du dir denken kannst, konnte ich Bruno nicht danach fragen. Aber ich hoffe nicht, denn sonst könnten sie denken, dass die Typen, die Walter gefoltert haben, hinterher Selbstjustiz üben wollten. Auf jeden Fall werden sie am Ende wissen, dass wir versucht haben, eine verdammte Allianz einzugehen, um diesen Mistkerl zu kriegen. Es würde mich nicht überraschen, wenn wir in den nächsten Tagen vorgeladen würden. Sollten sie dieses Video haben und sich ihr Verdacht auf uns richten, dann sitzen wir ganz schön in der Scheiße. Sobald sie eine Funkzellenabfrage unserer Mobiltelefone gemacht haben, wissen sie, dass wir gestern Abend zusammen waren. Und wenn sie dann noch die Örtlichkeiten durchsuchen, werden sie natürlich auch den Raum aus dem Video wiedererkennen«, sagte Beatriz.

»Verdammt.«

»Du sagst es. Wenn es sich jedoch um einen Mord handelt, haben wir eine Chance. In diesem Fall hat der oder haben die Mörder vermutlich den USB-Stick mitgenommen. Lass uns die Daumen drücken, dass sie ihn zerstören. Die Theorie vom dritten Mann erscheint mir immer wahrscheinlicher. Sie würde auch das Verschwinden von Walters Tasche aus dem Chalet erklären, in dem er gefangen genommen wurde. Dieser Kerl ist verteufelt gut informiert und sehr entschlossen«, meinte Didier.

Die Mischung aus Müdigkeit und Schmerzen minderte seine Konzentrationsfähigkeit. Er sah keinen Weg mehr, in diesem Chaos weiterzukommen. Wie sollten sie die dritte Person finden? Die Polizei war für diese Arbeit viel besser gerüstet als er, und die Chancen, Catherine lebend zu finden, erschienen ihm mittlerweile verschwindend gering. Er hoffte, dass Julie ihr Schweigen brechen und reden würde. Aber das wäre mit Sicherheit zu spät. Wusste sie überhaupt etwas? Irgendein Detail war ihm entgangen. Didier musste unbedingt ein paar Schritte gehen und sich diese Frage erneut durch den Kopf gehen lassen, denn nirgends konnte er besser denken als bei der Bewegung an der frischen Luft. Was Walter betraf, so war dieser sicherlich nicht so unvorsichtig gewesen, irgendwelche Spuren in seinen Mails zu hinterlassen. Doch wer wusste das schon? Thomas musste diese Spur unbedingt weiter verfolgen.

Mit sich selbst hadernd lief Didier durch Luzerns Straßen, als sein Mobiltelefon vibrierte. Er hatte das unliebsame Gefühl, nicht eine Minute für sich zu haben. Am liebsten hätte er sein Telefon in irgendeinen Mülleimer geschmissen. Auf dem Display stand Sonyas Name. Er ging ran, obwohl er fand, dass er ihr bereits alles gesagt hatte. Ein Wortschwall ergoss sich über ihn:

»Didier, meine Reaktion tut mir wirklich leid. Das war richtig doof von mir. Ich weiß, du hast mich gebeten, dir etwas Zeit zu lassen, aber ich kann nicht mehr schlafen. Ich muss dich unbedingt sprechen, um das Leid, das ich dir angetan habe, wiedergutzumachen. Ich verspreche dir, alles zu tun, um meine Eifersucht in den Griff zu kriegen, selbst wenn ich dafür einen Therapeuten konsultieren müsste. Du musst mich verstehen …«

Didier hörte ihr bereits nicht mehr zu, denn er war in Gedanken noch viel zu sehr mit dem Gespräch beschäftigt, das er mit Beatriz geführt hatte.

»… außerdem wollte ich dir sagen, dass dein Wohnort natürlich bei mir ist. Komm bitte wieder zurück! Ich höre auf dich zu nerven und wir sprechen erst über alles, wenn der richtige Zeitpunkt dafür gekommen ist …«

»Danke für dein Angebot, aber Catherine wird immer noch

irgendwo festgehalten.«

»Ich denke, die beiden Hauptverdächtigen sind tot, oder?«

»Ja und deswegen müssen wir schnell handeln. Ich muss weiter nach einer Spur suchen, denn mit Sicherheit gibt es irgendwo eine. Danach melde ich mich bei dir«, erklärte Didier, auch wenn er dazu gerade überhaupt keine Lust verspürte.

»Wenn es das ist, was du willst, dann respektiere ich das natürlich. Aber du solltest wissen, dass ich bereit bin, dir bei deinen Ermittlungen zu helfen, wann immer du mich brauchst.«

Beruhigt wünschte Sonya ihm viel Glück und legte auf.

Armin Oetterli hatte sein ganzes Team im Besprechungsraum zusammengetrommelt. Er schloss die Tür und versuchte die letzten Ereignisse so ruhig wie möglich zu analysieren:

»Also! So kann das nicht weitergehen. Wir haben jetzt eine in Stücke geteilte Frau, zwei auf dem Land verbuddelte skelettierte Leichen, zwei traumatisierte Jugendliche und die zwei Hauptverdächtigen, von denen einer unter mehr oder weniger mysteriösen Umständen zu Tode gekommen ist. Warum ist Walter Murer in das Horrorhaus zurückgekehrt? Die Polizeidirektion macht Druck, daher müssen wir schnellstens verstehen, welche Rollen Walter Murer und Martin Koch in diesem Fall gespielt haben. Aber das Wichtigste ist und bleibt Catherine Bucher. Wo haben diese Scheißkerle sie versteckt? Gibt es neue Hinweise? Bruno! Du warst doch immer einer der Ersten, wie schätzt du die Lage ein?«

»Martin Kochs Schuld muss nicht mehr bewiesen werden, was Walter Murer betrifft, so ist die Sache etwas schwieriger. Nur ein einziger Zeuge hat seine Sammlung von Kinderpornografie gesehen, auch wenn die Kriminaltechnik Spuren auf dem Boden gefunden hat, die Didier d'Orvilles Aussagen zu belegen scheinen. Die Tatsache, dass die Scheune Walter Murer gehörte und sich dieser schnell wieder aus dem Kommissariat verdrückt hat, deutet auf eine Komplizenschaft zwischen ihm und Martin Koch hin«, erwiderte Bruno.

»Aber warum ist er in das Horrorhaus zurückgegangen? Und was ist mit den Verbrennungen auf seiner Haut?«, hakte Oetterli nach.

»Ich könnte mir vorstellen, dass er sich etwas zurückholen wollte, womit man seine Schuld hätte beweisen können…«, sagte Bruno.

»Wenn das der Fall ist«, unterbrach ihn Cornelia, »woher wusste er dann, dass wir noch nicht im Besitz dieses Beweises waren?«

»Weil wir noch keinen Durchsuchungsbefehl gegen ihn erlassen hatten. Vielleicht besaß er auch eine Informationsquelle, von der wir nichts wissen? Bis jetzt haben wir nichts gefunden, was wir gegen ihn verwenden könnten. Ich glaube, er war der Boss«, meinte Bruno.

»Und die Verbrennungen. Welche Erklärungen hast du dafür?«, wollte Oetterli wissen.

»Das ist noch nicht ganz klar. Vielleicht hat er sich ja während des Brandes in dem Haus befunden und hat sich danach aus dem Staub gemacht?«

»Dem vorläufigen Bericht des Pathologen zufolge, weisen einzig und allein die Genitalien Brandverletzungen auf, ganz zu schweigen von den Hämatomen im Gesicht. Das alles sieht eher nach Folter aus«, erklärte Oetterli.

Die Polizisten dachten, jeder für sich, darüber nach, bis Oetterli befahl:

»Bruno, Cornelia! Bringt mir Didier d'Orville. Ich möchte ihn noch einmal befragen. Immer war er vor allen anderen an den Tatorten. Irgendetwas verschweigt uns dieser Kerl.«

»Gut möglich«, pflichtete ihm Bruno bei. »Wir werden ihn schnell auftreiben. Willst du auch mit Dona Quichotte reden?«

»Später. Wir konzentrieren uns auf den Franzosen, die Ausgrabungen in Flüeli-Ranft und die pädopornografischen Aufzeichnungen auf der Festplatte. Wir suchen nach Hinweisen in den Bankkonten von Koch und Murer und natürlich auch in ihrem Nachrichtenaustausch. Los, an die Arbeit!«

Schweigend gingen die Polizisten auseinander. Am anderen Ende des Flurs sprach Cornelia ihren Kollegen an:

»Sag mal, wie schätzt du Didier d'Orvilles Rolle hier eigentlich ein? Ich kann mir nicht vorstellen, dass er sich in irgendeiner Weise schuldig gemacht hat, außer vielleicht durch seine ungesunde Neugier.«

»Ich weiß längst nicht mehr, was ich glauben soll. Es stimmt, er war meistens schneller vor Ort als ich. Es gab da ja auch diesen Vorfall auf dem Mühlenplatz …«

Bruno schwieg im Bewusstsein, einen Schnitzer gemacht zu haben.

»Los! Entweder du hast schon zu viel gesagt oder noch nicht genug«, ermunterte ihn Cornelia.

»Wenn ich dir davon erzähle, müsstest du das für dich behalten können.«

»Ehrenwort! Du weißt doch, mein Spitzname ist Grab«, erwiderte Cornelia.

»Ach ja, richtig!«, sagte Bruno lachend. »Ich habe mich mit dieser Geschichte nicht gebrüstet, weil ich zu diesem Zeitpunkt in Armins Wertschätzung tief gesunken war. Ich hatte gerade angefangen, Catherine Bucher am Mühlenplatz zu überwachen. Es war an dem Tag noch kälter als zuvor. Ich stand unter der Brücke, während Didier und Catherine in aller Seelenruhe in einem Restaurant speisten. Keine Ahnung, wie er das gemacht hat, denn ich war sehr diskret, aber irgendwie hat er mich beim Verlassen des Restaurants trotzdem gesehen. Er hat vorgetäuscht, sich von seiner Freundin zu verabschieden. Ich habe Catherine weiter beschattet, und er hat mich plötzlich wie eine Furie angesprungen, ohne dass ich ihn hätte kommen sehen. Er hat mich übermannt und vermutlich meine Waffe gesehen, als ich im Schnee lag, aber er hat sich erst beruhigt, als Catherine geschrien hat, ich sei Polizist.«

»Das beweist nur, was für ein ausgezeichneter Beobachter er ist, und dass er nicht zum ersten Mal einen Mann überwältigt hat, aber sonst nichts«, sagte Cornelia.

»Ich weiß einfach nicht mehr, was ich noch glauben soll. Doch du hast recht, wir leisten den Anordnungen unseres Chefs Folge, und wenn wir Didier gefunden haben, können wir hoffentlich schnell beweisen, dass er nicht in diese schreckliche Geschichte verstrickt ist«, beendete Bruno das Gespräch.

Als Thomas am frühen Nachmittag erwachte, entdeckte er auf seinem Smartphone, dass die Schadsoftware, die er von Catherines E-Mail-Account an Marcel geschickt hatte, aktiviert worden war. Er eilte zu seinem Computer und überprüfte zweimal, ob er nichts falsch interpretiert hatte. Doch der Beweis war eindeutig: Das Filtern der Mails wurde nicht von Swiss Quality Extracts vorgenommen, sondern von einer gewissen Anne-Sophie Hunkeler, die für Von Steiner Active Plants arbeitete. Durch das Anklicken des Anhangs hatte sie das Virus installiert. Thomas suchte etwas gründlicher und stellte fest, dass diese Frau alle Mitarbeiter der Firmengruppe ausspionierte. Er konnte es nicht fassen. Sie hatte eine Liste von Suchbegriffen erstellt, die, wenn sie in einem Text vorkamen, diesen als automatisiertes Backup in ihrem Postfach ablegte. Mit einer zweiten Liste von Suchbegriffen wurde ganz schlicht und einfach die Übermittlung der Mails an ihre Empfänger unterdrückt.

Thomas startete einen Kopiervorgang des gesamten Mailverkehrs der Firmengruppe auf einer externen Festplatte und ging unter die Dusche. Das warme Wasser machte ihn nicht nur munter, sondern stimulierte auch seine Neuronen. Das Blatt wendet sich, dachte er. Walter mag ja ein mieses Schwein sein, der an den Pranger gehört, aber im Vergleich zu dieser Frau ist er nur ein lausiger Amateur. Sie hat eine äußerst ausgefeilte Spionagesoftware installiert. Plötzlich fiel ihm die Mail wieder ein, in der Catherine ganz offen das Lausanner Unternehmen bedrohte. Verdammt! Was hatte sie darin noch geschrieben?

Er konzentrierte sich und es fiel ihm wieder ein, dass sie von einem toxischen Produkt gesprochen hatte. An Details erinnerte er sich zwar nicht mehr, aber zumindest wusste er jetzt, wie er das Problem angehen musste. Hastig trocknete er sich ab, zog sich einen Bademantel über und kehrte an seinen Computer zurück, der immer noch die Daten kopierte. Er fand die Mail wieder, in der Catherine bestätigte, Methanol gefunden zu haben und damit drohte, die Gesundheitsbehörden darüber zu informieren. Die Mail war am Mittwoch um 19.07 Uhr verschickt und wieder an die Mailbox von Anne-Sophie Hunkeler umgeleitet worden. Fünf Minuten später hatte diese die Mail geöffnet, und Catherine war sehr wahrscheinlich zwischen 20.30 Uhr und 21 Uhr verschwunden.

Thomas war völlig in Gedanken versunken, als ihm ein Icon das Ende der Datenübertragung signalisierte.

Didier erhielt von Thomas eine Textnachricht mit einem Link zu einer Cloud, in der der gesamte Mailverkehr von Swiss Quality Extracts und der Von Steiner Group abgelegt worden war. Er nahm sich die Zeit, die kurze Anmerkung von Thomas dazu gründlich zu lesen:

Hallo Didier, ich hoffe, du hast dich gut erholt. Hiermit erhältst du Zugang zu Tausenden von Mails unserer beiden Lieblingsfirmen. Ich weiß nicht, wie weit du mit deinen Recherchen bist, aber ich habe es geschafft, das Computersystem der Von Steiner Group zu hacken, weil eine gewisse Anne-Sophie Hunkeler auf den Anhang geklickt hat. Sie war es auch, die das Versenden der Mail von Catherine an Marcel Combe blockiert hat. Ruf mich an, sobald du kannst, damit ich dir erkläre, was ich alles entdeckt habe.

Sofort kontaktierte Didier Marcel Combe bei Von Steiner Active Plants. Als dieser den Namen Anne-Sophie Hunkeler hörte, verstummte er kurz und bat dann Didier, so schnell wie möglich zu ihm zu kommen.

Auf dem Kriminalkommissariat von Luzern machten Bruno und Cornelia Fortschritte, was ihren Auftrag von Oetterli betraf. Gerade hatten sie die Verbindungsnachweise von Didier d'Orvilles Mobiltelefon erhalten. Er hatte eine Nummer in Lausanne angerufen und laut Ortung seines Telefons befand er sich gerade in einem Zug, der die Hauptstadt des Waadtlandes als Ziel hatte.

Da Brunos Arbeitstag bereits bei Sonnenaufgang begonnen hatte, übermannte ihn jetzt die Müdigkeit:

»Ich glaube, für heute habe ich genug gearbeitet. Wir machen mit all dem hier morgen weiter.«

Er wünschte seiner Kollegin einen schönen Feierabend und

nahm den nächsten Bus nach Hause, um sich eine wohlverdiente Ruhe zu gönnen.

Didier d'Orville und Marcel Combe trafen sich in einem Restaurant in der Nähe des Lausanner Bahnhofs. Der Chemiker eröffnete das Gespräch:

»Als du den Namen Anne-Sophie Hunkeler erwähnt hast, habe ich mich gefragt, wie du auf sie gekommen bist. Sie ist schon seit Jahren nicht mehr bei der Firma. Vor allem aber hat es mich überrascht, weil ich mich erinnert habe, dass Catherine bei ihrem Besuch Frau Hunkeler sehen wollte. Ein extrem merkwürdiger Zufall, oder?«

»Und wenn du mir einfach erzählst, was du über diese Anne-Sophie Hunkeler weißt?«, fragte Didier.

»Ihre Geschichte ist recht eigenartig, das wirst du selbst bemerken. Ich bin seit vielen Jahren bei Von Steiner und sollte vermutlich nicht allzu gesprächig sein, aber wenn es dir hilft, Catherine zu finden, dann mache ich es trotzdem. Also, Anne-Sophie war als Pharmazeutin verantwortlich für die Auswertung der Analyseergebnisse.«

Didier hörte Marcel aufmerksam zu.

»Irgendetwas ist mit Anne-Sophie passiert. Sie hat gekündigt, mir aber nie den Grund dafür verraten. Wie ich mitbekam, hatte es etwas mit der Qualität eines Produktes zu tun. Damals drehte sich unser wichtigstes und vor allem unser vielversprechendstes Produkt um die Entwicklung eines neuen Medikaments für Diabetiker. Anne-Sophie hatte unsere Firmengruppe lange vor dem Audit verlassen, bei dem die Marktzulassung geprüft wurde. Auch wenn sie nicht mehr bei uns angestellt war, haben wir uns häufig geschrieben und ich habe ihr von den neusten Entwicklungen berichtet. Mit Sicherheit war das nicht korrekt von mir, aber ich habe ihr dabei nie etwas Kompromittierendes verraten. Als ich die Liste der Auditoren erhielt, musste ich sie ihr einfach schicken. Das ist vielleicht nebensächlich, aber ich erinnere mich noch sehr gut, wie sehr sie sich darüber gefreut hat.«

Plötzlich schwieg Marcel gedankenverloren.

»Sie hatte mich um einige genauere Angaben gebeten, und zwar nicht wie üblich per Mail, sondern via Textnachricht. Als wünsche sie nicht, dass ihre Fragen in unserem Mailverlauf auftauchen. Ich glaube, das war einer unserer letzten Kontakte … Nein, warte, jetzt fällt es mir wieder ein. Ein paar Wochen später habe ich sie bei einer Tagung getroffen. Sie wirkte völlig deprimiert. Ich habe sie gefragt, was los sei. Ihre Antwort war konfus. Sie sei von jemand verfolgt und sogar in ihrer Wohnung aufgesucht worden. Mir erschien das etwas paranoid zu sein. Danach habe ich sie aus den Augen verloren. Kurz darauf hat unser Medikament die Zulassung erhalten, aber wir hatten kein Glück, denn mehrere Patienten erlitten einen anaphylaktischen Schock. Es gab sogar einen Todesfall, wenn mich mein Gedächtnis nicht trügt; ich habe nicht mehr alle Details im Kopf. Von Steiner Pharma hat das nicht überlebt und dank eines Zaubertricks, den nur unser Chef kennt, wurde das Unternehmen in Von Steiner Active Plants transformiert. Je mehr ich darüber nachdenke, desto merkwürdiger erscheint es mir, dass Catherine von Anne-Sophie gesprochen hat.«

»Was hast du ihr geantwortet?«, wollte Didier wissen.

»Nur, dass Anne-Sophie nicht mehr für die Von Steiner Gruppe arbeite. Sie schien enttäuscht. Aber warum bist du überhaupt hinter Informationen über sie her?«, fragte Marcel.

»Gute Frage … Sag mal, ich habe eigentlich keine Lust mehr auf diese Bar. Wie wärs, wenn wir ein bisschen frische Luft schnappen. Da ich Lausanne so gut wie gar nicht kenne, könnten wir runter zum See gehen und uns dabei weiter unterhalten.«

»Eine hervorragende Idee.«

Als ihnen auf dem Weg zum Ufer des Genfersees eine angenehm warme Brise entgegenwehte, ging Didier in sich. Vor gut einem Jahr hatte er entschieden, sein Leben zu ändern und sich der Unterwasserfotografie zu widmen. Seitdem hatte er viel Tolles, aber auch einige Traumata erlebt. Er fragte sich, was er in der Schweiz machte. War es das, wovon er immer geträumt hatte? Eine scheinbare Sicherheit anstelle einer unsicheren Freiheit? Er beschloss, noch eine Woche zu versuchen, Catherine wiederzufinden. Danach würde er sich, egal, was geschah, endlich etwas Ruhe gönnen, um sein Leben und seine Ideen neu zu ordnen. Marcel riss ihn aus seinen Gedanken.

»Erzählst du mir jetzt, warum du dich für Anne-Sophie interessierst?«

»Ja, klar. Entschuldige, ich war gerade ganz woanders. Erinnerst du dich an den Hackerfreund, von dem ich dir erzählt habe?«

»Ja, sehr gut. Du warst recht geheimnisvoll, was ihn betraf.«

»Hast du gestern eine Nachricht von Catherine Bucher erhalten?«

»Nein, machst du Witze?«, regte sich Marcel auf.

»Ich hätte es anders formulieren sollen. Hast du gestern eine Mail von Catherines E-Mail-Account erhalten?«

»Wo ist denn da der Unterschied?«, erwiderte er trocken.

»Thomas, so heißt dieser Freund, hat dir eine Mail von Catherines Account geschickt. Ich weiß, dass du sie nicht geöffnet hast, denn das hat jemand anderes für dich erledigt«, erklärte

Didier.

»Wer?«

»Du wirst es nicht glauben …«

»Oh, nein. Das stimmt nicht. Doch nicht etwa Anne-Sophie?«

»Bingo! Erstaunlich, oder?«

»Das ist unmöglich. Sie arbeitet nicht mehr für Von Steiner und hat dort dementsprechend keinen Zugriff mehr auf die Mails.«

Verärgert versuchte Marcel das Ganze zu verstehen. Die Kopfschmerzen, die er morgens schon verspürt hatte, meldeten sich vehement zurück. Da sie in der Nähe einer Apotheke vorbeikamen, in der er seit Jahren regelmäßig einkaufte, betrat er das Ladenlokal. Didier wartete draußen, um sich erneut auf diese Sache zu konzentrieren, die ihn jetzt seit fast zwei Wochen beschäftigte.

Nachdem der Apotheker Marcel ein Schmerzmittel gegeben hatte, erkundigte er sich:

»Sagen Sie, Monsieur Combe, arbeiten Sie eigentlich immer noch für Von Steiner?«

»Ja, warum?«

»Als Chemiker haben Sie ja sicherlich Wind von meiner Reklamation bekommen?«

In Marcels Hirn schrillten alle Alarmglocken.

»Ich kann mich nicht daran erinnern. Könnten Sie mir nochmal ins Gedächtnis rufen, worum es da ging?«

»Ich hatte einen drogenabhängigen Kunden mit mehreren Erkrankungen. Angesichts seines Gesundheitszustandes hat es mich leider nicht überrascht, von seinem Ableben zu erfahren. Allerdings ist sein Tod früher als erwartet eingetreten. Die Arzneimittelüberwachung der Swissmedic hat mich kontaktiert und um eine Liste aller Medikamente gebeten, die er bei uns gekauft hatte. Auf dieser langen Liste befand sich auch eine Tinktur der Von Steiner Active Plants, die er wegen seiner Halsschmerzen nahm. Da bei ihm eine Mehrfachabhängigkeit vorlag, kann ich mir vorstellen, dass er weit höhere Dosen trank als vorgeschrieben. Also, kurz und gut. Die Gesundheitsbehörde hat mich darüber informiert, dass die meisten Labore keinerlei Auffälligkeit entdeckt hätten und scheinbar nur Ihre Firmengruppe auf die Anfrage noch nicht reagiert habe. Ich erwarte davon auch keinerlei neue Rückschlüsse, sondern möchte lediglich diese Akte schließen können. Zumal ein Auditor von Swissmedic hier war und Proben sämtlicher Produkte mitgenommen hat, die wir dieser Person verkauft hatten.«

Irritiert versprach Marcel, sich zu erkundigen und sein Möglichstes zu tun, um das Prozedere zu beschleunigen.

Anschließend erzählte er Didier sofort von diesem Gespräch. Sämtliche Beanstandungen im Zusammenhang mit der Qualität der Produkte liefen über Marcels Schreibtisch, aber er war sich sicher, kein Schreiben dieser Apotheke bearbeitet zu haben. Didier hatte in seinem Telefon die Namen der dreihundertfünfzig in Indien verkauften Extrakte gespeichert, die anschließend von einem türkischen Unternehmen nach Europa umgeleitet worden waren. Didier und Marcel konsultieren sofort die Liste und stellten fest, dass sich die Tinktur, die der Apotheker erwähnt hatte, darauf befand.

»Glaubst du, dass die Tinktur ursächlich für den Tod des Drogenabhängigen gewesen sein könnte?«, fragte Didier.

»Keine Ahnung. Er müsste davon schon eine gehörige Menge eingenommen haben, aber nach dem, was der Apotheker gesagt hat, ist das ja durchaus möglich. So wie die Türken oder die Inder damit rumgepanscht haben, müssen wir neben dem Methanol noch mit anderen toxischen Verunreinigungen rechnen. Was mich am meisten beschäftigt, ist die Tatsache, dass ich im Labor arbeite und über diese Reklamation hätte informiert werden müssen«, sagte Marcel.

»Könnte die Angelegenheit auch von jemand anderem bearbeitet worden und als folgenlos abgeheftet worden sein?«

»So funktioniert das nicht. Bei jeder Betriebsprüfung oder Inspektion müssen wir die Liste der Beanstandungen vorlegen. Ein Unternehmen, das zu wenige erhalten hat, ist nicht glaubwürdig. Die Reklamationen werden so in unser System eingespeichert, dass sie sich nicht mehr löschen lassen. Wir haben das Qualitätsmanagement der Von Steiner Pharma übernommen, das den höchsten Anforderungen entspricht.«

»Wenn eine Beanstandung als besonders delikat eingestuft wird, wäre es dann technisch möglich, sie nicht im System zu hinterlegen?«, wollte Didier wissen.

»Lass mich nachdenken ... vorstellbar wäre, dass man Swissmedic eine falsche Registrierungsnummer mit einem fiktiven Analyseprotokoll kommuniziert hätte.«

»Na bitte, das ist die Lösung!«, rief Didier.

»Das Problem ist nur, dass die Gesundheitsbehörde bei der nächsten Inspektion Einsicht in die Dokumente im Zusammenhang mit der Beanstandung verlangen könnte. Das ist es, was ich nicht verstehe«, erklärte Marcel.

»Bist du sicher, dass sie nicht doch in eurem System ist?«

»Ja, ganz sicher.«

»Daraus ergeben sich meiner Meinung nach nur drei Hypothesen: Der Apotheker hat sich vertan, Swissmedic hat die Reklamation nicht weitergeleitet oder sie wurde bei euch nicht ins System eingespeist«, schlussfolgerte Didier.

»Theoretisch stimmt das. Doch keine der Hypothesen ist haltbar. Der Apotheker kennt mich gut. Er verwendet schon lange unsere Tinkturen. Er weiß, wovon er spricht. Swissmedic hat die Medikamentenliste angefordert, daher gibt es eine offizielle Beanstandung. Ohne eine vollständige Untersuchung kann die Akte nicht geschlossen werden. Und wenn sie tatsächlich jemand bei Von Steiner Active Plants nicht eingespeichert hat, geht dieser Jemand ein wahnsinniges Risiko ein, das man ihm auf die Schliche kommt.«

Zusätzlich zu seinen Ermittlungen im Fall der Luzerner Entführungen war Didier nun auch noch in eine Geschichte geraten, in der es zumindest um die zweifelhafte Qualität eines Produkts ging. Er fragte sich, ob es eine Verbindung zwischen den beiden Fällen geben könnte, und tatsächlich fiel ihm nur eine ein: Catherine. War das nur ein Zufall? Er musste so schnell wie möglich mit Anne-Sophie Hunkeler sprechen, um mehr über diese Angelegenheit zu erfahren. Marcel erklärte ihm, sie wohne in Fribourg und versuchte, ihre Kontaktdaten herauszusuchen. Da er jedoch ein neues Telefon hatte, waren einige Namen verschwunden. Er erinnerte sich, dass er dank Anne-Sophie, die sich manchmal als Kupplerin aufgespielt hatte, die Bekanntschaft mit Marianne gemacht hatte. Er und Marianne lebten allein und teilten die gleiche Leidenschaft für Botanik. Während Marcel Orchideen sammelte, engagierte sich Marianne ehrenamtlich in einem Verein, der sich für den Erhalt einheimischer, vom Aussterben bedrohter Pflanzen einsetzte. Theoretisch waren sie wie füreinander geschaffen gewesen. Sie hatten sich sympathisch gefunden, aber keinerlei Leidenschaft füreinander entwickelt. Nach ein paar Treffen hatten sie beschlossen, es dabei zu belassen und sich anschließend aus den Augen verloren. Marcel fand Mariannes Nummer und rief sie an. Die darauffolgende Unterhaltung empfand er als seltsam. Marianne behauptete nicht zu wissen, was aus Anne-Sophie geworden sei, obwohl sie damals eng miteinander befreundet gewesen waren. Außerdem hatte Marcel den Eindruck, dass sie nur vorgab, gerade am Steuer ihres Wagens zu sitzen, um das Gespräch möglichst schnell beenden zu können. Irritiert fasste Marcel den Wortwechsel für Didier zusammen.

»Das wird ja immer komplizierter. Wir bräuchten mal ein paar Antworten, statt immer nur auf neue Fragen zu stoßen«, meinte Didier.

»Genau und hier kommt die Gelegenheit. Wenn man vom Teufel spricht ... Siehst du die beiden Männer auf dem gegenüberliegenden Bürgersteig, die gerade hinter dem schwarzen Lieferwagen vorbeigehen?«, fragte Marcel.

»Ja, aber inwiefern können die uns helfen?«

»Der Typ rechts mit dem langen dunkelblauen Mantel – das ist Bernhard von Steiner.«

»Wenn das mal kein Zufall ist.«

»Wir schleichen uns unbemerkt ran.«

So diskret wie möglich beschleunigten Didier und Marcel ihre Schritte. Kurz bevor Bernhard von Steiner und der Unbekannte links abbogen, flüsterte Marcel:

»Was macht er wohl mit diesem Typen? Der andere ist Daniel Lehmann, einer der Auditoren, von dem wir die Marktzulassung für unser Diabetes-Medikament erhalten haben. Die Beiden sollten sich eigentlich ausschließlich im Rahmen ihrer Arbeit miteinander treffen. Ich wüsste zu gerne, was die sich erzählen. Könntest du mir einen Gefallen tun?«, fragte er Didier, als die beiden Männer in ein Hotel gingen.

Neugierig nickte ihm Didier zu, fortzufahren.

»Das hat vermutlich nichts mit deinen eigenen Recherchen zu tun, aber wenn es dir gelingen würde, ihre Unterhaltung zu belauschen, würde ich in diesem Wirrwarr etwas klarer sehen. Ich kann es nicht selbst machen, weil sie mich sofort erkennen würden, aber dich kennt hier niemand.«

»Ich will es gerne versuchen, aber nur, wenn du bei passender Gelegenheit das Gleiche für mich tun würdest, und die wird sich vermutlich bald ergeben«, erwiderte Didier.

»Ja klar, wenn ich dir irgendwie helfen kann, Catherines Verschwinden aufzuklären und sonst natürlich auch.«

Didier betrat den menschenleeren Eingangsbereich des Hotels und wusste nicht, wohin er sich wenden sollte. Rechts oder links? Er ging zur Rezeption:

»Guten Tag. Gerade sind zwei Freunde von mir eingetroffen, die ich sehen müsste. Es ist wichtig. Könnten Sie mir sagen, wohin sie gegangen sind.

Der Mann am Empfang musterte ihn misstrauisch:

»Monsieur, ich weiß nicht, wovon Sie sprechen.«

»Doch, natürlich. Ich meine die Herren von Steiner und Lehmann.«

Die Erwähnung der beiden Namen wirkte wie eine Zauberformel. Der Mann hinterm Tresen wies Didier die Richtung und nannte den Raum, in dem sich die beiden Männer trafen.

Nachdem Didier zwei Flure entlanggelaufen war und mehrere Säle durchquert hatte, erblickte er sie. Die Tische standen weit auseinander und wurden durch Pflanzeninseln getrennt, um den Gesprächspartnern möglichst viel Intimität zu gewähren. Er setzte sich in ihren Rücken, obwohl auf dem Tisch ein Schild stand, das eine Reservierung anzeigte. Um der Unterhaltung besser folgen zu können, rückte Didier mit dem Stuhl näher heran. Marcels Chef sprach in einem gutturalen Ton, während der andere eine unangenehm hohe Stimme hatte. Wenigstens konnte Didier die beiden auf diese Weise leicht auseinanderhalten. Bernhard von Steiner schien ziemlich genervt zu sein:

»Du musst dich schleunigst um diese Beanstandung kümmern. Hätten wir mit unserem Diabetes-Medikament etwas mehr Glück gehabt, hätte ich mich nicht auf dieses gefährliche Abenteuer einlassen müssen. Jetzt ist es an dir, die Sache gerade zu biegen.«

»Sehr freundlich, mir deine Probleme unterjubeln zu wollen, aber wenn du nicht all diese unüberlegten Risiken eingegangen wärst, wäre das alles deutlich einfacher gewesen«, erwiderte der Auditor.

»Walter Murer war so blöd, dass ich, nachdem ich erfahren hatte, dass wir in der gleichen Branche arbeiten, dachte, wir könnten von seiner Habgier profitieren. Ich hatte das ideale Opfer gefunden, um mich billig mit minderwertigen Tinkturen einzudecken, diese künstlich in konkurrenzfähige Produkte zu verwandeln und sie dann zu einem ansehnlichen Preis an Apotheken zu verkaufen. Du weißt, die Gelegenheit war einfach zu gut!«

»Ich kann dir gerne behilflich sein, diese Akte zu schließen, aber dafür müsstest du mir schon ein bisschen mehr erzählen. Außerdem werde ich mich informieren, ob es vielleicht weitere, noch offene Beanstandungen bezüglich dieser Extrakte gibt. Aber das ist schwierig. In der Schweiz weiß ich, bei wem ich mich erkundigen kann. Was die anderen Länder betrifft, habe ich keine Ahnung, wie ich da vorgehen muss. Zumindest warst du so durchtrieben, dass es quasi unmöglich ist, den ursprünglichen Lieferanten – Swiss Quality Extracts – zu ermitteln. Wie hast du es geschafft, die Spuren dermaßen gut zu verwischen?«

»Ich habe Walter indirekt eine wichtige Bestellung vorgegaukelt, nachdem ich erfahren hatte, dass er Ein-Liter-Proben gratis anbietet. Du kennst doch meinen Geschäftspartner Hakan Arslan?«

»Ja, du hast ihn mir mal vorgestellt.«

»Hakan besitzt Anteile an einem in Mumbai ansässigen Unternehmen, das mit getrockneten Pflanzen handelt. Hakan hat Mandar Bhat kontaktiert, den Chef dieser indischen Firma, und ihn gebeten, bei Swiss Quality Extracts eine Bestellung aufzugeben.«

Verwirrt fragte Lehmann: »Moment, ich kann dir nicht mehr ganz folgen. Warum sollte er in der Schweiz Produkte kaufen, die für ihn uninteressant sind?«

»So uninteressant sind sie gar nicht. Swiss Quality Extracts verwendet ein altmodisches Verfahren. Walters Team stellt kalte Mazerationen her, die zwei bis drei Tage ziehen müssen. Diese haben keinerlei technische Spezifikation, die für die Industrie verwertbar wäre. Reine Amateurarbeit. Die Extrakte eignen sich lediglich, um in Babyfeuchttücher eingearbeitet zu werden, damit dann der Pflanzenname auf der Verpackung steht, auch wenn dadurch das Produkt nicht verbessert wird. Trotzdem, aus Marketingsicht ist das natürlich super…«

Das Gespräch wurde immer spannender. Didier hatte den Geistesblitz, sein Mobiltelefon auf Aufnahmemodus zu schalten und es zwischen die Grünpflanzen zu legen.

»Deswegen habe ich hinter den Kulissen eine Liste mit dreihundertfünfzig Pflanzen aus dem amtlichen Europäischen Pharmakopöe, aber auch aus der traditionellen chinesischen Medizin und aus dem Ayurveda zusammengestellt. Die Sache geriet erst durcheinander, als wir unsere Bestellung bei diesem türkischen Unternehmen aufgegeben haben, an dem Hakan Anteile hält, und dieser seinen Geschäftspartnern dort empfohlen hat, die Firma in Mumbai zu kontaktieren«, erläuterte von Steiner.

»Das ist in der Tat nicht leicht zu verstehen, aber hier schließt sich der Kreis. Aber wie sind wir in diese Ermittlungen von Swissmedic hineingeraten?«, fragte Lehmann.

»Die dreihundertfünfzig Extrakte wurden in Indien einem

Umstyling unterzogen: Die Tinkturen wurden zehnfach verdünnt, um eine höhere Stückzahl zu generieren. Die Extrakte wurden mit in China synthetisch produziertem aktivem Material verlängert, um einen höheren Inhalt an Pflanzenbestandteilen zu simulieren. So macht man eben Geschäfte«, sagte von Steiner grinsend. »Keine Ahnung, wo genau die Sache schiefgelaufen ist. Was ist denn aus deinen Nachforschungen geworden?«

»Zunächst mal kannst du dich glücklich schätzen, dass mein Kollege von der Pharmacovigilance mich in der Cafeteria darauf angesprochen hat. Es war eher ein Zufall und lag nur daran, weil er wusste, dass ich deine Firmengruppe schon mal geprüft hatte. Wenn ich es richtig verstanden habe, wollte er angesichts des polytoxischen Profils dieses komischen Kauzes, der gestorben ist, die Akte einfach schnell schließen. Allerdings verstehe ich nicht, warum er dann eine Beanstandung in die Wege geleitet hat. Vermutlich ist er einfach so ein übereifriger Typ.«

»Was hat denn die Auswertung der Proben ergeben, die du in der Apotheke mitgenommen hast?«

»Das ist in der Tat eine ziemlich problematische Sache. Das italienische Labor hat darin eine hohe Menge Methanol und potentiell toxische Verunreinigungen entdeckt.«

Bernhard von Steiner schien darüber nicht sehr erstaunt zu sein. Daniel Lehmann fuhr fort:

»Warum haben die Inder mit gesundheitsgefährdenden Stoffen gearbeitet?«

»Ich schätze, dass Mandar Bhat nicht wusste, wofür die Tinkturen verwendet würden. Er hat mit Sicherheit gedacht, dass sie zur Herstellung kosmetischer Produkte dienen würden und nicht im Entferntesten an eine orale Einnahme gedacht. Die Tinkturen sind mit wunderbaren fiktiven Zertifikaten, die ihnen bemerkenswerte Eigenschaften bescheinigen, über Istanbul gekommen. Jeder hat daran ordentlich verdient, außer dieser Idiot Walter Murer. So haben wir anderen ein größeres Stück vom Kuchen abbekommen«, sagte von Steiner höhnisch lachend. Anschließend wurde er wieder ernst:

»Ich hätte gerne nur ein kleineres genommen, wenn ich mir dadurch diese Unannehmlichkeiten erspart hätte. Einen kleinen Moment bitte, mein Telefon klingelt.«

Reflexartig hielt Didier die Luft an. Als ihm klar wurde, dass er vergessen hatte, sein Mobiltelefon in den Flugmodus zu schalten, wurde ihm heiß und kalt. Ungeschickt versuchte er danach zu greifen, doch dann hörte das Klingeln auf. Erleichtert merkte er, dass gar nicht sein Telefon, sondern das Smartphone von Bernhard von Steiner geklingelt hatte.

Just in diesem Moment kam ein Kellner vorbei und wies ihn auf die Reservierung hin. Man könne ihm aber gerne einen anderen Tisch anbieten. Didier bemühte sich um eine Erklärung, aber der Kellner wiederholte lediglich sein Angebot. Als Didier bemerkte, dass er Daniel Lehmanns Aufmerksamkeit auf sich lenkte, kam er der Aufforderung nach.

Plötzlich stand von Steiner auf, beendete das Telefongespräch und verkündete:

»Ich muss los. Mein Computersystem ist gehackt worden. Ich muss ins Büro.«

Überstürzt verließ er den Saal, während Didier sein Mobiltelefon schnappte, sich am anderen Ende des Raums niederließ und sofort eine Textnachricht verfasste, um Thomas von der Situation in Kenntnis zu setzen. Der beruhigte ihn und erklärte, dass er den gesamten E-Mail-Verkehr heruntergeladen und dabei sämtliche Spuren verwischt habe. Nach einem kurzen Gespräch steckte sich Didier seine EarPods ins Ohr und überprüfte die Qualität der Aufnahme. Das Gespräch der beiden Männer war gut verständlich. Inzwischen hatte auch Daniel Lehmann den Saal verlassen. Didier wartete noch ein paar Minuten, bevor er zu dem ungeduldig wartenden Marcel zurückkehrte. Er fasste den Beginn der Unterhaltung zusammen und reichte Marcel anschließend sein Telefon, der die Aufnahme aufmerksam anhörte und sich angesichts der betrügerischen Geschäfte von Steiners schockiert zeigte. Er bat Didier um einen Zugriff auf die Mails seiner Firma, um den genauen Sachverhalt besser zu verstehen. Didier war einverstanden und bot sogar an, ihm dabei zu helfen, sie durchzusehen. Er sah darin zwar keinen Zusammenhang mit den Entführungen in Luzern, sagte sich jedoch, dass ihn die Mails vielleicht auf eine neue Spur führen würden. Da Marcel in der Nähe des Bahnhofs wohnte, gingen sie zu ihm.

Didier trug stets sein Laptop bei sich, wenn er mit dem Zug reiste, daher schalteten sie beide sofort ihre Computer ein, kaum waren sie in Marcels Wohnung angekommen. Sie beschlossen sich die Arbeit zu teilen, wurden sich aber nach zwei Stunden bewusst, welche Mammutaufgabe noch vor ihnen lag. Die Männer bestellten sich jeder eine Pizza und machten weiter mit ihren Nachforschungen. Nachdem Didier erschöpft Marcels Einladung, bei ihm zu übernachten, angenommen hatte, beschloss er gegen Mitternacht, eine Pause einzulegen und noch ein paar Schritte an der frischen Luft zu gehen.

Die kalte Luft machte ihn wieder munter. Nachdenklich ging er die lange Straße hinab. Er war sicher, dass Anne-Sophie Hunkeler den Schlüssel zu diesen Geheimnissen besaß. Noch hatte er keine Idee, wie er sie finden sollte, aber er beschloss, am nächsten Morgen nach Fribourg zu fahren und zu versuchen, sie dort zu treffen. Spionierte sie etwa heimlich ihre alte Firma aus? Didier war ratlos. Gedankenverloren überquerte er die Straße, als ein Auto auf ihn zuraste und ihn um ein Haar erfasst hätte. Gerade noch rechtzeitig sprang er auf den Bürgersteig und stieß dort gegen eine Mülltonne, während sich der Wagen mit hoher Geschwindigkeit entfernte. Sofort rappelte er sich auf und versuchte das Kennzeichen zu erkennen, aber das Fahrzeug war schon zu weit entfernt. Didier bückte sich, um sein schmerzendes Fußgelenk zu begutachten, hob aber sofort wieder den Kopf, als das Auto plötzlich von einer Radarfalle geblitzt wurde.

Ohne nachzudenken wählte er die Nummer seines Luzerner Polizistenfreundes Bruno, um ihn zu bitten, sich mit seinen Lausanner Kollegen in Verbindung zu setzen. Er hoffte, dass sie ihm schnell die Identität des Rasers mitteilen würden, der geblitzt worden war. Als Bruno nicht antwortete, wurde ihm erst bewusst, wie spät es war. Er humpelte zur Wohnung zurück und berichtete Marcel, was sich zugetragen hatte. Dieser fragte besorgt:

»Meinst du, man hat absichtlich versucht, dich über den Haufen zu fahren?«

»Das glaube ich nicht … um ehrlich zu sein, habe ich keine Ahnung. Vielleicht war es nur ein Rowdy, der etwas zu tief ins Glas geschaut hat, um das bevorstehende Wochenende zu feiern. Auf jeden Fall hat der Sturz meine Schmerzen wieder aufleben lassen. Das tut verdammt weh!«

»Möchtest du, dass wir in die Notaufnahme fahren?«

»Nein, nein. Morgen früh geht es bestimmt wieder, zumindest hoffe ich das. In der Zwischenzeit habe ich über unser Problem nachgedacht. Wir können die Mails in alle Richtungen prüfen, ohne dass sie uns kurzfristig etwas verraten. Wir müssen nach vorne schauen und die guten alten Methoden favorisieren.«

Marcel verzog das Gesicht, um zu signalisieren, dass er keine Ahnung hatte, worauf sein Freund hinaus wollte.

»Damit will ich sagen, dass wir den Faktor Mensch in den Mittelpunkt rücken müssen. Ich werde morgen, besser gesagt heute, nach Fribourg fahren, um mit deiner ehemaligen Kollegin zu reden. Sobald ich im Zug sitze, werde ich den Cousin von Éric, einem meiner französischen Freunde, kontaktieren, der für eine Rüstungsfirma arbeitet. Dieser borgt sich von Zeit zu Zeit ein wenig Material aus und ist in der Lage, ein Mobiltelefon zu orten. Auf diese Weise kommen wir gleichzeitig in beiden Fällen weiter. Anne-Sophie kann mir sagen, was sie über Catherine weiß und warum sie sich treffen wollte. Und wenn wir Bernhard von Steiner dank seines Telefons orten können, finden wir ganz sicher mehr über dessen unlautere Geschäfte heraus. Ich weiß nicht, wo uns das hinführt, aber wer nicht wagt, der nicht gewinnt.«

Marcel war mit dem Plan einverstanden und holte eine Decke aus dem Schrank, damit Didier es sich auf dem Sofa gemütlich machen konnte.

16. – In der französischen Schweiz

Marcel trat zu dem wimmernd auf seinem Sofa liegenden Gast, legte ihm eine Hand auf die Schulter und flüsterte:

»Didier! Hey, wach auf!«

Er schüttelte ihn ein wenig, worauf Didier die Augen öffnete und sich sofort aufrichtete. Er brauchte ein paar Sekunden, um sich zu sammeln.

»Mein Gott! Ich war mitten in einem Albtraum, das ist kaum noch auszuhalten. Ich habe davon geträumt, an abgeschiedenen Orten, wo gefoltert wird und alles voller Blut ist, eingeschlossen zu sein. Es erinnert an die alten Filme von Dario Argento.«

Er schwieg kurz und fuhr dann fort:

»In meinen Träumen ist alles düster und stinkend. Aber gut, jetzt bin ich erstmal in Lausanne und alles ist in Ordnung, zumindest für mich. Wie spät ist es?«

»Halb neun. Ich hatte genug Zeit, kurz zum Bäcker zu gehen.«

Marcel zögerte, betrachtete seinen Freund und schlug dann vor:

»Findest du nicht, du solltest zum Arzt gehen?«

Angesichts von Didiers fragendem Blick fuhr er fort:

»Aber erstmal genehmigen wir uns ein üppiges Frühstück als Start in den Tag. Das hast du dringend nötig. Während du dich fertig machst, bereite ich den Kaffee zu. Wie trinkst du ihn?«

»Schwarz und extrastark, bitte.«

Mühsam humpelte Didier ins Bad. Zehn Minuten später stand er wieder im Wohnzimmer. Marcel erzählte ihm, dass er schon um sechs Uhr aufgestanden sei, um die Mails weiter durchzusehen, allerdings nichts Interessantes gefunden habe. Er reichte ihm einen Zettel:

»Willst du heute Morgen immer noch nach Fribourg fahren?«

»Ja, klar.«

Didier faltete das Blatt auf und las darauf die Adresse von Anne-Sophie.

»Das ist ihre alte Anschrift«, erklärte Marcel. »Ich weiß nicht, ob sie dort noch wohnt, das wirst du vor Ort rausfinden müssen. Es gibt eine direkte Verbindung. Der Zug fährt alle halbe Stunde. Der nächste geht in zwanzig Minuten, aber du solltest lieber den um 9.44 Uhr nehmen.«

Vom Bahnsteig aus rief Didier Bruno an, um ihm den Vorfall vom gestrigen Abend zu schildern. Er gab alles so genau wie möglich wieder und erklärte, dass er große Angst gehabt habe. Der Polizist versuchte, ihn zu beruhigen, doch bevor er sich bei seinen Lausanner Kollegen erkundigen wollte, fragte er, ob Didier weiter im Fall von Catherines Verschwinden ermittele. Didier log ihn an, indem er ihm erzählte, dass er gerade einen Lausanner Freund besuche, um den Luzerner Tumult hinter sich zu lassen. Bruno versprach, ihn auf dem Laufenden zu halten.

In Fribourg angekommen stieg Didier zügig in den Bus, der ihn zum Quartier Schönberg brachte. Mit Hilfe einer Navigations-App lief er zu Anne-Sophies alter Adresse, allerdings ohne darauf zu achten, wohin er seine Füße setzte, sodass er immer wieder in den mancherorts angehäuften Schneematsch trat. Schließlich hielt er vor einem kleinen Mehrfamilienhaus an, das zwischen den Feldern und einer Reihe von Hochhäusern lag. Er zögerte. Sollte er willkürlich klingeln und fragen, ob irgendwer Anne-Sophie Hunkeler kannte? Er vermutete, dass eine solche Befragung nicht im Sinne der Bewohner wäre, dachte über eine Strategie nach und las derweil die Namensschilder. Auf einem Türschild stand lediglich Wohnung Nr. 9. Er klingelte, wartete gut zwanzig Sekunden und klingelte dann erneut. Just in diesem Moment verließ eine Frau das Haus. Ohne Umschweife sprach Didier sie an:

»Guten Tag, ich bin auf der Suche nach Anne-Sophie Hunkeler. Ich kenne nur ihre alte Adresse, wissen Sie, wo sie jetzt wohnt?«

Die Frau musterte Didier von Kopf bis Fuß:

»Wer sind Sie und was wollen Sie von ihr?«

»Entschuldigen Sie. Ich habe jegliche Regeln der Höflichkeit vergessen. Mein Name ist Didier d'Orville, und ich habe eine sehr wichtige Information für sie. Ich bin extra aus Luzern angereist, um mit ihr zu reden.«

»Für einen Luzerner haben Sie aber wenig Akzent.«

»Das liegt daran, dass ich Franzose bin. In Luzern leben ja schließlich nicht nur Deutschschweizer. Tatsächlich wohne ich erst ein knappes Jahr dort. Ich bin also noch nicht dialektverseucht.«

Die Frau brach in schallendes Gelächter aus:

»Das erklärt einiges. Schon gut, Anne-Sophie soll Ihnen selbst sagen, wo sie wohnt. Sie arbeitet in einer Apotheke in der Unterstadt, da können Sie einfach vorbeischauen. Wenn Sie mir Ihr Telefon geben, zeige ich Ihnen, wo das ist.«

Didier öffnete die App. Die Frau zoomte die Karte heran und deutete auf die Stelle. Didier bedankte sich mit einem charmanten Lächeln.

»Wissen Sie, ob sie heute Dienst hat?«

»Ja, ich habe sie heute früh weggehen sehen.«

Der Frau wurde sofort bewusst, dass sie damit impliziert hatte, dass Anne-Sophie immer noch in diesem Haus wohnte. Sie lächelten sich an und im Weggehen bedankte sich Didier erneut bei ihr.

Mühelos fand er die Apotheke und wurde von einer Frau begrüßt, die ein Namensschild trug, auf dem A.S. Hunkeler stand. Den ganzen Weg über hatte Didier überlegt, wie er die Sache angehen sollte, doch als sie jetzt vor ihm stand, war er kein bisschen weiter. Die Pharmazeutin holte ihn aus seinen Träumen:

»Guten Tag.«

»Guten Tag … ich bin ein Freund von Marcel Combe, und ich würde gerne mit Ihnen über ihre ehemalige Firma sprechen. Könnten wir irgendwo einen Moment miteinander reden?«

»Ich weiß nicht, was Marcel Ihnen erzählt hat, aber ich möchte nichts mehr mit Bernhard von Steiner zu tun haben.«

»Das hat mir Marcel gesagt, und ich hätte es nie gewagt, Sie zu belästigen, wenn es nicht wichtig wäre. Ich bin ein sehr enger Freund von Catherine Bucher…«

Anne-Sophie Hunkeler riss die Augen auf und war plötzlich ganz Ohr.

»…wir sind eine kleine Gruppe, die sich zusammengetan hat, um sie zu finden, bevor es zu spät ist. Die beiden Hauptverdächtigen sind tot. Wir gehen allen Spuren nach, auch den geringsten, und da Sie sich anscheinend kennen, bin ich extra von Luzern hierher gekommen, um Sie zu treffen.«

Die Apothekerin dachte einen kurzen Moment nach:

»In einer Dreiviertelstunde mache ich Pause. Ich weiß zwar

nicht, inwiefern ich Ihnen helfen könnte, aber ich schlage vor, dass wir uns dann in dem Restaurant gleich hier gegenüber treffen. Dort können wir etwas ungestörter reden.«

Kaum hatte Didier die Apotheke verlassen, holte Anne-Sophie ihr Mobiltelefon heraus und prüfte die eingegangenen Anrufe. Zweifellos war es Marcel gewesen, der versucht hatte, sie in aller Frühe zu erreichen. Sie drückte den Rückrufbutton. Nach einem kurzen Gespräch bestätigte ihr ehemaliger Kollege, was Didier gesagt hatte. Beruhigt ging sie zu dem vereinbarten Treffen.

Didier kam sofort zur Sache:

»Ich will nicht um den heißen Brei herumreden. Ich habe gesehen, wie Sie reagiert haben, als ich den Namen Catherine Bucher erwähnt habe. Ist sie eine Freundin von Ihnen?«

»Sie sind so direkt, dass man Sie für einen Polizisten halten könnte.«

»Entschuldigen Sie, aber diese ganzen Entführungen machen mich wahnsinnig.«

Anne-Sophie lieferte ihm daraufhin einige Erklärungen:

»Wir haben uns an einem Stand auf einer großen Messe für Analysetechniken kennengelernt. Noch am gleichen Tag sind wir uns mehrfach begegnet. Bei einem Fruchtsaft haben wir länger geredet und unsere Visitenkarten ausgetauscht. Später haben wir uns bei anderen Gelegenheiten getroffen. Deswegen hat sie vermutlich versucht, mich zu kontaktieren, als sie in Lausanne war.«

»Das ist alles? Gibt es da keine anderen Verbindungen?«

»Nein, außer, dass mich ihr Verschwinden sehr beunruhigt hat.«

»Aber da muss es doch noch etwas anderes geben. Laut Marcel haben Sie beide große Probleme mit der Qualitätssicherung der Produkte gehabt. Könnten Sie mir darüber etwas mehr erzählen?«

»Falls Ihnen das irgendwie weiterhilft, aber ich will keinen Ärger haben. Schließlich habe ich nicht einfach so aus einer Laune heraus die Pharmabranche hinter mir gelassen, um in einer Apotheke Pillen zu verkaufen. Diese Geschichte hat mich meinen Job gekostet und dieses Arschloch – entschuldigen Sie bitte meine vulgäre Ausdrucksweise, aber mir fällt keine bessere Bezeichnung für Bernhard von Steiner ein. Wo war ich gerade? Ach, ja, nach meinem Weggang hat dieses Schwein alles getan, um mich in der Pharmaindustrie schlecht zu machen.«

»Macht es Ihnen etwas aus, wenn ich mir Notizen mache? Ich habe Angst, mich sonst nicht mehr an alle Einzelheiten erinnern zu können«, fragte Didier und zog ein Notizheft aus der Tasche.

»Solange das Gespräch nicht aufgezeichnet wird und man die Aussagen nicht zu mir zurückverfolgen kann, bin ich damit einverstanden. Ich weiß nicht, was Marcel Ihnen erzählt hat, aber ursprünglich habe ich für die Dreiländereck-Pharma gearbeitet, die von Steiner aufgekauft hat. Wir waren ein Startup Unternehmen und haben einen innovativen Arzneistoff zur Bekämpfung der Diabetes Typ 2 entwickelt. Wir hatten nur diesen Wirkstoff in unserem Portfolio und befanden uns damit in Phase II der klinischen Studien zur Arzneimittelzulassung. Nach der Fusion haben wir mit den Studien zur letzten klinischen Phase begonnen, um die Marktzulassung zu bekommen. Mir kam dabei die Rolle zu, die Analyseergebnisse zu validieren. Indem ich die Rohdaten im Computer kontrolliert habe, die die Flüssigchromatographie steuern, bin ich mehr oder weniger zufällig auf ein technisches Problem gestoßen.«

»Es wäre sehr nett, wenn Sie das etwas allgemein verständlicher ausdrücken könnten. Ich bin nicht vom Fach«, sagte Didier lachend.

»Ich werde versuchen, es einfach zu erklären.«

Didier bedankte sich bei Anne-Sophie und versuchte ihren Ausführungen zu folgen.

»Ein Analysegerät liefert keine Resultate, wenn es nicht entsprechend programmiert wird. Das klingt logisch, aber manchmal vergisst man den Menschen hinter der Maschine. Bei der Validierung dieser Methode war einfach ein Parameter in Zusammenhang mit der Berechnung der Verunreinigungen falsch programmiert worden. Ich will gar nicht ins Detail gehen, aber die Konzentration dieser eventuellen Verunreinigungen war um den Faktor Zwanzig gesenkt worden.«

»Aber das ist ja enorm viel. Wie konnten Sie das übersehen?«

»Das ist in der Tat viel. Allerdings sprechen wir hier nicht von dem Wirkstoff, sondern von Verunreinigungen, die normalerweise gar nicht da sind. Also zwanzig Mal Null, was immer noch Null ergibt. Wenn man einen solchen Fehler findet, muss man sofort die entsprechenden Formulare ausfüllen und die Auswirkung auf die Ergebnisse überprüfen. Aber als wir in den Schoß der Von Steiner Gruppe aufgenommen wurden, haben unsere Führungskräfte Anweisungen erhalten, die nichts mit dem Regelwerk der pharmazeutischen Industrie zu tun haben: Ohne eigenständig Initiative ergreifen zu dürfen, mussten wir selbst geringfügige Probleme sofort unserem Big Boss melden. Ich habe ihm also entsprechend Bericht erstattet, bevor ich das Qualitätsverfahren eingeleitet habe.«

Bis hierhin konnte Didier Anne-Sophies Erläuterungen folgen, auch wenn er sich dafür sehr konzentrieren musste.

»Von Steiner bat mich, alle produzierten Chargen zu kontrollieren und die Ergebnisse mit ihm zu besprechen. Ich habe sie daraufhin alle nochmal manuell nachberechnet. Pech war nur, dass eine einzige Charge diese Verunreinigung enthielt und nicht im Normbereich war und zwar ausgerechnet jene, die für die Phase III der klinischen Studien verwendet wurde.«

»Und warum war das ein Problem? Das Medikament war doch noch nicht auf dem Markt. Man hätte es doch einfach neu herstellen können«, wollte Didier wissen.

»Von außen betrachtet, mag das simpel erscheinen, aber das ist es nicht. Außerdem ist die Produktion einer solchen Charge sehr teuer. Wir müssen eine Vielzahl von Regeln einhalten, um zukünftige Patienten zu schützen, aber auch die freiwilligen Testpersonen während der klinischen Phasen. Das Hauptproblem ist jedoch, dass man, wenn man in einer Validierungscharge eine Anomalie entdeckt, sämtliche an dieser Charge vorgenommenen Experimente erneut durchführen muss, da man den Einfluss dieser Verunreinigung auf die Studie nicht beziffern kann. Und wir befanden uns in der letzten Phase vor der Marktzulassung, die zugleich auch die teuerste Phase ist. Ich möchte Bernhard von Steiner keineswegs in Schutz nehmen, sondern nur seine Motivation darstellen.«

»Und wennschon? Mit all dem Profit, den die Pharmabranche macht, wird sie sich das wohl leisten können.«

»Wir sprechen hier von mehreren Millionen Schweizer Franken!«, entgegnete Anne-Sophie.

»Ah, so viel!«

»Grob gesagt kostet die Entwicklung eines neuen Medikaments etwa eine Milliarde Franken, die nicht einfach so vom Himmel fällt. Ich muss zugeben, dass mein ehemaliger Chef ziemlich gut darin war, Gelder locker zu machen, aber die Investoren wurden ungeduldig und hätten es wohl kaum akzeptiert, wenn sich die Zulassung des Medikaments um mindestens ein weiteres Jahr verzögert hätte. Ganz zu schweigen davon, dass man nie sicher sein kann, ob ein Medikament die letzte Phase überhaupt besteht. Er hätte auf jeden Fall weitere Mittel auftreiben müssen, denn wir hatten gerade genug für die Tests und um die nächsten acht Monate durchzustehen.«

»Und ist eine solche Verunreinigung schlimm?«

»Ehrlich gesagt glaube ich nicht, dass sie irgendetwas an den klinischen Resultaten geändert hätte, aber wir müssen uns strikt an die Regeln halten. Von Steiner hat mir befohlen, die Augen zu schließen und herauszufinden, wie es zu dieser Verunreinigung hatte kommen können, damit diese in der nächsten Herstellung nicht mehr auftreten würde. Sie sollten wissen, dass ich nicht besonders stolz darauf bin, ihm gehorcht zu haben, und wenn ich auch nur den geringsten Verdacht gehabt hätte, dass diese Verunreinigung potentiell gefährlich sein könnte, hätte ich auch anders gehandelt. Da ich sämtliche Passwörter der Laborgeräte besaß, habe ich den verantwortlichen Parameter modifiziert, ohne dass es irgendjemand mitbekam und so dafür gesorgt, dass die zukünftigen Analysen gute Ergebnisse liefern würden. Außerdem habe ich herausgefunden, was diese Verunreinigung beim sogenannten *upscaling* – dem Herstellen größerer Mengen auf der Grundlage einer Charge – provoziert hatte. Manchmal geschehen einfach merkwürdige Dinge.«

»Und warum sind Sie dann anschließend gegangen?«

»Ich habe mich in meiner Funktion als Verantwortliche der Qualitätskontrolle nicht mehr wohl gefühlt. Ich schlief schlecht und bin zur Arbeit geschlichen, daher habe ich gekündigt und das Unternehmen einen Monat nach diesem Vorfall verlassen. Ich hatte getan, was ich konnte, um die Situation kostengünstig zu retten und nehme mir das selbst übel. Danach hat das Arschloch alles drangesetzt, mir Schuldgefühle zu machen. Ich merke gerade, wie sehr es mein Gewissen erleichtert, Ihnen das alles zu erzählen und falls es Catherine hilft, umso besser. Allerdings wüsste ich nicht, wie.«

Anne-Sophies Stimme klang so enthusiastisch, dass Didier ihr heimlich unterstellte, Gefallen daran zu finden, die Betrügereien ihres ehemaligen Chefs offenzulegen.

»Ich brenne darauf, den Schluss zu erfahren«, sagte Didier schelmisch.

»Damals hatte ich noch Kontakt zu Marcel, und als dieser mir die Liste der Auditoren geschickt hat, habe ich beim Namen Daniel Lehmann regelrecht gejubelt, denn ich kannte ihn gut. Er war einer meiner Kollegen in der Zeit vor der Dreiländereck-Pharma. Um mich zu rächen, beschloss ich, ihn zu treffen und ihm von der Verunreinigung zu erzählen. Die Auditoren haben sowieso eine besondere Begabung dafür, den Finger auf die Problemstellen zu legen. Ich wollte dem Schicksal nur ein wenig auf die Sprünge helfen. In der Folge habe ich nie verstanden, warum das Medikament trotzdem die Marktzulassung erhalten hat. Nach meiner Kündigung begann ein langer Leidensweg. Ich habe eine wahnsinnige Energie an den Tag gelegt, um eine neue Anstellung zu finden. Manchmal wurde ich nicht mal zum Vorstellungsgespräch eingeladen, was ich merkwürdig fand.«

Anne-Sophie unterbrach ihre Ausführungen. Diese Erinnerung schien schmerzhaft für sie zu sein:

»In der Schweiz blüht die Pharmaindustrie, dennoch ist das Feld recht klein. Man trifft immer irgendwen, der die gleichen Leute kennt. Auf diese Weise habe ich erfahren, dass Bernhard von Steiner alles in seiner Macht stehende getan hatte, um mich aus diesem Industriezweig herauszukatapultieren. Irgendwann habe ich dann diesen Job hier gefunden. Das ist nicht das, wovon ich zu Beginn meines Studiums geträumt habe, aber alles in allem ist es gar nicht so schlecht.

Wir haben viel mit Menschen zu tun und fühlen uns vor allem nützlich. Seit ich hier arbeite, zwinge ich mich dazu, nicht mehr an meine alte Firma zu denken.«

»Marcel hat mir auch von einem Todesfall berichtet.«

»Mein Gott, bin ich blöd. Wie konnte ich das vergessen? Nachdem das Medikament einige Wochen auf dem Markt war, haben vier Patienten einen anaphylaktischen Schock erlitten und einer von ihnen ist verstorben. Die Gesundheitsbehörde hat das Medikament sofort aus den Apotheken verbannt. Bernhard von Steiner hatte nur diesen einen Arzneistoff in seinem Portfolio, daher war er gezwungen, sein Pharmaunternehmen zu schließen beziehungsweise in die Von Steiner Active Plants umzuwandeln. Die pharmazeutische Sparte seines Firmenzusammenschlusses hat einen ganz schönen Schlag bekommen beziehungsweise einen weiteren Hieb.«

»Denken Sie, dass das mit dieser Verunreinigung in Verbindung stehen könnte?«

»Nein, das glaube ich nicht. Ich habe alle nötigen Vorkehrungen getroffen, damit sie in der Herstellung nicht mehr auftaucht. Bei einer erneuten Synthetisierung würde sie bei der Analyse entdeckt werden, wenn nicht wieder geschummelt wurde. Das kann man nicht ausschließen. Ich tendiere eher zu »Pech gehabt«. Bei den Tests in der klinischen Phase ist die Anzahl der Patienten nicht so groß wie bei den Langzeitstudien nach der Markteinführung. Deswegen können dann auch bisher nicht entdeckte seltene Nebeneffekte auftreten.«

»War Ihr ehemaliger Chef deswegen besorgt?«

»Es hat mit Sicherheit eine Untersuchung gegeben. Ich denke, dass sie nichts ergeben hat, sonst hätte ich davon gehört. Mir fällt noch eine andere Sache ein. Kurz nach dem Tod des Patienten habe ich bei mir zu Hause etwas Merkwürdiges entdeckt, als ich von der Arbeit heimkam. In gewisser Weise bin ich sehr pedantisch, man könnte sogar von Zwangsstörungen sprechen. Wenn ich zum Beispiel die Haustüre abschließe, drehe ich den Schlüssel immer zweimal um. An jenem Abend habe ich den Schlüssel nur einmal umgedreht, um die Tür zu öffnen. Ich dachte also, mein Ehemann sei schon zu Hause, doch die Wohnung war menschenleer. Ich bin zurück zur Haustür gegangen und habe mir das Schloss angesehen. Es wies einige Kratzer auf, allerdings hatte ich es mir zuvor noch nie so genau angesehen. Ansonsten sah die Wohnung aus wie immer. Da ich in Eile gewesen war, habe ich versucht, mir einzureden, dass ich die Tür morgens zu hastig geschlossen hatte, bis ich auf dem Weg zum Briefkasten mit meiner Nachbarin geredet habe. Sie erzählte mir nämlich, dass man die Eingangstür gut verschließen müsse, da ihr im Treppenhaus ein Mann begegnet sei, den sie noch nie zuvor gesehen habe. Sie wohnt auf der dritten Etage und ich ganz oben im vierten Stock. Und der Mann war von oben die Treppe runtergekommen. Sie können sich den Schock vorstellen. Seitdem haben wir unseren Namen vom Briefkasten entfernt, auch wenn das mehr der Beruhigung dient, als dass es effizient ist.«

»Haben Sie Anzeige erstattet?«

»Nein, wir hatten keinerlei Beweise. Wir sind jetzt ständig auf der Hut. Ich hatte damals viele Albträume. Inzwischen sind sie weniger häufig, aber ab und zu kommen sie wieder.«

»Wären Sie bereit, das eventuell zu bezeugen?«

»Zu Beginn unseres Gesprächs habe ich Ihnen erlaubt, sich Notizen zu machen und deutlich gemacht, dass ich keinesfalls direkt zitiert werden möchte. Ich merke, dass ich mich jetzt wesentlich besser fühle. Trotzdem muss ich das mit meinem Mann besprechen, Sie können sicherlich nachvollziehen, welche Auswirkung meine Aussage auf meine aktuelle Arbeit und auf meine Ehe haben könnte. Kommen Sie wieder, wenn Sie in Ihren Ermittlungen etwas klarer sehen.«

Didier war zunehmend verwirrter. Er konnte immer noch keine Verbindungen zwischen all diesen Fällen erkennen, aber es gab viel zu viele Überschneidungen, als dass man das alles als Zufall hätte bezeichnen können. Er war jetzt überzeugt, dass Anne-Sophie keine Mails umgeleitet hatte. Jemand benutzte dafür ihren alten E-Mail-Account und wollte sich dadurch mit Sicherheit vor schneller Rückverfolgung schützen. Er überlegte, dass einzig von Steiner die Möglichkeit besaß, so zu handeln.

Als er es sich im Zugabteil bequem gemacht hatte, fiel ihm Sonyas Hilfsangebot wieder ein. Er rief sie an, und sie erklärte sich bereit, die Mails der beiden Unternehmen durchzugehen, die Didier im Visier hatte. Sein Unterstützer-Team wuchs stetig. Er hoffte, sich dadurch so ins Zeug legen zu können, dass er in spätestens achtundvierzig Stunden konkrete Spuren hatte.

Anschließend telefonierte er mit Beatriz und unterrichtete sie von der Lage. Beatriz wiederum kontaktierte Sonya, um mit ihr gemeinsam von Luzern aus weiter zu recherchieren.

Didier war müde und ihm war kalt. Sein Gesundheitszustand beunruhigte ihn langsam. Als er gegenüber vom Lausanner Bahnhof auf einen Fußgängerweg zusteuerte, fiel er im Schneematsch hin und sein Mobiltelefon klingelte. Das Display zeigte Brunos Nummer an.

»Hallo Didier, ich habe gerade mit meinen Waadtländer Kollegen gesprochen. Letzte Nacht wurden fünf Fahrzeuge nahe der Stelle, an der du beinah angefahren worden wärst, geblitzt. In dem von dir genannten Zeitfenster ist sogar nur ein einziger Wagen vom Radar erfasst worden. Leider war das Nummernschild unlesbar. Mein Kollege hat nicht eine einzige Zahl entziffern können und noch nicht mal das Kürzel von dem Kanton, in dem das Auto zugelassen wurde.«

Didier war so enttäuscht, dass er langsam die Hoffnung verlor, denn er hatte das Gefühl, einfach vom Pech verfolgt zu sein.

Bevor Bruno das Gespräch beendete, fügte er noch hinzu:

»Und zögere nicht, mir Bescheid zu geben, falls du meine Hilfe brauchst.«

»Das mache ich. Danke für deine Unterstützung.«

Didier kehrte zu Marcel zurück, denn er wollte Bilanz ziehen, bevor er wieder nach Luzern fuhr. Kaum hatte er die Wohnung betreten, nahmen die Ermittlungen wieder Fahrt auf. Dem Cousin seines Freundes Éric war es gelungen, Bernhard von Steiners Telefon zu tracken.

»Und er hat sogar das Telefon von Daniel Lehmann geortet«, erklärte Marcel und verdeckte mit der Handfläche das Mikrofon seines Handys. »Beide bewegen sich auf Lausanne zu. Warte, ich hole mir etwas zu schreiben.«

Marcel kritzelte ein paar Notizen auf die Ecke eines Blattes, bedankte sich bei seinem Gesprächspartner, beendete das Telefonat und trank seinen Kaffee in einem Schluck aus.

»Anscheinend wollen sich von Steiner und Lehmann erneut treffen und ihre Unterhaltung fortsetzen. Wir müssen gleichzeitig mit ihnen vor Ort eintreffen, wenn wir die Wahrheit herausfinden wollen.«

»Aber wohin gehen sie?«

»Ich glaube, da müssen wir pokern. Mein Boss ist alt und hat entsprechende Gewohnheiten. Wir sollten das Hotel von gestern anvisieren. Auf jeden Fall habe ich die Nummer von dem Cousin deines Freundes, der uns in Echtzeit auf dem Laufenden halten will. Ein echt guter Typ, ich wusste gar nicht, wie einfach es ist, Leute auszuspionieren«, sagte Marcel.

»Jenseits der Legalität ist alles möglich, aber wir haben ein Problem. Du kannst da nicht selbst hingehen, denn du würdest sofort erkannt werden. Und ich habe Angst, dass sie mich ebenfalls wiedererkennen würden.«

»Wir haben keine Wahl. Da wir die gleiche Größe haben, ziehst du Sachen von mir an. Und mit einer Mütze müsste es dann gehen.«

Während Didier sich umzog, erhielt Marcel die Nachricht vom Eintreffen der beiden Männer in Lausanne. Fünf Minuten später stiegen Didier und Marcel in ein Taxi. Bei der Ankunft vor dem Hotel erfuhren sie über diverse Textnachrichten, die auf Marcels Mobiltelefon eintrafen, dass ihre Rechnung aufgegangen war.

Vor dem Hoteleingang machte Didier einen Vorschlag:

»Wir haben richtig gepokert. Was hältst du von einer zweiten Partie? Falls der Tisch von gestern frei ist, bin ich ihnen einen Schritt voraus, indem ich, bevor sie sich setzen, dort mein Telefon mit eingeschaltetem Aufnahmemodus verstecke.«

»Und wenn sie sich an einen anderen Tisch setzen?«, fragte Marcel.

»Du hast recht. Es wäre zu auffällig, wenn ich aufstehen würde, um es mir wiederzuholen. Kannst du mir dein Handy leihen? Dann verstecke ich eines und habe dann für alle Fälle noch ein zweites zur Verfügung«.

»Gute Idee! Ich warte dort drüben hinter der Mauer auf dich«, verabschiedete sich Marcel.

Mitten am Nachmittag war der Saal wenig frequentiert. Die

beiden Tische vom Vortag waren frei. Nachdem Didier Marcels Mobiltelefon in den Flugmodus geschaltet hatte, startete er die Aufnahme und versteckte es zwischen den Pflanzen. Er stellte eine Verbindung zu seinen Bluetooth Kopfhörern her, versteckte sich hinter einer Zeitung und wartete.

Bernhard von Steiner und Daniel Lehmann steuerten tatsächlich den gleichen Tisch wie am Vortag an. Didier erkannte sofort die charakteristischen Tonlagen der beiden Stimmen wieder und konnte sie gut auseinanderhalten.

»Hast du mehr über deinen gehackten Mailserver herausfinden können?«, fragte Lehmann.

»Alle unsere Postfächer sind kopiert worden. Ich habe Experten für Cyberkriminalität konsultiert, die mir jedoch auch nicht mehr sagen konnten. Anscheinend handelt es sich um Profis oder Typen, die sich damit auskennen, auf jeden Fall war es kein Dilettant, der sich die Software zum Raubkopieren im Darknet besorgt hat. Es ist schon allerhand, da überwache ich von einem alten Account aus selbst alle Mails, die über unsere Firma laufen, und ausgerechnet mein System wird gehackt. In gewisser Weise wurde hier der Dieb selbst bestohlen. Vielleicht versuchen sie, mich zu erpressen«, erklärte von Steiner.

»Besteht denn das Risiko, dass sie etwas Kompromittierendes finden?«

»Ich glaube nicht. Ich habe immer darauf geachtet, nichts in den Mails zu belassen, was mich in Verlegenheit bringen könnte.«

»Auch nichts in Bezug auf diese alte Geschichte mit dem Diabetes-Medikament?«

»Ach ja, das hätte ich fast vergessen. Ich schulde dir übrigens immer noch ein großes Dankeschön dafür, aber die Sache ist abgeschlossen.«

»Bist du sicher, dass davon nichts wieder auftauchen kann?«

»Ich glaube nicht. Aber ich werde trotzdem meinen Bodyguard bitten, meine ehemalige Angestellte genauer unter die Lupe zu nehmen.«

»Du meinst Anne-Sophie Hunkeler?«

»Ja, natürlich. Sie könnte immer noch gegen mich aussagen. Es ist übrigens ihr alter E-Mail-Account, das ich benutze, um meine Leute zu überwachen.«

»Hätte sie in der Scheiße rühren wollen, dann hätte sie das längst getan. Und was weiß sie denn überhaupt? Vermutlich nichts«, sagte Lehmann.

Er dachte kurz nach, bevor er fortfuhr:

»Ich habe ihren Anspruch und ihre Professionalität nie in Frage gestellt, aber als sie mich damals um ein Treffen gebeten hat, um mir zu erklären, dass du ein Problem mit einer Verunreinigung einer Validierungscharge verschleiert hättest, konnte ich das kaum glauben. Ich wollte dich unbedingt persönlich sprechen, um Gewissheit zu haben.«

»Du hast weggeschaut und das war gut so. Dank deiner Initiative haben wir die Marktzulassung erhalten. Hätte es nicht diese anaphylaktischen Schocks und diesen Toten gegeben, wären wir um alle Sorgen herumgekommen. Wo wir gerade davon reden – ich hoffe, du bist kein unüberlegtes Risiko mit dem kleinen Bonus eingegangen, den ich dir offeriert hatte?«, fragte von Steiner beunruhigt.

»Keine Sorge. Den habe ich in Baumaterial investiert, um mein Wochenendhaus zu renovieren. Ich habe alles bar gezahlt. Keine Rechnungen, keine Spuren.«

»Sehr gut. Dann ist von dieser Seite schon mal nichts Unangenehmes zu befürchten. Heute kann ich dir ja gestehen, dass ich sehr beunruhigt wegen deiner Einladung war, als wir uns in Basel zu einem Gespräch im Restaurant getroffen haben. Schließlich müssen wir ja beide mehr auf unsere Linie achten«, scherzte von Steiner. »Auf jeden Fall habe ich nie herausgefunden, was du ursprünglich von mir wolltest. Hattest du vor, mich zu erpressen? Jetzt kannst du es mir doch sagen, denn wir sind ja nicht nur Freunde geworden, sondern sitzen auch im gleichen Boot.«

»Um ehrlich zu sein, weiß ich es nicht. Zweifellos wollte ich dich treffen, weil wir in Bezug auf Delikatessen den gleichen Geschmack haben. Ich muss dir nicht sagen, dass eine besondere Verbindung entsteht, wenn man gemeinsam an einer Gruppenvergewaltigung einer Teenagerin teilnimmt«, sagte Lehmann kichernd.

»Du hast recht, dieser feine Martin Koch wird mir fehlen«, erwiderte von Steiner lachend.

»Wenn man so darüber nachdenkt, sind es doch immer diese kleinen Zufälle. Wären wir uns nicht in dieser Scheune in Flüeli-Ranft begegnet, wäre die Marktzulassung deines Medikaments abgelehnt worden und du hättest viel größere Schwierigkeiten gehabt, deine pharmazeutischen Geschäfte in die Von Steiner Active Plants umzumodeln. Die Investoren springen nicht unbedingt ab, weil jemand Pech gehabt und alles verloren hat, aber sie unterstützen nicht gerne einen Versager, der seine Firma nicht im Griff hat.«

»Vielen Dank auch für den »Versager««, erwiderte von Steiner.

»Das wollte ich damit nicht sagen und das weißt du auch. Aber du solltest etwas mehr Herr deines Schicksals sein. Wenn mir ein Kollege von der Arzneimittelüberwachung nicht ganz zufällig von diesen gepanschten Tinkturen berichtet hätte, könnte ich dir jetzt nicht ein zweites Mal den Arsch retten. Warum hast du überhaupt diese minderwertigen Produkte auf den Markt gebracht? Das ist doch deiner gar nicht würdig«, wollte Lehmann wissen.

»Ich hatte mit dem Diabetes-Medikament zu viel Geld verloren. Doch dann ergab sich durch Walter die Möglichkeit, mir die Taschen vollzustopfen. Hätte ich gewusst, dass er ein Komplize von Martin ist, wäre ich vorsichtiger gewesen. Man sollte Berufliches und Privates nie vermischen, denn man sieht ja, wohin das führt. Aber nun ist Walter tot, und die Polizei wird die Sache sicherlich als Unfall zu den Akten legen. Es sei denn, sie findet heraus, dass er zuerst an der Heizung gefesselt war, bevor er sich den Hals auf der Treppe gebrochen hat, aber das ist für diesen inkompetenten Haufen zu hoch.«

»Woher weißt du das alles?«

»Mach die Sache nicht komplizierter als sie ist und kümmere dich um deine eigenen Angelegenheiten.«

»Das würde ich gerne, wenn ich dich nicht ständig aus der Klemme ziehen müsste.«

»Solche Kommentare kannst du für dich behalten. Was mich beschäftigt, ist diese Sache mit den Tinkturen. Es gibt eine noch nicht abgeschlossene Untersuchung in der Schweiz, aber daneben auch die ganzen anderen Todesfälle in der Türkei, die noch nicht bis zu den Behörden vorgedrungen sind. Du siehst zu, dass die Schweizer Ermittlungen zu den Akten gelegt werden, und ich kümmere mich weiter um den Rest. Denk daran, dass unsere beiden Schicksale miteinander verknüpft sind.«

»Dann bleibt noch die Sache mit Catherine Bucher übrig. Sollte sie wieder auftauchen, könnte uns das ganz schön Probleme verursachen.«

»Da diese Schnüfflerin inzwischen sechs Fuß unter der Erde liegt, müssen wir uns darum keine Sorgen mehr machen. Und hiermit«, fügte von Steiner hinzu und wedelte mit einem Heft herum, das er danach sofort wieder in die Tasche seines Sakkos steckte, »kann ich sehr viele Leute zu Fall bringen.«

»Was? Du hast sie umgebracht? Und wie bist du an das Heft von Martin Koch gekommen? Das solltest du besser ganz schnell wieder loswerden.«

»Auf keinen Fall. Das ist meine Lebensversicherung.«

Bernhard von Steiner holte sein Smartphone aus der Tasche, las auf dem Display den Namen der Person, die versucht hatte, ihn anzurufen und bat Daniel Lehmann, ihn einen Moment zu entschuldigen. Während er aufstand, nahm er das Gespräch an und entfernte sich dann vom Tisch.

Bestürzt hielt Didier die Luft an. Er war am Boden zerstört. Catherine war also tot. Ermordet von diesem Mistkerl, der sich direkt vor seiner Nase befand. Eine Welle der Wut überkam ihn, und er hatte nur einen Wunsch: von Steiner und seinen Komplizen zu töten. Wäre er bewaffnet gewesen, hätte er vermutlich nicht eine Sekunde gezögert. Er beruhigte sich und atmete tief durch. Momentan war die Wut noch stärker als die Trauer. Didier fragte sich, welche Rolle dieser Duckskerl wohl in Bezug auf die Luzerner Entführungen spielte. Er versuchte das Gespräch, dessen Zeuge er geworden war, im Geiste auszuwerten, aber dafür war er zu aufgewühlt. Seine Tonaufzeichnung kam ihm in den Sinn. Es gab genügend Beweise, um Bernhard von Steiner großen Schaden zuzufügen, aber reichte die Aufnahme dafür aus? Plötzlich kamen ihm Zweifel. Wie sah die Schweizer Rechtsprechung in solchen Fällen eigentlich aus? Didier brauchte schnell eine Antwort, um sich zu beruhigen und keine Fehler zu begehen. Dieser Mistkerl würde für seine Taten auf jeden Fall büßen müssen, das schwor er sich. Ganz selbstverständlich wandte er sich dafür an Bruno, die einzige Person, die ihm unter diesen Umständen helfen konnte. Er rief ihn an und erklärte ihm flüsternd kurz und bündig die Situation. Der Polizist wirkte ratlos und schien nicht zu wissen, ob eine heimliche Tonaufnahme ausreichen würde, um Anklage zu erheben. Er glaubte aber, dass die Informationen der Polizei zweifellos helfen würden, in der richtigen Richtung zu ermitteln. Didier wartete auf von Steiners Rückkehr und bemühte sich weiter, unentdeckt zu bleiben. Der Unternehmer steckte sein Smartphone wieder in die Tasche, holte es aber sofort wieder hervor. Etwa dreißig Sekunden lauschte von Steiner wortlos seinem Gesprächspartner und beendete danach die Unterhaltung.

Gleich darauf flüsterte er seinem Freund etwas ins Ohr und verschwand in Richtung der Toiletten. Für Didier war klar, dass ihm dies die einmalige Gelegenheit bot, an den einzig greifbaren Beweis zu kommen – das Heft. Er wusste, er würde nach dem Diebstahl des Dokuments keine Gelegenheit mehr haben, in das Restaurant zurückzukehren. Er legte einen Zehnfrankenschein für seinen Kaffee auf den Tisch, zog heimlich das Mobiltelefon aus dem Pflanzenkübel und folgte dem Manager mit einigem Abstand. Als Didier an mehreren leeren Konferenzsälen vorbeikam, hatte er eine Idee. Er schlich sich in den nächstgelegenen Raum zu den Toiletten und wartete darauf, dass seine Zielperson wieder zurück ins Restaurant gehen würde. Hastig suchte er nach einem Gegenstand, mit dem er diesen Abschaum der Gesellschaft, wie er ihn im Geiste nannte, unschädlich machen konnte. Nach seiner Ansicht gab es keinen Grund, den Kerl mit Samthandschuhen anzufassen.

Eine auf dem Tisch stehende Wasserkaraffe schien ihm perfekt dafür geeignet zu sein. Alle Puzzleteile fügten sich jetzt zusammen. Daniel Lehmann hatte Bernhard von Steiner wegen des Gesprächs gewarnt, das er mit Anne-Sophie über das Problem der Verunreinigung einer Validierungscharge für die Zulassung des Diabetes-Medikaments geführt hatte. Damit schien alles angefangen zu haben. Zweifellos war es von Steiner gewesen, der den Einbruch in Anne-Sophies Wohnung organisiert hatte und später ihre Kontakte angesprochen hatte, damit sie keinen Job mehr in der Pharmaindustrie finden würde. Wenn Didier richtig mitgehört hatte, dann kannten sich die beiden Männer bereits, da sie den »gleichen Geschmack für Delikatessen teilten«, um es mit ihren schändlichen Worten zu formulieren. Sie hatten den Namen Martin Koch und die Scheune in Flüeli-Ranft erwähnt. Didier war sich nicht sicher, ob er den Rest richtig verstanden hatte. Sicher war jedoch, dass Bernhard von Steiner wusste, dass Walter in dem Horrorhaus an der Heizung gefesselt gewesen war. Er selbst oder ein Komplize waren also kurz bevor Walter durch einen Treppensturz zu Tode gekommen war, vor Ort gewesen. Doch was Didier am meisten erschütterte, war die Information vom Verschwinden Catherines gewesen. Er bekam dieses schreckliche Bild nicht aus dem Kopf. Catherine war also aller Wahrscheinlichkeit nach tot. Hatte Bernhard von Steiner ihre Ermordung angeordnet und versucht, sie dem Serienkidnapper in die Schuhe zu schieben? War Martin Koch der einzige Schuldige? Hatten sie es zusammen getan? All diese Fragen gingen ihm im Kopf herum, als von Steiner plötzlich im Türrahmen stand. Glücklicherweise lagen die Toiletten etwas abseits, sodass andere Gäste nicht unbedingt hier vorbeikamen. Didier riss sich zusammen, warf sich auf von Steiner, dem vor Überraschung keine Zeit mehr zu handeln blieb, und schlug ihm die Karaffe über den Schädel. Der Manager brach auf dem Teppich zusammen. Danach schaute Didier kurz rechts und links den Flur entlang, sah jedoch weit und breit keinen potentiellen Zeugen. Er zog von Steiner an den Füßen in den Raum, schloss die Tür hinter sich und durchsuchte die Sakkotaschen nach dem wertvollen Heft. Er schlug das Heft mit zittrigen Händen irgendwo auf und überflog die Liste der Foltermaßnahmen, die die Kunden ihren Sexsklavinnen antun durften. Aber das war noch nicht alles, denn in der Spalte gegenüber befand sich die entsprechende Preisliste. Dieses Heft musste dem Serienkidnapper gehört haben, daran war kein Zweifel möglich. Die letzten Seiten waren vollgeschrieben mit den Namen und Vornamen der Kunden. Didier kannte zwei von ihnen: Bernhard von Steiner und Daniel Lehmann. Zitternd zog er sein Telefon aus der Tasche, um seinen Freunden ein Foto dieses Beweisstückes zu senden. Während er die Foto-App öffnete, behielt er von Steiner im Auge, der langsam wieder zu sich kam. Er achtete jedoch nicht darauf, dass sich die Tür öffnete. Ein kräftig gebauter Mann betrat den Raum. Von Steiners angedeutetes Lächeln ließ Didier aufmerksam werden, jedoch zu spät. Als er sich umdrehte, wurde ihm eine Ladung Tränengas ins Gesicht gesprüht. Nach einem Tritt in die Weichteile ging er zu Boden, während der Unbekannte sich das Heft unter den Nagel riss, Didiers Telefon ergriff und Bernhard von Steiner aus dem Raum schleppte.

Marcel war so durchgefroren, dass er langsam ungeduldig wurde. Er schätzte, dass es noch dauern würde, bis er zu sich ins Warme zurückkehren konnte und wollte sich gerade eine Zigarette anzünden, als er einen Mann vorbeigehen sah, der Bernhard von Steiner stützte. Überrascht riss er Augen und Mund auf, worauf die Zigarette zu Boden fiel. Sofort duckte er sich hinter einen Busch und hörte gerade noch einen Gesprächsfetzen: »… wenn du mich zum Auto gebracht hast, geh zurück und finde diesen Kerl. Du musst ihn zum Reden bringen und herausfinden, wer er ist und für wen er arbeitet. Danach darfst du selbst entscheiden, was du mit ihm machst.«

Ohne nachzudenken rannte Marcel in das Hotel. Wohin sollte er sich wenden? Das große Restaurant erschien ihm nicht richtig, denn Daniel Lehmann würde ihn zweifellos erkennen. Er wählte den ersten Flur, den er sah. Ein Schild wies zu den Toiletten und Marcel folgte ihm intuitiv, fand jedoch niemanden in den Waschräumen. Sofort verließ er sie wieder und lief in die andere Richtung, als er hinter einer Tür ein leises Wimmern hörte. Er öffnete sie und entdeckte Didier, der sich gerade mühsam erhob. Marcel half seinem Freund auf die Beine und zog ihn hinter sich her, um mit ihm das Hotel durch einen Seiteneingang zu verlassen. So schnell sie konnten, liefen sie weg und bogen in eine kleine Gasse ein.

Didiers Augen schmerzten fürchterlich, denn das Pfefferspray brannte immer noch in seinem Gesicht. Sie versteckten sich im Eingang eines Wohnhauses, bis er sich besser fühlte.

Didier berichtete Marcel mit von Emotionen zugeschnürter Kehle von dem Gespräch zwischen von Steiner und Lehmann. Mehrfach stockte er und auch wenn das Gesagte keinen Zweifel ließ, wollte er nicht glauben, dass Catherine tot war. Gab es noch einen winzigen Funken Hoffnung? Seine tränenden Augen und die Verzweiflung hinderten ihn daran, weiter darüber nachzudenken.

Die Kälte ließ beide erstarren. Vorsichtig und unter Vermeidung größerer Straßen machten sie sich auf den Weg zu Marcels Wohnung. Vor seinem Haus sahen sie einen Mann, der dort scheinbar jemandem auflauerte.

»Wer ist das? Was sollen wir machen?«, flüsterte Didier.

»Wir beobachten ihn und denken nach.«

In den darauffolgenden fünf Minuten bewegte sich der Unbekannte keinen Zentimeter.

»Glaubst du, dass er zu von Steiners Männern gehört?«, fragte Marcel besorgt. »Und wenn ja, woher weiß er, dass ich involviert bin?«

»Keine Ahnung, aber wir müssen es herausfinden. Ich werde mich unbemerkt heranschleichen. Wenn ich direkt hinter ihm bin, gehst du ins Haus rein, als ob nichts sei. Wenn er sich dir nähert, mische ich mich ein und wir packen ihn uns. Zu zweit können wir ihn mühelos überwältigen.«

»Bist du sicher? Und was ist, wenn er bewaffnet sein sollte?«

»Da hast du nicht unrecht. Wir müssen etwas finden, womit wir uns verteidigen können.«

Didier schaute sich überall um, fand aber keinen passenden Gegenstand.

»Und wenn wir die Bullen rufen?«, fragte Marcel.

»Das ist keine gute Idee. Was willst du denen denn sagen? Auf jeden Fall haut der ab, sobald die auch nur um die Ecke kommen. Wir müssen das schon selbst regeln.«

»Da wir nichts aus meiner Wohnung holen können, um uns zu verteidigen, holen wir mein E-Bike, das zwei Häuser weiter in einem Keller steht.«

»Didier kapierte nicht, worauf Marcel hinauswollte.«

»In der Satteltasche habe ich alles Mögliche an Handwerkszeug. Auch einen Cutter. Meinst du, das reicht?«

»Auf jeden Fall. Geh und hole ihn, ich warte hier.«

Eine Viertelstunde später kam Marcel zurück. Der Mann hatte sich kaum bewegt. Didier wiederholte seinen Plan:

»Wir machen es wie besprochen. Ich gehe die geparkten Autos entlang. Wenn ich auf der Höhe des schwarzen Audis bin, gehst du ins Haus. Bei der kleinsten verdächtigen Bewegung werfe ich mich auf ihn. Auf diese Weise erwischen wir ihn von beiden Seiten.«

»Das gefällt mir ganz und gar nicht. Bist du sicher, dass dein

Plan aufgeht?«

»Absolut. Du hast nichts zu befürchten«, log Didier.

Er ging sofort los, damit seinem Freund keine Zeit mehr zum Nachdenken blieb. Er überquerte die Straße und schlich sich gebückt von Auto zu Auto. Hinter dem Audi gab er Marcel ein Zeichen. Dieser schien zu zögern, bewegte sich aber schließlich doch. Marcel war so nervös, dass man es seinem Gang ansehen konnte. Didier fragte sich angespannt, ob dem Unbekannten die Gehweise seines Freundes seltsam vorkommen könnte. Während Marcel vor der Haustür seinen Schlüssel heraussuchte, trat der Unbekannte aus seinem Versteck und ging auf seine Beute zu. Lautlos sprang ihm Didier in den Rücken, drückte ihm die Klinge an die Kehle und sagte in beinah theatralischem Tonfall:

»Nur eine Bewegung und du bist ein toter Mann.«

»Didier?«

Überrascht seinen Namen zu hören, drehte sich Didier zu dem Unbekannten hin, drückte ihm dabei aber weiter die Klinge an den Hals. Als er Bruno erkannte, ließ er beinah den Cutter fallen, besann sich aber sofort wieder:

»Was machst du denn hier?«

»Ich bin es, Bruno. Würdest du bitte deine Waffe von meinem Hals entfernen?«

»Ich weiß, wer du bist. Aber du hast meine Frage nicht beantwortet: Was machst du hier?«

»Sag mal, gehts noch? Die ganze Geschichte hat dich ja irre gemacht.«

Marcel trat zu den beiden Männern.

»Erkennst du ihn wieder?«, fragte Didier sofort. »Ist das der Typ, der Bernhard von Steiner beim Verlassen des Hotels gestützt hat?«

»Nein, der sah komplett anders aus.«

»Bist du sicher?«

»Ganz sicher. Der andere war jünger, hatte lange Haare und ein finsteres Gesicht.«

»Falls du jetzt beruhigt bist, kann ich dir alles erklären, Didier.«

»Das sollte schon sehr plausibel klingen!«

»Du nervst, aber ruf doch einfach Beatriz an. Sie hat mich darüber in Kenntnis gesetzt, dass du bei einem Marcel Combe in Lausanne bist. Ich schätze, der sind Sie, oder?«, fragte Bruno und blickte den Chemiker an, der kurz nickte. Dann fuhr er fort:

»Beatriz befürchtete, dass du eine große Dummheit begehst. Was mich angeht, so setze ich mich schon lange für dich ein. Deine Fährten sind besser als unsere, davon bin ich überzeugt. Als du mich angerufen hast, habe ich sofort begriffen, dass wir ganz schnell mehr über die Luzerner Verbrechen herausfinden müssen.«

Brunos Gesicht verdüsterte sich.

»Es tut mir wirklich sehr leid um Catherine. Bist du sicher? Gibt es wirklich keine Hoffnung mehr?«

»Leider nein. Von Steiner hat nicht den geringsten Zweifel daran gelassen.«

Bruno wurde wütend.

»Dieses Dreckschwein wird für seine Verbrechen bezahlen! Wenn die Qualität der Tonaufnahme gut ist, werden wir alles tun, um ihn und seine Komplizen dran zu kriegen. Ich weiß noch nicht, wie wir vorgehen werden, denn juristisch zählt das nicht als ...«

»Ich habe keine Aufzeichnungen mehr«, brachte Didier mühsam heraus.

»Wie bitte?«

»Von Steiners Bodyguard hat mein Telefon gestohlen, als

er mich überfallen und mir eine Ladung Pfefferspray ins Gesicht gesprüht hat.«

»Verdammter Mist!«

Didier beobachtete Brunos Gesichtsausdruck und versuchte seine Gedanken zu lesen. Der Polizist schien aufrichtig bekümmert zu sein. Jetzt, da sie sich Auge in Auge gegenüberstanden, erinnerte sich Didier an einen verwirrenden Aspekt. Bruno war immer sehr schnell an den Tatorten gewesen, häufig vor seinen Kollegen. Auch als er Catherines verlassenes Fahrzeug in Luzern gefunden hatte. Außerdem hatte er Bruno überrascht, als er ihn und Catherine nach dem Verlassen des Restaurants bespitzelt hatte. Wie der Polizist ihnen erklärt hatte, war er damals im Dienst gewesen, aber einen Beweis dafür hatten sie nie bekommen. Und jetzt wurde ihm klar, dass Bruno auch allein gewesen war, als er im Horrorhaus die Leiche Walters entdeckt hatte. Didier lief es eiskalt den Rücken hinunter, aber er riss sich zusammen. Er fragte sich, ob er sich nicht in die Höhle des Löwen begeben hatte, als er ihn vom Restaurant aus angerufen hatte. Entschlossen wandte er sich an Bruno und betonte dabei jede Silbe:

»Gib Marcel dein Telefon.«

»Was soll denn dieser Unsinn?«

»Gib es ihm langsam, ohne hektische Bewegungen und ohne Kommentar. Wir überprüfen etwas und dann sehen wir weiter.«

Verärgert händigte der Polizist sein Mobiltelefon aus.

»Und jetzt sagst du uns deinen Zugangscode.«

Bruno hatte offensichtlich das Gefühl, im falschen Film zu sein, als er die Ziffern preisgab.

»Marcel, kannst du nachschauen, welchen Anruf er als letzten getätigt oder entgegengenommen hat?«

Während Marcel die Liste durchscrollte, hielt Didier den

Polizisten immer noch in Schach.

»Als letztes hat er mit dir telefoniert.«

»Und danach, hat er dann noch Bernhard von Steiner angerufen?«

»Nein, euer Gespräch ist das letzte in der Liste und davor hat er mit einer gewissen Beatriz Frey telefoniert, das ist sicherlich die Frau, die er erwähnt hat.«

Didier fühlte sich plötzlich unbehaglich. Er lockerte den Druck auf den Cutter, während Marcel auf die Wahlwiederholung von Beatriz' Nummer drückte.

In diesem Moment wandten sich ihre Blicke gleichzeitig zum anderen Ende der Straße hin, von wo aus ein Auto ganz langsam auf sie zufuhr.

Marcel brach den Anruf ab, als er das Fahrzeug seines Chefs erkannte.

»Scheiße, das ist von Steiner! Was will der denn bei mir?«

Der Wagen kam langsam näher. Sie duckten sich und versteckten sich hinter einem geparkten Auto. Bruno nutzte den Überraschungseffekt, nahm Didier die Waffe weg, drehte dessen Arm auf den Rücken und drückte ihn gegen die Wagentür, während von Steiner, neben seinem Chauffeur sitzend, an ihnen vorbeifuhr. Auf der Rückbank saß ein weiterer Mann, der die Bürgersteige mit Blicken absuchte. Didier war sicher, dass sein Blatt sich wenden würde. Bruno hob den Cutter auf, der in den Rinnstein gefallen war, schob die Klinge zurück in den Griff und steckte ihn Didier in die Tasche, während sich das Auto entfernte. Er lockerte den Griff und flüsterte:

»So, bist du jetzt beruhigt?«

Marcel gab Bruno das Telefon zurück. Der Wagen bog in eine andere Straße ab. Bruno wählte Beatriz' Nummer und reichte das Handy an Didier weiter.

Beatriz bestätigte die Angaben des Luzerner Polizisten. Tatsächlich hatte sie Bruno gebeten, nach Lausanne zu fahren, um ihnen zu helfen, die Wahrheit herauszufinden. Didier beendete das Gespräch und brauchte danach einen Moment, um sich seinen Fehler einzugestehen. Er wusste mittlerweile nicht mehr, woran er war.

»Hör zu, Bruno. Es tut mir echt leid. Keine Ahnung, was mich da geritten hat. Als wir gesehen haben, wie du dich vor Marcels Haus versteckt hast, dachten wir, dass du einer von von Steiners Schergen bist.«

»Ich trage zweifellos eine gewisse Mitschuld daran. Ich hätte dir sagen sollen, dass ich in Lausanne bin. Jetzt hast du mich zum zweiten Mal überwältigt, aber das sollte nicht zur Gewohnheit werden«, sagte Bruno. »Und wenn du mir jetzt alles haarklein erzählst, was du herausgefunden hast, hilft mir das sicher, dieses ganze Chaos zu verstehen.«

»Was mich betrifft, so würde ich gerne wissen, ob von Steiner glaubt, dass ich in diese Geschichte verwickelt bin. Denn er ist immerhin hier in meiner Straße aufgekreuzt«, sagte Marcel.

»Das glaube ich nicht«, versuchte Bruno ihn zu beruhigen. »Mit Sicherheit fährt er einfach nacheinander alle Straßen in der Umgebung ab, um Didier zu finden.«

Dieser fügte bekräftigend hinzu:

»Er hat hier noch nicht mal abgebremst. Marcel, du hast bestimmt nichts zu befürchten. Allerdings läuft uns die Zeit davon. Ich muss mir mein Mobiltelefon und das Heft wieder besorgen, das im Besitz von Steiners ist und seine Schuld beweist. Kannst du keinen Durchsuchungsbefehl erwirken?«, fragte er Bruno naiv.

Der Polizist lächelte befremdet:

»Heute ist Samstag und ich bin außerhalb meiner Arbeitszeit hierher gekommen. Es wäre übrigens gut, wenn meine Vorgesetzten nichts davon erfahren würden, sonst bekomme ich richtig Ärger. Gesetzt den Fall, ich wäre im Dienst, hätte ich trotzdem kein Recht, ohne vorherige Absprache zwischen der Luzerner und der Waadtländer Polizei eine Ermittlung in Lausanne zu leiten. Wie du siehst, ist das alles viel komplexer als in den Fernsehserien. Privat kann ich euch natürlich gerne helfen, wenn das unter uns bleibt.«

»Was würden Sie denn empfehlen?«, fragte Marcel.

»Ich würde es vorziehen, geduzt zu werden, denn das macht es viel einfacher. Wir müssen uns die Beweise unter den Nagel reißen, bevor sie vernichtet werden. Kennst du die Adresse deines Chefs?«

»Ja, ich weiß, wo er wohnt. Direkt am See in Pully.«

»Gut, dann los!«, rief Didier.

»Einfach so, ohne etwas vorzubereiten?«, fragte Marcel besorgt.

»Du kannst sicher sein, wir finden alle Beweise im Auto, wenn wir sie jetzt abfangen. Danach ist es zu spät! Ich schlage vor, dass wir uns auf den Weg dahin machen. Je nachdem, wie sich die Situation entwickelt, werden wir einen Plan aushecken.«

Als sie mit der Metro nach Ouchy fuhren, war die Nacht längst hereingebrochen. Dreckiger Schneematsch bedeckte die Uferpromenade. Sie liefen schweigend bis zur von Steinerschen Villa, die jedoch von einer Hecke und einer Mauer umgeben war. Die drei Männer umrundeten das Grundstück, ohne einen einzigen Durchgang zu finden. Sie gingen zur Hauptstraße und fanden eine Allee, die zu einem geschlossenen Tor führte. Didier und seine Begleiter machten wieder kehrt. Ein öffentliches Gebäude nebenan ermöglichte ihnen schließlich, das Haus von einem höher gelegenen Standort aus zu beobachten. Die Villa lag völlig im Dunklen. Sie nahmen an, dass von Steiner und seine Helfer immer noch durch Lausanne fuhren und den Angreifer aus dem Hotel suchten.

»Was machen wir denn hier?«, rief Didier. »Die besten Chancen, mein Telefon und das Heft wiederzukommen, sind, wenn er nach Hause kommt. Wir müssen sofort zurück zum Tor.«

Eilig liefen sie die Treppen hinab. Als Bruno ein Motorengeräusch hörte, überholte er seine Komplizen und ließ Didier weit hinter sich zurück. Als er das Ende der Zufahrt erreichte, schloss sich das Tor gerade hinter den Rückleuchten eines Fahrzeugs.

»Verdammt!«, schimpfte Bruno und ballte die Fäuste.

Sie gingen zurück. Die Villa war jetzt hell erleuchtet. Zum Glück hatte Bruno daran gedacht, sein Fernglas mitzunehmen, als er Luzern verlassen hatte. Draußen vor einer Fensterfront standen zwei Männer. Der Polizist reichte Marcel das Fernglas, der daraufhin Bernhard von Steiner und den Mann, der diesen beim Verlassen des Hotels gestützt hatte, identifizieren konnte. Die beiden Männer diskutierten miteinander, dann ging von Steiner ins Haus und ließ den Bodyguard draußen stehen. Zwanzig Minuten später erfolgte eine Ablösung. Marcel brach das Schweigen:

»Was machen wir jetzt?«

»Nichts«, sagte Bruno sauer. »Sein Haus wird von mindestens zwei Schergen bewacht, ganz zu schweigen von einer möglichen Alarmanlage. Realistisch betrachtet könnte nur eine Sondereinheit das Anwesen durchsuchen. Es steht außer Frage, dass ich mich hier einmische. Wir müssen auf eine andere Weise vorgehen.«

»Aber wie?«

»Wenn ich das wüsste …«

Niedergeschlagen wollte Didier die Sache komplett aufgeben. Er war erschöpft. Viele Bilder gingen ihm durch den Kopf. Catherine war tot, und ihr Mörder lebte nicht mal hundert Meter von seinem jetzigen Standort entfernt. Er stellte sich vor, wie dieser bequem in einem Sessel saß und einen alten Whisky trank. Didier kochte innerlich so sehr vor Wut, dass ihm die Tränen kamen. Bruno versuchte ihn zu trösten, indem er ihm unbeholfen den Arm um die Schulter legte. Schweigend gingen sie nach Ouchy zurück und hielten in einer Bar an.

17. – Die Hausbesetzerbande

Auf dem Weg zurück zu Marcel diskutierten die drei Männer lange über die effizienteste Methode, Bernhard von Steiner und Daniel Lehmann in die Enge zu treiben. Eine schwierige Herausforderung. Martin Koch war von einer Brücke gestürzt. Walter war tot, vermutlich getötet auf Befehl Bernhard von Steiners, da dieser die Hefte des Serienkidnappers besaß. Ihre einzige und nur sehr kleine Chance bestand darin, das Netz weiter aufzudecken und eine weitere Person zu finden, die in diese Sexgeschäfte verwickelt war. Und sollte ihnen das tatsächlich gelingen, wie konnten sie die Schuld der beiden Männer beweisen? Bruno hatte überlegt, eine Ermittlung zu starten, um Catherines Leiche zu finden. Doch wo sollte er danach suchen? Würde er schlüssige Indizien finden? Was sie alle am meisten frustrierte, war die Rolle, die Bernhard von Steiner und Daniel Lehmann gespielt hatten, und gleichzeitig zu wissen, dass die beiden Männer vielleicht nie dafür angeklagt würden. Sie waren sich bewusst, dass die Unterhaltung, die Didier mitgehört hatte, niemals für eine Verurteilung ausreichte. Es wäre sein Wort gegen das der beiden ehrbaren Schweizer Bürger, die sogar Schadensersatz fordern konnten.

Marcel äußerte die Idee, seinen Chef dranzukriegen, indem er dessen geschäftlichen Betrügereien öffentlich machen würde. Er würde vermutlich dadurch seinen Job verlieren, sagte sich aber, dass dies das kleinere Übel wäre. Je mehr er darüber nachdachte, desto sicherer war er, dass dadurch noch andere Mauscheleien ans Licht kämen. Ein schwacher Trost, aber wenn er genug gegen seinen Chef vorbringen könnte, würde dieser zweifellos ins Gefängnis wandern. Anschließend reichte es, seine pädophile Vergangenheit zu enthüllen, um ihm das Leben hinter Gittern so ungemütlich wie möglich zu machen. Bruno gefiel diese Idee. Didier, der bislang geschwiegen hatte, schlug einen anderen Plan vor:

»Man könnte in von Steiners Villa einbrechen und die Aufnahme und das Heft mit der Namensliste zurückzuholen. Das Gebäude ist gut geschützt, aber mit den richtigen Leuten sollte das nicht unmöglich sein.«

Danach schwieg er. Seine Gedanken wanderten zur Île-de-France. Ein winziges Lächeln umspielte seine Lippen.

»Ich kenne eine Bande, die an der Sache interessiert sein könnte.«

Bruno erhob sich und schmiss dabei ungeschickt seinen Stuhl um.

»Ich will nichts weiter davon hören. Vergesst nicht, ich bin Polizist. Ihr könnt auf mich zählen, wenn es darum geht, Beweise zusammenzutragen, aber ich bin schon so genug Risiken eingegangen und kann nicht noch weiter gehen. Es tut mir leid. Es ist spät und ich glaube, es ist Zeit, nach Luzern zurück zu kehren. Begleitest du mich, Didier?«

»Jetzt sei doch nicht so genervt.«

»Ich bin nicht genervt. Ich bin einfach müde. Genau wie du könnte ich kotzen, wenn ich daran denke, dass die beiden Typen auf freiem Fuß sind, sowie all die anderen Personen, deren Namen in Martin Kochs Heft auftauchen. Ich habe alles getan, was in meinen Möglichkeiten stand, aber ich will nicht in die Kriminalität abrutschen. Also Didier, kommst du mit oder bleibst du hier?«

»Das ist sehr nett, dass du mir anbietest, mich nach Hause

zu begleiten, aber ich glaube, ich werde mich noch ein wenig ausruhen, falls du nichts dagegen hast?«, fragte er Marcel, der zustimmend nickte. »Ich fahre morgen mit dem Zug heim. Und mach dir vor allem keine Sorgen, Bruno. Du wirst in nichts Illegales reingezogen werden«, fügte er hinzu.

Didier hatte an Stevie gedacht, einen alten Bekannten, der in einem schicken Vorort von Paris lebte. Stevie, der Anführer einer Bande von Hausbesetzern, interessierte sich nicht für dreckige Bruchbuden, sondern für Luxusappartements, die vor der Renovierung leergeräumt worden waren. Didier wartete, bis Bruno weg war und rief ihn an. Er vermutete, dass es kein Problem sein würde, seinen Kumpel mitten in der Nacht zu erreichen. Stevie nahm das Gespräch sofort an, bat jedoch darum, dass Didier auflegen möge, damit er ihn von einem anderen Apparat aus zurückrufen konnte.

»Hey, mein Freund. Vor einer Woche habe ich bei einem Drink im Hotel des Conférenciers am Platz Porte Maillot noch an dich gedacht. Das ist ja eine Ewigkeit her, wie geht es dir? Und vor allem, was verschafft mir die Ehre, dich in der Leitung zu haben?«

»Ehrlich gesagt könnte es deutlich besser laufen, aber um dir die Einzelheiten zu erzählen, bräuchte ich die ganze Nacht. Ich rufe an, weil ich einen neuen Job für dich und deine Freunde habe. Im Gegensatz zum letzten Mal besteht keine Gefahr, auf irgendeine kriminelle Organisation zu treffen[3]. Bist du interessiert?«

»Das weiß ich noch nicht. Los, erzähl was darüber! Und sag mal, deine Nummer fängt mit der Vorwahl 41 an, aus welchem Land rufst du an?«

---

[3] eine Anspielung auf *Ah! Si Isokelekel était resté sur son île…* vom selben Autor

»Aus der Schweiz.«

»Oho«, freute sich Stevie.

»Ich rufe dich nicht von meinem Handy aus an, denn das wurde mir gestohlen. Und außerdem werde ich vermutlich abgehört. Ich hab das Mobiltelefon eines Freundes genommen, den die Polizei nicht im Visier hat.«

»Diese Geschichte interessiert mich mehr und mehr. Sag mal, du hast ja wirklich ein Händchen dafür, dich in Schwierigkeiten zu bringen. Keine Sorge, unser Gespräch ist verschlüsselt. Ich bin inzwischen mit deinen Besonderheiten vertraut. Sprich weiter!«

»Ich muss mein Smartphone wieder bekommen. Es wird in einer Villa in Lausanne versteckt.«

»Moment mal«, unterbrach ihn Stevie. »Du rufst mich doch nicht etwa wegen eines geklauten Telefons an?«

»Natürlich nicht. Es geht um mehr als das. Auf dem Telefon sind Tonaufnahmen, die den Chef eines kleinen Unternehmens zu Fall bringen könnten, und der ist der Hausbesitzer. Das Schwein ist für den Tod einer Freundin verantwortlich, und außerdem ist er ein ekelhafter Pädophiler.«

»Ich verstehe. Du bist immer noch der Ritter der Witwen und Waisen.«

»Ernsthaft, Stevie! Wenn schon, würde ich mich eher als Ritter der ermordeten Freundin und der unter Folter missbrauchten Kinder bezeichnen.«

Ungewollt hatte Didier einen sehr kühlen Ton angeschlagen. Mit ernster Stimme fuhr er fort:

»Dieser Mann besitzt auch ein Heft, in dem der Serienkidnapper neben allen möglichen Schweinereien auch die Namen der Kunden notiert hat. Ich brauche das Notizheft mit den Namen, um all diese Mistkerle dranzukriegen. Allerdings müssen wir schnell handeln, bevor der Typ auf die Idee kommt, die beiden Beweisstücke zu zerstören.«

»Was verstehst du unter schnell?«

»So bald wie möglich. Morgen Nacht, übermorgen, aber nicht erst in einer Woche, denn dann ist es mit Sicherheit zu spät.«

»Okay, ich verstehe. Und diese Villa, wie ist sie gesichert?«

»Zwei Bodyguards und vermutlich eine Alarmanlage. Mehr weiß ich nicht.«

»Wenn es schnell gehen muss, ist es einfacher, ein paar Leute außer Gefecht zu setzen, als sich mit einer Alarmanlage auseinanderzusetzen. Wir dringen in das Gebäude ein, wenn die Zielperson dort ist. Kannst du mir zusichern, dass sich nicht wieder die chinesische Mafia an unseren Hintern heftet?«

»Ich verspreche dir, dass es nichts mit der alten Sache zu tun hat, bei der du mich schon mal unterstützt hast.«

»Und die Bezahlung für unseren Dienst?«

»Dieses Mal habe ich keinerlei Geldgeber. Ich kenne jedoch einen Mann, der für diesen Typen arbeitet. Er ist noch nie in die Villa seines Chefs eingeladen worden, hat aber einige Fotos gesehen und Unterhaltungen mit angehört. Er hat mir versichert, dass dort an den Wänden zahlreiche Kunstwerke hängen. Der Kerl steht auf das Ende des 19. und den Beginn des 20. Jahrhunderts und besitzt Bilder von Ludwig Kirchner, Aquarelle von Emil Nolde und Zeichnungen von Matisse und Picasso. Offensichtlich hat er sogar eine Skulptur von Jeff Koons in seinem Arbeitszimmer stehen.«

»Koons zeugt ja eher von schlechtem Geschmack, aber die kann ich leicht weiter verhökern. Die meisten Liebhaber interessieren sich mehr für die Kapitalanlage als für die künstlerische Qualität der Werke. Die anderen Künstler reizen mich. Außerdem können wir so mal wieder Genfersee Luft schnuppern, was ja nie verkehrt ist. Ich rufe dich in einer Stunde wieder auf der gleichen Nummer an.«

Als Stevie zurückrief, kämpfte Didier gerade hart gegen den Schlaf an:

»Gut, also einverstanden. Wir helfen dir unter einer Bedingung.«

»Und die wäre?«

»Falls uns die Villa nichts Interessantes bringt, kümmerst du dich um unsere Unterbringung und bietest uns einen Alternativplan, der unsere Anreise und unsere Unkosten deckt.«

Didier hatte keine Ahnung, was er ihnen sonst offerieren sollte, doch dann fielen ihm die schicken Luzerner Vororte ein und vor allem Horw, dessen besonders niedriger Steuersatz Millionäre und sogar Milliardäre anzog. Eine der Villen am Ufer des Vierwaldstättersees dürfte vermutlich eine gute Alternative sein. Didier ließ sich auf den Handel ein. Sein Gesprächspartner fuhr fort:

»Wir fahren morgen mit zwei Autos los. Eines zum Auskundschaften, mit dem anderen transportieren wir ein bisschen Material. Treffen wir uns in Lausanne?«

»Die Villa ist in Lausanne, aber ich kenne hier nur eine einzige Person. Mir wäre es lieber, wenn unsere Rückzugsbasis in Luzern wäre, dann könnten wir leichter Spuren verwischen. Da wir hier eine Kantonalpolizei haben und der Informationsfluss dadurch nicht in Echtzeit funktioniert, sollten wir diesen Vorteil nutzen«, erklärte Didier belustigt.

»Wie weit liegen diese beiden Städte auseinander?«

»Mit dem Auto etwa zweieinhalb Stunden.«

»Und wo kommen wir am besten über die Grenze, ohne kontrolliert zu werden? In Genf?«

»Für Lausanne wäre es tatsächlich Genf, aber da ihr erst nach Luzern kommt, empfehle ich euch, über Grand-Est zu kommen. Ansonsten fahrt ihr einen Umweg von mehreren hundert Kilometern. Aber vermeidet unbedingt Basel. Ich habe einen Freund, der als Koch im südlichen Elsass in der Region Sundgau arbeitet. Ich werde ihn nach dem Weg fragen. Da ihr die Gegend nicht kennt, solltet ihr darauf achten, dass ihr die Autobahn früh genug verlasst, um die Grenzkontrolle in Basel zu umgehen. Wann fahrt ihr los?«

»Gegen Mittag. Hast du bis dahin alle Informationen?«

»Kein Problem. Ich schicke dir im Laufe des Vormittags eine Nachricht mit der Wegbeschreibung und unserem Treffpunkt. Wie viele seid ihr?«

»Vermutlich sind wir zu fünft. Ich gebe dir genau Bescheid, wenn wir losgefahren sind.«

»Perfekt. Ich leite morgen früh alles Nötige in die Wege.«

Nachdem Didier das Gespräch beendet hatte, schlief er in nicht mal einer Minute auf dem Sofa ein.

Didier fuhr aus einem fürchterlichen Albtraum hoch, der sich bruchstückhaft zerstreute, als er wieder zu sich kam. Trotz der eisigen Luft, die durch das einen Spaltbreit geöffnete Fenster hereinströmte, war er nass geschwitzt. Die Straßenbeleuchtung schien durch die Ritzen des Rolladens, in der Ferne waren vereinzelt Autos zu hören. Didier schätzte, dass er höchstens ein paar Stunden geschlafen hatte. Er schaute auf seine Casio, die 4.25 Uhr anzeigte. Er beschloss, auf dem Sofa liegen zu bleiben, um seinem Körper Ruhe zu gönnen, auch wenn er wusste, dass er bis zum Sonnenaufgang keinen Schlaf mehr finden würde. Schreckliche Bilder von der in einem Wald in der Erde vergrabenen Catherine verfolgten ihn. Er versuchte an schöne Dinge zu denken und sich an seine besten

Tauchgänge im Südpazifik zu erinnern, aber es war vergeblich. Nichts auch nur ansatzweise Erbauliches wollte sich vor seinem inneren Auge einstellen. Bevor er aufstand, setzte er sich auf dem Sofa auf und atmete tief durch. Dann schlurfte er in die Küche, um sich einen Kaffee zu machen.

Am Morgen rief Didier Beatriz an. Sie erzählte ihm, dass sie gerade das Appartement eines Freundes bewohne, der in die Skiferien gefahren sei. Auf diese Weise hatte sie Zugang zu einem Computer mit Breitbandanschluss. Mit Sonya habe sie sich an die Durchsicht der von Thomas aus den Computersystemen der Firmen von Bernhard von Steiner und Walter Murer gestohlenen Mails und Akten gemacht. Langsam bekamen sie einen guten Überblick über die verschiedenen Betrügereien, die von Steiner angestiftet hatte. Beatriz berichtete ihm auch von Thomas, der unterwegs nach Luzern war, um sie mit seinem Computerequipment zu unterstützen.

Beruhigt über den Fortschritt der Ermittlungen beendete Didier das Gespräch.

Als Didier im Zug in Richtung Zentralschweiz saß, bereitete er eine Nachricht an Stevie vor:

Hinter Belfort fährst du Richtung Altkirch, so umgehst du die Zollkontrolle in Basel. Dann gibst du Ferrette ins Navigationssystem ein. In Grenznähe benutzt du besser kein GPS. Du folgst der Departement-Straße 23 bis Biederthal, dort gibt es ein nettes kleines Café, das ich sehr empfehlen kann, wenn ihr eine Pause machen wollt. Dann weiter in Richtung Rodersdorf, wo du über die Grenze kommst, ohne es zu merken. Danach hast du mehrere Alternativen, die einfachste ist, erneut nach Frankreich zu fahren und Ettingen ins Navi einzugeben. Wenn du auf der Autobahn bist, gib mir Bescheid, damit ich bereit

bin. Und denkt dran, die Höchstgeschwindigkeiten einzuhalten, denn es wäre ja blöd, wenn ihr geblitzt würdet. Fahrt bis zum Rastplatz Neuenkirch. Dort treffen wir uns. Bis bald,
Didier

Vinz saß am Steuer von Stevies Wagen, um die Strecke bis in die Schweiz zu fahren. In einigem Abstand folgte ihnen Julia mit zwei weiteren Komplizen und hielt ständig telefonischen Kontakt mit den Insassen des vorderen Fahrzeuges. Ohne Zwischenfälle erreichten sie die Deutschschweiz und trafen wie verabredet Didier, der sie bis nach Luzern lotste und ihnen half, in der Neustadtstraße Parkmöglichkeiten zu finden. Didier hatte mit Sonya abgemacht, dass das Treffen, um alles Weitere zu besprechen, bei ihnen stattfinden würde. Didier parkte entlang der Gleise, während Stevie und sein Helfer am Ende der Straße kehrt machen mussten, weil sie keinen Parkplatz fanden. Das zweite Fahrzeug wurde in der Nähe des alternativen Kulturzentrums abgestellt.

Um so unauffällig wie möglich zu agieren, hatte Didier darum gebeten, dass sich Stevie und seine Leute in zwei Gruppen aufteilen und die Wohnung nacheinander betreten sollten.

An diesem Sonntagnachmittag war absolut nichts los auf der Straße. Lediglich zwei Männer profitierten vom trüben Wetter, um vor einer Garage ein schweres Motorrad zu reparieren. Didier ging auf das Wohnhaus zu und sah dabei, wie Stevie und Vinz die Straße zurückfuhren, als sich einer der Männer auf das Motorrad schwang und sich der andere hinter ihn setzte. Blitzartig fuhren sie los, wobei der Beifahrer einen Revolver aus der Jacke zog und ihn auf Didier richtete. Mit quietschenden Reifen machte sich Vinz auf, um hinter dem Motorrad herzujagen. Es gab nichts, wo sich Didier hätte verstecken können. Ohne sich umzudrehen, rannte er so schnell er konnte. Eine erste Kugel streifte ihn am Arm und kurz darauf pfiff ein zweites Projektil an seinem Ohr vorbei. Verzweifelt rannte er weiter, bis er hörte, wie sich das Motorrad entfernte. Didier sprintete noch um die Ecke, um dann außer Atem anzuhalten. Als das Auto auf seiner Höhe ankam, riss Stevie die Wagentür auf:

»Steig ein. Wir machen, dass wir hier wegkommen. Das ist nicht der Moment, sich schnappen zu lassen.«

Hastig rettete sich Didier in das Fahrzeug und hielt dabei seinen rechten Arm fest. Auf seinem Mantel bildete sich ein Blutfleck.

»Bist du verletzt? Wer waren diese Typen?«

»Keine Ahnung. Eigentlich können es nur von Steiners Männer gewesen sein, aber das ist unmöglich. Die wissen nicht, wer ich bin und wo ich wohne. Es sei denn … ja, klar! Die haben mich dank meines Mobiltelefons gefunden, das sie mir im Hotel geklaut haben. Bei allem, was passiert ist, hatte ich keine Zeit, es aus der Entfernung zu deaktivieren. Scheiße!«

»Dann musst du wohl nicht weitersuchen. Wo fahren wir jetzt hin?«

»Ich wohne gerade bei einem befreundeten Paar. Wir könnten bei ihnen halten, aber ich will sie nicht in diese Geschichte mit reinziehen. Wir verschnaufen dort nur einen Moment und reden dann anschließend in aller Ruhe in einer Bar.«

Die Hausbesetzerbande verließ umgehend das Neustadtviertel.

Ruth und Sébastien waren nicht zu Hause. Didier war erleichtert. Julia half ihm beim Ausziehen des Mantels und begutachtete aufmerksam die Wunde:

»Du hast Glück, wenn man so sagen darf. Die Kugel ist

nicht in den Arm eingedrungen, sondern hat ihn nur gestreift und dabei ein Stück Haut weggerissen. Wir desinfizieren das und dann müsste ein Druckverband reichen.«

»Man könnte meinen, du machst das öfters.«

»Ja, bei den Hausbesetzern bin ich die Einzige mit einer Notfallsanitäter-Ausbildung«, antwortete sie lachend.

Sie nutzten Ruths und Sébastiens Abwesenheit, um alles zügig zu erörtern. Sie wollten die Sache so schnell wie möglich hinter sich bringen, um von Steiner keine Zeit zu lassen, zurückzukommen. Wenn sie sich beeilten, waren sie vielleicht sogar noch vor den beiden Schergen in Lausanne. Sie kamen überein, dass Didier während der Maßnahme auf Distanz bleiben würde, und der Rest das Ganze als Einbruch tarnen würde. Bevor sie losfuhren, erinnerte sich Didier an zwei Autobahnvignetten, die er besorgt hatte. Unter großem Gelächter erklärte er Stevie und seinen Freunden, wie blöd es wäre, wenn sie angehalten würden, weil sie die Autobahngebühr nicht bezahlt hätten. Didier erinnerte die Franzosen auch noch einmal an die maximale Höchstgeschwindigkeit, auf die man vor allem beim Verlassen von Luzern und in der Umgebung der Hauptstadt achten musste.

Amüsiert lächelnd machte sich die Mannschaft auf den Weg.

Kurz hinter Bern, als sie gerade einen Stau hinter sich gelassen hatten und wieder 120 km/h fahren konnten, rief Vinz:

»Schaut mal, das Motorrad! Direkt vor uns.«

Stevie brauchte keine weiteren Erklärungen.

»Du hast recht! Das sind die beiden Kerle, die Didier vor seiner Tür abgefangen haben.«

»Was soll ich machen? Soll ich sie umnieten?«

»Macht keinen Quatsch«, mischte sich Didier ein. Hier gibt

es viel zu viele Kameras. Ihr müsst jetzt einfach wie die Franzosen in Paris fahren, dann sind wir vor ihnen da.«

Die beiden Männer schauten ihn fragend an. Didier erklärte Vinz:

»Du weißt schon, wie das geht, gedulde dich etwas! Ich bin sicher, dass wir in Kürze von einem Wagen aus Genf oder aus Zürich überholt werden. Wir hängen uns hinter sie, und wenn irgendwo ein Blitzer steht, siehst du ihn im gleichen Moment wie sie, hast aber noch Zeit zu bremsen.«

Zwei Minuten später hängte sich Vinz an einen großmotorigen Mercedes dran und überholte das Motorrad.

Das Lausanner Seeufer war menschenleer. Stevie, Vinz und Didier begaben sich zu dem Gebäude, das Didier am Vortag auskundschaftet hatte, während Julia und ihre beiden Begleiter die Straße im Auge hatten. In der Villa brannte Licht. Die kleine Gruppe konnte einen Schatten erkennen, der gerade ins Wohnzimmer ging.

»Also, gut! Wir sollten keine Zeit verlieren. Vor den beiden Motorradfahrern haben wir etwa zehn Minuten Vorsprung. Die Alarmanlage ist vermutlich nicht eingeschaltet, aber dieses Risiko müssen wir eingehen. Didier, du bleibst hier und stehst Schmiere. Falls die Sache schiefläuft und wir dich nicht mehr abholen können, fährst du unerkannt mit dem Zug zurück. Vinz, Julia und ich werden über das Tor steigen. Die anderen beiden Helfer warten. Wir steigen ins Haus ein, setzen das Opfer außer Gefecht und eventuell auch die Motorradfahrer, falls diese aufkreuzen. Dann öffnen wir das Tor, damit die Autos reinfahren und wir die Kunstobjekte einladen können. Habt ihr beiden das verstanden?«

»Ja«, antworteten sie einstimmig.

»Dann mal los!«

Die drei Hausbesetzer liefen die Einfahrt entlang, zogen sich ihre Sturmhauben über und sprangen über das Gitter. Ein Bewegungsmelder sorgte dafür, dass ein riesiger Scheinwerfer aufleuchtete. Die Drei liefen weiter bis zum Haus, ohne sich daran zu stören. Die Haustür war unverschlossen. Stevie erschien das alles viel zu einfach. Lautlos inspizierten sie die Örtlichkeiten und folgten dem Klang der Jazzmusik, indem sie einen langen Flur entlang schlichen, der in einem großzügigen Wohnzimmer mündete. Sie sahen einen Mann von hinten, der in einem Sessel vor dem Kamin saß. Vinz machte sich daran, die anderen Zimmer auszuspähen, während Stevie und Julia überlegten, wie sie sich am besten von Steiner nähern sollten, ohne entdeckt zu werden. Sie gingen zurück, betraten den Wohnraum durch die Küche und schlichen sich an den Mann heran. Just als dieser ihre Gegenwart spürte und sich hastig umdrehte, verpasste ihm Julia mit einem Gummiknüppel einen heftigen Schlag auf den Kopf. Anhand der Bilder, die sie im Internet gesehen hatten, identifizierten Julia und Stevie ihn als Bernhard von Steiner. Im Handumdrehen hatte Stevie ihn geknebelt und ihm die Augen verbunden. Während er ihn fesselte, betrat Vinz das Wohnzimmer und hob den Daumen, was in ihrer über die Jahre eingeübten Zeichensprache bedeutete, dass keine weiteren Personen im Haus waren.

Stevie erhielt von den zwei Männern, die das Grundstück überwachten, die Textnachricht, dass die beiden Motorradfahrer gerade vor dem Tor hielten. Er beeilte sich von Steiner fertig zu fesseln, während sich Vinz und Julia zur Eingangstür begaben. Sie hörten, wie das Tor quietschend aufging und anschließend das Knirschen der Motorradreifen auf dem Kies. Geduldig warteten sie mit einem Revolver in der Hand im Flur und hofften, den Überraschungseffekt ausnutzen zu können. Das Glockenspiel der Türklingel ertönte und Julia riss die Tür weit auf. Während sie den Mann, der vor ihr stand, mit der Waffe in Schach hielt, drückte Vinz dem zweiten Motorradfahrer den Lauf seines Revolvers gegen die Stirn und zog ihn in den Flur. Die anderen beiden Komplizen eilten herbei, fesselten die Neuankömmlinge und legten sie neben von Steiner ab. Der Rest der Bande verteilte sich im Haus. Stevies Anweisungen waren klar gewesen: Sollte die Alarmanlage ausgeschaltet sein, würden sie sämtliche Bilder abhängen, die Skulpturen mitnehmen und alle Telefone einkassieren. Zuvor mussten sie jedoch ein schwarzes Heft oder mehrere finden, denn das war schließlich der Grund, warum sie sich in der Schweiz aufhielten.

Eine halbe Stunde später befanden sich alle Kunstobjekte im Wohnzimmer. Die Einbrecher stellten das Haus auf den Kopf, und Stevie fand schließlich Martin Kochs Aufzeichnungen in einer der Schubladen in von Steiners Schreibtisch. Als er sie durchblätterte war er sich absolut sicher, das Heft des Serienkidnappers in der Hand zu halten.

Vinz hingegen entdeckte die Überbleibsel von Didiers Mobiltelefon in einem Mülleimer in der Garage. Es war akribisch und offensichtlich mit Hilfe eines Hammers in kleine Stücke zerschmettert worden. Um keinen Verdacht zu erregen, beließ er es dort, wo er es gefunden hatte, denn man würde ihm sicherlich keinerlei Informationen mehr entlocken können. In weniger als einer Viertelstunde hatten sie die Autos in den Innenhof geholt, die Bilder in Planen gewickelt und sich auf den Rückweg nach Luzern gemacht. Als kleine Zugabe hatten sie zehntausend Franken in Scheinen und von Steiners Laptop mitgehen lassen.

Die Rückfahrt in die Zentralschweiz verlief ohne Zwischenfälle. Stevie hatte kurz den Wert ihrer Beute überschlagen und war mit ihrer Blitzoperation sehr zufrieden. Die Bande setzte Didier auf dem Parkplatz vor der Luzerner Hauptpost ab. Sie alle stiegen kurz aus, um sich die Beine zu vertreten. Die kalte Luft machte sie wieder munter. Didier ging zu Julia, Vinz und ihrem Boss:

»Didier, es ist ja nicht so, als ob es mit dir langweilig wäre, aber aufgrund der Waren, die wir dabei haben, will ich hier lieber nicht alt werden«, erklärte Stevie.

»Wollt ihr jetzt direkt zurückfahren?«

»Ja, das ist am sichersten.«

»Ganz im Gegenteil. Nicht, dass ihr am Steuer einschlaft.«

»Das ist nett, dass du um uns besorgt bist, aber das ist nicht nötig. Wir sind es gewohnt und zudem zahlreich genug, um uns beim Fahren abzuwechseln. Auf diese Weise sind wir zurück in Paris, wenn die ehrlichen Leute gerade aufstehen«, erklärte Stevie spöttisch. »Bei deinem Vortrag letztes Jahr hatten wir noch mehr Spaß, aber aufgeschoben ist ja nicht aufgehoben, nicht wahr?«

»Ich weiß nicht, ob es ein nächstes Mal geben wird.«

»Auf jeden Fall weißt du, wo du mich findest. Und ruf mich an, falls du in Paris bist, dann trinken wir was zusammen. Schließlich sollten wir uns endlich mal näher kennenlernen ... schon allein um der Geschäfte willen«, rief Stevie, während er ins Fahrzeug einstieg.

Beim Losfahren hielt er noch einmal auf Didiers Höhe an, ließ die Fensterscheibe herunter und meinte:

»Pass vor allem auf dich auf. Und ich hoffe, du kriegst all diese Mistkerle dran, die in dem Heft stehen.«

Als Didier am nächsten Mittag Sonyas Wohnungstür aufschloss, bemerkte er sofort eine gewisse Hektik. Sonya eilte auf ihn zu und küsste ihn stürmisch. Didier blieb reglos stehen. Sonya wich einen Schritt zurück, musterte ihn und wirkte sehr beunruhigt über seinen schlechten körperlichen Zustand. Sie wollte ihn gerade tröstend umarmen und berührte dabei versehentlich seinen Arm, worauf Didier einen kleinen Schrei ausstieß. Er erzählte ihr, wie er verletzt worden war, ohne dabei auf irgendwelche Details einzugehen:

»Als mich diese Kugel traf, spürte ich einen furchtbaren Schmerz. Ich dachte, der Typ habe mit dem Schuss meinen Arm zerfetzt und der nächste würde meinen Kopf treffen. Ich hatte fürchterliche Angst, dabei ist es nur eine kleine Fleischwunde. Es tut weh, aber es ist eigentlich nichts.«

»Mein Armer! In was für eine üble Sache bist du da wieder hineingeraten? Zieh deinen Mantel aus und komm zu uns ins Wohnzimmer.«

Gerne, aber ich kann nicht lange bleiben, denn das ist zu gefährlich für mich und für dich vielleicht auch. Sie könnten zurückkommen und dieses Mal ihr Ziel nicht verfehlen. Ich darf mich in der Neustadtstraße nicht mehr blicken lassen.«

Didier traf zum ersten Mal Thomas, der mit Beatriz auf dem Sofa saß und irgendwelche Unterlagen prüfte.

Didier zögerte. Er hätte das Heft gerne auf den Couchtisch gelegt, wollte aber die schaffensfreudige Stimmung nicht stören. Er beschloss, die drei in Ruhe arbeiten zu lassen und erst am nächsten Tag mit ihnen zu reden. Bis dahin würde er sich bei Ruth und Sébastien ausruhen.

Sonya, Thomas und Beatriz stellten zahlreiche Beweise für die von Bernhard von Steiner getätigten Machenschaften zusammen. Thomas schaffte es, das Computersystem des indischen Unternehmens zu hacken, das die Tinktur gepanscht hatte, die letztlich den Tod des Lausanner Drogenabhängigen herbeigeführt hatte. Es gelang den dreien, weitere Todesfälle in der Türkei mit den Extrakten in Verbindung zu bringen. Sie beeilten sich, ihre Recherchen abzuschließen, bevor der Fall des Serienkidnappers und die schrecklichen Funde in der Scheune von Flüeli-Ranft wieder aus der Presse verschwinden würden. Ruth, Sébastien und Bruno unterstützten sie tatkräftig. Acht Tage später besaßen Didier und seine Freunde eine dicke Akte, die ihre Ermittlungen angefangen von der verschleierten Verunreinigung eines Medikaments für Diabetespatienten bis hin zu den Auswertungen des Horrorheftes beinhaltete.

Anonym schickten sie Kopien davon an das Polizeipräsidium, die Presse und an die Kunden der beiden Firmen Von Steiner Active Plants und Swiss Quality Extracts. Außerdem veröffentlichten sie den gesamten Inhalt der Akte auf verschiedenen Internetseiten und warteten anschließend darauf, dass die Bombe explodierte.

Am Mittwoch erschien in einer Waadtländer Zeitung ein Artikel über Daniel Lehmann; er war bei sich zu Hause tot aufgefunden worden, nachdem er seine Frau und seine beiden Kinder getötet hatte. Für die Polizei schien es sich um eine Tat im Affekt zu handeln.

Auf Didiers Rat hin zogen Anne-Sophie Hunkeler und ihr Ehemann vorübergehend zu einer ihrer Freundinnen, die ein großzügiges Haus in Bulle besaß.

Eine Woche später war die Bilanz extrem negativ. Niemand außer ihnen interessierte sich für die von Steiner-Affäre. Didier organisierte ein Treffen in der Rüüdig Bar. Er und seine Freunde setzten sich etwas abseits der anderen Gäste an einen Tisch. Nachdem sie etwas zu trinken bestellt hatten, eröffnete Didier die Diskussion:

»Wir hatten geglaubt ein ›von Steiner-Leaks‹ auszulösen und haben uns damit gewaltig vertan. Dieser Typ verdient es nicht, am Leben zu bleiben, aber ich befürchte, dass er sogar ungeschoren davonkommt. Wie viele Tote hat er noch gleich auf dem Gewissen?«

»Mindestens sechs!«, rief Bruno. »Denn ich glaube nicht eine Sekunde daran, dass Lehmann wahnsinnig geworden ist.«

»Ich schätze, dass du damit weit unter der tatsächlichen Zahl liegst«, antwortete Didier.

»Und du sprichst ja hier nur von den Toten«, unterbrach Beatriz ihn. »Da sollten all die Kinder hinzugerechnet werden, die er bei Martin Koch oder woanders vergewaltigt hat.«

»Ich frage mich, wer von beiden schlimmer ist – Martin Koch oder Bernhard von Steiner? Das Schicksal des Serienkidnappers ist besiegelt, doch es macht mich krank, dass dieser Mistkerl von Steiner vielleicht davonkommt. Wir waren so blöd zu glauben, dass der Inhalt des Hefts als unerschütterlicher Beweis dient. Doch wie können wir beweisen, dass es Martin Koch gehört hat und es sich bei den darin aufgelisteten Namen um gefährliche Kinderschänder handelt? Vor dieser Sache wurde ich bereits von wiederkehrenden Albträumen heimgesucht, aber inzwischen kriege ich nachts meist kein Auge mehr zu. Ich habe euch hier zusammengetrommelt, um euch allen für euren Einsatz zu danken. Ihr wart wirklich fantastisch! Wir haben alles Menschenmögliche versucht und uns manchmal am Rande der Illegalität bewegt. Ich gehe kaputt, wenn ich nicht etwas mehr auf meine psychische Gesundheit achte. Gestern Abend habe ich mit Sonya darüber gesprochen und entschieden, eine Pause einzulegen, weil ich wirklich Abstand zu dieser ganzen Scheiße brauche. Eine Zeitlang werdet ihr nichts mehr von mir hören, aber eines Tages kehre ich zu euch zurück, nur weiß ich nicht, wann das sein wird. Das ist alles, aber es ist hart. Ich verlasse euch und hoffe, dass unsere gemeinsame Suche nach der Wahrheit nicht vergeblich war.«

Didier schluckte und erhob sich ohne ein weiteres Wort. Er ging um den Tisch herum und umarmte jeden. Dann trat er zu Sonya, küsste sie flüchtig auf den Mund, lächelte ihr zu und verließ das Restaurant, ohne sich noch einmal umzudrehen.

In den kommenden Wochen wurde Bernhard von Steiner von der Polizei verhört. Danach wurde er nicht weiter belästigt. Allerdings machten zahlreiche Gerüchte im Netz die Runde. Mehrere Personen übten Druck auf die Kunden der deutschen Unternehmensgruppe und die Schweizer Firma aus, die daraufhin in den roten Zahlen versanken. Swiss Quality Extracts erholte sich davon nicht mehr.

Epilog

Am 15. April 2019 – dem Tag nach Palmsonntag – unternahm Bernhard von Steiner eine Kombination aus Privat- und Geschäftsreise nach Paris, um seine Unternehmensgruppe neu aufzustellen. Am frühen Abend schlenderte er den Quai Branly und an der begrünten Fassade des Museums für außereuropäische Kunst entlang, bis er den Eiffelturm erblickte. Er bedauerte, den Turm aufgrund der Abgaswolken nicht besser sehen zu können. Sein Treffen würde erst um 21 Uhr stattfinden, daher konnte er seinen Spaziergang durch die Stadt noch weiter fortsetzen. Er ging über die Brücke Pont d'Iéna und hielt auf der anderen Seite der Seine inne, um erneut den auch als Eisendame bezeichneten Eiffelturm zu bewundern. Sein Blick wurde von einer riesigen schwarzen Rauchwolke angezogen, die sich links davon erhob. Vor seinem inneren Auge sah er den Stadtplan von Paris vor sich und schätzte, dass im Quartier Latin ein Feuer ausgebrochen war. Um besser zu verstehen, was da vor sich ging, bestieg er die Aussichtsplattform im Trocadéro. Als er außer Atem die oberste Stufe erreichte, erschien ihm das Ausmaß des Feuers noch imposanter. Ein Großteil der anderen Touristen war sich des Dramas gar nicht bewusst, das sich nur wenige Kilometer von seinem Standort entfernt abspielte, stattdessen machten sie Fotos in den absonderlichsten Posen vor der Pariser Attraktion. Fliegende Händler drehten mit trauriger Miene von Zeit zu Zeit den Kopf in Richtung des Feuers. Etwa zwanzig Personen beobachteten dieses zerstörerische Schauspiel. Dem Kinderschänder und Mörder Bernhard von Steiner kamen seltsamerweise die Tränen, als er auf seinem Smartphone nach Informationen über den Brand suchte und feststellen musste, dass die Kathedrale Notre-Dame in Flammen stand. Um 19.50 Uhr sah er eine Feuersäule gen Himmel ragen und kurz darauf erlöschen. Ein paar Minuten später machte er sich wieder auf den Weg, denn er durfte seinen Termin um 21 Uhr am Platz Porte Maillot nicht verpassen. Vor dem Hôtel des Conférenciers schaute er auf die Uhr, als ihm ein Mann auf die Schulter klopfte. Bernhard von Steiner drehte sich um und zuckte zurück, als er den Mann mit dem vollständig tätowierten Gesicht und dem Springmesser sah. Mit einer schnellen Handbewegung schlitzte ihm dieser die Kehle durch.

In der Presse wurde der Mord am nächsten Tag mit keiner Silbe erwähnt.